U0090877

古典文學研究輯刊

二　編

曾永義 主編

第24冊

中國風水故事學研究

唐蕙韻 著

國家圖書館出版品預行編目資料

中國風水故事學研究／唐蕙韻 著 — 初版 — 新北市：花木蘭文化出版社，2011〔民100〕

目 6+238 面；19×26 公分

（古典文學研究輯刊 二編；第24冊）

ISBN：978-986-254-511-9（精裝）

1. 堪輿 2. 民間故事 3. 民間文學 4. 文獻學

820.8 100001161

ISBN-978-986-254-511-9

古典文學研究輯刊

二 編 第二四冊 ISBN：978-986-254-511-9

中國風水故事學研究

作 者 唐蕙韻

主 編 曾永義

總編輯 杜潔祥

出 版 花木蘭文化出版社

發行所 花木蘭文化出版社

發行人 高小娟

聯絡地址 新北市永和區中正路五九五號七樓之三

電話：02-2923-1455 ／傳眞：02-2923-1452

網 址 http://www.huamulan.tw 信箱 sut81518@ms59.hinet.net

印 刷 普羅文化出版廣告事業

初 版 2011年3月

定 價 二編30冊（精裝）新台幣48,000元

中國風水故事學研究

唐蕙韻　著

作者簡介

唐蕙韻，1972 年生，福建金門人。台北中國文化大學中國文學博士（2004 年 6 月），本書為作者博士學位論文。2006 年起任教於金門大學（原金門技術學院）閩南文化研究所。已出版著作有《金門民間傳說》（1996 年）、《金門民間文學集——傳說故事卷》（2006 年）、《金門縣寺廟裝飾故事調查研究》（與王怡超合著，2009 年）。即將出版有《金門民間契書調查研究》、《金門縣金門城非物質文化調查》。

提　要

本文以風水故事為研究題材，分析風水故事反映的文化內容，同時藉中國風水故事的分類實驗，探索現行的各種民間文學分類方法與研究理論，對中國民間故事資料整理與研究的適用方向與啟示。

風水文化是中國社會最普遍而且歷史久遠的流行文化之一。多數與風水有關的學術研究，大都著重於風水術或風水哲學的探討，本文則從文學與社會的角度，分析風水故事的內容及其流傳現象，從風水故事反映的價值觀念與思想意識，說明其文學特色與社會意義。全文共分六章，各章內容提要如下：

第壹章緒論，概述風水觀念在中國文化與社會中形成的某些現象與影響，以及本文的研究動機和目的，希望從古今流傳的風水故事中，理解中國社會中最通俗的風水文化與風水觀念。次及說明風水名稱的由來、概念及故事的定義，以確立取材方向。

第貳章中國風水故事的記錄，就第壹章所界定的風水故事定義及選材原則，說明本文收錄的風水故事資料來源，包括歷代筆記、史傳方志，以及近現代搜集整理的民間文學記錄等古今文獻。

第參章風水故事的內容，根據收集所得的風水故事資料，以兩項原則分類並同時進行內容分析：一是以故事為單位，就故事內容主題最多相同相近者集為一類，以見風水故事所集中的主旨和內容題材之大概，本文以此輯得八大類風水故事主題項目。一是以情節為單位，分析出每一則故事所包含的情節單元，並先後以兩種情節單元分類方式進行歸納和分類。先是以通行於國際，然無風水文化背景的湯普森情節單元分類系統分類，後續以風水信仰中所意識的風水情節單元主題分類，從兩種分類結果中，可以對照出不同文化背景下，風水故事可能被普遍接納或理解的一般情節，以及可能僅限於風水信仰的社會中流行的特殊情節。某些在風水文化背景下難以察覺的事件本質和情節特色，可以在異文化角度的分析對照中顯現出來。

第肆章中國風水故事的敘事形態，指出風水故事在中國傳統敘事環境中呈現的傳說化的敘事特徵，以及某些風水故事在流傳變化中形成和正在發展的類型化現象。就這些敘事現象及其發展，根據前人成就及相關文獻，討論民間文學分類理論及和研究方法中，可以借鑑以整理和分析中國風水故事的方法，進而歸納風水故事的故事類型及情節模式。

第伍章綜合前二章的分析結果，概論中國風水故事反映的文化內容，主要著重於風水故事主題中呈現的風水觀念，及風水故事的情節特色中反映的思考模式與社會形態，終論風水故事與風水文化的關係。

第陸章結論各章所述，認為本文主要成果在於對中國風水故事情節單元與故事類型的整理，在研究層面的開發上，例如風水故事的流傳區域與區域特色等，則有待增補各區域全面搜集整理的民間文學材料，以在後續研究中加強。

目次

第一章　緒　論

第一節　風水與中國社會

一、中國風水觀念與民間文化

今人論風水，常有所謂「科學的」和「迷信的」兩方面。科學多半是指風水（尤其陽宅風水）之於建築觀念與環境功能的啓示，迷信便是風水文化中不爲科學概念或原理所認知和證明部份了。

然而風水之於中國的文化意義，有在於「數」的哲學觀念，有在於「術」的應用運作。〔註1〕風水被現代科學家認爲體現科學觀念或符合科學原理的技術和功能，有許多是來自於風水觀念中被以爲「迷信」的部份（如陰陽五行說），而不完全出自於現代科學所倚重的理性思考。如，當門窗的大小高低或灶門、床位方向都安置在房子中最恰當的位置時，由現代建築師或設計師看來，可能是經過美學或科學思考的設計，但在建造房子的主人或風水師的意下和眼中，其實是依風水觀念指導的原則所做的安排。〔註2〕從這個層面看，

〔註1〕《漢書藝文志・形法家》著錄了【山海經】、【宮宅地形】及【相人】、【相六畜】等書，《志》云：「以……形容求其聲氣貴賤吉凶，……非有鬼神，數自然也。」又云：「數術者，皆明堂羲和史卜之職也。」說明了相宅、相地理等後世所稱的風水術，其由來和本質就是占卜，占卜所卜測的不是鬼神之意，而是自然之數。在中國傳統人生觀中，有所謂「運數」、「命數」、「氣數」之「數」，指的也正是一種循環的邏輯，而非關鬼神的意志。這種對於宇宙與人生的抽象思考，即使不能推證現實，也是具體的哲學觀念。

〔註2〕建築學者漢寶德在〈風水——中國人的環境觀念架構〉中曾說明：「自明代以

風水的科學成份，究其根本，是由風水的「迷信」所造就，而不全然是來自客觀理性的科學思維。在這個認識上，風水和風水文化的主要成份及其核心，仍在於信仰層次的“迷信”，而不是理性層面的“科學”。

中國有許多風水俗諺，如「一命二運三風水，四是讀書五積德」、「福地福人居」、「地靈人傑」、「風水輪流轉」或「十年河東，十年河西」等，概括並反映著民間通俗的風水觀念（或信仰），並且隨其語言情境的不同，表達著或積極或消極、或正面或負面的意思。如面對對手得勢而處於劣境的人，就以「十年河東，十年河西」安慰並鼓勵其等待情況好轉，反之對處於劣境而忽然轉好的人，也以此語祝福並警惕之。又如「一命二運三風水，四是讀書五積德」，單純從字面看，意思是指影響並決定一個人一生成就的因素，依序得自於這五個面向。這句話在讀書人口中，常常是安慰並鼓勵人從命運中（尤其困頓時）提振自己的道德與自信的話。雖然「讀書、積德」頗能回應儒家「進德修業」的積極人生觀，但「一命二運三風水」之於「四是讀書五積德」，已先行在現實上肯定了命運、風水等神秘力量的存在（與作用），並暗示了其超然於讀書積德的價值。從這個觀點來看，這似乎是一種不完全消極的宿命論，因爲即使讀書積德能使人產生一點提振的作用，但其力量終究大不過命運或風水的制衡。然而從命相占卜的數術觀點來看，承認命運和風水的存在及其影響力，不僅不是消極接受的表現，反而是積極回應的開始，因爲數術中除了預測性的占卜，往往還提供了改變和經營命運的方法，諸如「流年改運」、「風水開運」法等，均在命理及風水術士的專業號召中。

不論是消極的接納或積極的企圖改造，對於這種神秘力量的信賴與窺伺，其實都是一種信仰層面的認同。命運占卜固然有人們對生命的無限困惑與好奇維持其日久彌新的魅力，風水堪輿的地位及其基礎，卻是在人們承認並接受命運之令人敬畏的存在後，進一步企圖去加強、改造甚至操縱命運的可能上建立的。歷史上常見許多帝王爲風水而大興土木，從秦始皇、隋煬帝、宋徽宗到清太后，都有「鑿地脈，洩王氣」以絕其他天子出的舉動；〔註 3〕

來，風水實際上是中國的建築原則，風水先生實際上是中國的建築師。匠人們負責修造，也要符合與星象有關的尺法寸法。但與生活環境有關的重要決定，卻是風水先生負責安排的。如建築的方位與朝向、開門、安灶與安床位等，今天的建築師認爲功能的部份，都與風水有關。」見漢著《風水與環境》（台北：聯經出版社，1998 年 12 月初版），頁 3～4。

〔註 3〕《史記‧高祖本紀》：「秦始皇帝常曰：『東南有天子氣』，於是因東遊以厭之。」

唐宋以後至明清的中樞機構，更設有司天監（唐宋）和欽天監（明清），除了占候定曆等職務外，也爲皇室勘地擇日以利葬。當今之世，力求永保江山的皇族不再，但在共產世界爭權、在民主體制內競逐總統的「天下共主」們，左右仍有熟諳風水之士，民間仍有風水傳奇與會其逐鹿中原之盛事。近代之蔣介石與毛澤東〔註4〕、當代之連戰與宋楚瑜的祖墳風水，〔註5〕均曾是民間或政壇關注一時並比評其勢力消長趨勢的話題；陳水扁家鄉的龍喉風水地，在扁政府執政前後被民間發現「復活」，其天命與時運和風水之並濟，儼然一則現代天子傳奇。〔註6〕至於其他權貴富戶等在各方面引領風騷或主導大局的名人，其可能得利於風水的推測，也常是現成的風水教材與傳說話題。〔註7〕

《北齊書・神武帝紀》:「上黨有天子氣……太武帝於是南巡以厭當之，累石爲三封，斬其北鳳凰山，以毀其形。」唐・韓偓《開河記》云隋煬帝開鑿運河的目的之一，便是要鑿穿睢陽王氣。宋・岳珂《桯史・卷八》阜城王氣條，載：宋徽宗詔斷支隴以泄阜成縣之王氣所鍾。

〔註4〕 如蕭玉寒著《中共高層風水》(台北：滿庭芳出版社，1994年9月)專述鄧小平、江青、毛澤東等處心積慮運用風水助長勢力的軼聞，甚至提及國共對戰時代，雙方層利用福將風水鬥法，集合政事、戰史、巫術與風水信仰等內容，形同近現代的野史演義。

〔註5〕 如李建軍著《我的台灣路和連戰的總統運》(台北：閱世界出版公司，2000年2月12初版)，李自稱曾長期爲連戰命理顧問，並親自參與並執行了連家祖墳風水的調整工作，以符連希望競選晉任中華民國副總統及總統的期望，書中並夾敘了他觀察連戰當時的競爭對手之一宋楚瑜祖墳的心得，以及其時政壇人士向他探詢並請求預測某些政治人物前途的軼事。

〔註6〕 2000年3月台灣總統大選，出身台南的陳水扁當選總統，四月四日聯合報鄉情版〈麻豆水掘頭——龍喉靈穴？〉篇頭云：「由於台南縣麻豆鎮水掘頭地方自古就傳說有龍喉靈穴，並傳出會出眞命天子。而阿扁官田鄉西庄村老家就在麻豆水掘頭附近，地方津津樂道，使得水掘頭更添傳奇色彩。」文中云清朝年間有唐山地理師奉清帝之命，在麻豆水掘頭假建橋之名，破壞當地有帝王徵象的地靈氣，將石轆與巨石扼於龍喉要害，使當地泉水變紅，從此災變頻傳。民國45年(1956年)，當地信徒根據王爺顯靈指示，挖出了三十六粒石轆和七十二個巨石。所以這次總統大選，地方就盛傳地方有好地理，會出總統的眞命天子。

〔註7〕 如謝明瑞著《影響台灣的100位名人風水實錄》(台北：成陽出版社，2001年3月1日)從國父孫中山、蔣家三代、李登輝家陰宅到王永慶、張惠妹等政、商和通俗文化界名人，一一解析其祖墳風水對其人功名成就的影響和作用。此類專書談論名人風水，在書市中常不少見，但多半是開業或專業命理風水師的著作品，書價頗高(冊/NT500～1500)，應有其特定的市場定位，讀眾多少則未可知。

十六、七世紀的西方傳教士利瑪竇來到中國，見聞了許多中國人依風水的觀念、禁忌和原則處事的故事，他以陌生和驚訝的眼光，在他的《利瑪竇中國札記》裏，記錄下這些他看來荒唐和百思不得其解的現象。

> （按：以上內容爲算命）下面的事例卻爲中國人所特有。在選擇修建公共建築或私宅的地點以及埋葬死人的地點時，他們是按照據說地下的特殊龍頭或龍尾或龍爪來研究地址的。他們相信不僅本家而且全城、全省和全國的運道好壞全要看這些地域性的龍而定。他們很多最顯赫的人士也對這種深奧的學問感興趣，必要時甚至把他們從很遠的地方邀來請教。這種事可能發生在要修建公共建築或紀念碑的時候，以及爲這個目的所使用的機械應如何放置才能避免災禍及使事業交到好運的場合。就跟占星術家觀察星象一樣，這些地師根據山水田地的相對位置而算定一塊地的氣運和吉凶。……把一個家庭的安全、榮譽或甚至整個的生存都想像爲一定取決於諸如門要開在這一邊或那一邊，雨從左或是右邊流入窗子，或窗子設在這裡或那裡，房頂哪一個要比另一個高等等細節。有什麼能比這個更加荒唐的呢？〔註8〕

他詫異的眼光觀察到風水對中國社會的各種層面和行爲模式的影響，其由衷不解的語氣，使這段敘述呈現自然的紀實趣味，也凸顯出風水文化中不可以理喻的各種信仰情狀。

時至今日，各類白話新作和文言舊作的風水書遍佈大小書店，從居家風水到辦公室風水，從名人祖墓到靈骨塔方位的選擇，顯示風水術的信仰與應用仍有普遍廣大的市場。甚至網路、雜誌及報紙廣告招牌上，除了「居家風水開運」、「祖墓風水蔭子孫」等傳統的陰、陽宅風水外，還出現了「化妝風水」、「服裝風水」、「顏色風水」等非關「地理」的風水術和風水知識。不論這些「風水」是通俗文化中「開運」的同義代用詞，還是現代風水新領域的擴展，至少正指示著「風水」文化，不但在繼往的傳統中延續，也在開來的創造中蓬勃壯大的趨勢。當人們對各種宗教信仰都隨知識之進化與科技之發達而日益淡薄時，風水信仰及其文化卻始終歷久彌新，甚且與時俱進，從社

〔註8〕利瑪竇（Mathew Ricci 1583～1610）著，金尼閣（Louis J. Gallagher 1577～1628）增修，何高濟等譯《利瑪竇中國札記》上冊第一卷第九章（北京：中華書局，1983年3月第一版），頁90。

會與文化層面來說，這種超越知識與科技的信仰，恐怕早已不是單純的迷信所能範圍和說明。

二、《金翅》的社會人類學研究與啓示

中國學者林耀華先生在一九三七至一九四〇年間寫成的小說體社會人類學觀察報告《金翅》，〔註 9〕取材自作者生長的中國南方的福建鄉下，以兩個傳統家庭及其成員的生活爲主軸，用小說的敘事方式，描寫了中國傳統社會的婚、喪、節慶和教育、法律、政治、交通、經濟、農業等各個層面，其中包括了風水的信仰與民俗。書名「金翅」，是書中兩個家庭之一的黃家居住地的風水名稱。另一個家庭張家，居住地也有一個吉祥的風水名稱爲「龍吐珠」。兩家的後來發展是，黃家越來越興旺，張家卻越來越衰落，當地人的解釋是：因爲張家居住的龍吐珠地，是條斷了頭的龍，因而爲原本家勢興旺的張家招來了一連串使之衰落的惡運，而黃家則因金翅之家的好風水而致富騰達。無論如何，書中的人物似乎始終相信，一個人，乃至一個家族的生計成敗，總是命運的安排，而命運又總是受著風水的影響，對人的幸與不幸及其成就起著莫大的作用。作者則在他們這個信念背後，觀察到由這些信念影響而發展出來的不同行爲的意義，得出人際關係與人格特質在適應與制約的社會化過程中，形成其影響力和競爭力的條件與成敗關鍵的結論。

這部以文學手法包裝的學術報告至今深受世人重視並肯定其文學價值與學術意義，不僅因爲作者特殊的寫作方式令人印象深刻，在取材方面，作者以自幼所熟悉和瞭解的家鄉（中國家庭及社會）生活爲背景，並以他曾眼見其興衰的兩個家族實例爲題材，從社會人類學的角度，重建並描述了其研究對象的思想、行爲與社會機制，用小說體的行文巧妙的將研究材料化爲可讀性高的故事，同時融入其學術見解與觀察分析，因而兼具了文學藝術與學術成就。

然而儘管有「來自耳濡目染的本質上的眞實」和實地調查的資料爲依據，〔註 10〕「金翅」的故事，畢竟是在學者的研究意識下蓄意描繪的作品。

〔註 9〕林耀華（1910～2000）著，（1）宋和譯《金翅——傳統中國家庭的社會化過程》，台北：桂冠出版社，1998 年 8 月修訂三刷。（2）另有簡體字版，庄孔韶、林宗成譯《金翼——中國家族制度的社會學研究》（北京：三聯書店，1989 年 12 月一版，2000 年 4 月二刷），書前〈新版序言〉作者識云：「我的小說體人類學著作《金翼》英文原版問世 50（西元 1950）年之際……」。

〔註 10〕《金翼——中國家族制度的社會學研究・著者序》（同註 9，書（2），頁 2）：

儘管作者已經做到盡其希望之可能的全面和客觀，終究不免於撰者個人照見的局限和盲點，以及模擬人物心理及其活動時一些必要的虛構。這不是作者的缺失，但是不可否認的事實。如果這些被描述的故事與人物活動，不是出於學者有意的模擬（當林在描述這些家鄉生活時，他已經不止是家鄉的生活者，同時也是學者了），而是在其社會狀態與生活意識中的人們自發的描述與創造，也許更有鑑證其人民之思想現實的客觀性與說服力吧。

「金翅」的報告成果為我們啟示了意義與主體性不是孤立的存在，而是由我們的日常行為和文化的諸多活動創造出來。在這層啟示的意義上，作者早已奠定其至今令人尊敬的學術地位。循其啟示出發，本文試圖搜集相信或存在風水意識的人們所敘述和傳播的風水故事，企圖從流傳在中國社會的風水故事中，分析人們在其行為（故事）的發生與敘述中，所體現的對風水的認知及其看待的態度，並從風水故事的流傳關係與內容變化上，探討其文化內涵與可能存在的社會意義。因此本文所取用的材料和發展方向將來自各種有關風水的信仰、意識與行為的故事敘述，而不在於哲學意義上的風水學說理論或歷史研究。

第二節　風水故事的內容和取材範圍

一、風水的名稱與內容

（一）風水的別稱與典故

今所謂「風水」包含「相宅相墓」及「卜居卜葬」之術。據目前可徵文獻，「風水」一詞，最早見於託名晉・郭璞的《葬書》，謂：

> 氣乘風則散，界水則止，古人聚之使不散，行之使有止，故謂之風水。

《葬書》今本一卷，全書專言葬法選穴，書中多次引用「經曰」，似非原創之作，但是書中對「風水」所下定義，常為談風水者引據最古之解釋。

「這部書中所敘述的故事及人物……正是我青少年時期耳濡目染的一切。本書所描繪的每個事件，甚至細枝末節，從本質上講都是眞實的。……不僅此，1934 年至 1937 年間，我在燕京大學社會學系取得碩士學位前後，曾兩次返回家鄉，利用一年半時間，運用社會人類學的研究方法，有針對性地、系統全面地進行社會調查。……這本書中使用的資料，相當一部分是在那時搜集並整理出來的。」

據《四庫全書總目提要》考諸文獻，認為《葬書》始出於宋朝，〔註 11〕前此雖已有卜宅及相墓卜葬之術行於世，但尚未稱之「風水」。《葬書》出現時代前後，宅墓之術於歷代均有別稱，各有典故，許多先進學者多有專文發明，茲據目前所見，綜合其要，據各名稱出典時代由先至後，節錄出典文獻及原文初義，列表如下：〔註 12〕

	名稱	出典及本文	本　義	風水衍義	流行時代
1	卜宅	・武丁王相土作大邑的甲骨卜辭 ・《尚書・召誥》：太保朝至於洛，卜宅	・借占卜以反映天意 ・擇地而居	唐・呂才《五行祿命葬書論》敘【宅經】曰：「殷周之際，乃有卜宅之文，故《詩》稱相其陰陽，《書》云卜惟洛食，此則卜宅吉凶由來尚矣。」	後世遂有卜鄰、卜居、卜築、卜宇、卜室、卜地等語
2	相宅	《尚書・召誥》：成王在豐，欲宅洛邑，使召公先相宅	《周禮・夏官司馬》：「土方氏，……以土地相宅，而建國都鄙，以辨土宜之化之法，而受任地者。」察堪規度宅地	相宅，或謂相地、相土。漢・趙煜撰《吳越春秋》云「伍子胥相土嘗水，爾後象天法地，為吳王闔閭建國都闔閭城。」衍義而有「相墓」之說。	《晉書・魏舒傳》：「寧氏起宅，相宅者云：當出貴甥。」

〔註 11〕《四庫全書總目提要・術數類二》卷一百九【葬書】：「《葬書》一卷，舊本題晉郭璞撰。……考璞本傳，載璞從河東郭公受《青囊中書》九卷，遂洞天文、五行卜筮之術。璞門人趙載嘗竊《青囊書》，為火所焚，不言其嘗著《葬書》。《唐志》有《葬書地脈經》一卷，《葬書五陰》一卷，又不言為璞所作。惟《宋志》載有璞《葬書》一卷，是其書自宋始出。」余嘉錫《四庫提要辨證》據《世說・術解》、《南史・張裕傳》及《晉書・郭璞傳》所載郭璞為人指葬地而有奇驗的傳說，以「其事不獨一而眾說紛紜」，認為「璞在當時，必以卜葬相冢墓著盛名，乃有此種傳說……此其所以依託於璞也歟。」可見風水之術，當郭璞時代前後，即六朝之時，已甚風行，宋之《葬書》應是集成之作。參見本文第二章第一節〈最早的風水故事及其記錄時代〉說明。

〔註 12〕論述風水史的學術性專書有何曉昕《風水探源》（原福建東南大學碩士論文，台北：博遠出版社 1995.8 月繁體字版）及何曉昕、羅雋合著《風水史》（上海文藝出版社，1995.7 月）、王玉德《中華堪輿術》（台北：文津出版社，1995.12 月初版）等專書，所述風水名稱及其典故，多就風水術旨而論之。專文則以史箴〈風水典故考略〉（載天津大學《風水理論研究・二》，台北：地景出版社 1995.4 月繁體字版，頁 13～30）一文，考據各名稱出典及其文獻背景最精，為本表列舉資料之主要參考依據。

3	陰陽	《詩・大雅・公劉》：篤公劉，逝彼百泉，瞻彼溥原。迺陟南岡，乃覯于京。……篤公劉，于京斯依……既溥既長。既景迺岡，相其陰陽，觀其流泉。其軍三單。度其隰原，徹田爲糧。度其夕陽，豳居允荒。	《周禮・地官司徒第三》：大司徒之職，掌建邦土地之圖。……以土地之法，辨十有二之名物，以相民宅而知其利害……以土圭之法，測土深、正日景，以求地中。……地中，天地之所合也，四時之所交也，風雨之所會也，陰陽之所合也。	郭璞《葬書》：「來積止聚，沖陽和陰，土厚水深，郁草茂林，貴若千乘，富如萬金。」風水家論風水，以山主靜而屬陰，水本動而屬陽，故講究山水交會，陰陽相濟。	元代於諸路置陰陽學，路州府均設教授，凡天文、占候等陰陽人皆管轄之，其中包括風水家，俗稱陰陽生。
4	地理	《周易・繫辭上》：「易與天地準，故能彌綸天地之道，仰以觀于天文，俯察于地理，是故知幽冥之故。」	唐・孔穎達疏云：「地有山川原隰，各有條理，故稱地理。」	・晉・葛洪《抱朴子內篇・極言》：「昔黃帝……相地理則書青烏之說。」 ・清・王禕《青巖叢錄》云：「後世云地理之術者分爲二宗：一曰宗廟之法，始於閩中，……其爲說主於星卦……其學浙閩傳之。……一曰江西之法，肇於贛人楊筠松……其爲說主於形勢，……專注龍穴砂水之相配，其他拘忌，在所不論。」	唐宋以後，冠稱「地理」的風水術書大行成風，見於《新唐書・藝文志》及《宋史・藝文志》等。明清以後，稱風水爲地理已屬平常。
5	堪輿	・《淮南子・天文篇》：「堪輿徐行，雄以音知雌。」 ・《史記・日者列傳》：「孝武帝聚會占家問之：某日可娶婦乎？五	・言月令有陰陽變化，大抵談歲時吉凶 ・與「五行家」等同爲卜筮者流，而言日辰之吉凶 ・與言陰陽五行、時令日辰、災應諸書同列，可知爲占卜日辰吉凶之書	唐・顏師古注《漢書・揚雄傳》之〈甘泉賦〉，引三國魏人孟康云：「堪輿，神名，造【圖宅書】者。」漢・王充《論衡・詰術篇》曾引【圖宅書】，內容言五音姓利及大門開向等陽	唐以後至明清，堪輿之名再無改異，但其術內容有存有廢。後世風水衍爲形勢宗與理氣宗兩大流派，其中理氣宗術書，仍

		行家曰可，堪輿家曰不可……」 ·《漢書·藝文志第十》：「【堪輿金匱】十四卷。」《漢書·揚雄傳》錄〈甘泉賦〉有「屬堪輿以壁壘兮」句。		風水。	多言五行生克及吉凶禍福之拘忌。
6	形法	東漢·班固《漢書·藝文志·數術略·形法家》謂「形法」云：「形法者，大舉九州之勢，以立城郭室舍，形人……及器物之形容，以求其聲氣貴賤吉凶。」	以地勢人物城舍等形容之狀，占其吉凶。此云「城郭室舍」，可見只云陽宅，不言陰宅。	後世風水術之「形勢宗」者，以山川地理形勢爲吉凶禍福判斷之根據，其風水家自稱「形家」，風水術別稱「形法」，是有所本於班固之言。	東漢以後
7	圖宅	東漢·王充《論衡·詰術篇》：「圖宅術云：宅有八術，以六甲之名數而第之……宅有五音，姓有五聲，宅不宜其姓，姓與宅相賊。」	圖宅緣起，與西漢以來流行的圖讖、圖緯有關。圖指河圖，讖即預言，緯乃罷黜百家獨尊儒術後，方士附會儒學經典，作變相隱語，皆宣揚符命占驗之術。	衍義而有「圖墓」之語，如唐代《藝文類聚》引《圖墓書》云：「塚前小崗……葬之出富貴」。	東漢
8	青烏	·西晉·葛洪《抱朴子內篇·極言》：「昔黃帝……相地理則書青烏之說。」 ·宋·陳彭年	宋·張京房《雲芨七籤》載【軒轅本紀】謂：「黃帝始畫野分州，有青烏子，能相地理，帝向之以制經。」	六朝前後，相傳其爲神仙，方技之書托之青烏子者更伙，非但相書，醫家論傷寒書也每託其名。所撰《葬經》，《四庫提要·術數類二存目》題云疑是唐宋人僞	六朝以後

		《廣韻》引漢・應劭《風俗通》云「漢有青烏子，善葬術。」		託。南梁劉孝標注《世說新語》，曾引青烏子相塚書曰：「葬之龍角，暴富貴，後當滅門。」	
9	青囊	《晉書・郭璞傳》：「有郭公者，……精於卜筮，璞從之受業。公以青囊中書九卷與之，由是遂洞五行、天文、卜筮之術。」	舊題郭璞修序的風水術書《九天玄女青囊海角經》序云：「八卦八門，六甲天書。始青之下，囊括萬象。」	宋・鄭樵《通志・藝文略》載晚唐楊筠松及門人曾文迪作《青囊經》，《四庫全書提要》謂「相墓家理氣一派，從此發源。」《古今圖書集成・藝術典》作【青囊奧旨】。	唐・陳子昂詩：「傳道尋仙友，青囊賣卜來。」
10	風水	・舊題晉・郭璞撰《葬書》：「葬者，乘生氣也。氣乘風則散，界水則止，古人聚之使不散，行之使有止，故謂之風水。」 ・《青烏先生葬經》：「內氣萌生，外氣成形，內外相乘，風水自成。」	明・喬項《風水辨》：「所謂風者，取其山勢之藏納，土色之堅厚，不沖冒四方之風與無所謂地風者。所謂水者，取其地勢高燥，無使水近夫親膚而已。」	清・丁芮樸《風水袪惑》：「風水之術，大抵不出形勢、方位兩家。研形勢者，今謂之巒體；言方位者，今謂之理氣。唐宋時人，各有宗派授受，自立門戶，不相通同。」	唐宋以後。

＊本表以天津大學建築系史箴〈風水典故考略〉爲本，參核相關原典編輯整理

此外，一些風水活動和風水書上常用的術語如「龍穴」、「地脈」，或源出於名人風水故事的「牛眠地」〔註13〕等，也常用以指稱風水吉地。

〔註13〕晉朝陶侃葬父時，因失牛尋牛而得牛眠之地，用以葬父，仕致厚祿高官。典出《晉書・周洮（附周訪）傳》，後世類書及小說總集如唐・《北堂書鈔》、宋・《太平御覽》、《錦繡萬花谷》、明・《椑史彙編》、清・《子史精華》等均錄其事。參見本書第二章第二節三之（二）〈風水故事在歷代類書的傳鈔與分佈〉，及《中國風水故事資料類編》第【壹一甲3】則故事，頁2。

(二)「風水」與「堪輿」

以上各種名稱，各有典故，歷代均不少見，其中「風水」與「堪輿」最爲常見。

「堪輿」一向是傳統古籍對風水術數內容的正式稱呼，其詞初見於《淮南子・天文篇》，漢・高誘無注，原意不明，但觀其上下文，似乎是指月令陰陽之事。〔註 14〕至《史記・日者列傳》的「某日娶婦……堪輿家曰不可」之文，其爲日辰吉凶占卜之屬，則明白無疑。《四庫提要》以學術史的眼光考察，從《漢書・藝文志》列【堪輿金匱】於「五行」類來看，「堪輿」之屬自與「形法」類的【宮宅地形】等相宅相地之屬有別，及《隋書經籍志》著錄「堪餘」諸書，其分類安排也與曆書元辰等書類近，與地形、宅墓等書類遠，〔註 15〕而認爲「堪輿」在古代（漢至隋唐）只是「日辰之屬」的占卜，與宅墓地理的司屬實各有專門，雖同以卜考吉凶爲事，實所事卜考對象和內容不盡相同。因此即使相宅相墓者都自稱「堪輿家」，《四庫》的分類題名卻不用其名稱作「堪輿」，而爲之另立名目曰「相宅相墓」之屬。《四庫提要》云：

> 相宅相墓，自稱「堪輿家」。考漢志有《堪輿金匱十四卷》，列於「五行」。……《史記・日者列傳》有「武帝聚會，占家問某日可娶婦否，堪輿家言不可」之文。隋志則作堪餘，亦皆日辰之書。則「堪輿」，占家也。又自稱「形家」。考漢志有《宮宅地形二十卷》，列於「形法」，其名稍近，然形法所列，兼相人相物，則非相宅相地之專名，亦屬假借。今題曰相宅相墓，用隋志之文，從其質也。

「堪輿」之外，「風水」是「相宅相墓之屬」另一個最流行的通稱。其詞既出於相墓之書，在名實歸屬上，似不若「堪輿」存異類之爭議，但《四庫》也沒有將就而取用爲名。固然一方面「風水」在傳統學術上並不是一個正式

〔註 14〕《淮南子・天文篇》卷三：「北斗之神有雌雄。十一月始建於子，月從一辰。雄左行，雌右行。……太陰所居辰爲厭日，厭日不可以舉百事。堪輿徐行，雄以音知雌，故爲奇辰。」

〔註 15〕依《隋書・經籍志》以類相從的排列原則，其中書名有「堪餘」二字如【二儀曆頭堪餘一卷】、【堪餘曆二卷】……【雜要堪餘一卷】者共十種，集中在各種曆書之後與元辰祿命書之前，其下則婚嫁、占夢、瑞應、災異等各類書籍後，才有【地形志】、【宅吉凶論】及【五姓墓圖】等「相宅相墓」之書從之。見《隋書・經籍志・五行》卷三十四，乾隆四年校刊本，頁二十五至二十七（台北：新文豐出版《二十五史》冊，頁 515～516）。

的學術名稱；〔註 16〕另一方面，原屬於「相墓之屬」的名詞，要概括「相宅之屬」的內容，在學術名義的源流查考上，也勢必要有一番正名之辨。但如果不以嚴苛的學術標準檢驗，作爲「相宅相墓之屬」的通稱，「風水」其實有其「從其質」而納其內容的條件。

「相宅相墓之屬」在《四庫》中獨立一類，固然是依《隋志》從質分類的意思，相宅之書《宅經》之文中，也曾自明其與相墓同屬的性質，其文云：

> 故宅者，人之本。人以宅爲家，居若安，即家代昌吉；若不安，即門族衰微。墳墓川崗，並同茲說。上之軍國，次及洲郡縣邑，下之村坊署柵，乃至山居，但人所處，皆其例焉。〔註 17〕

《四庫提要》考證《宅經》時代不晚於唐，方技者欲神其說而託名爲黃帝作，〔註 18〕故俗稱《黃帝宅經》。近世敦煌《宅經》的出現，其宅圖內容與《黃帝宅經》符旨相同，更可確證其出現年代的確不晚於唐。〔註 19〕

在《葬書》的「風水」說出現之前，這一部被《四庫提要》稱「術數之中最爲近古者」的《宅經》，雖有所謂「生氣」、「死氣」說，及部份關於宅墓與人身禍福之關係的闡述，但似乎並未發明「二十四路」等專於宅法之外的術語來概稱其術。至《葬書》出，書首〈內篇〉便開宗明義，宣佈了「藏風得水」的概念做爲指導原則，並命名謂之「風水」，使其術用理論有了能夠概括全面的稱詞。所謂「原其起，乘其止。乘風則散，界水則止」，本《葬書》云葬法之基本原則，其「起、止」間追求的「藏風得水」之「風水」，實際就

〔註 16〕歷代古籍如宋《錦繡萬花谷》、明《稗史彙編》、清《子史精華》及《古今圖書集成》等類書，均以「堪輿」爲一類，叢書亦然，於是「堪輿」儼然爲古代知識體系對「相宅相墓之屬」的正式名稱。「風水」用以指稱宅墓福禍等堪輿諸事，已見於宋人之書，但多限於瑣談類筆記如《春渚記聞》（何薳）、《夷堅志》（洪邁）等。是見「堪輿」之爲正名，而「風水」之爲俗稱的地位。

〔註 17〕《黃帝宅經・卷上》頁二（北京：中華書局，叢書集成初編第七二三號，影印夷門廣牘本）。

〔註 18〕《四庫提要・術數類二》卷一百九・子部十九：「【宅經二卷】……《隋志》有【宅吉凶論三卷】……《舊唐志》有【五姓宅經二卷】，皆不云出黃帝，是書蓋依託也。考書中稱黃帝二宅經，及淮南子、李淳風、呂才等宅經二十有九種，則作書之時，本不僞稱黃帝，特方技之流，欲神其說，詭題黃帝作耳。」

〔註 19〕敦煌宅經，編號Ｐ・3865，前有序論，歷舉古來宅經廿四種。其他Ｐ・2615、Ｐ2632、Ｐ・3281、Ｐ・4522及Ｓ・4534等敦煌文書中，也都載有宅經字樣或相關的圖文。見王重民《敦煌遺書總目索引》（台北：源流文化事業公司出版，民國71年（1982年）6月初版）。

是對地形地利的選擇與要求，亦「風水」一詞之精義所在。「藏風得水」的理想，無非是爲聚氣以求福蔭，也正是使「相宅相墓」同質而共屬的「相地擇福」的內涵。以此，「風水」作爲溝通並聚合「相宅相墓」兩者的通稱，在名義的引申及借用上，已較諸「堪輿」之專用日辰，及「形法」之兼相人物，有更準確的概括性。

「風水」雖然不及「堪輿」之典籍地位而委爲俗稱，自隨《葬書》流行以來卻未嘗輟用。長久以來約定俗成的習慣上，「風水」的名義不僅等同於「堪輿」的內容（風水術），也適用於風水定義的自然場所，而有所謂「好風水」和「壞風水」之稱了。

由於《四庫全書總目提要》在【相宅相墓之屬】的案語中對「堪輿」一詞考鏡源流的說明，已頗具爲「日辰占卜」與「相宅相墓」正本清源的企圖與釐清意義，考慮本文研究重點及取材方向，爲便於將來分析及說明，本文擬用《四庫》之意，不以「堪輿」稱謂這些「相宅相墓之屬」的研究材料及研究內容，以免「日辰占卜」的錯雜與誤會之累（雖然「風水術」也包含了部份日辰占卜的內容，但畢竟不以此爲主），進而能明確的規劃研究範圍。至於「相宅相墓」雖有學術意義的正確及客觀性，但未免累贅，字面上也缺乏「堪輿」和「風水」所囊括的相地宅墓形之外的其他術數意涵，一旦脫離目錄書「術數類」的籠罩，便須作「相宅相墓之術數」的註解，才能籠稱其內容。故爲論述方便，本文雖用《四庫》之意但暫捨其名，而以在「相宅相墓」的術數典籍和性質上樹立名稱而行世的「風水」來概稱之，並以此包括其俗稱中早已包含的風水術與風水環境等風水相關內容。

故凡是由「風水」集合的內容，即與「相宅相墓之屬」的擇地、擇時或造命、福禍等觀念相關，及因之產生的行爲或活動的敘事，即本文所謂「風水故事」的風水內容。

二、「故事」的概念與定義

「故事」，在一般概念和常用意義上，有所謂「故時之事」，有所謂「故有之事」的兩重概念：「故時之事」意味故時發生之事，如《史記．太史公自序》言：「余所謂述故事，整齊其世傳，非所謂作也。」意義在於紀實，故事是爲歷史。「故有之事」是故時已有（已知）之事，其由來虛實不在意下，亦無從追查，如民間故事。兩重概念交集起來，「故事」不論紀實與虛構，其事之「故」都有一段時間以上的累積。

至於學術的「故事」定義，小說學、敘事學和民間文學都有相當程度的介入。

小說學者說：「小說的基本面是故事，而故事是一些依時間順序排列的事件的敘述。……故事是情節的基礎，情節也是事件的敘述，但重點在因果關係（causality）上。」〔註20〕

敘事學者：「敘事又稱敘述，近年用來翻譯西方的“narrative”一詞。」「什麼是敘事？簡而言之，敘事就是講故事。」。〔註21〕

民間文學指稱民間故事通常從內容分類去說明，在廣義上包含了「神話、傳說和故事（包括童話、寓言和笑話）」，狹義故事則不包含神話和傳說。不論狹義故事或廣義故事，故事的共同要素，是「每一則可以稱作故事的敘事，至少有一個以上的情節單元（motif）。」「情節單元」的要素是「不尋常、罕見之事物」，是「故事中最小之完整敘事單位」。〔註22〕

事實上，小說與民間故事的文學本質，都是敘事，而敘事文學研究的對象，也正包含了這兩個門類的作品。在小說學、敘事學、民間文學的分門上，它們早在名稱上確定了彼此的個別領域與研究範疇，對故事的定義工作，與其說是宣示範圍，不如說是確立規範，作爲一個敘事體的規範，作爲小說體的規範，以及民間文學的故事規範。

從這些「故事」的定義來看，這些定義所要定義的範圍和義界的目的，都在試著分析出「故事」之有別於「無故事」或「非故事」的一般敘事，以確立並提煉出「故事」的明確形象。從這個義界的目的而言，認清並排除這些定義之個別意義的部份，也許能集合出這些概念中最大概括的「故事」定義。

〔註20〕英・佛斯特（E. M, Forster 1879～1970）著，李文彬譯《小說面面觀——現代小說寫作的藝術》（台北：志文出版社，民國69年再版），頁25、頁75。

〔註21〕美・浦安迪（Andrew H. Plaks）講演《中國敘事學》（北京大學出版社，1996年3月初版，1998年一月二刷），頁4。

〔註22〕民間故事包含「神話、傳說、故事」的內容及其體裁分類是民間文學學者的共同常識與研究術語，但「每一個故事必包含有一個或一個以上的情節單元」的定義爲金師榮華先生集合歸納之語。「情節單元」亦其針對「motif」一詞，用作民間故事的研究術語時，所指的故事中最小之完整敘事單位而對應其意的翻譯。先此之前，胡適將之音譯爲母題。詳見金文〈「情節單元」釋義——兼論俄國李福清教授之「母題」說〉（台北：《華岡文科學報》第二十四期，民國90年3月），頁173～182。

首先是「情節」。小說學指故事是情節的基礎，而情節的重點在「有因果關係的事件敘述」上；民間文學的故事是由一個以上「有不尋常事物之最小完整敘事單位」的情節單元（motif）構成的。小說學所謂故事情節之「因果關係」的完成條件，也許適足以銓釋民間故事之「完整敘事」的「完整」條件。如「人變牛」是情節單元，而「人因懶惰被天神懲罰變為牛」就是故事了。如果沒有因果關係的交代，事件或事物的敘述間無明確的關聯以統一或完成其敘事的整體性，則故事可能只是概要或漫談，而無故事可言。因此對情節的要求及其因果的完整敘述，應是一個故事的基本條件。

其次內容。不論紀實或虛構，在「講故事」的「敘事」中，故事所反映和被窺見的不只是事，還有這些事（故事）被敘述和流傳的誘因，並透露出敘事者對其所敘之事的觀感與認知。因此，「故事」在不被作為「歷史」來論，而是作為「文學」來強調時，它是「敘事文學」的意義大過於「歷史故事」的定義。從這個層面看，「故事」的內容是否為紀實或虛構，其實並不妨礙它反映敘事背景的現實意義。當然，故事講述的客觀性愈強，所折射的現實意義愈大。如「故事」作為一種歷史或舊有之事來傳承講述時，客觀敘述的成份就比有意為之的創作性作品（如作家小說）大，其世代相傳的集體創作中所承載的社會層面，也比作家創作所企圖表達或反映的個人層面要廣。

三、風水故事的取材範圍

作為中國傳統文化中的一種重要現象，風水信仰反映了相當一部份人的價值意識和認知世界，這種認知和意識往往具體而深刻的表現於其信仰的活動與行為中，而很少為有限的風水學說理論所能說明或概括。因此，本文無意對風水學說作哲理上的討論，但試圖從內視的角度，對於在風水信仰下形成並流傳的風水故事，包括被認為眞實的歷史舊事，或在流傳過程中接受並傳遞了這些信仰與活動的傳說、故事，做一系統的分類與整理，以歸納並分析其內容的文學特色與信仰內涵，進而由其特色的呈現與流傳範圍試探其間的文化意義或社會影響。

風水的內容本身既龐大而複雜，與之相關的故事也一直不斷形成並發展中，沒有任何定義和方法能保證可以取得涵蓋傳統的和剛剛形成以及發展中的所有材料。就目前能定義的結果和所確定的內容，只能保守範圍於傳統材料，而暫止於剛剛形成和發展中的材料。因此本文指風水則局限於傳統風水認知的與「地理福禍」相關的部份，指故事則著眼於有傳統性與集體性之民間文學特質的材料。至於通俗小說或風水師著作之風水小說和故事，有民間文學之傳統與集體特質者採樣收集，有明顯個人創作之蓄意爲之的部份（如爲宣傳或自神其術而作），或內容瑣碎敘事不集中，則未具足集體與現實之意義和文學（故事）條件而多半捨棄。

綜上所述研究旨趣與取材方向，以下就本章定義和釐定範圍，從「歷代文獻記錄的風水故事」和「近現代搜集整理的風水故事」兩方面，細數中國風水故事的流傳與記錄，並將呈現目前收集採樣的成績編爲《中國風水故事類編》。

第二章　中國風水故事的記錄

第一節　最早的風水故事及其記錄時代

從殷商卜辭和《詩經》的記載，卜宅相地的活動在商周時代似乎就已經很活躍，但其內容及活動的意義，當時只是對環境條件的實際選擇，或遷都定都時，以「卜」的動作為反映天意的象徵，取得人民的信心，帶有以神道設教的政治目的。〔註1〕眞正在術數意義上進行的卜宅和相地活動，最早明確的記載，應是東漢班固在《漢書藝文志》所謂「大舉九州之勢，以立城郭室舍，形人及器物之形容，以求其聲氣貴賤吉凶」的「形法」，以及同時代學者王充《論衡·詰術篇》所批評的「宅不宜其姓，姓與宅相賊，則疾病死亡，犯罪遇禍」的「圖宅術」。因此可以確定從西漢末年到東漢初，這種與後世風水概念相符的「以居宅之地求聲氣貴賤吉凶」的概念，至少已經成形並流行。有關風水故事的記錄，也約在此時代前後始見。如漢·趙煜撰《吳越春秋》中，述伍子胥與范蠡分別在吳國與越國的築城設計上彼此鬥勝之事（《吳越春秋·卷四》），〔註2〕其利用

〔註1〕史箴〈風水典故考略〉引《尚書》之〈召誥〉、〈洛誥〉中「卜宅」、「相宅」諸文參照，認爲以周民族敬鬼神而遠之的理性精神，其文之「卜」，爲考察、選擇之意，並非單指占卜，其「卜宅」義乃同「相宅」義。又引《尚書·盤庚》記商王盤庚遷都於殷的訓詞云「天其永我命於茲新邑」，説明商王作邑之卜乃征服民心的手段，並非全爲迷信。文見王其亨主編《風水理論研究（二）》（台北：地景出版社，民國84（1995年）年4月繁體字初版，原天津大學出版社出版），頁24。

〔註2〕《吳越春秋》卷四：「……子胥乃使相土嘗水，象天法地，造築大城，周迴四十七里，陸門八以象天八風，水門八以法地八聰。……陵門三，不開東面者，

五行剋應及制物厭勝的手法，與論衡所稱的圖宅術頗有呼應，當中對雙方彼此相互制衡的往來應對過程之敘述，活脫是一個鬥風水的故事。民間傳說中常見的鬥風水，於此算是得著先師。又如《史記・蒙恬傳》卷八十八：

> 蒙恬喟然太息曰：「我何罪於天，無過而死乎？」良久，徐曰：「恬罪固當死矣，起臨洮屬之遼東，城萬餘里，此其中不能無絕地脈哉？此乃恬之罪也。」乃吞藥自殺。

則「地脈」之存不但已在人心，且「絕地脈」之可能遭遇報應的思想也在當時人的信仰中了。

就《漢書藝文志・形法家》所收【宮宅地形】及《論衡》所云的「圖宅術」看來，似乎所指的都是後世風水術中的「陽宅」風水。有關「葬地」之說及「葬地福人」的「陰宅」風水故事，最早出現在《後漢書・袁安傳》：

> 初，安父沒，母使安訪求葬地，道逢三書生，問安何之，安爲言其故。生乃指一處，云：「葬此地，當世爲上公。」須臾不見，安異之。於是遂葬其所占之地，故累世隆盛焉。安子京、敞最知名。〔註3〕

關於葬地的「陰宅」風水，《四庫全書總目提要》題【葬書】曾述其源流云：

> 葬地之說，莫知其所自來。《周官》冢人、墓大夫之職皆稱以族葬，是三代以上葬不擇地之明證。《漢書・藝文志・形法家》始以《宮宅地形》與相人相物之書並列，則其術自漢始萌，然尚未專言葬法也。《後漢書・袁安傳》載安父沒，訪求葬地，道逢三書生，指一處當世爲上公，安從之，故累世貴盛。是其術盛於東漢以後。……〔註4〕

郭璞的《葬書》雖經《四庫提要》考訂爲宋以後所出之作，然余嘉錫《四庫提要辨證》據《世說・術解》、《南史・張裕傳》及《晉書・郭璞傳》所載郭璞爲人指葬地而有奇驗的傳說，以其事不獨一而眾說紛紜，認爲「璞在當時，必以卜葬相冢墓著盛名，乃有此種傳說，固不獨葬母暨陽一事也。葬母事見世說及本傳。此其所以依託於璞也歟！」〔註5〕可見風水之術，當郭璞時代前後，

欲以絕越明也。立閶門者，以象天門通閶闔風也。……闔閭欲西破楚，楚在西北，故立閶門以通天氣，因復名之破楚門。……於是范蠡乃觀天文，擬法於紫宮，築作小城，周千一百二十一步，一圓三方，西北立龍飛翼之樓，以象天門。東南伏漏石竇，以象地戶。陵門四達，以象八風。外郭築城而缺西北，示服事吳也，不敢壅塞；內以取吳，故缺西北，而吳不知也。」

〔註3〕《後漢書》卷四五列傳第三十五

〔註4〕《四庫全書總目提要・術數類二》卷一百九。

〔註5〕余嘉錫《四庫提要辨證・子三・術數類二》【葬書】：「考《世說・術解篇》云：

即六朝之時，已甚風行。

從史書的成書時代來考察，郭璞與袁安雖分屬不同時代的人，《晉書・郭璞傳》和《後漢書・袁安傳》卻同時作於南朝的宋齊之間。今本《晉書》成書於唐初，實際是以南朝齊人臧榮緒【晉書】（已失傳）爲底本，參考十八家晉書（均修撰於晉朝及南朝）改訂而成，修撰者只是信手刪節，於史實取捨並未深入考慮，〔註6〕反而因此保存了許多六朝述異風氣盛行時的碎事異聞，如余嘉錫所謂事不獨一而眾說紛紜的郭璞卜葬之事（見註 5），同時見載於所謂正史之《晉書・郭璞傳》及《世說新語》等時人筆記。袁安雖是後漢人，《後漢書・袁安傳》實際寫於南朝宋人范曄之手，〔註7〕其作者時代亦與《晉書・郭璞傳》（南齊）和《世說新語》（南梁）的時代相去不遠。其中之「袁安葬父」事，亦見於《小說》、《幽明錄》、《錄異傳》等同時代小說，〔註8〕其事詳略不同，文字及細節亦有出入，可見並非抄襲，也可見傳說與史實出入史書與小說的雜錯狀況。此外，與葬地有關之風水別稱如「青烏」或「青烏術」，並出現於此時，〔註9〕此前出現之風水別稱如「卜宅」、「相地」、「陰陽」及「形法」等，其出典與原義，均專指「陽宅風水」而稱之。〔註 10〕是故，可以確

晉明帝解占冢宅，聞郭璞爲人葬，帝微服往看，因問主人：『何以葬龍角？此法當滅族！』主人曰：『郭云此葬龍耳，不出三年，當致天子問』。帝問：『爲是出天子耶？答曰：非出天子，能致天子問耳。』璞本傳亦載此事。又《南史・張裕傳》云：初，裕曾祖澄當葬父，郭璞爲占墓地，曰『葬某處年過百歲位至三司而子孫不蕃；某處年歲減半而累世貴顯。』澄乃葬其劣處。爲光祿，年六十四而亡，其子孫蕃昌……此其事之信否不可知，然可見璞在當時必以卜葬相冢墓著盛名，乃有此種傳說，固不獨葬母暨陽一事也葬母事見世說及本傳。」《晉書・郭璞傳》：「璞以母憂去職，卜葬地於暨陽，去水百步許。人以近水爲言，璞曰：『當即爲陸矣。』其後沙漲，去墓數十里，皆爲桑田。」

〔註 6〕 諸史成書過程，據王樹民《史部要籍解題》（台北：木鐸出版社，民國 77 年（1988 年）9 月初版）所考。《晉書》之部見該書頁 56～61，指出唐初修撰《晉書》以臧榮緒《晉書》爲底本，而矛盾失誤例不勝數，而云「可知當時修撰工作爲將臧氏之書信手刪節，於史實取捨並未深入考慮。」（頁 59）《後漢書》之部見頁 42～49，云「今本《後漢書》的主要部份，即帝、后紀十卷和列傳八十卷，出於范曄之手。……范曄字蔚宗，南朝宋順陽郡人。」。

〔註 7〕 同註 6。

〔註 8〕 見魯迅《古小說鉤沉》：《小說》第 54 條，《幽明錄》第 40 條，《錄異傳》第 8 條。

〔註 9〕 西晉・葛洪《抱朴子內篇・極言》：「昔黃帝……相地理則書青烏之說。」南梁劉孝標注《世說新語・術解篇》「郭璞卜葬之龍角龍耳」事（見本文註 5），引青烏子相塚書曰：「葬之龍角，暴富貴，後當滅門。」

〔註 10〕 以上風水名稱由來典故，見本書第一章第二節一之（一）風水的別稱與典故。

定，與葬地有關之「陰宅風水」的術法與觀念及其相關故事，當在魏晉南北朝以後流行。〔註 11〕當此背景，則《後漢書・袁安傳》的記載，一方面可能是東漢袁安經歷的「史實」記錄，一方面也可能是南北朝盛行的有關墓葬風水傳說的記錄。

綜言之，據目前可徵文獻，陽宅（地表以上的宅與地）的風水故事最早被記錄的時代是西漢（《吳越春秋》及《史記・蒙恬傳》，見上文引述），所載時間在戰國至秦漢間。陰宅（葬地）風水故事最早被記錄的時代約在晉以後至南朝宋齊之間（范燁《後漢書》及《晉書・郭璞傳》），所載時間爲東漢以後。故以下本文所收古籍文獻及其風水故事的出現時間，大約不出於此時代之前。

第二節　記錄風水故事的古籍文獻

一、史傳與方志

（一）正史的載錄

《漢書・藝文志》云：「數術者，皆明堂羲和史卜之職也。」風水堪輿之爲「明堂」數術之一，既爲歷代皇室所留心，正史之書也未嘗忽略。風水術數專書如【宮宅地形】等，初見《漢書藝文志》著錄於〈數術略〉之「形法家」，其餘數術之類，還有天文、曆譜、五行、蓍龜、雜占等，《隋書經籍志》統稱之爲〈五行類〉。此後正史書籍多襲之，相關的占卜記事則載於〈五行志〉。又，風水之卜，常以「望氣」爲占，有以雲氣、地氣等反映「天命」及災祥，因此也見於〈符瑞志〉的事紀中。與其他數術一樣，風水既繫人福禍，某些帝紀、王侯及名人列傳中，也附記其人或其家風水傳說，以拊其天命之證並存其禍福之論；主其占卜之個中高手，則以其占卜之技入〈方技〉、〈藝術〉等列傳。

唐・劉知幾《史通・書志》述史書記災祥吉凶諸事之例云：

「夫災祥之作，以表吉凶……此乃關諸天道，不復繫乎人事。……

〔註 11〕《隋書・經籍志・五行類》著錄有【五姓墓圖】一卷，其下附注云：「梁有【冢書】、【黃帝葬山圖】各四卷，【五音相墓書】五卷，【五音圖墓書】九十一卷，【五姓圖山龍】及【科墓葬】不傳，各一卷；【雜相墓書】四十五卷，亡。」其時以數術講究葬地之盛可見一斑。

然而古之國史，聞異則書，未必皆審其休咎，詳其美惡也。」〔註12〕

可知古之國史記災祥以反映天道吉凶，只是對客觀現象的記錄，至於其休咎美惡則未置論。但後世之史，則不盡然。《史通・書事》又云：

> 三曰旌怪異……幽明感應，禍福萌兆則書之。……若吞燕卵而商生，……圯橋授書於漢相，此則事關軍國，理涉興亡，有而書之，以彰靈驗，可也。而王隱、何法盛之徒所撰晉史，乃專訪州閭細事，委巷瑣言，聚而編之……。范曄博採眾書，裁成漢典，觀其所取，頗有奇工。至於方術及諸蠻夷傳，乃錄王喬、左慈、廩君、槃瓠，言唯迂誕，事多詭越。……又自魏晉以降，著述多門，語林、笑林、世說、俗說，皆喜載調謔小辯，嗤鄙異聞……而斯風一扇，國史多同。〔註13〕

可見史官之兼收玄奇感應、里巷瑣言等小說言漢代開先例，自魏晉以降，史家向小說家借資取材的情況，則蔚爲風氣，從此國史多同。是所謂「史稗同源」，其來有自。雖然鄉野傳說也許不無史實成份，而「道聽途說」也不妨是採訪史料的田野調查方法之一，但志怪玄奇中，情理無有而匪夷所思之事，一般有「正史」自覺的撰史者，也不會輕易收錄，除非其時代氛圍與知識體系中，已有接納其玄奇的情理背景存在。如，《史記・天官志》、《宋書・符瑞志》及《南齊書・祥瑞志》等，均可見陰陽五行對當時政治、社會或學術的影響；從《後漢書・方術列傳》以下，史書或有「方技列傳」、或有「藝術列傳」，專書化外之人玄奇之術，也可見其時之間方術的流行與方士的地位和影響了。

二十五史中，《晉書・藝術列傳》、《魏書・藝術列傳》、《北齊書・方技列傳》、《北史・藝術列傳》、《隋書・藝術列傳》、《舊唐書》及《新唐書》之「方技列傳」、《遼史・方技列傳》等，均有與風水相關之故事載記，或有見於「符瑞志」、「祥瑞志」者，則多與「望氣」有關。餘則散見於史書中其他列傳、帝紀或地理志，本文多借助中研院漢籍資料檢索系統，以「擇地」、「葬地」、「宅相」、「墓相」、「地脈」、「吉地」、「凶地」、「堪輿」等關鍵字檢索搜集相關材料，另已見諸類書及筆記小說節錄徵引者，也盡力返其原典還其本文。目前自二十五史摘錄風水故事計共四十三則。

〔註12〕唐・劉知幾撰、清・浦起龍釋《史通・書志》卷三（台北：里仁書局，民國69年（1980年）9月），頁63。

〔註13〕《史通・書事》卷八（台北：里仁書局，民國69年9月），頁230～231。

（二）方志的記錄

風水一方面繫於人事，一方面關於宅墓廟宇乃至一方地理，在普遍存在鄉土意識的地方志中，多數未嘗忽略。地方或有堪輿聞人，其事蹟必見於方技、藝術或隱逸篇；而民間傳說喜於附會名人風物的敘事習慣，在地方名人傳記和古蹟風物的記述中，亦時有風水傳奇渲染。以清代編修的《金門志》爲例，人物志中，不少鄉賢名宦的出身都有風水故事烘托的傳奇性，有些故事至今仍在當地有口頭流傳。在《臺灣鄉土全誌》及《澎湖廳志》中，也有極具鄉土色彩的風水故事記錄。地方志對地緣的重視與對鄉野傳說的包容力，在史志的性質外，別具正史所不及的特色。許多國史不及且不論的偏疆逸史和鄉野軼聞及民間傳說，多有賴方志以保存。

然而中國方志汗牛充棟，不僅數量可觀，遍佈海內外圖書館，即民間私藏、私修和新編的數量也難以估計。〔註 14〕故雖知方志有風水故事之存在與潛藏可能，但以目前孤掌之力，尙難以對此進行全面性搜集與調查，但圖從中取樣，以探中國風水故事記錄與流傳概貌之一端。

方志史料的鉤沉輯錄，自清代已受學者注意並重視，在風水堪輿方面，其有所謂故事者，多見於以風水見長而聞名的堪輿名人傳記或軼事中。如《古今圖書集成・藝術典》第六百七十九卷，有〈堪輿名流列傳〉，收錄自漢至清的歷代堪輿名人小傳及軼事，其徵引出處除見諸史傳者外，大多出自各地方志。又，近人袁樹珊編著《中國歷代卜人傳》，〔註 15〕是書針對「於陰陽術數、卜筮星相多所發明或具特長者」，以民國以後的行政省區爲分，編成三十八卷（今見三十三卷）。爲何不以卜人專長爲卷秩分類，〔註 16〕而以地區省域爲分

〔註 14〕金恩輝、胡述兆主編《中國地方志總目提要》（台北：漢美圖書公司印行，1996 年 4 月初版），收錄 1949 年 10 月以前所收之歷代地方志共八五七七種，包含通志及府、州、廳、縣、鄉土志、里鎮志、衛志、所志、關志、島嶼志等。朱士嘉《國會圖書館藏中國方志目錄》（台北：新文豐出版社，民國 74 年（1985 年）2 月初版）統計美國國會圖書東方部特藏的中國地方志共有二九三九種。又，據周迅《中國的地方志》（1998：北京，頁 20～25）引日人山根幸夫編《日本現存明代方志目錄》（1971 年增補版）中有三百多部；1957 年巴黎出版的《歐洲各國圖書館所藏中國地方志目錄》，計英、法等七國廿五個藏書單位，有中國地方志一四三四種。

〔註 15〕袁樹珊《中國歷代卜人傳》，台北：新文豐出版社，1998 年 11 月一版。

〔註 16〕其書例言比較了是書與《歷代疇人傳》的不同，如第二條云：「清・阮元《疇人傳》專取步算一家，其以占驗吉凶，及太乙遁甲、卦氣風角之流，涉於內學者，一概不收。……本書祇言卜筮占驗，不涉步算，故與疇人傳旨趣不同

卷單位，書前序例並未說明，唯該書取用資料，大半是以方志爲主，〔註 17〕或許因此導成其特殊的編輯方式。其徵引書目九百廿八種中，去經、史及「諸家雜著」（含部份術數之書及筆記小說和文集等）外，其餘爲各省、府、州、縣之地方志共五百四十九種，〔註 18〕大多是清代及民初編修，幅員廣及江蘇（六卷）、浙江（五卷）、安徽（二卷）、江西（三卷）、湖北、湖南、四川（二卷，含西康省）、河北（二卷）、山東（二卷）、山西（二卷）、河南（三卷）、陝西（二卷）、甘肅（含青海省）、福建（二卷，含臺灣省）、廣東、雲南（含貴州省）、遼寧、吉林（含熱河、察哈爾、寧夏、新疆）諸省。今刊行本第三十四卷（福建省二，含臺灣）以下闕。

《中國歷代卜人傳》並未針對卜人的術數特長分類，欲從中求其風水名人故事，只能依卷按省逐條檢索。今坊間有風水堪輿作家鐘義明君，輯撰有《中國堪輿名人小傳記》一書，於歷代堪輿名流記錄可謂全備，惟其中徵引出處資料並未俱詳，或有見註出處者，除一般風水書籍，亦有許多方志，以此或可聊備方志類參考資料之一格。

據以上述介，本文所收方志中風水故事資料，除就筆者已知見於《臺灣鄉土全誌》、《澎湖廳誌》及《金門縣志》者收錄外，僅於《古今圖書集成》之〈堪輿名流列傳〉及《中國歷代卜人傳》和《中國堪輿名人小傳記》等，選取其中有關風水之敘事採樣編輯，事與他書互見無異者，則以原文出處爲主，或加註其見收書目卷秩於採樣文本後。

二、筆記小說

《漢書藝文志》所謂「小說家者流，蓋出於椑官，街談巷語，道聽途說者之所造也」，除了說明小說出於椑官，「街談巷語，道聽途說者之所造」也說明了椑官之職事是記實而非創作。不同的是，史官與椑官職位高低不同，所記之實也有等級之差，史官所記是君國大事之「正史」，椑官所記爲里巷之故、狂夫之議的「野史」。這些「椑官野史」的小說，即使也有敘史述實的內

云。」（頁一）但阮元《歷代疇人傳》以卜者專長之術類分卷，袁著《中國歷代卜人傳》則以卜人所屬籍貫之省份分其卷秩，例言中對其分卷體例與用意並未特別說明。

〔註 17〕《中國歷代卜人傳・例言》第七條：「本書所載各傳，取材正史者，十僅二三，取材方志者，十至七八。」（同註 15，頁三）

〔註 18〕詳見袁著《中國歷代卜人傳・徵引書目》，同註 15，頁一～一0。

容，但道聽途說的來源既注定了它爲野史而非正史的地位，似乎也同時解除了歷史責實的框架，是非便只關於事而不及於史了。這種「述實」而又無敘史之責實心態的敘事，也是民間傳說之由來本色。

《漢書藝文志》的說法確立了「小說」這種文體的存在，雖然在後世的發展中，小說擴大了其文體特徵，有眾多創作品種的繁衍，但在古代目錄和文學作家的眼中，「小說」似乎一直保持著《漢書藝文志》的義界，以「街談巷語，道聽途說」式的記述爲主，而大多摒除了宋之平話、元明之演義等長篇大製的白話小說。〔註 19〕《四庫全書總目提要》的小說家類，更排除了唐傳奇式的創作小說如〈鶯鶯傳〉、〈霍小玉〉等「傳奇」，〔註 20〕而迹其流別，分爲「敘述雜事、記錄異聞、綴輯瑣語」三派。〔註 21〕其「敘述、記錄、綴輯」等語，便基本歸納了這種隨筆扎記，帶有述而不作之意味的傳統小說體的「筆記」特色。在「道聽途說」兼且「述而不作」的背景下，這些野史瑣談，在其筆記當時，是時人分享見聞的記錄，傳於後世便成爲社會或文化意義上的史料。從這個角度觀照，筆記小說的述史功能，曾不遜於廟堂正史。而今日從傳統筆記小說鉤玄出來的故事，也都可以說是民間文學廣義上的傳說記錄。

雖然《四庫書目》對歷代小說所作的三個分類，爲學者稱許「小說範圍，至是乃稍整潔」（魯迅，見註 19），但若論條例分明，仍以明人胡應麟《少室山房筆叢》所分「志怪、傳奇、雜錄、叢談、辨訂、箴規」六類（參見註 19），

〔註 19〕魯迅《中國小說史略》第一篇〈論史家對於小說之著錄及論述〉云：「宋之平話、元明之演義，自來盛行民間，其書故當甚夥，而史志皆不錄。」並言及有例外者數種，然皆有其特故因緣，而「非於藝文有眞知，遂離判於囊例也」，故云「史家成見，自漢迄今蓋略同，目錄亦史之支流，固難有超其分際者矣。」（谷風出版社，無版權頁），頁 11。

〔註 20〕「傳奇」最初是明・胡應麟的分類。胡著《少室山房筆叢・卷二十八》分小說爲六類：「一曰志怪，搜神、述異、宣室、酉陽之類是也；一曰傳奇，飛燕、太眞、崔鶯、霍玉之類是也；一曰雜錄，世說、語林、瑣言、因話之類是也；一曰叢談，容齋、夢溪、東谷、道山之類是也；一曰辨訂，鼠璞、雞肋、資暇、辯疑之類是也；一曰箴規，家訓、世範、勸善、省心之類是也。」

〔註 21〕《四庫全書總目提要・子部小說家類》卷一百四十（臺灣商務，冊三，頁二八八二）。按魯迅《中國小說史略》說法：「右三派（即《四庫總目》所云三類），校以胡應麟所分，實止兩類，前一（敘述雜事）即雜錄，後二（記錄異聞、綴輯瑣語）即志怪，第析敘事有條貫者爲異聞，鈔錄細碎者爲瑣語而已。傳奇不著錄，叢談、辯訂、箴規三類則多改隸於雜家，小說範圍，至是乃稍整潔矣。」

各依內容分類定名，爲能因名得實。其中除「傳奇」一項已爲《四庫書目》裁出於小說範圍之外，其餘均今所稱筆記小說可見內容。按此分類條例，欲求「風水故事」於筆記小說，則可先捨「辨訂、箴規」等專於議論不主敘事者，而向「志怪」類搜其神異故事，或由「雜錄」、「叢談」等索其軼事舊聞。〔註22〕

這些筆記小說中，「雜錄」、「叢談」等既是“錄”和“談”，在敘事語氣和內容性質上，自然都有述而不作的紀實意味。即使是「志怪」類的筆記，也通常秉持《搜神記》以來的「徵神道之不誣」的傳統，〔註23〕筆記者即使不能稱名道姓的指出故事主角的名字，往往也會盡可能的指出故事發生地點或故事的來源，以滿足讀者（或是作者自己）對故事的徵信心態。而紀實性的趣味和徵信於讀者（聽眾）的文學手法，正是民間文學之傳說的特質。

在傳世的筆記小說中，宋代以後的筆記多存有作者自序或作者親友及當時讀者的代序，其中往往透露出作者的書作背景及其資料由來，這也在無意間爲後世的讀者提供了考察其中的故事來源及傳播動態的參考線索。筆記小說聞異則書及照聞直錄的方式，可能因故事來源或聞見先後及筆記者主觀印象不同，而留下同事異說的各種樣本，〔註24〕如此則當有其傳說意義與史料價值；但另一方面，卻也可能因聞見方式之多元，而產生了口傳途徑外的文字間的抄襲或間接抄襲之作，如直接抄襲前人或前代筆記以及類書資料，或憑閱讀記憶的印象輾轉傳鈔，甚至是完全抄襲等等。〔註25〕像這樣文字與文

〔註22〕今台北新文豐版《叢書集成新編》及其《續編》、《三編》之小說以「神異小說」、「情豔小說」……及「故事」、「瑣談」等目分類，其類目之分略同胡氏之意。本文初步搜集古代風水故事時，即循此檢索並篩選可能存在風水故事之筆記小說。

〔註23〕干寶《搜神記》自序語。後世的志怪小說作者也常作這樣的宣示，如唐・唐臨《冥報記》自序：「齊竟陵王蕭子良作冥驗記、王琰作冥祥記，皆所以徵明善惡，勸戒將來……臨既慕其風旨，亦思以動人，輒錄所聞，集爲此記。」清・紀昀《閱微草堂筆記》序：「乃採掇異聞，特作筆記以寄所欲言，……而大旨要歸於醇正，欲使人知所勸懲。」

〔註24〕如宋眞宗之葬地，時人何薳《春渚紀聞》卷一及魏泰《東軒筆錄》卷三均載，述山陵大禮使丁晉公爲定陵地獲罪事，何氏所述意以丁與同事恃藝爭持而擇地失誤，魏氏所述則云丁乃爲同事護短而受誣。何云：「仁旺欲用牛頭山前地，晉公定用山後地，爭之不可……」魏云：「丁晉公爲山陵大禮使，宦者雷允恭爲山陵都監。及開皇堂，泉脈坌湧，丁私欲庇覆……擅移數十丈。」參見《中國風水故事類編》第一編，頁25。

〔註25〕例如清・俞樾《茶香室叢鈔》卷十六引《老學庵筆記》（宋・陸游撰）述「蔡

字間遞嬗傳接的現象，一方面是筆記小說行之久遠的傳統，〔註 26〕一方面對歷代民間故事的保存與流傳也有不可忽視的影響。

三、類書及小說總集

（一）類書的特質與故事流傳的關係

魏晉文人喜用典故的文學風氣下，文人間以博聞強識爭勝，於是因事則文分類編排的「類書」大受歡迎，成爲文人爭供案頭的工具書。及隋唐以策論詩賦開科取士，類書分門棣事以便於廣聞博記的特點，也爲應試者提供不少方便，故自唐宋以至明清，不但官修類書充塞秘閣，即士大夫自行排比成編的《六帖》、《玉海》，與書坊私刻的《事文類聚》等亦層出不窮。〔註 27〕許

京葬父於臨平山，山爲駝形，術家謂駝附重則行，故做塔於駝峰」事，次云「余少時僑寓臨平，問之土人，莫知蔡京父葬之所在」，復引《癸辛雜識》（宋・周密撰）云「……蔡京葬父於臨平，……或謂此爲駱駝飲海勢……」，作者“問之土人”無所得，但轉引了兩部筆記的敍述“印證”了這個故事。另一部宋人筆記何薳《春渚記聞》也載有「蔡京葬父」及「野駝飲水勢」等內容，可見此事在宋朝傳聞已廣故多見於時人筆記，至於後世已失憶於口傳，仍輾轉傳鈔於筆記中。又如明・鄭瑄《昨非庵日纂》卷十八載一則貪官聘名師相地，地師夢有人告誡勿爲貪官擇地而作罷，事亦見清・褚人穫《堅瓠集・秘集》卷四引《闇然錄》（未知時代及作者），及清・梁東園《北東園筆錄・續編》卷六，文辭多同鄭瑄《昨非庵日纂》，然《北東園筆錄》完全未說明轉載出處，並略改其文數言彷如作者得自耳聞所記，例如：《昨非庵日纂》：「方點穴間，雨驟下而止，約天晴再往。是夜思忠（地師名）夢一老者曰：『此地切勿與之。此人爲考官，賣三舉子，當有陰禍。若葬此地，法當榮其子孫，非天意矣。』」《北東園筆錄續編》：「方點穴間，雨驟至，遂下山，約俟天晴再往。是夜，地師夢一老人問曰：『……此地切勿與此人。此人生前爲考官時，賣三舉子，當有陰禍。若葬此穴，當榮其子孫，非天意也。』」由此可見其轉載傳鈔漫濫之一斑。參見《中國風水故事類編》第一編，頁 49～50。

〔註 26〕敍事性筆記小說以南北朝志怪爲最初成熟之作，而《搜神記》乃其中最具代表性者。干寶《搜神記》序云：「……雖考先志於載籍，收遺逸於當時，蓋非一耳一目之所親聞睹也，亦安敢謂無失實者哉！今之所集，設有承於前載者，則非余之罪也；若使采訪近世之事，苟有虛錯，願與先賢前儒分其譏謗。」可見小說筆記取材之道自始即有「創作」與「因襲」二途。王國良《魏晉南北朝志怪小說研究》考其資料來源，認爲有一、轉錄古籍舊事。二、記載見聞傳說，包括作者耳聞目見及採集地方傳說等。三、改寫佛經故事等三途。台北：文史哲出版社，民國 73 年（1984 年）7 月初版，頁 53～64。

〔註 27〕詳於張滌華《類書流別・盛衰》第四章。（台北：大立出版社，民國 74 年（1985 年）4 月），頁 28～37，及方師鐸《傳統文學與類書之關係・導論》。台中：私立東海大學印行，民國 60 年（1971 年）8 月初版，頁 1～2。

多今已失傳的古代典籍，尤其是一些不登大雅的小說稗史，得以大量被保存於類書中。

某些小說總集如《太平廣記》，雖然不是所謂的典型類書，〔註28〕在舊時書目（如《崇文總目》、《通志》）上，常入於類書之列，因其編輯規則與類書以類相從的體例幾無二致故也。明・王圻《稗史彙編》、清・潘永因《宋稗類鈔》及徐珂《清稗類鈔》等，皆效此類書編輯方式之「稗編」作品。

雖然各種類書編排分類的項目不盡相同，但編撰方向及目的則一致講求博取，精於蒐奇獵僻，故內容中於士人必讀（或考試必考）之經史典籍彼此重覆是必然，而於奇聞逸事之互相網羅抄襲，也是當然常有之事。然類書引書的原則往往是重事不重文，與原書常有大量的語句乃至內容的歧異。許多類書編纂者僅記下故事梗概，甚至把整則故事都重新編排後再轉述出來，後來者再錄其事時，或原典已佚而無從查考，或據其文而再加增飾修刪，於是類書之「割裂原文、斷章取義」的事實既成，其故事或就此重生，或從此眾說紛紜，因此流傳之眾也未可勝數。

一些記異搜奇的筆記者，在耳聞目睹的現實中搜集寫作材料外，向類書借鑑取資的也不少。傳統文人及筆記小說作者向來視筆記爲餘暇遊戲，既不登大雅亦非創作，因此彼此間的抄襲也「無傷大雅」而司空見慣，更或全文引自他書而不作任何徵引說明者，也有人在。〔註29〕筆記作家猶此，類書做爲文人間通用而公開的參考書，其後出轉精者不免收納前出之作的內容，許多歷經數代類書收集徵引的逸聞舊事，寖久便成爲數代使用者之間的共同常識與記憶，或著於詩文，或復述於他人，實在也是自然之事。尤其唐宋以後，類書編輯愈盛，種類愈多，從文人案頭用書到民間日用參考書，一些屢經歷代筆記及重要類書徵引收錄的傳說故事，更可能因此普遍流傳而著名，甚而成爲一種特定常識，如「龍耳」、「牛眠地」〔註30〕等，不僅故事主角著名，

〔註28〕張滌華《類書流別・名誼》云：「類事之書，林林總總，亦有循形雖似，實察則非者，《錦帶》、《類林》之屬是也。」又云：「記錄異聞，備陳璅細，如《太平廣記》、《說略》之屬，是曰稗編，非類書也。」書中於類書之名實審辨甚詳，惟亦云「以今之義界，衡往古之著作，則歷來所謂類書，其眞能宛爾合符，名實兼備者，亦不過十之三四而已。」詳見張著《類書流別》頁六～七。

〔註29〕參見本文註25《北東園筆錄》抄襲《昨非庵日纂》之段。

〔註30〕「龍耳」事出《世說新語・術解篇》，指晉明帝探郭璞爲人指葬之塚事，帝指墓云「墓葬龍角當致滅族」，不料墓主家人答「指葬者云葬龍耳，當致天子來問」。事亦見《晉書・郭璞傳》，《白氏六帖》、《太平御覽》、《太平廣記》

其故事關鍵詞幾乎也成了一般常識上的堪輿代語。

從故事史的眼光來看，類書之「割裂原文」乃至「斷章取義」的現象，與筆記小說「無傷大雅」的抄襲風氣，其交流互動固應促進了許多故事的流傳，其文字間的出入，或在無形中創造了故事變化的空間也未可知。

（二）風水故事在歷代類書的傳鈔與分佈

以風水「論陰陽宅吉凶禍福」的術數宗旨而言，相關的故事主要分佈於類書中的「宅第」、「塚墓」或「葬」，以及「方技」或「伎術」等部門，也可能涉及「福禍」或「災祥」、「靈異」等類。風水術有時候也與「厭勝」、「讖語」等其他方術迷信結合，此類亦一併收錄爲風水故事，但不與宅墓相關的同類故事則摒除。今就目前所見風水故事於歷代類書及以類書形式編輯的小說總集之記錄，列其分佈門類，並錄其中故事篇名或梗概，表列如下，以略見風水故事在歷代類書中的流傳並承襲之概況。

書　名	輯撰時代作者	載錄風水故事之門類	篇　名	備註
藝文類聚一百卷	唐．歐陽詢等	地部．岡　卷六	（始皇鑿地出血《裴氏廣州記》）	
		禮部下．塚墓　卷四十	（樗里子葬渭南、夏侯嬰葬地）	
		居處部四．宅舍　卷六十四	（魏舒外家宅相）	
		部下．瓜　卷八十七	（孫鍾種瓜）	
初學記 類林十卷	唐．徐堅 唐．于立政	（未見） 報恩篇　卷七第三十五	（孫鍾種瓜《幽明錄》）	
北堂書鈔	唐．虞世南	禮儀部．冢墓卷九十二第四十二	書生語地（袁安）、老翁安墳（陶侃）、馬行棓地（夏侯嬰）	
白氏六帖事類集三十卷	唐．白居易	宅．修造　卷三第十三	相宅有死者（公孫丹）	

等均載錄。「牛眠地」指晉．陶侃失牛，於牛眠處得地葬父事，事見《晉書．周訪傳》及《幽明錄》，《北堂書鈔》、《白氏六帖》、《太平御覽》、《太平廣記》等類書亦載。又如「袁安得書生語地葬父」、「郭璞葬母於水濱，後沙漲成陸」，及「孫鍾（或云孫堅，孫權之父）葬父於數代天子地」等事，《太平御覽》、《太平廣記》及以後各種類書亦每見載，例不勝數，詳見下文表列。

		墳墓・相墓地　卷十九第四十三	折臂三公（羊祜）、失牛（陶侃）、龍耳（郭璞）、三書生（袁安）	
太平御覽一千卷	宋・李昉等奉敕撰	天部・氣　卷十五	（孫堅塚氣）	
		地部・湖　卷六十六	靈銑母墓《歙縣圖經》	
		州郡部・江南道潤州卷一百七十	（始皇鑿地改名）	
		居處部八・宅　卷一百八十	（魏舒宅相、淳于智卜鮑瑗宅、蘇峻凶宅、俶宅應出三公）	
		宗親部・外僧　卷五百二十一	（魏舒宅相《晉書》）	
		禮儀部・葬送二　卷五百五十四	（袁安《後漢書》）	
		禮儀部・葬送四　卷五百五十六	（袁安《錄異傳》、夏侯嬰、龍耳）	
		禮儀部・冢墓一　卷五百五十七	（樗里子、毋丘儉墓朱雀悲哭）	
		禮儀部・冢墓二　卷五百五十八	（張裕祖墓、柳世隆圖墓、荀伯玉祖墓、、陶侃失牛、唐寓之祖墓王氣、昭明太子母墓《梁書》、羊祜折臂、郭璞葬母、舜墓燕啣土成墳）	
		菜部三・瓜	（孫鍾種瓜）	
冊府元龜				
錦繡萬花谷前集、後集、續集各四十卷	宋（不著撰人）	墳墓　前集卷二十七	葬壓龍角（郝處俊）、朱雀（李勣卜葬）、世爲三公（袁安）、當出名將（陳希夷爲种放卜葬）、失牛（陶侃）、竹策叢生（智興）	
		葬　後集卷二十二	連傘山（葬之二千石）	
事文類聚前集六十卷	宋・祝穆	喪事部・墓吉地凶地卷五十八	郭璞相地（葬母、龍耳）、牛眠得葬地（陶侃）、書生示葬地（袁安）、出折臂三公（羊	

			祜)、僧指示葬地(元輿覓葬地)、不利長子(昭明太子)、害兄福弟(溫大雅)、黃撥沙	
記纂淵海一百卷	宋・潘自牧	伎術部・風水　卷八十七	(陶侃失牛、郭璞葬母、龍耳、羊祜折臂、戴洋、昭明太子母墓不利長子、溫大雅祖墓害兄福弟、袁安、孫鍾種瓜、徐勣卜葬、智興、郝處俊、陳思膺、陳希夷爲种放卜葬、黃撥沙)	
古今合璧事類備要前集六十九卷、後集八十一卷、續集五十六卷、別集九十四卷、外集六十六卷	宋・謝維新撰、虞載續撰	墓地門・吉地、凶地　前集卷六十七	吉地:位極人臣(陶侃)、世爲三公(袁安)、有帝王氣(羊祜)、致天子問(龍耳)、道士審地(智興)、過僧論地(元輿別覓葬地)凶地:葬母妨子(昭明太子)、害兄福地(溫大雅)、預定斲棺(李勣)、逆知傷目(黃撥沙)	
		居處門・相宅　別集卷十四	當有死者(公孫丹新宅)、當出貴僧(魏舒)、玉破不完(金盞玉杯地)、金傷重製(李吉甫宅)、宅氣索然(客土無氣)	
明稿本事類提要　卷	明・滦玄閣輯	喪事部・墓　亨集卷	(陶侃、袁安、羊祜、溫大雅、郭璞葬母、龍耳)	
五雜組十六卷	明・謝肇淛	人部二　卷六	堪輿師築室絕地	
椑編一百二十卷	明・唐順之	(未見)		有論風水雜文
喻林一百二十卷	徐元泰	(未見)		「類應」門可參考
廣博物志五十卷	明・董斯張	方伎・卜筮　卷二十二	淳于智卜鮑瑗宅	

淵鑑類函四百五十卷	清・張英等奉敕撰	禮儀部・葬二　卷一百八十一	袁安、龍耳、夏侯嬰	
		居處部・宅舍二　卷三百四十五	魏舒、淳于智卜宅、宅應出三公、客土無氣	
子史精華一百六卷	清・吳士玉等奉敕撰	方術部三・堪輿　卷一百十八	長樂宮在其東（樗里子）、旁可置萬家（韓信母冢）、三書生（袁安）、出折臂三公（羊祜）、外氏成此宅相（魏舒）、沙漲爲田（郭璞葬母）、山作八字數不及九（戴洋）、洲生近市貴王臨境、相墓工（高靈文）、當出暴貴而不久（旬伯玉）、白馬經墳（吳明徹）、曲阿丹徒間有天子氣（南史）、葬於桑東封公侯（裴俠）、龍盤鳳翥（唐玄宗）、獄氣發（李義甫）、杜固（鑿川流血）、石蛇三卵（當三世爲都頭）、有牛乘人逐牛即啓土、破楚門缺西北（伍子胥）、宰相當出坤鄉、龜葬梁家、文筆、當出大魁、丑年必登高第、鬼靈、野駝飲水、暗合孫吳、掘牛山（破黃巢祖墓）、朝揖絕勝（范擇善遷葬）	
古今圖書集成	清・陳夢雷	博物彙編・藝術典・堪輿		
類腋	清・姚培謙、張卿雲	人部・相地　人部卷八	三書生（袁安）、置宅圖墓（陸法和）、青烏子（張鬼靈）、撥沙、厲布衣、楊僕	
類腋補遺一卷	清・張隆孫採輯	地部・墳墓	牛眠（陶侃）	

小說總集	編輯時代作者	載錄風水故事之門類	篇名	備註
太平廣記五百卷	宋・李昉等奉敕編	方士二　卷七十七	泓師	
		徵應三人臣休徵 卷一百三十七	袁安	
		徵應四人臣休徵 卷一百三十八	王智興	
		靈異　卷三百七十四	孫堅得葬地	
		塚墓一　卷三百八十九	袁安、渾子、孫鍾、戴熙、羊祜、舒綽、李德林、郝處俊、徐勣、韋安石、源乾曜、唐堯臣、陳思膺	
		塚墓二　卷三百九十	奴官冢、趙冬曦、張式、郭誼、韓建、盧陵彭氏	
宋樺類鈔八卷	清・潘永因輯	報應　卷七	夏英公	
		怪異　卷七	龜葬	
		方技　卷七	文簡公夜葬后妃地、張鬼靈、汴都王氣盡	
樺史彙編	明・王圻　編	地理門・堪輿類　卷十三	凶地（蘇峻宅）《南史、宋書》、地因人勝（孫鍾種瓜）	
		地理門・陵墓類　卷十三	夏侯嬰改葬《獨異志》、孫堅得葬地、王伯陽墓《續搜神記》、墓樹不斷《記聞》、陳魏公墓、移葬應讖、晦庵先知、墓中靈物（徐壽輝）、張眞人塚（目睛仰生）、彭學士墓、黔國祖塋、董氏墓地、林氏葬處、柯狀元祖墓、焦老墓田	
		伎術門・占候類　卷五十三	皐城王氣	

		伎術門・堪輿類　卷五十四	折臂三公、衛先生詞、卜地詞、舒綽《朝野僉載》、郝處俊《朝野僉載》、張景藏（徐勣卜葬）《朝野僉載》、泓師《戎幕閒談》、周士龍《辨疑志》、錠鈌《集微》、僧相宅（李林甫宅）、郭璞葬地、南臺沙、相太學道人、齊易巖、黃撥沙、鈐記、卜葬銘、取燈定穴（蘇老泉）、符讖誤人、寧河相地、楊氏墓地（白貍眠）	
		徵兆門・前知類　卷一百六十三	王智興《唐年補錄紀傳》、王俊明《夷堅志》、後唐龍歸之兆	
		徵兆門・符兆類　卷一百六十四	山移、濰亭潮過、塔頽入閣	
		禍福門・運命類　卷一百六十六	樗里子	
清稗類鈔	民初・徐珂編	祠廟類（第一冊）	內宗寺外宗寺風水	
		方伎類（第十冊）	世祖知堪輿、張曼胥謂王氣在遼左、廖應國精堪輿術、閔崑岡通堪輿術、董華星相宅、長蛇注穴、周八瘋子爲梁構亭營度居宅、談風水者謂弓去靶、塔忠武墓犯鄰墳煞、陳虞耽堪輿術、挽回杭州學府風水、王莘鋤不信堪輿家言、堪輿家顛倒竈之方向	
		迷信類（第十冊）	一善（厭樹）、懸鏡、木匠厭勝、王上有白之讖、潮過唯亭之兆	

四、風水書籍

風水信仰雖然普遍存在於中國社會，但其蘊含複雜哲學的術數理論，卻難爲一般人所理解，相關術數的應用與操作，始終須借助其術數專業者，即俗稱的「風水師」或「地理師」。明清以後，這種專業還出現了師承與門派的各種說法，可見其術業競爭之激烈。〔註 31〕專業的傳承，除了口授心傳，風水書的編作與傳承，更往往是門派之間互別苗頭或自我標榜的作品。除了專業複雜的理論，某些風水書長兼載圖記說明，並有覆驗之例證，以證明其說不誣。這類例證，有些神奇，有些靈異，雖稱各有事主，有些神奇靈驗處也頗有異曲同工之妙，或許是風水效驗雷同使然，或許是風水師間相傳的風水故事也未可知。

風水書籍雖不若方志之浩瀚，然其駁雜氾濫，難以盡數。〔註 32〕明清官修的大型叢書《永樂大典》、《四庫全書》、《古今圖書集成》等，均收錄有堪輿專書，民間修編的風水叢書及單行出版品更是種類繁多。〔註 33〕

去其各行其是的理論專書不談，一般風水書記述的風水故事，緣其專業也重其專業，大多側重描述其所認知（或預卜）的風水能效及其覆驗的結果，其

〔註 31〕《四庫提要子部・術數類二》題【葬書】下，曾引王禕《青巖叢錄》曰：「擇地以葬，其術本於晉郭璞……後世之爲其術者，分爲二宗，一曰宗廟之法，始於閩中，其源甚遠，至宋王伋乃大行。其爲說主於星卦……一曰江西之法，肇於贛人楊筠松……其爲說主於形勢……。」《四庫》所收傳世的風水經典如《撼龍經》、《疑龍經》、《青囊奧語》、《天玉經》等，舊本均題爲楊筠松作。楊不見於史志經傳，「惟陳振孫書錄解題載其名氏，宋史藝文志則但稱爲楊救貧，亦不詳其始末。惟術家相傳，以爲筠松名益，竇州人，掌靈臺地理官，至金紫光祿大夫。廣明中，遇黃巢犯闕，竊禁中玉函秘術以逃，後往來於虔州。」（《四庫提要子部・術數類二》題【撼龍經】）民間傳說稱其楊救貧，常憐貧恤苦，以所擅風水術濟世救人，今許多風水術家均以楊爲先師。據稱江西贛南民間盛傳其傳說，今人李炅據江西舊聞及訪談採錄撰有《風水大師楊救貧傳奇》（台北：武陵出版社，1997 年）。

〔註 32〕《四庫全書總目提要》於【地理大全】、【堪輿類纂人天共寶】等風水術家常備書，大抵皆以其割裂或竄改之跡明顯而不入庫。至於【九星穴法】、【寸金穴法】、【山法全書】……等，因書中理論懸疑，「非平易篤實之道」，僅著存目而不錄。存目之書多風水家目爲經典範要之作，其駁雜如此，至其餘流，可見一斑。

〔註 33〕典型的風水叢書如明崇禎年間刻本《選擇叢書》五集二十九卷、明隆慶至萬曆年間徐善繼、徐善述合編的《人子須知》（又名《地理人子須知》）三十九冊，及顧陵岡所輯的《天機會要》三十五卷。民國 31 年間，浙江錢文選氏曾編《錢氏所藏堪輿書提要》出版，書中將曾將當時流行的眾多風水書籍加以綜合分類，編成：巒頭、理氣、水龍、宅經、羅盤、選擇、鉗記等七大類目。原書未見，此轉引自何曉昕、羅雋《風水史》（上海文藝出版社，1995 年 7 月），頁 142～143。

中不乏風水師自神其術的「實證」宣傳，其「故事」往往流於瑣碎的堪輿日記或風水漫談，許多現當代出版的風水師作品尤然。較具故事性〔註 34〕而具有傳說趣味的風水故事，多見於作者個人色彩相形模糊的古代風水書總集或彙編，如宋・李思聰《堪輿雜著》，及明・徐善繼、徐善述合著的《地理人子須知》。

《堪輿雜著》收錄於《古今圖書集成》，〔註 35〕撰者李思聰，宋代贛縣人，〔註 36〕書中〈覆驗〉一章，盡書江蘇一帶的風水傳說，某些傳說在近年於當地採錄的民間故事集中亦見，〔註 37〕可見其故事仍在口頭流傳。《地理人子須知》又稱《人子須知》，成書於明嘉靖至隆慶年間，明萬曆十一年（西元 1583 年）重刊（見書前作者自序）。原書分三十九冊，今作八卷，每卷各分上下，以龍法、穴法、砂法、水法、天星等考察風水（主要是葬地）的項目分部，每部徵引各書風水理論，逐條舉列當時見聞或前人所記的風水圖例及其軼事、傳說等相關例證，以與其術法相發明。書前所列「引用諸名家堪輿書目」共百餘種，而書中堪輿故事，竟可與其術數內容等量齊觀，亦可謂古代堪輿傳說故事集成之代表作。今取其中敘事曲折或情節特殊，以及夾文中「傳疑」的傳說故事等，計五十則風水故事收錄之，部份風水穴名紀事列爲參考資料。

第三節　近現代民間文學搜集成果中的風水故事

一、大陸地區搜集整理的民間故事

（一）廿世紀初至中期以前的搜集整理成果——東方文化叢書

〔註 34〕指有具體情節之敘事，其定義以詳於本文第一章第二節之二〈故事的概念與定義〉。

〔註 35〕見《古今圖書集成・博物彙編・藝術典》第六百六十九卷〈堪輿部彙考〉十九。

〔註 36〕李燾（1115～1184）《續資治通鑑長編》卷一百七十七：「庚子，（仁宗）賜虔州祥符宮道士洞淵大師李思聰爲玄妙先生，思聰上所撰《璇霄列象拱極圖》也。」（據中央研究院漢籍電子文獻「漢籍全文資料庫」檢索）

〔註 37〕如《古今圖書集成・博物彙編・藝術典》第六百六十九卷〈堪輿部彙考〉之六四葉右上所記「無錫華祖塋」葬地在水中，而以木排下樁實土以營葬的故事（參見《中國風水故事類編》第【參四丁 2】則故事「鵝肫蕩」），與 1987 年無錫人黃鴻生（64 歲）講述的〈華太師造木排墳的傳說〉（參見《中國風水故事類編》第【參四丁 3】則故事，選自《中國民間文學集成上海卷盧灣區故事分卷（上）》頁 147～148），兩則故事內容雖不盡同，但故事架構及其人、事、物、地均極近似，可知該故事歷史久遠，並仍在當地流傳。

五四運動前後的新文化思潮，知識份子從對傳統文化的檢視中，注意到長期受大多數傳統學者文人輕視或忽略的民間文學，進而開始了近現代以來大規模的民間文學采集運動。從一九一八年春天北京大學歌謠徵集處的搜集活動開始，〔註 38〕近百年來的中國民間文學不僅受到學術界前所未有的重視，也在新文化的號召和新資料的吸引力下，累積了大量的采集成果。

> 1922 年 12 月北京大學歌謠研究會出版了《歌謠》周刊，但它不只搜集、研究歌謠，從該刊 69 號起連續刊出討論《孟姜女故事》的九個專號，對民間故事的采錄與研究起了一定的推動作用。此後，中山大學民俗學會的《民間文藝》和《民俗》周刊，杭州中國民俗學會的《民間月刊》和其他報刊，也經常刊出各種傳說、故事，中大民俗學會和其他出版社還出版各種故事的集子，〔註 39〕僅北新書局在二〇年代中期到三〇年代中期就接連出版林蘭編的故事集三十七本。〔註 40〕

雖然受到戰爭的影響和文化大革命的破壞，許多文革以前搜集的民間文學資料曾大量流失，〔註 41〕但在這期間，隨國民政府遷台，自北大歌謠徵集活動開始

〔註 38〕 1918 年 2 月 1 日，劉半農擬定的〈北京大學徵集全國近世歌謠簡章〉在《北京大學日刊》第六一號上發表，成立了「北京大學歌謠徵集處」，此後在校刊上逐日刊登近世歌謠。1920 年改爲「歌謠研究會」，兩年後發行《歌謠》周刊。期間周作人曾建議將「歌謠研究會」改爲「民俗學會」，並將收集資料範圍擴大到神話、傳說、故事，此後「歌謠研究會」雖未易名，但開始將「與歌謠相關的民俗資料都納入研究範疇」。見美・洪長泰《到民間去——1918～1937 年的中國知識份子與民間文學運動》（上海文藝出版社，1993 年 7 月一刷），頁 83 引《歌謠》周刊第四五期（1924 年 3 月 2 日）。《歌謠》後併入北大《國學門周刊》，繼續收集、發表各類民間文學作品，並印行《吳歌甲集》等書。「從此以後，民間文學的采集工作盛行一時，在二三十年代各種民間文學作品大量湧現。」詳見鍾敬文〈中國民間文藝學的形成與發展〉（文收於《鍾敬文學術論著自選集》，北京：首都師範大學出版社，1994 年 9 月一刷，頁 50～65），及王文寶《中國民俗學史》第六章〈民國〉（四川：巴蜀書社，1995 年 9 月一版）。

〔註 39〕 婁子匡〈園丁守護著的花朵——中國早期民俗學書跟學人〉（文見於民國 58 年複刊《中山大學民俗叢書》各冊書前所附〈複刊緣起〉後，無標示頁碼）對此期間包括中大民俗學會和杭州、寧波、廈門、福州、漳州、汕頭等地的民俗學會及其出版品，還有當時各出版社出版的民俗讀物及叢書等，有詳盡的描述。

〔註 40〕 中國民間文學集成全國編輯委員會《中國民間故事集成・總序》，1992 年 5 月。此引自《中國民間故事集成・吉林卷》（北京：中國文聯出版公司，1992 年 11 月）〈總序〉頁 6～7。

〔註 41〕 鍾敬文（中國民間文藝家協會主席）〈民俗學的歷史、問題和今後的工作——1983 年 5 月在中國民俗學會成立期間的講話〉文中曾細數民國初年至文革以

即加入民間文學搜集活動行列的婁子匡先生，一方面將自民國二十一年在杭州創立的中國民俗學會移至台灣，一方面創立東方文化供應社，自民國五十九年起，陸續影印及發行各種民俗叢書，包括影印前述二、三〇年代各地出版發行的各種民俗雜誌和書籍，以及來台後搜集、編纂的各種民俗專集和故事集等，先後發行總量達千種以上。〔註 42〕其中民間故事類的專集，主要收錄在《中山大學民俗叢書》（以下簡稱《中山叢書》）、《國立北京大學・中國民俗學會民俗叢書》（以下簡稱《北大叢書》），以及《林蘭女史故事叢書》等三套叢書內，未輯成專集的部份民間故事，也散見於「影印期刊五十種」〔註 43〕中。可以說二十世紀初期至中期以前的中國民間文學資料，都盡可能的收納在這系列的叢書中，因此得以獲得完整的歸納和多數的保存。

這些叢書雖然都混合了各種民間文學和民俗學的採錄成果、調查報告和研究論文，但叢書中各書單行本的內容性質則是獨立而清楚的，除了少數隱藏於期刊或民俗誌中的故事，大多數屬於民間文學的歌謠和故事集都是自成單位的，《北大叢書》的叢書目錄並附書目提要，因此整體叢書內容雖然堪稱龐雜，但從中檢索民間故事的門徑也堪稱簡便。

《中山叢書》全輯共三十二冊，其中第五號「泉州民間傳說」、第六號「廣州民間故事」、第七號「海龍王的女兒」、第十號「紹興故事與歌謠」、第十四號「蘇州風俗、揚州的傳說」、第三十二號「淮安歌謠集」（附錄故事十二則）等是民間故事集或包含民間故事。

《北大叢書》分九輯共一百八十冊，其中故事專集有第六號「宋人笑話」、第七號「明清笑話」、第九號「巧女與獃娘的故事」、第十號「南洋民間故事」、

前的中國民俗學（包含民間文學）的搜集活動和刊物及成績，並云：「十年浩劫時期，是一個非常黑暗的時期。……在這時期，連學術資料也一樣遭殃。……許多寶貴資料也喪失了。我們民間文藝研究會本來收集的這方面圖書相當多，包括民間文學以外的民俗學的東西，還藏有許多沒有發表過的手稿。可惜那些寶貴的手稿都在十年浩劫中被送到燕京造紙廠，再也不見蹤影了。」文收於《鍾敬文學術論著自選集》頁 434～459，引文見頁 445～446。

〔註 42〕其刊行內容可參考張玉芳〈婁子匡與中國民俗之整理與研究〉（台北：《文訊月刊》第三七期，民國 77 年 8 月），頁 114～118；及陳益源〈婁子匡民俗學論著舉隅〉，頁 50～52，台北：《國文天地》第十六卷六期，民國 89 年（2000 年）11 月。

〔註 43〕叢書各輯書前均詳列該輯及該系列已出版書目。王文寶《中國民俗學史・台灣民俗學簡介》中，詳列了各系列叢書的詳細書目，見王書（同註 38），頁 441～444。

第十一號「臺灣民間故事」、第十二號「動物寓言與植物專號」、第十三號「神話與傳說」、第二十五號「潮州七賢故事」、第廿七及廿八號「笑話群」、第卅二號「呆女婿故事」、第五十四號「太陽和月亮」（主要是廣東的故事）、第五十五號「臺灣客家俗文學」、第七十七號「山東民間故事」、第九十五號「歷代滑稽故事」、第九十六號「十二生肖故事」、第九十七號「蒙古民間故事」、第九十八至一百號「福建故事」、第一一三及一一四號「笑話四種」、第一一五號「福建漳州傳說」、第一一八至一二〇號「臺灣故事」、第一三七號「呆子的笑話」、第一五七號「大黑狼的故事」、第一五八至一六〇號「西南民間故事」、第一六三號「泉州民間傳說」（即中山叢書第五號）等，共廿四種卅冊。〔註 44〕非故事集而兼有故事者，第十八至二十二號「民間月刊」、第卅三號「南臺灣民俗」、第五十二號「臺灣俗文學叢話」、第一三五號「雷峰塔、白娘娘」、第一三八號「福建傳說、謎語」等書中亦收錄有民間故事。

《林蘭女史故事叢書》〔註 45〕分爲傳說、故事、笑話三輯，包括「朱元璋故事」等傳說五種，故事集「金田雞」等十九種，笑話集「巧舌婦故事」等六種，共計三十種。

本文從以上叢書中輯出的風水故事有三十則。

（二）廿世紀中期以後的搜集整理成果——中國民間故事集成

中共文化部於一九五〇年建立了「中國民間文藝研究會」（簡稱「民研會」），一九五五年開始出版《民間文學》月刊，爲刊登民間文學資料的主要發表園地，至文革開始而中斷，直到一九七九年一月復刊，「民研會」也於同年底恢復工作，此後各省、市及若干地區、州、縣也成立支會或類似機構，

〔註 44〕叢書第五十七號「仙蟹」、第一一七號「蛇郎君」（漫畫集）、第一五〇至一五一「雷峰塔傳奇」、第一五五至一五六「贛女婿」及第一七七「邱罔舍卡通」等，均係改編或創作故事作品，此排除不計。

〔註 45〕王文寶《中國民俗學史》云，「林蘭」實爲北新書局老板李少峰的化名。「……其中以 20～30 年代北新書局老板李少峰化名“林蘭”女士編輯出版的民間故事集成績最大，有……《金田雞》……《巧舌婦故事》……《朱元璋故事》……等數十種之多。」（書同註 38，頁 273）又，姜彬主編《中國民間文學大辭典・民間文藝學家》之「林蘭」條：「又作林蘭女士，李小峰的筆名。主要用於北新書局編輯出版民間傳說故事時用。1930 年趙景深任北新書局編輯後，也參加了這些民間故事的編輯工作。先後編輯出版……《呆女婿的故事》……《朱元璋故事》……等。」（上海文藝出版社，1992 年 6 月一刷，頁 982～983）。

形成一個全國性的民間文藝研究網，專事採集、整理和保存民間文藝資料，及規劃和組織各種民間文藝活動。〔註 46〕一九八四年中共文化部接受「民研會」的建議，簽發了〈關於編輯出版中國民間故事集成、中國歌謠集成、中國諺語集成的通知〉，一九八五年初成立總編輯委員會辦公室，正式展開所謂「三套集成」的全國性普查和編纂工作。「一九八四年至一九九〇年全國采錄民間故事一百八十四萬多篇」。〔註 47〕

這次普查是以縣爲單位進行，各縣將所搜集材料印成資料本送省辦公室和全國總編輯委員會進行選編後，以省爲單位，編成「省卷本」（集成本），其縣資料本則爲「內部資料」，一般並不公開，亦不對外流通。〔註 48〕目前外界能由這項普查成果取得的資料，主要是已經省級單位和全國編委會審查後編選的省卷集成本。至二〇〇二年止，「故事集成」方面已出版了吉林（1992 年 11 月）、遼寧（1994 年 9 月）、陝西（1996 年 9 月）、浙江（1997 年 9 月）、四川（上下冊，1998 年 3 月）、北京（1998 年 11 月）、江蘇（1998 年 12 月）、福建（1998 年 12 月）、寧夏（1999 年 6）、廣西（2001 年 12 月）等十省十一冊的省卷本。

然而在這些省卷本的「集成」資料庫中，仔細搜尋其中的「風水故事」，結果竟是十分有限，甚至可以說是罕見，這樣的情況，與先前從前人筆記得到風水故事在中國各地流傳甚夥的印象有落差，也使人對「集成」的「權威性版本」〔註 49〕感到懷疑。

雖然「務求科學性、全面性和代表性」是這三套集成的編選方向和工作

〔註 46〕陳慶浩〈近十年來的中國大陸民間文學〉（台北：《漢學研究》第八卷第一期，民國 79 年 6 月，頁 425～442）對中國大陸於文化大革命（1966 至 1976）結束以後十年（1979 至 1989）間的民間文學方面的各種組織活動、出版刊物和研究發展等論述精詳，此處節省其文而略述之，以下不贅。

〔註 47〕《中國民間故事集成・總序》，同註 40，頁 8。

〔註 48〕據中國民間文藝家協會副主席白庚勝於「2002 年海峽兩岸民間文學學術研討會」（台灣：南亞技術學院，2002 年 11 月）座談會發言指稱，在各方經費支援下，該會未來也可將各縣資料本出版發行，以利資料流通和保存。會間廣西民間文藝家協會黎浩邦公佈目前廣西方面已出版了三十二冊縣資料卷，其他相關資料正繼續出版中。

〔註 49〕《中國民間故事集成・總序》：「中國民間文學集成全國編輯委員會遵照《通知》精神，在……民間文學搜救工作經驗的基礎上提出了集成編纂工作應貫徹科學性、全面性、代表性的原則。……《中國民間故事集成》作爲全面反映中國民間故事狀況的權威性版本，所選印的作品，總體上說是各地區、各民族口頭流傳的優秀故事的忠實記錄……」，同註 40，頁 1。

核心，但早有學者對此提出質疑：

> 「就所掌握到數十冊各縣資料本來看，差距甚大。……總體來說，由於強調政治思想，使得人物傳說，特別是近代當代政治人物傳說和時政歌謠等，未能達到科學性的要求，自然談不上全面性和代表性。其次是由於思想的保守，不敢正視民族文學中大量存在的『性作品』……。」〔註50〕

可見以政治力量貫徹並執行的「集成」工作，終究不免於政治環境的限制與意識型態的束縛而有所局限。這種「不全面」的現象，在《中國民間文學集成．總序》中已能窺見一二：

> 民間故事中也有歷史局限和封建糟粕，但這些成份在民間故事中既不占主要地位，在批判地繼承民族文化遺產的原則指引下，也不難發現和剔除。我們編纂《中國民間故事集成》正是爲了促進民間故事在當前社會主義精神文明建設中發揮更大更好的作用。

這段話與一九九〇年北京召開的〈中國民間故事集成編選工作會議紀要〉中有「關於掌握作品入選標準的具體問題」的討論結果是相呼應的：

> ……其次，作品入選，要注意作品的積極意義和進步性，注意它廣泛的社會歷史價值和文化史意義以及人民群眾健康的趣味性。對此，方案中提出"編選工作應在歷史唯物主義原則指導下"進行。〔註51〕

雖然其下文隨即提到「對於某些故事含有的相信鬼神、宿命、因果報應等因素，只要作品確屬民間流傳且整體傾向無害並具有民間文學的藝術特色的，也應適當予以選錄。……因爲這類資料表現了過去人民確實存在過的觀念，有一定研究價值。」但在「歷史唯物主義的指導原則下」，這類作品往往被認爲「學術價值與欣賞價值的不平衡」而排除於「優秀作品的集成」之外：

> 關於集成的性質，上述《規劃》（《中國民間文學集成編輯出版規劃》）中規定是"具有高度文學欣賞價值和高度學術研究價值"的"優秀作品的集成"，……它既不同於目前適應廣大讀者要求的

〔註50〕陳慶浩〈近十年來的中國大陸民間文學〉，頁433。

〔註51〕原載於《民間文學論壇》1991年第四期頁85～89。今收錄於許鈺《口承故事論》（北京師範大學出版社，1999年6月一版），頁316～328，本段引文節自頁318～319。許鈺爲中國民間故事集成副主編，據文末【附記】，許同時身爲該會議總結發言人。

> 普及性民間文學讀物，也不同於一部分讀者使用的“內部資料”，而是向世界公開的類書。某些歷史局限性較大，甚至是糟粕，還有殘缺比較多，以及某些宗教性內容較多的作品等，它們都有學術研究價值，或爲某些學術研究課題所需要，但很難說有很高的欣賞價值，可是這類作品適於公開出版的並不太多。……這也就是說，欣賞價值與學術價值相矛盾的作品的數量並不是太多的，……至於兩種價值在具體作品中的體現不平衡，這恐怕是一種正常現象。〔註 52〕

從這段敘述與說明，便不難理解，何以經選輯的集成公開版，即省卷本，很少能看到有違「歷史唯物主義原則」的「風水迷信」的故事，偶一能見者，則多是具有反迷信色彩或警世意義的符合「歷史唯物主義原則」並「適於公開出版」的作品。〔註 53〕

但這些集成工作的領導者畢竟還是注意到了這些「不平衡」的作品，「有一定研究價值」，所以在大部份未經選編的縣或地區資料本，即目前未公開的「內部資料」中，往往不難見到具有「封建迷信」色彩的風水故事，至少不若已出版的省卷集成本那樣罕見，內容也不算少。如，以故事村聞名而吸引集成工作者密集前往採錄，據云「在八次普查中，采錄到四千三百多篇故事，編印了五個資料集」的《耿村民間故事集》，其中風水故事材料之豐富，甚至足以引起學者注意並爲之著述專論。〔註 54〕再以目前筆者可見的上海市二十個地區的資料

〔註 52〕許鈺〈關於民間文學集成“科學性、代表性、全面性”的理解——全國民間文學集成培訓班講稿〉（1985），收錄於許著《口承故事論》頁 289～305，本段引文節自頁 292～294。又，據該書頁 270〈中國民間故事概述——《中國民間故事集成》總序〉文末【附記】，許爲〈總序〉之起草及執筆人之一。

〔註 53〕金師榮華先生於〈文革前後中國大陸民間故事的採集和整理〉一文中，比較了中共文革前後出版的民間故事之內容傾向與選編特色，認爲「文革前，爲政治和政策服務的意義顯然比較大」，對文革以後情況的敘述是：「實際上，有些編者並不諱言他們對於故事進行了整理和加工，有些說明了不取含有風建迷信色彩的故事，有些說明了選故事的原則在表現人民的勤勞善良和不畏強暴……，總之，每本書仍有其編選的準則。」「如果這些準則並非來自官方的授意，則很能反映出當前一些民間文學工作者的社會責任意識，這是和唐朝以來文以載道思想一脈相承的，祇是時代不同，形式和材料也不同而已。」原載於漢城：韓國中國學會《中國學報》第二六輯，1986 年 3 月，今收錄於金著《民間故事論集》（台北：三民書局，民國 86 年 6 月初版），頁 85～92，引文見該書頁 90。

〔註 54〕杜學德〈淺論耿村風水故事的思想文化內涵〉，中國耿村國際學術討論會論文集（1991 年 10 月），收錄於袁學駿主編《耿村民間文化大觀》下冊（北京圖

本〔註55〕來看，已輯得帶有風水迷信或風水內容的故事，至少有四十至五十篇之多，其中故事相近或重複的當然也有，但情節匪夷所思的「純粹迷信」也不少，不知這樣的作品在將來公開出版的上海市集成卷可以見到多少。

雖然目前難以取得更多更具有「全面性」的故事集成資料本，但隨著中國大陸改革開放的領域與程度的擴大，有一些縣或區的資料本在經費許可或出版社支持下，已經開始嘗試出版流通，〔註56〕也許可以預期未來終究可以得見這批資料的全面開放與出版。屆時面對比目前的省卷集成更龐大的資料庫，學者所面臨的難題恐怕將不再是資料不完整的憂慮，而會是如何在龐大的故事海中有效掌握並歸納材料的問題吧。〔註57〕

二、臺灣地區搜集整理的民間故事

（一）日治時期的搜集整理

臺灣民間故事的記錄，最早的書面資料是清代的筆記與方志，〔註58〕往後

書館出版社，1999年8月），頁2849～2853。

〔註55〕書藏台北：中國文化大學圖書館。其中故事集成部分計有二十個區共二十六冊。

〔註56〕見註48。

〔註57〕金師榮華先生撰有《中國民間故事集成類型索引》，是以AT分類法爲《中國民間故事集成》所作的分類索引，其《中國民間故事集成類型索引（一）》（台北：中國口傳文學學會，民國89年元月）之〈中國民間故事和AT分類（代序）〉云：「民間故事的分類，不僅是類型的分析和相關資料的匯集，也有著索引的作用。」（頁7）「在目前眾多的故事分類中，AT分類是比較具有國際性的一種。所謂AT分類，最初是芬蘭學者阿爾奈（Antti Aarne）所規畫，……在1910年纂成《故事類型索引》一書……後來美國的湯普遜（Stith Thompson）教授在阿爾奈的基礎上，吸納其他國家民間文學工作者對於增設類型的意見，……先後兩次將該書增訂，大幅提高了這一分類法的使用價值……簡稱AT分類。」（頁1～2）又云：「AT分類的國際性……有助於中國故事置身國際而呈現自有特色或相互關係……。中國民間文學工作者如何就中國故事檢索相關之西方資料。要整體解決這些問題，依AT分類架構編寫一本以中國民間文學工作者爲對象的中國民間故事類型索引乃是基礎工作。」（頁17）「基於這樣的認知，在AT原書和丁乃通先生所撰索引（《中國民間故事類型索引》，1978年芬蘭以英文出版，1986年北京中國民間文藝出版社全譯中文本，詳　金師原文頁11～12）的基礎上，筆者試取《中國民間故事集成》的四川、浙江和陝西三個省卷本撰寫類型索引……，名之爲《中國民間故事集成類型索引》第一冊。第二冊擬取北京、吉林、遼寧和福建四個省、市卷本爲材料，以後各冊也將隨《故事集成》其他省、市卷本的陸續出版而繼續編寫，最後再彙整爲一編。」（頁18～19）文中所云第二冊已於民國91年（2002年）3月，由台北中國口傳文學學會出版。

〔註58〕陳益源師〈明清時期的台灣民間文學〉（《國立中正大學中文學術年刊》第三

就是日據時代日本學者的調查成績與臺灣文人的書寫記錄。日人學者的主要成績是臺灣原住民族的神話傳說，然臺灣原住民文化中原無風水信仰觀念，早期原住民與漢文化的往來交流也還不甚密切，況且信仰的滲透也不若生活文化的影響容易，故風水故事難得見於此時期的原住民神話傳說中。〔註 59〕

至於對當時漢人民間文學的調查記錄，有日人平澤平七《臺灣俚諺集覽》、《臺灣之歌謠》及字井英《臺灣昔斷》、川合眞永《臺灣笑話集》等「臺灣人」〔註 60〕的民間文學記錄，部份生活及民俗的調查記錄如《民俗臺灣》月刊和鈴木清一郎《臺灣舊慣習俗信仰》等刊物書籍，也偶見臺灣漢人的民間故事。同時期臺灣文人李獻璋等人編著的《臺灣民間文學集》，則可稱是此一時期台灣漢人民間文學記錄的代表作。

從以上述及的台灣早期民間故事的書面記錄清查，除方志筆記已見上節不論，《臺灣俚諺集覽》及《臺灣之歌謠》均謠諺無故事亦不論，從其餘各書所輯共得風水故事五則。

（二）日治時代以後的搜集整理

日據時代以後的臺灣民間文學采集及整理出版的成績，〔註 61〕首先見於民國五十九年在台北東方文化供應社複刊的《國立北京大學、中國民俗學會民俗叢書》中，第一一號作品婁子匡編纂的《台灣民間故事》，書中雖然選編

期，2000 年 9 月），頁 183～203。

〔註 59〕就尹建中民國 82 年間「匯集臺灣光復前和光復後之文獻資料」所編纂的《臺灣山胞各族傳統神話故事與傳說文獻編纂研究》（臺灣大學考古人類學專刊第二十種，臺北：臺灣大學人類學系印行，民國 83 年 4 月 30 日出版，「　」內文見於該書〈前言〉）中，並未見有關風水的故事或資料，因此判斷此期間風水文化應尚未影響臺灣山胞各族。

〔註 60〕「日人當時所謂的『臺灣』，是泛指中國人所擁有的臺灣，所謂的臺灣人是指大多數的漢民族在臺灣的人，對於原住民，日本人始終以土著、番人或高砂族等名稱稱呼他們……這在日文的文獻可以找到充分的證明。例如：小泉鐵著《蕃鄉風物誌》、《臺灣土俗誌》，鈴木質著《臺灣蕃人奇俗》，佐山融吉等著《生蕃傳說集》……等書，即可窺見一斑。所以，日人對『臺灣民俗』的研究，大體上是專對臺灣的漢人而言。」見高賢治（古亭書屋，1989 年）在鈴木清一郎著、馮作民譯《增訂臺灣舊慣習俗信仰》書前出版前言。該書今由台北：眾文圖書公司出版發行（民國 83 年 5 月一版二刷）。

〔註 61〕胡萬川〈台灣民間文學的過去與現在〉（《臺灣史料研究》創刊號，民國 82 年 2 月，頁 23～30）曾概述清初至日據及光復以後，台灣平埔族、山地原住民及漢人民間文學的采集與研究的代表作及其成績，本文不復贅述，僅就漢人采集成果部份詳申之。

了部份李獻璋、王詩琅等人編寫於日據時代的《臺灣民間文學集》中的幾個故事，但同時強調其主要內容是編者採集編纂的「目今正在流傳於臺灣的活生生的新資料」。〔註62〕同系列叢書第五五號周青樺搜錄的《臺灣客家俗學》，是「民國六十年前後，在台北新竹地區實地搜錄的民間故事」，「由作者筆記整理而成」（叢書目錄提要），果眞如此，〔註 63〕於今視之則彌足珍貴。同叢書第一一八號至一二〇號，是江肖梅編纂的《臺灣故事》，主要是「平地移住民的神話、傳說、笑話」。〔註64〕同時間，一些作家及文化工作者，也長期投入臺灣民俗和民間文學的調查，並陸續結集成書出版，如吳瀛濤《臺灣民俗》（1969 年）、林衡道《台灣夜譚》、施翠峰《台灣民譚探源》等。此外，光復後，《台灣文獻》、《台北文獻》、《南瀛文獻》、《台南文化》、《台灣風物》等定期刊物，也不時刊登出民間故事，「然而將日文翻成中文的『冷飯重炒』式文章也不在少數，眞正由採集而來的新作卻不多」。〔註65〕

臺灣學術界對民間文學的調查與研究的熱潮，幾乎是同時興起的。民國

〔註62〕見婁子匡編纂，齊鐵恨註釋《台灣民間故事》，是書爲高山故事及臺灣民間故事第一輯與第二集的合編。其第一輯編後語云：「……臺灣的民間文藝作家李獻璋先生最早編的《臺灣民間文藝》（韻按：應即《臺灣民間文學集》）」這一本書……我先選印出四篇……照例應該先徵編者李先生、作者黃得時、朱鋒、王詩琅等幾位先生同意的，但是爲了提早刊行送人，同時覺得把他們幾位的文章向國際學者去貢獻，我想一定會同意吧。」寫於民國 41 年 9 月的第二集編後語云：「這本是臺灣笑話的專集……這本集子的編著，我接受多數讀者的意見，是以中國語文寫作，註釋國音、詞意、字義，全是目今正在流傳於臺灣的活生生的新資料。」

〔註63〕林文寶〈臺灣民間故事書目——並序〉（台東師範學院《東師語文學刊》第五期，民國 81 年 6 月，頁 217～307）一文，引出該書導言中說明其故事采集的來源與過程的段落後，結云「但綜觀其書，可信度實在有待查證」（頁 255），然前後並無說明與論證，不知所謂何來。今綜觀其書，故事之民間趣味甚濃，語言也樸實，即其導言提及出自新竹林君所述之「世界人種的來歷」，與民國 89 年許端容師自新竹採錄之「各色人種的由來」（見金榮華整理《台灣桃竹苗地區民間故事》頁 175，2000 年初版）所述亦無差，其餘如孔明、關公故事等，與近年在當地采集所見，栩栩如繪，似曾相識，似乎無可疑之必要。

〔註64〕該系列叢書目錄提要：「118、119、120 臺灣故事，江肖梅（1954～1955，536 P）台灣故事，有是山區原住民的，有是平地移住民的；後者又可分爲來自福建的和來自廣東的。本書是平地移住民的神話、傳說、笑話等，內容又可分爲從大陸傳播而來的，和因人因事而在當地創化的。」見《國立北京大學、中國民俗學會民俗叢書》目錄頁 18。

〔註65〕施翠峰〈臺灣民間故事的發展及其內容〉（台北：《漢學研究》第八卷第一期，民國 79 年 6 月，頁 677～681），頁 678～679。

七十八年九月，台北漢學研究中心舉辦了第一屆「民間文學國際研討會」，此後相關學術會議及交流活動日益頻繁，學者一方面在交流討論中重新喚醒並建立民間文學的學科概念與科學觀念，一方面共同倡議要以科學的方式，整理民間文學的作品和材料。「民間文學」隨即成爲大學文史系所（主要是當時的中文系和後來各校相繼設立的台文系）普遍開設的專門課程，由學者領導和主持的民間文學采錄與整理活動，也由此得到全面推展。

台北中國文化大學的金榮華教授是臺灣最早投入「科學性」的民間文學采錄活動的學者之一，也是在學術認知的基礎上，最早發表整理成果的學者。〔註66〕自民國七十六年八月起，〔註67〕率中文研究所師生在台東卑南族的采集活動開始，七十八年八月出版了《台東卑南族口傳文學選》，〔註68〕此後十餘年中，金教授又帶領該所的民間文學研究小組陸續至各地采集，並親自整理了包括卑南、魯凱、泰雅和阿美等少數民族，以及金門、澎湖和桃竹苗地區的民間故事集等八種。〔註69〕本文從中取得之風水故事材料，多數來自金、澎及桃竹苗區等漢人爲主的故事集，但在泰雅族人用漢語講述的故事中，竟也發現了「福地」、「龍穴」等風水名詞，〔註70〕是個值得注意的現象。

〔註66〕金師榮華先生整理，民國78年（1989年）6月初版的《台東卑南族口傳文學選》（台北：中國文化大學中國文學研究所發行）中，金師書於書首之〈台東卑南族口傳文學的採錄和整理——兼論整理之必要與原則〉，已明確說明了其於口傳文學整理工作的認知與態度。

〔註67〕見上註（註63），同文之「一、採錄」部份云：「第一次的採集在1987年的8月17、18兩天……。第二次的採集在1988年1月……」見同書頁2。

〔註68〕見註65。

〔註69〕除上述《台東卑南族口傳文學選》（民78年8月），其餘分別是：《台東大南村魯凱族口傳文學選》（中國文化大學中國文學研究所發行，民國84年5月初版）、《金門民間故事集》（中國文化大學中國文學研究所、金門縣立社會教育館共同發行，民國86年3月初版）、《台北縣烏來鄉泰雅族民間故事》（台北：中華民國民間文學學會，民國87年12月初版）、《台灣高屏地區魯凱族民間故事》（台北：中國口傳文學學會，民國88年12月初版）、《澎湖縣民間故事》（台北：中國口傳文學學會，民國89年10月初版）、《台灣桃竹苗地區民間故事》（台北：中國口傳文學學會，民國89年11月初版）及《花蓮阿美族民間故事》（台北：中國口傳文學學會，民國90年10月初版）。

〔註70〕金師榮華先生整理《台北縣烏來鄉泰雅族民間故事》，第13則〈清流園的故事〉，頁47：「清流園是烏來村一處依山傍水的地方……傳說這是一塊福地，是龍穴。很早以前，清流園的溪水裡有一條大蟒蛇……居民祈禱天神能幫他們除害。結果，那一天就有一條龍飛出來跟蛇打鬥，水流變得又大又急，沖出了清流園現在的地形。」據採錄者中國文化大學中文系副教授鄭慈宏老師

另一組系列成果的發表，是清華大學胡萬川教授鑒於「山地原住民的民間文學算是受到學術界的重視了」，「漢人部份的民間文學，特別是故事部份，是急切須要作一次科學性的、普及性的調查和采集」，〔註 71〕因而自民國八十一年起，與各縣市文化中心合作，計劃並主持臺灣各鄉鎮民間文學采集整理計劃，成果均由采集地所屬之各縣市立文化中心出版。自民國八十一年至目前（92 年 3 月）止，已發表的成果包括宜蘭、基隆、桃園、苗栗、台中縣市、彰化、雲林、嘉義及台南等縣市的漢語（主要是台語、客語）〔註 72〕歌謠、諺語和故事集等，總計全數已超過百餘冊。〔註 73〕其餘花蓮、南投及台北縣等地區部分正在進行中或即將出版，另高雄鳳山市立文化中心則自行編印出版了高雄縣鳳山民間故事集。由於計劃尚未全數執行完成，各成品出版時地分散且多數官方（文化中心）非賣品，目前一般圖書館及個人尙難及時掌握齊全。本文將就陸續見及之故事集部分，檢其風水故事以收錄或採樣編輯之。

面告筆者：「這則故事是當地泰雅族的一位餐廳老闆娘（白裡月，45 歲，1998 年 6 月 14 日鄭慈宏、王阿勉採錄）以漢語講述，「龍穴」、「福地」之詞只是講述者隨口提到，並非出於對風水的信仰。」察其故事內容的確無關風水，故該故事並未收錄於本文附錄一〈中國風水故事類編〉中，在此提出僅用以指出漢族風水文化的常用詞，在逐漸漢化後的少數民族等無風水文化背景的區域中，被借用、提及或套用的現象。

〔註 71〕胡萬川〈台灣民間文學的過去與現在〉（民國 85 年 2 月，見註 56）：「山地原住民的民間文學算是受到學術界的重視了，但大部分只在於神話、傳說的采集，其他的廣大部分，仍未有充分的調查與記錄。」（頁 27）又云：「漢人部份的民間文學，特別是故事部份，是急切須要作一次科學性的、普及性的調查與采集。有鑒於此，台中縣文化中心與筆者即於 1992 年初，合作推動申請國科會、文建會、教育廳的補助，由各鄉鎮配合展開一系列的民間文學的采集與整理。」（頁 28）

〔註 72〕山地原住民部分則偶一見之，如《和平鄉泰雅族故事、歌謠集》（民 84 年）、《泰雅族歌謠》（民 87 年，二書均臺中縣立文化中心出版）等。由於胡主張用原音記錄的方式記錄民間文學的內容，故全叢書均以講唱者的原講唱語言記錄原音內容，配合華文的對照翻譯，作《石岡鄉客語歌謠》（民 81 年，臺中縣）、《苗栗縣閩南故事集（三）》（民 91 年 12 月）等形式出版。

〔註 73〕據與胡萬川教授合作彰化及雲林縣民間文學采集整理工作之陳益源師所言，該系列計劃於臺灣地區執行至 2003 年之成果，除高雄鳳山市自行編印者不計，已出版成果及其冊數，由北而南依序是：宜蘭縣二冊，基隆縣二冊，桃園縣八冊，苗栗縣十冊，台中縣三十五冊，台中市四冊，彰化縣二十冊，雲林縣即將出版至第十冊，嘉義縣十二冊，嘉義市八冊，台南四冊，台南希拉雅族一冊，計有一一六冊。經筆者透過網路查詢所得，此外尚有《和平鄉泰雅族故事、歌謠集》（民 84 年）及《泰雅族歌謠》（民 87 年，二書均臺中縣立文化中心出版，見註 72）。至於花蓮縣、台北縣及南投縣正在進行中，台東、屏東、新竹則尚未進行。

第三章　中國風水故事的內容

前　言

從各地流傳和歷代記錄的風水故事資料來看，中國風水故事的內容與數量，可謂眾多而龐雜，如果不經過分門別類的整理，很難以概論性的汎述詳陳其具體內容。因此本章將以分類的方式，敘述中國風水故事的內容，同時藉由分類整理，爲中國風水故事做一初步的分析與歸納。

爲何分類和如何分類，在成熟的學術領域中應各有其理論及與之相應的方法。以目前所見各成系統而有規則可循的民間故事分類法，在中國有中國民間文學集成編輯委員會的〈分類表〉，在國際間通行並適用於民間故事分類的，則有「類型」（Type）和「情節單元」（Motif）分類。〔註1〕

中國大陸在一九八四年開始的民間文學普查活動中，中國民間文學集成總編委會辦公室編列了〈中國民間文學集成資料分類編碼總表〉，〔註2〕對民間故事的分類方式，採取了以故事主要的「人、事、地、物」爲對象的主題式分類法，例如「大地起源神話」、「帝王后妃傳說」、「賢相清官傳說」、「神仙助人故事」、「精靈助人故事」……等，完全根據故事題材的主體分類。就故事的個體而言，題材主體不同的故事，有時候可能情節完全相同而其實是一個故事，例

〔註1〕參閱（1）金師榮華《中國民間故事與故事分類》（台北：中國口傳文學學會，民國92年3月）之一至五章，以及（2）劉魁立〈世界各國民間故事類型索引述評〉（北京：《民間文學論壇》季刊創刊號，1992年5月，頁56～69）。

〔註2〕中國民間文學集成總編委會辦公室《中國民間文學集成工作手冊》（北京，1987），頁157～160。

如「神仙幫助人脫困」和「精靈幫助人脫困」的故事情節可能完全相同，但在這裡就必須分爲「神仙故事」和「精靈故事」兩類。然而就整個中國民間故事的全體而言，這樣的分類，也有全面反映故事主體內容的意義。以中國風水故事爲一個整體來看，主題分類雖然不能精確反映故事的個別特徵，但可以概括反映所有風水故事的主體內容，因此可以做爲初步了解和分析的方法。故以下第一節將據中國風水故事主題分類的結果說明其主題內容。

從主題分類瞭解風水故事的整體內容和全面特徵後，再進一步觀察風水故事的個別內容。故事的成份，除了主題，就是情節。在民間故事分類學中，每一個「獨立而完整的敘事單位」，稱爲一個「情節單元」。〔註3〕「情節單元」的分類，就是「把個別情節從故事中分析出來」。因爲「在有些故事中，除了主要情節，還有次要而可獨立的部份，也常會以另一種外貌在其他故事中出現，成爲其他故事的一部份；甚至單一情節的故事自身就以另一種外貌在其他故事中成爲那則故事的一部份。」〔註4〕廿世紀中期美國學者湯普森（Stith Thompson，1885～？）在修訂增補阿爾奈的故事類型索引（見下文）之外，曾根據他當時所見世界各地的民間文學資料，做出情節單元的分析，並規劃了一套民間文學情節單元的歸類檢索系統，編著成《民間文學情節單元索引》（Motif-Index of Folk-Literature）。〔註5〕後來各國民間文學研究者採用其分類架構與編號方式，陸續編製或增補了各國民間文學的情節單元索引，〔註6〕這套分類系統也因此成爲目前國際通用的民間文學分類方法之一。因此本文分析了每一則風水故事的「情節單元」，一方面集合所有風水故事的情節單元，依其情節內容集中的主題，做風水情節單元的分類，得出「風水異徵」等隱藏於故事主題下的主要情節內容；一方面借用湯普森情節單元分類系統，將風水故事情節單元循其類別主題分類歸納，以觀察風水故事情節在無風水文

〔註3〕參見本文第一章第二節之二〈故事的概念與定義〉，註22，頁10。

〔註4〕書同註一之（1），頁2。

〔註5〕Stith Thompson,《Motif-Index of Folk-Literature》，Indiana University Press，1955。

〔註6〕如 Hiroko Ikida，《A Type and Motif Index of Japanese Folk-literature》（FFC NO.209，Helsinki 1971）、Lena Neuland 《Motif-index of Latvian Folktales and Legends》（FFC NO.229，Helsinki 1981）及 Gerald Bordman 《Motif-index of The English Metrical Romance》（FFC NO.190, Helsinki 1972）等，另有運用了「motif」情節單元概念但不使用湯普森編號系統者，如 Dorothy Ann Bray 《A List of Motifs in The Lives of The Eary Irish Saints》（FFC NO.252，Helsinki 1992）。

化背景的分類下，呈現的情節性質與故事特色。

至於主題分類不能反映的個別性的故事特徵，則可以故事「類型」（Type）分類，將有個別的內容特徵和固定結構的故事設立爲類型，藉以考察及辨識故事的流傳關係和變異情況。「類型」是民間故事分類學的術語，指「一個故事的基本核心模式」，〔註 7〕當故事的情節結構模式相等或雷同時，很可能就是同類型或同類結構的故事。這樣的分類可以跨越題材的界限，歸納故事的敘事結構與情節特色，進而反映出故事的流傳關係與敘事特徵。國際間著名而重要的代表作是芬蘭學者阿爾奈（Antti Aarne，1867～1925）發表於一九一〇年的《故事類型索引》，〔註 8〕以及前述美國學者湯普森在阿爾奈的基礎上作了重要補充和修訂的的《民間故事類型索引》，〔註 9〕他們所創建的分類編排方式，至今爲世界各國民間文學研究者所參考和引用，學者通稱爲「AT 分類法」。〔註 10〕丁乃通和金師榮華先生以此方法及分類架構編著的《中國民間故事類型索引》〔註 11〕和《中國民間故事集成類型索引》，〔註 12〕以及德國學者艾伯華以「類型」概念編著（但不以 AT 架構分類）的《中國民間故事類型》，〔註 13〕是本文查找並編訂中國風水故事類型的主要參考著作。風水故事雖然是中國民間故事中爲數眾多的故事題材之一，但在上述幾部著名而有代表性的中國民間故事類型索引中，可以檢索得出的風水故事資料卻只有極少數，

〔註 7〕 書同註一，頁 3、69。

〔註 8〕 Antti Aarne：《Verzeichnis der Marchen-typen》，Helsinki，1910（ＦＦＣ NO3）。

〔註 9〕 《The types of the folktale · A classification and bidliography》Helsinki，1928（ＦＦＣ NO74）。

〔註 10〕 金榮華《中國民間故事與故事分類》書中第三章〈中國民間故事的各種分類法〉舉例說明云：「同一題材的故事因敘述的不同會有不同的內容」，如一個惡作劇者害人出糗的故事，據「中國民間文學集成分類編碼」是入笑話類（3700）；同一個情節的故事，敘述換作一個勞動英雄刻意作弄有錢官員的事，在「中國民間文學集成分類編碼」則是入機智人物類（3501）；若以故事類型的眼光看，則雖角色人物不同然情節結構相同的二則故事，爲同一故事類型。見該書頁 64～65。

〔註 11〕 丁乃通著，鄭建成等譯《中國民間故事類型索引》，北京：中國民間文藝出版社，1986 年 7 月一版。

〔註 12〕 目前共出版二冊：《中國民間故事集成類型索引（一）》（四川卷、浙江卷、陝西卷）及《中國民間故事集成類型索引（二）》（北京卷、吉林卷、遼寧卷、福建卷），台北：中國口傳文學學會出版，民國 89 年，民國 91 年。

〔註 13〕 艾伯華（Wolfram Eberhard，1901～1989）著，王燕生、周祖生譯《中國民間故事類型》，北京：商務印書館，1999 年。

其中原因牽涉到「類型」的術語定義和風水故事傳說的敘事特徵之間的關係，以及各部索引著者的取材範圍、觀念或態度等，由於涉及的討論層面較複雜，故本章暫捨其煩，僅就風水故事主題及情情節單元概述其內容，有關風水故事的類型則容後另闢一章專述。

第一節　風水故事的主題內容

「風水故事」最大的共同主題就是「風水」，要在龐大的風水故事群中，進一步離析其中的內容主題，「風水」在故事中被強調的性質特徵或角色關係，應是劃定主題的理想依據，也符合主題分類的認識目的。試以定義的方式來說明，所謂「主題」就是：「根據故事的完全敘述（即一個故事被敘述的開始到結束），所體現的與風水有關的敘事主旨或凸出事件」，其類別則「依『風水』在其敘事主旨中被強調的性質特徵，或凸出事件中的角色關係而定」。

本節分類的方法，是將上述定義的故事主題中相同或相近者聚合爲類，以其中最大或主要的聚合類徵定爲類目，從類目的簡約與劃分，籠統而全面的概括出中國風水故事的敘事主題。目前分出的大類共有八項，各題內容如下：

一、風水的作用：以因風水招致的富貴或災難爲主要情節的故事。

二、破風水的故事：敘述破壞風水作用的原因、過程及其結果的故事。

三、得風水的途徑：敘述獲得風水寶地或風水利益的由來及方法的故事。

四、風水與報應：報應的內容，部份是以風水爲報酬或懲罰的工具，部份是故事主角因爲與風水有關的行爲或事件受到報答或報復。

五、風水師與風水術的故事：以精通風水者及其專長表現爲主要內容的故事。

六、風水的騙局和笑話：主要是迷信風水的故事，有些是嘲諷風水師或風水迷信者的笑話。

七、望氣與風水：古書中（尤其史書）常有許多「望氣」的故事，有些望氣說的內容似乎與風水有關，因此另收一類，以見風水與望氣之關係。

八、有關風水的其他軼事及鎖談：以上諸類不能包括的故事，或內容有關風水但無具體情節的故事，例如「陰陽宅不言帝王家」（唐・裴庭裕《東觀奏記》）等說法，集合於此，以與其他風水故事相參看。

以上每大類下再分若干次大類及小類。以下就此八項大類，依次說明分析定類的原則及分類結果，並具陳詳細類目與各類故事爲例於後。

一、風水的作用

許多風水故事之所以被傳述，大都緣於說故事者或故事中人相信風水有超自然的效應和影響力，因此能夠證明「風水作用」存在的事件，幾乎是風水故事必有的情節。

大體而言，風水的作用，不外乎「致吉」和「兆禍」。有些情節複雜的風水故事，不單純敘述風水致吉或兆禍的結果，而著重於因風水而起的其他內容，例如「破風水的故事」和「取風水的故事」，這些故事的主要內容是敘述風水被利用、發現、取得或破壞的過程，"風水作用"是誘發故事情節（取風水或破風水）的前提，但並不是故事的主體。相對於這類情節複雜的故事，有一些故事只是單純敘述風水作用及其結果，以證明風水之不誣，這類故事就比較簡約的體現了風水信仰的基本內容，便分到這個大類項下。茲分其細類並舉例如下：

（一）風水致吉

甲、葬地或宅相佳致富貴、添丁、長壽（二十八則）

〈張裕祖墓〉初，裕曾祖澄當葬父，郭璞爲占墓地，曰：「葬某處，年過百歲，位至三司，而子孫不蕃。某處年幾減半，位裁卿校，而累世貴顯。」澄乃葬其劣處。位光祿，年六十四而亡，其子孫遂昌云。(《南史‧張裕傳》卷三十一【壹一甲 4】)〔註14〕

乙、寺廟風水佳，神靈香火興旺（三則）

〈狗社〉狗社在連平陂頭三坑地方，本在三坑地方的狗社窩，因那塊地方不靈秀不當旺，(神）頗想徙居。後來（神）將寶劍簽書掛在今址的樹上，人們默知神意，遂將神壇移建今址。今址山水清秀，龍脈雄偉，任何堪輿家都說是穴好風水，是以香火極盛。……（清水編《太陽和月亮》【壹一乙 2】)

丙、風水改運

A、改風水添丁（三則）

〔註14〕【壹一甲 4】指故事全文收在《中國風水故事類編》第一編〈中國風水故事主題分類〉的第"壹"大類第"一"部份之"甲"下第"4"個故事。以下例同，不再附註。

〈劉混康〉元符末，掖廷訛言祟出，有茅山道士劉混康者，以法籙符水爲人祈禳，且善捕逐鬼物。上聞，得出入禁中，頗有驗，崇恩尤敬事之，寵遇無比。……祐陵登極之初，皇嗣未廣，混康言京城東北隅地叶堪輿，倘形勢加以少高，當有多男之祥。始命爲數仞崗阜，已而後宮占熊不絕。上甚以爲喜，由是崇信道教。(宋・王明清《揮麈錄・後錄》卷二【壹一丙 A1】)

B、改風水登科升官（八則）

〈禮部井〉穆廟時，關西馬乾菴自強，以大宗伯入相，後三十年絕響，司官止陞太守，又以東封事，至空署逐，其餘忤旨遷謫者猶多。江右范含虛謙，既爲尚書，故精形家言。部有舊井已湮，復開新井。范熟翫良久，欣然曰：「得之矣。闢舊塞新，必有奇驗。」果司官穩帖聯擢京堂吏部，若督學，無復作知府者。而范乃暴卒。其以大宗伯即家入相者，歸德沈龍江鯉、山陰朱金庭賡。又數年，李九我庭機、□□侍郎署印、孫鑑湖如游，以尚書皆大拜。可見堪輿未嘗不驗，特不驗於起念之人耳。(明・朱國禎《湧幢小品》卷二十五【壹一丙 B3】)

C、改風水治病（八則）

〈洗祖骸瘉疾〉士人李武錫，嘗得疾，惟脊骨間痛不可忍，百藥攻治不效，若此數十年。後因改葬其父，易棺遷其骸，脊骨節間，有大白蟲，乃撥去之，自此脊痛頓愈。(宋・郭彖《睽車志》卷四【壹一丙 C6】)

〈溫其中相宅〉溫其中，不知何許人，善相宅。至一家云：「牆橫曲木，北堂病母。」其家驚以爲神，延至家，應手而母病愈。王令君，宅多鬼，延其中至，遍相其宅，以手畫地，命掘之，得白骨二合。棺而窆，妖遂寂然，其術之神異皆此類也。民國霑化縣志方技。(《中國歷代卜人傳》卷二十三・山東省一【壹一丙 C7】)

（二）風水兆禍

甲、宅墓外相或方位不佳致凶（十二則）

〈唐堯臣〉張師覽善卜塚，弟子王景超傳其業。開元中，唐堯臣卒於鄭州，師覽使景超爲定葬地。葬後，唐氏六畜等皆能言，罵云：「何

物蟲狗，葬我者如此地！」家人惶懼，遽移其墓，怪遂絕。出廣異記（宋《太平廣記》卷三百九十・塚墓二【壹二甲2】）

乙、葬時或建宅、入宅時辰不吉致凶（三則）

〈王莘鋤不信堪輿家言〉無錫王莘鋤吏部綍自典閩試還，遭母喪閉門讀禮，急欲營葬。堪輿家言是年風水不利，毅然斥之，謂遲葬非禮也。堪輿家亦侃侃爭論，謂苟葬者，不出兩月，君必不可為諱。家人大懼，潛書「葬」「不葬」二紙，至其母靈几前拈鬮，三鬮皆「不葬」。羣阻之，王一笑置之，剋日興工，自督役。舉窆時，王忽蹪地傷足，不良於行，輿歸城中，遂患寒疾，竟不及兩月而卒。（徐珂《清稗類鈔・方伎類》【壹二乙2】）

丙、遷葬或改建致凶（十五則）

〈范擇善遷葬〉范擇善同宣和中登第，得江西教官，自當塗奉雙親之官，其父至上饒而殂，寓於道旁之蕭寺中，進退徬徨。主僧憐之，云：「寺後山半，適有一穴，不若就葬之，不但免般挈之勞，而老僧平日留心風水，此地朝揖絕勝，誠為吉壤。」擇善從之，即其地而殯之。其後擇善驟貴，登政府，乃謀歸祔於其祖兆，請朝假以往改卜。時老僧尚在，力勸不從。才徙之後，擇善以飛語得罪於秦會之，未還闕，言者希指攻之云，同以遷葬為名，謁告於外，搔擾州縣，遷謫而死。（宋・王明清《揮麈錄・後錄》卷十一【壹二丙3】）

〈談風水者謂弓去靶〉京師賢良門外有河，河有橋，式如弓背。道光時，宣宗閱射，箭鵠設於橋西河邊，射者立橋北，北向而射。每發矢，宣宗右顧，以視中否。歲己亥，橋折平，鵠於橋南，對寶座設焉。射者立橋北，面西向而射，以免右顧之煩也。談風水者謂此橋架河上，如弓之有靶，今折平，則弓去靶矣，恐我武不揚也。至明年，遂有英人之擾。（徐珂《清稗類鈔・方伎類》【壹二丙5】）

（三）福禍並致的風水地（八則）

〈害兄福弟〉唐溫大雅改葬祖父，卜人占其地曰「害兄而福弟」，大雅曰：「若家弟永康，我將含笑入地。」歲餘果卒。（《事文類聚・前集》卷五八・喪事部【壹三1】）

〈禍後福始應〉元　梁饒，德興人。元季時，精堪輿術。一日過樂平大汾潭，遇雪。時歲暮，渡者李翁止宿。飲至酣，大呼曰：「世上何人能識我，今日時師後代仙。」李懇求吉地，梁即指示穴處，屬曰：「貴從武功來，禍後福始應。」葬數年，李以罪戍定遠，產黔甯王英，明祖育之軍中，賜以國姓，復賜姓沐，追封三代皆爲王。古今圖書集成堪輿部名流列傳（《中國歷代卜人傳》卷十六・江西省三【壹三6】）

（四）穴妨術師：葬者得吉，卜者遭凶（十則）

〈劉氏葬〉劉延慶少保少孤，後喪其祖，卜葬於保安軍。有告之曰：「君家所卜宅兆，山甚美，而不值正穴，蓋墓師以爲不利己，故隱而不言。若啓墳時，但取其所立處，則世世富貴矣。」如其言。墓師汪然出涕曰：「誰爲君言之？業已爾，無可奈何！葬後不百日，吾當死，君善視我家，當更爲君擇吉日良時以爲報。某日可舁柩至此，俟見一驢騎人，即下窆，無問何時也。」劉氏聞其說，亦惻然，但疑驢騎人之說。及葬日，遷延至午，乃山下小民家驢生駒，毛色甚異，民負於背，將以示其主，遂以此時葬焉。越三月，墓師果死。延慶位至節度使，子光世至太傅揚國公。（宋・洪邁《夷堅乙志》卷十一【壹四1】）

（五）風水特徵符應於人

甲、風水靈物與人同命（十則）

〈墓中靈物〉徐壽輝先墓在湖廣之某縣，敵人潛往發之，有赤幘蠅萬萬飛去，壽輝不久被殺。張士誠先墓有溝環之，水中一鯰魚長六七尺，時出遊，行人不能捕。士誠敗，其魚浮死水面。金侍郎庠之父戍死，函骨雲南石崖上，及貴，移之，函中一血色蜘蛛走去，其後亦不振。大抵山川靈秀，融聚成形，泄之非所宜矣。（明・王圻 纂《稗史彙編》卷十三・地理門・陵墓類【壹五甲3】）

乙、風水形象同化主人（六則）

〈公牛穴〉陳健是陽翟人，他的墓是一個公牛穴，葬在牛角的位置上，因此他的後代陽翟人的性格都非常強悍。後來有人吃多了陽翟人的虧，就請王爺點地破其風水，點到公牛穴的咽喉，在那裏挖井，挖至岩盤而受阻，王爺附身的乩童下劍一刺，便冒出紅色岩泉，公牛穴死，陽翟人不再兇悍，並從此沒落。今其墓、井猶在，水在井呈紅，提出則清。（1995 黃先生講述（男 65 歲）《金門民間傳說》【壹三乙 3】）

（六）風水靈氣相奪為害

甲、損人風水以益己

〈李文貞公逸事〉文貞公之墓，在安溪某鄉。康熙間，有道士李姓者，利其風水。道士之女，方病瘵，將危，道士告之曰：「汝爲我所生，而此病已萬無生理，今欲取汝身一物，以利吾門，可乎？」女愕然曰：「惟父所命。」道士曰：「我欲分李氏風水，謀之久矣，必得親生兒女之骨肉埋之，方能有應。但已死者不甚靈現，活者不忍殺，惟汝將死未死之人，正合我用耳。」女未及答，道士遽以刀劃取其指骨，置之羊角中，私埋於文貞公之墓前。自後李氏門中死一科甲，則道士族中增一科甲；李氏田中減收若干斛，則道士田中增收若干斛。李之族人有覺者，亦不解其故。……至墓，令執鍬鋤者搜墓前後，久之，得一羊角，金色，中有小斥蛇，昂首欲飛，其角旁有字，則道人合族姓名也。乃令持繩索者，往縛道士。時公家族眾亦至，鳴之官，訊得其情，置道士於法。李氏從此復盛，而奉張大帝甚虔。此事聞之漳州黃清夫侍御，今袁簡齋續齊諧中亦載之。（清・梁章鉅《歸田瑣記》卷四【壹六甲 1】）

乙、鬥風水

〈石將軍與風獅爺的風水煞之戰〉金門金沙浦山村的鶯山廟佔得「飛鷹逐雞」的好風水而香火鼎盛，隔岸形似雞頭而與之相望的后沙村被廟吸盡靈氣，草木不生。后沙村民便立風獅爺於村口，面向鶯山廟以制其靈氣。鶯山廟神乩忙立起持弓的李廣將軍石像，羽箭直射后沙風獅以制衡。今日后沙不見風獅爺，石將軍塑像盔帽則有一尊石獅，傳是后沙風獅被馴服於此。（《金門民間故事研究》【壹六乙 3】）

以上分析的「風水作用」的內容，主要是指在人無意操作或無力干預的情況下，風水自然作用導致的各種結果。只有「丙、風水改運」的部份，有部份人爲意志的參與，促使風水發生作用，但其實「風水改運」的性質及其改運成功（情節成立）的前提，仍是在「風水」有「作用力」的基礎上發生的，因此也適合以「風水的作用」來理解並分類。

包含風水信仰在內的中國民間信仰及習俗中，「改運」之「改」，只有「改善」而無改惡之意。所以改運意指著改善命運或改善運氣，在改運行爲中，改運者和被改運者在同一立場上，爲被改運者消除惡運並祈求好運的到來，是祈福以「致吉」的信仰活動。反之，如果是改好運爲壞運的動作，就是敵對立場上的破壞，如蓄意改變或破壞某人的風水，以阻止其人的好運或正常發展等，則不稱爲「改運」，而稱之爲「破風水」，詳見下文第（二）項目「破風水的故事」。

「改運」成功的結果，似是人的意志參與（或指導）所致，但在「風水改運」的信仰上，要達到這個意志的目的，往往須是風水本身具有滿足這趨善求全（致吉）的條件，才能透過人對風水的修正或改善的動作，如「改宅相」、「改地形」、「改遷葬地」等，須是宅相、地形、葬地等對象本身具有致吉的基礎或相關條件，才能透過批改以促其發動或加強作用。所以以風水信仰看風水，「風水改運」是在風水作用的基礎上進行的，因以其類置此。

二、破風水的故事

對一個條件良好或正在發生著良好作用的風水地進行破壞以影響或中止其作用，就稱破風水；一個好的風水忽然停止或改變了原來的良好作用，例如家道興旺者在住宅或祖墓的某些環境改變後忽然衰落，通常被認爲是風水破了。

「破風水的故事」最終都會顯示出風水被破壞後，風水作用的改變及因此產生的影響和結果，這似乎涉及到「風水作用」，而與（一）項之「風水的作用」類有所重疊。兩項大類間的區隔是：「風水的作用」類只述及風水在原始狀態下所發生的影響或作用，主要情節是風水的作用（預言）被後來的事實印證了；「破風水的故事」重心在於破壞風水的原因、目的，及破風水的方法和過程的描述，主要情節在於人如何影響了風水作用的形態和結果。這類故事的主題特徵及類目如下：

（一）破風水制敵

甲、破敵風水以敗敵（五則）

〈風水徵驗〉王氏見聞錄：巢犯闕，有一道人詣安康守崔某，請斲其金統水源祖墓。果得一窟，窟中有黃腰人，舉身自撲死。道人曰：

「吾爲天下破賊訖。」巢果敗死。自成祖墓在米脂。相傳中有漆燈，漆燈不滅，李氏必興。邊大綬爲米脂令，亦發其塚。果有一蛇，遍體生毛，向日光飛出，咋咋而墮。是日自成即爲陳永福射中左目。後雖陷京城，旋亦敗死。是二賊又無一不相似也。然皆因發塚而滅，青烏家風水之說，豈眞有徵驗耶？（清・趙翼《簷曝雜記》卷五【貳一甲 5】）

乙、皇帝破出帝風水（十三則）

〈金陵之地有王者之勢〉初，秦始皇東巡，濟江。望氣者云：「五百年後，江東有天子氣出於吳，而金陵之地，有王者之勢。」於是秦始皇乃改金陵曰秣陵，鑿北山以絕其勢。至吳，又令囚徒十餘萬人掘汙其地，表以惡名，故曰囚卷縣，今嘉興縣也。（《宋書・符瑞志上》卷二十七【貳一乙 4】）

丙、破風水以治天災人禍（二則）

〈魟魚拍沙〉蔡厝七鶴戲水的風水穴挖開後，七隻白鶴四處散去，蔡家自己掐住一隻，出了蔡復一，其他六隻中，一隻飛去圍頭，出了皇后，一隻飛去金門青嶼，出了權君七日的張太監。皇后在圍頭家鄉建祠堂，建在一個「魟魚穴」的鼻眼上，而魟魚的鼻孔正巧向著金門，魴魚被壓得一張一張的喘氣，金門因此飛沙走石，難以住人。一個算命先生說：「得拆去那間祖厝的一塊瓦，金門才不會再飛沙走石。」某日皇帝出遊，交大權予金門青嶼太監「權君七日」，青嶼太監趁機下令拆去皇后祖家祠堂屋頂的三片瓦，金門才從此不再飛沙走石。（《金門民間傳說》【貳一丙 1】）

〈朱熹在漳州〉漳州北門十字街頭建有小塔一座，塔旁有一廟，名「塔口庵」。傳說從前該處原是一口井，附近住户都來這裡汲水取用。朱熹鑒於其地淫案特別多，就特地去考察，果然看出這個地理有問題。他說北橋的橋樑好像女人的枕頭橫著，公府街與碩人橋街好像女人雙手，北橋直街好像女人的身軀，到塔庵口分支兩條路，像是女人雙腳，這口井在兩條支路中間，就像女陰，所以該地婦女飲之，莫不淫亂。便叫人築一座塔，蓋在這口井上面。聽說因爲這樣，該地便很少再有淫案發生了。於是俗稱該井爲美人井。（《福建

漳州傳說・四四、塔口菴》【貳一丙2】)

(二)破壞風水的方法

甲、埋物厭勝〔註15〕(六則)

〈蕭統不立〉初,丁貴嬪薨,太子遣人求得善墓地,將斬草,有賣地者因閹人俞三副求市,若得三百萬,許以百萬與之。三副密啓武帝,言太子所得地不如今所得地於帝吉,帝末年多忌,便命市之。葬畢,有道士善圖墓,云「地不利長子,若厭伏或可申延。」乃爲蠟鵝及諸物埋墓側長子位。有宮監鮑邈之、魏雅者,二人初並爲太子所愛,邈之晚見疏於雅,密啓武帝云:「雅爲太子厭禱。」帝密遣檢掘,果得鵝等物。大驚,將窮其事。徐勉固諫得止,於是唯誅道士,由是太子迄終以此慚慨,故其嗣不立。(《南史・蕭統傳》卷五十三【貳二甲1】)

〈匠人(一)〉凡人家造住宅,切忌苛刻匠人。吾鄉鍾氏,道光中葉驟富,大興土木,輪奐一新,外人莫測其底蘊。生三子,卒其二,遺寡媳不守婦道,家資暗耗。其幼子,父母溺愛,蕩檢踰閑,靡惡不作。父沒後,尤肆意花柳,所有家產,十破其九。而手頭用慣,不喜食貧,房屋又大,一時難尋主顧。同治初年,將住屋折卸變賣,拆至儀門首,中間有竹尺一竿,破筆一枝,且有白書一行曰「三十年必拆」,屈指計之,自落成至拆賣,恰三十一年爾。……(清・程趾祥《此中人語》卷三【貳二甲2】)

乙、建物鎮壓(五則)

〈獅牛望月〉金門水頭西山是「獅頭」,東山是「牛眠」,與金城的「金交椅」連成「五馬拖車」的風水形勢。江夏侯斷去「金交椅」後,發現水頭的「獅頭」和「牛眠」失去中間山頭的隔閡反成「獅牛望月」的形勢,急忙又在「獅頭」山上建了「茅山塔」,釘死獅頭並藉以栓牛。當時獅頭山的紅土水流了三日夜,風水從此死了。(《金

〔註15〕厭勝是中國民間盛行的一種巫術迷信,認爲將不祥物品或咒語埋藏於人家的屋牆瓦舍中,可使該户或所詛咒的人遭受災禍,例如下文所舉故事例二〈匠人〉。另一方面,也可藉吉祥物反制不祥的詛咒或災禍,例如下文所舉故事例一〈蕭統不立〉中,蕭統埋蠟鵝於母墓,以避免母墓風水對他的不利影響。所以「厭勝」有「壓伏、剋制」的意思。

門民間傳說》【貳二乙 4】）

丙、挖斷地脈（三則）

〈劉伯溫看風水〉劉伯溫是朱太祖的保國軍師，他要使朱家世世代代做皇帝，所以到處想要破壞活龍地。一天劉伯溫來到閘花山腳下，看這是好地，找上主人，說要買地，想在這裏開井建廟，主人便把地送給他。於是劉伯溫請了匠人在此挖井，但一連幾天，匠人挖開的井，到隔天就都沒了，劉伯溫教匠人每晚收工時，把鐵器鐵塊放在井眼裏，井就這樣挖成了。井兩邊的水漕是二條龍眼，四口井穿在二條龍眼裏，淌的血水流成了漕。後來劉伯溫到別的地方，發現這條龍已鱗角長全，下海去了。……葬了代代出帝王。（《中國民間文學集成上海卷長寧區分卷》【貳二丙 1】）

丁、擬象破風水（四則）

〈澎湖龍門出皇帝的傳說〉澎湖龍門外海有兩個小島，一個叫筆架，一個叫簽筒。筆架是皇上放筆的地方，簽筒是皇上放簽呈的地方，村名又叫龍門，大家都說龍門將要出眞命天子了。一個天文官發現了這件事，報告皇帝，皇帝看著澎湖的地圖，拿起筆在地圖上筆架和簽筒的地方批下「小小地方怎能出天子」九字，結果澎湖的筆架和簽筒兩個小島一下子就下沉了三尺，龍門村就出不成天子了。後來倒出了很多戲子，只有演歌仔戲的時候，龍門人才能出皇帝。（《澎湖民間傳說》【貳二丁 3】頁）

戊、諧音比義應風水使風水失效（二則）

〈雙「帝」廟〉明朝的時候，江夏侯來斷天子地。他來到舊金城，看到這個五馬拖車穴，會出兩個皇帝，他就在這裏建了兩座比鄰而相背的廟，一祀「關帝」，一祀「玄天上帝」，如此便破了「兩帝」的風水。後來又建「文臺寶塔」以鎭「五馬」。（《金門民間傳說》【貳二戊 1】）

〈南蠻子破風水〉藁城縣縣衙後面的壕坑裏，是風水很好的地方。壕坑裏的水清得透底，四季不乾，冬不結冰，裡面很多長蟲蛤蟆，長蟲是綠底帶白點，蛤蟆是綠色，背上有三道金線，每天黑夜在坑裡一勁的叫，有人說藁城要出十個閣老。後來，來一個南蠻子，一看這地方，就想：這兒要淨出官啦，得給他們破了。他對士紳們說這裡的長蟲和蛤蟆養久了，有了道行要成精。人們一聽，就弄了塊泰山石壓在水裡，坑裡的長蟲蛤蟆就隨著溢出來的水流到河裡走了。大石頭只壓住了一條長蟲一隻蛤蟆，後來石閣老就出世了。有人說，大石頭就是石閣老，壓住的長蟲是他的玉帶，蛤蟆是他的烏紗帽。石閣老的石和十同音，別的閣老沒出世，就是南蠻子破了風水的緣故。(《耿村民間故事集第一集》【貳二戊2】)

（三）風水破損導致的結果

甲、貶官、失勢（八則）

〈彭學士墓〉永樂間，安福彭學士汝器與解學士縉俱被長陵寵。長陵常令二人以手摸水中碑，解一次即能誦，彭至二次始能誦，然長陵喜彭謹，飭怪解疏狂，寵不異。一日，長齡命彭圖其先塋上之，比進上，上見其塋面石羊山，一峰殊峭拔，取朱筆點其巔曰：「汝家出汝清顯，皆此峰力。」數月，家中寄書云：「某日，石羊山峰崩裂。」計期，即長陵筆點日，彭深以爲異。不二三年，彭亦卒。至今其家竟無成名者。(明·《稗史彙編》卷十三·地理門·陵墓類【貳三甲3】)

乙、損丁破財或家破人亡（六則）

〈羊祜祖墓〉有善相墓者，言祜祖墓所有帝王氣，若鑿之則無後。祜遂鑿之。相者見曰：「猶出折臂三公。」而祜竟墮馬折臂，位至公而無子。(《晉書·羊祜傳》卷三十四【貳三乙1】)

丙、寺廟神明不靈（二則）

〈媽祖廟與鯉魚穴〉澎湖內垵有一座媽祖廟，廟前有一池水，終年不乾，水中有一尾鯉魚。凡是船經過內垵海面，不論船上是官員還是百姓，都要進港去這座廟裡拜拜，否則船就會在海邊一直繞，怎麼都開不走。有一次，一個大陸來的官坐船經過這裡，船一直在海邊繞，他覺得奇怪，有人告訴他要去廟裡拜拜才能經過，這個官雖然不情願，也只好去拜。這個官也懂一點風水，他看這個廟會這麼靈，是因爲廟前的鯉魚穴，就拿皇帝賜的寶劍往那池水插下去。劍一插下，水開始滾騰，漸漸變成紅色，然後乾掉。不久，媽祖廟就失火燒掉，而那官員也在海上翻船死了。(《澎湖縣民間故事》【貳三丙2】)

丁、其他難以分類的破風水結果（三則）

〈盧陵彭氏〉盧陵人彭氏，葬其父，有術士爲卜地曰：「葬此，當世爲藩牧郡守。」彭從之。又掘坎，術士曰：「深無過九尺。」久之，術士暫憩他所，役者遂掘丈餘。欻有白鶴自地出，飛入雲中。術士歎恨而去。今彭氏子孫，有爲縣令者。（宋《太平廣記》卷三百九十・塚墓二【貳三丁 1】）

〈江寧靈異〉江寧縣古去城七十里，即今江寧鎮。南唐遷北門清化坊，元徙城外之越臺側。國初徙集慶路治，即今治也。縣無大門，前臨街有二亭子，俗謂其地勢爲牛形。萬曆中，膚施楊令來，謂二門前通衢不便，於街側建一屏牆。甫畢，役病頭痛不可忍，人以俗記語之，亟撤而瘳。（明・顧起元輯《客坐贅語》卷六【貳三丁 3】）

三、得風水的途徑

（一）風水命定（八則）

「風水的作用」主要是「致吉」和「兆禍」，其得「吉」或取「禍」的內容，不外是人通常始料未及或無從預測的各種禍福成敗，如致富貴丁壽，或遭遇橫禍病患等，而這些不意中的禍福，也往往是民間信仰的通俗解釋中，常謂之爲「命運所致」的內容。不同的是，命運中的吉凶被理解和認知的形態是與生俱來、既定不移的，而上述「風水作用」之「致吉」或「兆禍」的作用形態中，風水與人的關係則是不遇則不動，一旦遭遇便遂行其作用，既不因人而異其作用與結果，當然也就不受先天命運的制約，反而有可能因爲風水的後天遭遇改變了先天命定的際遇。

但有一些風水故事，雖然也肯定風水與命運一樣存在著制約或決定人生際遇的作用，卻並不以風水爲單向的影響命運（未知的際遇）的施作用者，而是相對的認定命運才是決定風水作用的驅動者。這樣的故事不在少數，姑聚合其群類特徵定名爲「風水命定」，類目如下：

甲、命中注定的風水地

〈柯狀元祖墓〉柯四者，莆田之小民也。有一山人善相地，爲富家葬，夜臥於穴，土神呼之曰：「此柯狀元祖穴，奈何犯之？速遷可免禍。」明旦以語主人：「此非而家所應得，神告我矣。」其家遂別葬。

然郡中大族，無柯氏者。他日，山人假坐米肆，肆主姓柯。山人問家有葬者否，曰：「父枯骨在淺土，然吾無貲又無室，安得葬？」山人默然。他日，柯行經尼院，覆盥水濡其裳，柯怒：「吾貧者，天寒如此，乃濕吾衣，汝必爲我熯燥。」尼不得已，然火烘，兩情倏起，入室而狎。自是寅出戌往，情好日篤。久之，尼嫁柯爲夫婦。山人又遇之，曰：「子今有貲可以買地矣。」爲言於主人，立券易地，掘父枯骨瘞其中。俄而尼生子，曰潛，以景泰辛未年及第，仕至翰林侍讀。（明．《稗史彙編》卷十三地理門陵墓類【參一甲 4】）

乙、無福人不得有福地（十一則）

〈陳魏公墓〉陳魏公墓在莆田境中南寺之側，本一富民葬處也，葬後二十五年間，若子若孫皆病目，甚者至於盲障。有術人語曰：「此害由墓而起，當急徙之，以其地售與他人則可，不然，日甚一日，歲甚一歲，禍將益深，殆不可救矣。」富子大懼，即別卜改窆，而故穴爲魏公家所得。富民病者愈，而魏公正位宰相，官至少師。然則宅兆之吉，蓋有所係，無德以承之，不惟不得福，乃受其殃，不容妄也。（宋．洪邁《夷堅志》卷二十一【參一乙 3】）

除命運的支配外，從何得到和如何取得好風水以受其作用，既是風水信仰者好奇而熱衷的話題，各種取得的途徑與方式，也足以反映出風水追求者對風水的信仰態度與認知形式，是爲以下類目所歸納的內容：

（二）意外得福地（十三則）

〈天葬地〉廣呂何氏父子尚書名地，以御屏特樂，取作羅帶挂屏風。上地在廣昌縣西一里，土名桃竹坑。……吏部公文淵父以疫卒，洪武丙寅抬柩至此，遇雨，遂葬，今鄉稱天葬地。公時方半歲（乙丑生，後登永樂戊寅進士），累官至吏部尚書。子喬新官至刑部尚書（謚敏肅）。玄孫曰源（進士）、曰濤（解元）、曰沅（解元）、曰孔陽，諸公連登科甲，富貴方隆。（明．《地理人子須知》卷五上【參二 5】）

（三）神示吉地（五種八則）

〈袁安葬父〉初，安父沒，母使安訪求葬地，道逢三書生，問安何之，安爲言其故。生乃指一處，云：「葬此地，當世爲上公。」須臾不見，安異之。於是遂葬其所占之地，故累世隆盛焉。（《後漢書．

袁安傳》卷七十五【參三 1（1）】）

（四）因夢得地（六則）

〈金雞老翁〉趙師轎，居湖州武康上柏圓覺寺。乾道九年春，為父謀葬地，久而未得。夏五月，夢一翁雪髯白衣，右手抱金雞與語云：「吉卜只在三十里內，明日便可得。」時所營茫然無緒，未敢以為信。明日正午寢寺中，有僧來謁，言有一道人持經帳為某家售地，轎即令引入詢之。迨晚偕詣其處，問山名，乃金雞峰也。頓悟昨夢人，喚主至，商價須百千，喜而酬之。成券之日，又適辛酉，竁穴生壬向丙，於青囊家指為佳城，葬之。次年，轎以進士登第。（宋．洪邁《夷堅志》卷十一【參四 3】）

（五）吉地取於物擇（一則）

這裡雖然只收一則故事，但含有這類「物擇吉地」內容的風水故事其實不少，例如「牛眠地」〔註 16〕、「貍眠地」〔註 17〕或「蛇盤地」〔註 18〕等，為彰顯風水故事的常見內容之一，以此則最具代表性者獨立一類。

〈龜葬〉濱海素少士人。祥符中，廉州人梁士卜地葬其親，至一山中，見居人說旬日前，有數十龜負一大龜，葬於此山中。梁以為龜神物，其葬處或是福地。與其人登山觀之，乃見有邱墓之象，試發之，果得一死龜。梁乃遷龜他所，以其穴葬親。其後梁生三子，立則、立賢皆以進士登科，立儀亦官於朝廷，徙居廣州，蔚為士族。人謂之龜葬。補筆談（清．潘永因輯《宋稗類鈔》卷七【參五 1】）

（六）智取風水

甲、偷葬得風水（三則）

〈趙匡胤龍口葬父〉趙匡胤幼時是楊府上的放牛孩子。楊家太翁過逝，楊家重金聘了一位陰陽先生來看墳地，陰陽先生告訴楊家說福

〔註 16〕例如〈陶侃尋牛得地〉，以牛眠之地葬父後位居高官。見本文附錄一〈中國風水故事類編〉第【壹一甲 3】則。

〔註 17〕例如〈貍眠〉，先人葬於貍眠之地，後代均得富貴。見本文附錄一〈中國風水故事類編〉第【伍二丙 4】則。

〔註 18〕明．葉盛《水東日記》：「居庸以北，俗擇葬地，以驗蛇盤兔為上。昌平侯楊洪赤城葬母處亦然。……」見《中國風水故事類編》第一編〈中國風水故事主題類編〉第【捌 14】則，頁 233。

地在一個滃潭的懸岩間一個伸出的石頭，石形如龍，龍口在每年天中節的三更三點開，只要把楊太翁的骨灰準時扔進龍口，楊家少爺就可以做皇帝了。放牛娃趙匡胤偷聽到這消息，先拿了自己父親的骨灰在潭邊等著，準時扔進了龍口，龍口快閉時，楊家人才趕到，只掛在石龍的角上。陰陽先生說:「天定不可違。但楊家也不失世世作將相。」因此宋朝一代老是「趙姬天子楊家將」。(《東方故事 1——朱元璋故事》【參六甲 3】)

乙、計騙風水（五則）

〈七尺無露水〉古寧頭李姓始祖原是當地大户張家的長工。張家擇得七尺見方、夜不沾露的「七尺無露水」風水吉地，風水師云葬前可出三宰相，葬後可得萬年丁。李姓長工早年在北方做生意，會聽普通話，聽到了風水先生和員外兩人用普通話討論的內容，得知風水祕密。李姓長工便於夜晚覆席於真風水地旁，使地不沾露；清晨再把草席拿起，並潑水於真風水地上。後來張家主人就葬在李姓長工設計的假風水地，李姓祖先則自己葬了真風水地，至今後代繁衍旺盛，張姓反而沒落。(《金門民間傳說》【參六乙 3】)

丙、骨殖調包換風水（七則）

〈看風水先生〉一個看風水老人有個兒子，媳婦討來三年沒孩子。一天，媳婦要求公公找個好風水，埋祖先骨殖。老人出門找到一個好風水，是在一間豆腐店的房門口下。老人回家叫兒子將祖先骨殖磨成粉，裝進盒子，自己帶到豆腐店去借宿，趁夜將盒子埋在房門口。豆腐店老板夫婦發現後，也拿來自己祖先骨殖，放在老人的盒子上面。後來，老人的媳婦懷孕了，老人卻又發現一個更好的風水，在龍虎山的一口沸騰的井。老人回豆腐店帶出盒子，投入井中。不久，媳婦生下一子，又白又胖，老人一看卻唉聲嘆氣。原來骨殖埋在龍虎山，孩子應該又黑又壯，只有在豆腐店門下，孩子才會又白又胖。老人來到豆腐店，正好老板娘剛生一子，正大哭不止，老人一摸，他卻不哭了。老人向老板夫婦說明風水和來意，要求交換孩子，老板夫婦也同意了。多年以後，老人的孫子做了皇帝，豆腐店老板的兒子做了宰相。(《中國民間文學集成上海卷金山縣故事分卷》【參六丙 6】)

丁、畸地風水巧葬法（三則）

〈張眞人塚〉張眞人之始祖善相地，負其親灰骨，行求十餘年，到龍虎山。睹其崖吉，而峻險不能梯，乃粉其骨爲彈丸，以弓發之至若干丸而墮後，復再中至若干丸而止，故其封爵中絕，尋亦復，此其驗也。又其家口號云：傳睛不傳髮，傳髮不傳睛。今子孫襲封者，非鬢髮上指，則目睛仰生云。（明·《稗史彙編》卷十三·地理門·陵墓類【參六丁1】）

（七）力爭風水

甲、活埋親人取風水（三則）

〈韓信的傳說〉……韓信十幾歲時，在一財主家放馬。一天，一個南蠻子帶著根藤棍在山裏轉，他走來跟韓信說：「你拿我這藤棍站在山灣裡，我到山後唸咒語，你見山開一道縫了，就把這藤棍往上支。」韓信問要知道做什麼，否則不幹，蠻子說這山有風水，老人屍骨葬這裡，後生下輩可以出將軍。……韓信回家問母親要父親的屍骨，……但屍骨老讓風吹回扔不進。韓信要媽拿住骨袋，用力一推，把媽推進山縫裡，山就合上了。韓信後來當到了元帥，可是剛拜齊王就被斬，因爲他害死母親損了壽。（《中國民間故事集成吉林卷》【參七甲2】）

乙、留屍占地（三則）

〈劉邦占墳〉劉邦是個無賴，他爹是個風水先生。劉邦要爹給自家占個墳，老爹說劉邦姥姥家的大門口下就是好地，等他死後想辦法把他葬在那裡，劉邦就能當皇帝。……不久，老爹得病死了，劉邦把爹的衣服剝光，用繩子套在爹的脖子上，半夜掛在姥姥家的大門樑上。第二天，嚇得姥爺姥娘叫人來請還在睡大覺的劉邦趕去，劉邦一到，就大哭大叫，說是姥爺家逼死了他爹，姥爺家也不知怎麼解釋，只能按劉邦的要求，讓他將爹埋在大門口下了事。……後來劉邦眞的坐了天下。（《中國民間故事集成遼寧卷》【參七乙1】）

丙、巫術做風水（十一則）

〈風水先生〉通州有一個姓曹的風水先生，看風水的本領極高明。他生病將死時，兩個兒子請他爲自己找個好風水，好讓兒子能享福。風水先生要他們用草繩抬他的屍體向東走，到草繩自斷的地方，就照屍體落下的方向就地埋葬，在家設的靈台上長明燈用馬桶蓋，屋上蓋一個斗，七七四十九天以後除去，兩個兒子就能做皇帝。兩人果然依言照做。幾天後，全家人都生起病來，筋肉酸痛如火燒。同時間，通州一帶生出許多小孩都有異相，曹家竹園裏生出許多奇異的新竹。四十五、六天以後，曹家舅父來了，一見靈台上的馬桶，怪道難怪全家生病，趕緊把馬桶除去，只見馬桶內一道紅光沖上天去，這風水就破了，曹氏兄弟的病立刻好了。同時間，那些新生異相的小孩無故都死了，曹家後宅的新竹也枯死了，劈開枯竹，每個竹節中都有瞎眼的小孩。這時通州最有學問的陳思孝等也都忽然雙目失明。北京欽天監這時看出通州一條眞龍就快長成了，趕來通州要把曹氏墳中的龍弄死，初用鐵鎗與銅條，總刺不到龍身上，有個秀才獻計說：「這龍衹有兩目未長成，最好用毛竹削尖刺入，必能弄死。」果然泥中透出許多血水。曹氏兄弟不久生病而死。（《東方故事 3——董仙賣雷》【參七丙 1】）

四、風水與報應

「風水」既然被認爲有致福或招禍的影響力，這種影響力，在某些故事中，便與民間的報應觀念結合，成爲賞善罰惡的報應物品或工具之一。

「報應」一詞在中國的詮釋，應有兩種意義，一是源自佛教的「業報」觀念，一是出於人情往還的「報酬」行爲。民間俗語有謂「善有善報，惡有惡報」，可說是對「報應」最通俗的詮釋和普遍的理解。不論是否出於宗教意識的詮釋，「報應」的詞義中本自包含著因果相生的意涵，「報」與「應」，都意指著有「施」與「受」的歷程及參與者。所以報應故事的內容，至少包含了因果的施受及報應的對象。因此這個項目的分類，也以報應因果分類：

（一）前善獲報福地（二十三則）

〈贖誣獲報〉劉洵之祖，世業醫。忽有徒犯病，臥門首，饑瘠顚連。劉母詢之，知其誣，罄奩飾代爲贖罪。時母方懷妊將產，夜夢神云：「受地之人明早生，看地先生明晚至。」次日果生洵。晚地師至，引觀此地，即前徒業，因買葬之。洵後舉會魁，仍出甲科六人。（明・鄭瑄《昨非庵日纂》卷十八【肆一 2】）

（二）貴人不在乎賤地（八則）

〈貴人不在乎賤地〉有個人叫福來，找來一個風水先生幫他看地。風水先生指了福來家一塊地，可以出大官，但福來問墳在那兒有沒妨礙到人，風水先生說東鄰會背興，福來就說不要了。風水先生又給福來找了個地方，在那兒扎墳西鄰會窮，福來又不要了。風水先生生氣了，隨便指了個髒地方給他就走了。幾年以後，風水先生有些後悔，覺得過意不去，回來探望福來，福來已成了財主，見到風水先生直向他道謝。風水先生懷疑福來看了另外的地方，到墳上一看卻是老地方，就說這是貴人不在乎賤地。（《耿村民間文化大觀》【肆二 7】）

（三）惡人不得吉地（五則）

〈鬼罩地師之眼〉國朝莆中，有甲科嚴姓者，與殿元柯潛同榜，生平歷仕，吸民膏脂，勢燄彌天，曾任江右廉憲。聞顧陵岡名師，厚幣聘之，爲母覓地。顧入閩關，即夢二鬼以罩其眼。及抵莆，與扦葬畢，將復度關，仍夢二鬼持去原罩。顧公方悟向所扦者爲凶壞，返而勸嚴改之。嚴疑謂禮薄故誑也，重謝辭之，顧亦付之無可奈何之天。後果零落。……（明・鄭瑄《昨非庵日纂》卷十八【肆三 1】）

（四）圖佔他人陰地受報（六則）

〈魯肅墓〉王伯陽家在京口，宅東有大冢，相傳云是魯肅墓。伯陽婦，郗鑒兄女也，喪亡，郗鑒平其冢以葬。後數年，伯陽白日在廳事，忽見一貴人，乘平肩輿，與侍從數百人，馬皆絡鐵，徑來坐，謂伯陽曰：「我是魯子敬，安冢在此二百許年。君何故毀壞吾冢？」因顧左右：「何不舉手！」左右牽伯陽下床，乃以刀環擊之數百而去。登時絕死。良久復蘇，被擊處皆發疽潰，尋便死。一說王伯陽亡，其子營墓，得一漆棺，移至南岡，夜夢肅怒云：「當殺汝父。」尋復夢見伯陽云：「魯肅與吾爭墓，若不如我不復得還。」後於靈座褥上見血數升，疑魯肅之故也。墓今在長廣橋東一里。（《搜神後記》【肆四 1】）

（五）以風水惑人受報（三則）

〈地師身後劫〉豫章王晉，清明日挈眷上冢。冢後舊有荒墳，低土平窪，棺木敗露，未識誰氏。王有兒昭慶，……踏棺陷足……，驚而大號，王抱之出。既而歸家，兒寒熱交作，王就床撫視。兒忽色變，怒目直視曰：「吾羅漢章，堪輿大名家也。生前軒冕貴人，無不奉爲上客。爾一式微寒族，輒縱乳臭小兒，踐我墳墓、躪我骸骨，罪何可宥？」王急謝罪，許以超薦。曰：「此恨已入骨髓，必索其命乃止。」王伏地哀泣，終無回意。不得已，保福於都城隍廟。夜夢城隍神召之去，……問其生前何業，曰：「地師。」神拍案大怒曰：「爾生前既作地師，何不能擇一善地，自庇朽骨？想此事爾本不甚明了，在生時無非串土棍、賣絕地，被害者不知幾千百萬家。今日斷骨折骸，實由孽報，非其子之罪也。」鬼力辨其無，亡何階下眾鬼，紛來愬告，有謂葬如雞棲而傷其骨骸者；有謂元武藏頭、蒼龍無足，而滅其宗嗣者；有謂向其子孫高談龍耳，以至停棺五六十年，尚未入土者。神勃然變色曰：「造惡種種，罪不容誅。」命鬼役押赴惡狗村，受無量怖苦。眾其聲稱快，叩首盡敬。……王拜謝而出。下階傾跌，忽焉驚醒。……後聞羅棺中朽骨，被野犬銜嚼，狼籍滿地，始信惡狗村即人間現報，陰司原無此地獄也，遂嘆息者累日。（清・沈起鳳《諧鐸》卷九【肆五2】）

（六）其他——以風水趨吉竟遭凶（四則）

〈斂錢厭勝〉陰陽占候人杜元紀爲義府望氣，云所居宅有獄氣，發積錢二千萬乃可厭勝。義府信之，聚斂更急切。……於是右金吾倉曹參軍楊行穎表言義府罪狀，……按皆有實，……並除名長流廷州。（《舊唐書・李義府傳》卷八十二【肆六1】）

五、風水師與風水術的故事

這類故事的重心主要集中在風水師及其風水術的表現。可能與此項目交錯的是第壹項「風水的作用」故事，因爲故事中展示風水作用的證據，主要是風水師爲風水斷下的預言符合了故事中後來事實的結果，而「風水師預言應驗」，正是本項類目主要內容之一。這兩大類主題的內容區分是：

（一）在預言內容方面

風水師的預言在「風水的作用」故事中通常只是概略地言及將來吉凶，如〈許遜祖墓〉：

葬者曰：『此墓中當出一小侯及小縣長』。（見本文附錄一【壹一甲1】）

又如〈陶侃尋牛得地〉：

……其地若葬，位極人臣矣。（【壹一甲3】）

在「風水師的故事」中，風水師預言的內容更具體，除了指出吉凶的結果外，還交代了將來發生的一併細節，如〈韓允〉：

……記曰：『秋桂在酉，春榜在辰。昌於其子，大於其孫。』後一一符焉。（【伍二甲27】）

又如〈致天子問〉：

璞嘗爲人葬，帝微服往觀之，因問主人：「何以葬龍角？此法當滅族！」主人曰：「郭璞云：『此葬龍耳，不出三年，當致天子也。』」帝曰：「出天子邪？」答曰：「能致天子問耳。」帝甚異之。（【伍二甲4】）

（二）在故事內容方面

「風水的作用」故事裡，風水師的預言主要在爲看不見的風水作用提供可信的佐證，故事主角通常是風水地的主人或其後代，預言的內容主要是主角將來的結果，例如前舉〈許遜祖墓〉及〈陶侃得地〉等。在「風水師的故事」中，風水師的預言旨在於表現或證明風水師對風水的掌握與判斷的能力，風水師才是故事主角，〔註19〕風水主人及其後來結果主要是印證風水師預言準確的配合者，而非故事要強調的對象。所以在這類故事中，風水師的預言有時候甚至與人或風水的吉凶無關，而只及於對風水本身的預測和描述，如〈樗里子〉：

樗里子卒，葬於渭南章臺之東，曰：「後百歲，是當有天子之宮夾我墓。」樗里子疾室在於昭王廟西，渭南陰鄉樗里，故俗謂之樗里子。至漢興，長樂宮在其東，未央宮在其西，武庫正直其墓。……（【伍二甲1】）

又如〈郭璞葬母〉：

璞以母憂去職，卜葬地於暨陽，去水百步許。人以近水爲言，璞曰：「當即爲陸矣。」其後沙漲，去墓數十里，皆爲桑田。（【伍二甲3】）

〔註19〕角色地位可以由敘事的語氣和情節的重心判斷，有時候也可以從故事的表面現象看出來，例如：在第一類「風水的作用」故事裡，提供預言的預言者（卜者），在故事中通常沒有具體的名字；在本類「風水師的故事」裡，提供預言的預言者都有具體名字，而且在故事中出現的身份通常是專業的風水師或有道術的卜者。

所以，“風水師的預言”在第（一）類「風水作用」的故事中，只是風水與人之關係的媒合者，該類故事以“人受風水影響的結果”爲敘事主體，反映的主題就是「風水對人的作用」。在「風水師的故事」中，“風水師的預言”不只是聯繫人與風水關係的媒體，也是以“預言成功”突顯風水師的專業，同時誇飾風水作用的敘事主體，反映的不只是敘事者對風水作用的信仰，還有對風水師及風水秘術的好奇與關注，因此與單純反映「風水作用」的故事主題略有不同，內容也較複雜。爲了突顯這些故事不同程度的複雜內容，雖然稍嫌瑣碎，仍然不厭其繁的分析出其中隱含的差異。這類故事所集合的內容及其故事之例如下：

（一）風水師的法寶或天賦（七則）

〈王太玄〉王太玄者，清遠人，少以耕牧爲業。忽臥病不甦者七日。太玄如從夢間聞空中有人語之曰：「汝應爲地師，有保印以貽汝。」即有震雷擊裂一石，石中得一物，高五寸許，從可三寸，橫殺其半，色如紫泥，隱隱有文，不可辨。太玄得之即病已，而左手拘攣若鉤弋。因忽解青烏家言，能爲人作佳城圖，其人即數千里外，按圖求之輒得。嘗有貴遊攜之入蜀，江中遇大風，鄰檣覆溺者無算，貴遊舟亦岌岌矣。太玄見舟旁有異物，類黿首而擠舟者，手持所佩印，厲聲叱之，其物頫而逝，風浪遂息。人以此信太玄果有異術也。（明·王臨亨《粵劍編·志藝術》卷三【伍一2】）

（二）風水師的神算

甲、卜（相）宅墓能知未遇之事（卅五則）

〈晦庵先知〉晦庵先生家墓乃先生自觀溪山向背而爲之，面直一江，有沙亙其間，先生嘗云：「此沙開時，吾子孫當有入朝者。」其家有私記存焉。景泰間，朝廷念其有功於世，求訪其子孫，於是九世孫梃徵入朝，授五經博士世官，一人主祀。公文未至之，數日其沙忽被水衝開，適中其言。蘇州府通判倪文烜，建寧人，母朱氏，梃之女兄，爲予言此事。晦庵非術數之學，而其驗如此。（明·王圻 纂《稗史彙編》卷十三·地理門·陵墓類【伍二甲13】）

〈黃撥沙〉閩越黃撥沙，善視墓，畫地爲圖，即知休咎，故號撥沙。婺人有世患左目者，問之，曰：「祖墳有木，大則木根傷害其目，必

發墓以去之。」既發，有根貫在左目，出之而愈。(《事文類聚·前集》卷五八·喪事部【伍二甲33】)

乙、測地奇中（六則）

〈舒綽〉舒綽，東陽人，稽古博文，尤以陰陽留意，善相冢。吏部侍郎楊恭仁，欲改葬其親，求善圖墓者五六人，並稱海內名手，停於宅，共論執，互相是非。恭仁莫知孰是，乃遣微解者，馳往京師，於欲葬之原，取所擬之地四處，各作曆，記其方面，高下形勢，各取一斗土，并曆封之。恭仁隱曆出土，令諸生相之，取殊不同，言其形勢，與曆又相乖背。綽乃定一土堪葬，操筆作曆，言其四方形勢，與恭仁曆無尺寸之差，諸生雅相推服。各賜絹十疋遣之。綽曰：「此所擬處，深五尺之外，有五穀，若得一穀，即是福地，公侯世世不絕。」恭仁即將綽向京，令人掘深七尺，得一穴，如五石甕大，有粟七八斗。此地經爲粟田，蟻運粟下此穴。當時朝野之士，以綽爲聖。出朝野僉載（《太平廣記》卷三百八十九·冢墓一【伍二乙1】)

丙、卜時奇應（十五則）

〈乘白馬逐鹿〉吳明徹字通炤，秦郡人也。父樹，梁右軍將軍。明徹幼孤，性至孝。年十四，感墳塋未修，家貧無以取給，乃勤力耕種。時天下亢旱，苗稼焦枯，明徹哀憤，每之田中號哭，仰天自訴。居數日，有自田還者，云苗已更生，明徹疑其紿己，及往，如言。秋而大獲，足充葬用。時有伊氏者善占墓，謂其兄曰：「君葬日，必有乘白馬逐鹿者經墳，此是最小孝子大貴之徵。」至時，果有應。明徹即樹之小子也。(《南史·吳明徹傳》卷六十六【伍二丙1】)

丁、卜地符人所求（三則）

〈焦老墓田〉房州西門外三十里，有石崖極高峻，其下爲石室，道觀在其側，曰九室宮。土人相傳云：陳希夷隱於華山時，亦嘗居此地，石室乃臥閣也。民焦老者居山下，陳每日必一訪之。且至則二鶴翔空飛舞而下，焦氏以此候之，傾家出迎，具茶果延佇，經歲常然。一日告去，焦曰：「先生將何之？」曰：「吾欲歸三峯耳。」焦父子強挽留之，不可，而問曰：「汝家何所欲？欲官耶？欲富耶？」

焦曰：「窮山愚民，不願仕。倘得牛千頭，志願足矣。」陳笑曰：「易事也。」攜與俱行，一山復，指一穴，言：「異日葬於此，當如汝志。」遂別去。及焦老死，其子奉柩窆於所指穴。數年間，貲產豐盛，耕牛累及千頭。迨今二百年，子孫尚守其舊業。牛雖減元數，然猶豪雄里中，鄉人名其處為焦老墓田。（宋・洪邁《夷堅志》卷七【伍二丁 1】）

戊、風水之驗出預言之意表（十七則）

〈金陵殿基〉高皇建都金陵，命劉誠意相地。築前湖為正殿基，業已植樁水中。上嫌其逼，少徙於後，誠意見之默然。上問之，對曰：「如此亦好，但後不免遷都之舉。」時金陵城告完，高皇與誠意視之，曰：「城高若此，誰能逾之？」誠意曰：「除非燕子能飛入耳。」其意蓋謂燕王也。高皇又問誠意國祚短長，誠意曰：「國祚悠久，萬子萬孫方盡。」後泰昌萬曆子，天啓崇禎弘光皆萬曆孫也。果符其讖。（清・褚人穫《堅瓠集・六集》卷四【伍二戊 9】）

（三）風水師識寶（四則）

〈永康徐侍郎祖地〉……先一家葬，退敗遷主。明師劉永太復為徐氏指葬舊所，徐氏曰：「彼既不吉，何為葬舊穴？」劉曰：「淺深不同，乘氣有異。且此地本主先凶後吉，今彼已退敗一代，而君葬則凶氣已去，吉氣將來。」徐如其言葬之，果出侍郎，又科第數人，富貴未艾。今太守公師夔師皋諸貴皆出此地。（明・徐善繼、徐善述《地理人子須知》卷三下【伍三 1】）

〈南蠻子偷耿村風水〉耿村這地方是個牛形，村北邊的土圪梁上，蝎子很多，叫蝎子山，沒人敢上去。有一年，一個南蠻子到耿村來趕集，一看這村風水好強，要出好幾個大官，就想破了這村的風水，帶回去埋在自家祖墳。南蠻子到集上買了個卷子，圍著蝎子山轉，看出風水在山頂上。一會一個拾糞的老頭路過，南蠻子向他借了糞叉，轉到山的一邊上到山頂，用糞叉挖了個坑，把卷子埋進去。下來還了糞叉，老頭走遠後再上去，一堆蝎子正圍著卷子螫，南蠻子捏起卷子，集也沒趕就走了。傳說耿村的風水，就這麼給南蠻子偷去的。（《耿村民間文化大觀》【伍三 4】）

六、風水的騙局和笑話

這一項目的故事，應是風水故事中最不具神秘氣質而有現實意義的故事，內容主要描述因爲迷信風水而產生的種種不合情理的行爲，及利用風水迷信而設計的騙局與笑話等，類目如下：

（一）以風水設騙局（五則）

〈醫地〉京中有趙八瘋子者，創爲醫地之說。嘗爲武清一曾任縣令者卜地，告之曰：「適得吉壤，在某村某家之竈下。去其屋，則得吉。」某令遂別搆地造屋，遷其人而購其室。及毀竈，趙又熟視曰：「此地惜爲竈所洩，地力弱矣。」某令曰：「爲之奈何？」曰：「醫之自能復元。藥當用人參一斤、肉桂半斤，俟得此二物付我，餘藥我自爲合之。」某令如其教，備參、桂授之。越日掘地下藥。又告曰：「三日後夜半立於一里之外，若遙見此地有火光浮起，則元氣大復矣。」乃潛施火藥於地外，陰令人潛往，約以某夜遠見有籠燭前行者即燃之。及期，至某令家邀其夜中籠燭往視，漏三下，曰：「是其時矣。」遂往，遙望其地果有火光迸發，乍喜曰：「君家福甚大，不意元氣之復若是之速也。」某令亦大喜。然爲藥物故，家資已消耗過半。……（清・姚元之《竹葉亭雜記》卷七【陸一 4】）

（二）耽風水之愚行（五則）

〈陳虞耽堪輿術〉豫有陳虞者，富人也。生平耽堪輿術，凡精斯道者，無遠近，必延之於家，錦衣而肉食之。且慮僮僕不潔，親滌溺器以奉，門下食客以故恆濟濟焉。一日，有操南音者。踵門求謁，自稱蘇人許姓，世精斯術，且謂曾文正、李文忠之祖穴皆父所審定。陳聞之喜，以三千金爲壽（籌）。居三月，爲擇地於嵩山之陰，云：「葬此，子孫必位及三公。惟地脈少寒，瘞枯骨無效，倘得生人埋之，則妙難言喻。」陳韙之。越日，集家人而告以故，並執帶自縊。猛憶自縊與病死，同一不得溫氣，復命工人速穿穴，及成，陳衣冠臥穴內，呼人畚土掩之。其子不忍，工人莫敢先動，陳怒曰：「從父命，孝也；違吾教，即非吾子，何逡巡爲！」其子不得已，號泣從之。須臾墓成，陳死於穴中矣。（徐珂《清稗類鈔・方伎類》【陸二 1】）

（三）有關風水的其他故事和笑話（四則）

〈鐵器應兆〉四川王尋龍與人葬地，先有兆應，華州陳知州請之遷葬。王尋龍同陳知州尋地，月餘方得吉穴。至期，親友皆會葬。王尋龍曰：「諸君子定丙時下事，須當有人自南方將鐵器來時，方乃應兆也。」良久，日及辰刻，諸公曰：「時將至矣。」王曰：「當有吉報。」相次南方有一人，荷一黑物栲栳大，從南來。視之，乃是村丁，肩一鐵器至。諸公驚謂尋龍曰：「妙哉精矣！鐵器已見，丙時不差！請掩靈柩。」須臾，村丁肩鐵器，至墳前曰：「尋龍，尋龍，你雇我將鍋子來，不知分付與誰？」諸公大笑，擊鍋而碎。（明（宋）《笑海叢珠》卷二【陸三 1】）

七、有關風水的其他軼事及瑣談

前項第二類「破風水故事」中，有「皇帝破出帝風水」一項，許多故事裡的「出帝風水地」都是據「望氣」得知的，可見「望氣」與「風水」之術數，存在著某種相佐或並生的關係，因此將其他談及與宅墓或風水之利有關的「望氣」故事，收錄於此。

由於「皇帝破出帝風水」是風水故事中一個頗特殊的主題，與其他的「破風水」故事合在一類，可與該類故事呼應，並藉以突顯和比較該題類故事的發生背景。因此雖然「皇帝破出帝風水」類的故事幾乎都與望氣有關，但一事不兩分的分類原則，不入此類。本類所錄，無「破風水」的內容，僅與宅墓或風水之利有關。例如：

〈非常地〉皇考墓在丹徒之候山，其地秦史所謂曲阿、丹徒間有天子氣者也。時有孔恭者，妙善占墓，帝嘗與經墓，欺之曰：「此墓何如？」孔恭曰：「非常地也。」帝由是益自負。行止時見二小龍附翼，樵漁山澤，同侶或亦覩焉。及貴，龍形更大。（《南史・宋武帝本紀上》卷一【柒 4】）

〈孫堅冢〉孫堅傳注吳書曰：堅世仕吳，家於富春，葬於城東。冢上數有光怪雲氣五色，上屬於天，眾皆往觀視。父老相謂曰：是非凡氣，孫氏其興矣！（《古今圖書集成・坤輿典》第一百三十八卷・冢墓部紀事一【柒 5】）

其他與風水有關但不納於以上類目的故事，以及不成其為故事但與風水相關而有參考或資料價值的軼事、風俗等，均隨聞所見雜鈔於此。

〈瓊廚金穴〉光武皇后弟郭況家，工冶之聲不絕，人謂之郭氏之室，不雨而雷，東京謂況家爲瓊廚金穴。（唐・馮贄《雲仙雜記》卷十【捌1】）

〈陰陽宅不言帝王家〉術士柴嶽明，動陰陽術數，於公卿間聲名籍甚。上一日召於便殿對，上曰：「朕欲爲諸子孫（修一庭）院，卿宜相其地。」嶽明奏曰：「人臣遷移不常，有陽宅、陰宅，入陽宅、入陰宅者，禍福刑剋，師有傳授。今陛下居深宮，有萬靈護衛，陰陽二宅，不言帝王家，臣不敢奉詔。」上然之，賜束帛。（唐・裴庭裕《東觀奏記》卷上【捌6】）

〈洗骨苗〉六額子在大定、威寧，人死年餘，延親族祭墓，發冢開棺，取骨洗刷令白，以布裹之。復埋三年，仍開洗如前。如此者三次乃已。家人病，則云祖骨不白所致，以是亦名洗骨苗。（徐珂《清稗類鈔・喪祭類》【捌29】）

第二節　風水故事的情節單元及其內容

近代學者研究民間文學的方法之一，就是情節單元的分類，分類的基本架構見於美國學者湯普森《民間文學情節單元索引》（Motif-Index of Folk-Literature）。〔註20〕「motif」中文舊譯爲「母題」，金師榮華教授針對「motif」一詞在民間文學中的含義，認爲：「因爲『motif』一詞所指是一則故事中不能再加分析的最簡單情節，譯作『母題』使人誤會其中還有較小的『子題』。」〔註21〕故改譯爲「情節單元」，今從之。然學界或有人因此對所謂「情節單元」與「母題」之稱謂與定義有所迷惑與質疑，〔註22〕金師進而爲「情節單元」

〔註20〕參見本章第一節註5。

〔註21〕金榮華《六朝志怪小說情節單元分類索引》，台北：中國文化大學中國文學研究所，民國73年（1984年）3月初版，序頁3。

〔註22〕金榮華〈「情節單元」釋義——兼論俄國李福清教授之「母題」說〉，引該學者之文云：「俄國的俄羅斯科學院通訊院士李福清（B. Riftin）教授，在他的《三國演義與民間文學》一書中，有一段關於「母題」和「情節單元」的話如下：『……據民間文學的研究專家普羅普（V.prop）教授的《民間故事形態學》所論，民間故事的情節單元不是母題，而是人物的功能（一定的動作）。』」（台北：中國文化大學《華岡文科學報》第二十四期，民國90

釋義云：

> 情節單元」是英文或法文中“motif”一字在民間文學裡的對應詞（按，文中註 3：在英、法文中，“motif”一詞也用之於音樂或繪畫，但所指各不相同），指的是故事中一個小到不能再分而又敘事完整的一個單元（按，文中註 4：參見 Stith Thompson, The Folktale[New York, Holt, Rinehart and Winston, 1946], p.415 及 p.439）。這裡所謂的「情節」，是指在生活中罕見的人、物或事。所謂「單元」，就是扼要而完整地敘述了這不常見的人、物或事。例如……。〔註 23〕

援此定義，本文試就目前所見中國風水故事，逐一分析每一則故事的情節單元，並參考湯普森情節單元分類索引，試將目前所得風水故事情節單元分類整理，以見中國風水故事的情節內容。

必須說明的是：由於風水故事數量既多，情節亦繁，而為情節單元編號定位常需耗費相當大量檢索比對的時間與人力以斟酌定奪，自忖個人目前有限時間及能力，即使勉力完成，也不能把握現行編號必然確當，與其竟其事而不能成其功，不如暫捨編號細節而求分類精確，以見全體概貌。因此目錄中所列套用湯普森情節單元分類系統的部份，除了少數參考並使用了金師榮華先生已發表於《金門民間故事集》等書中編號確定的情節單元及編號外，〔註 24〕其他所有情節單元都只做到大類的分定，而未及於各情節單元個別編號的審定。另外，為了更方便的觀察風水故事的內容特點，在不失獨立而完整的「單元」原則下，本文對許多情節單元的內容敘述保留了多數細節，希望在將來對風水故事的分析探討中，能得到較多的參考與啓示。

年 3 月，頁 177）

〔註 23〕同前註，本段引文見頁 174。

〔註 24〕金榮華先生整理之《金門民間故事集》（台北：中國文化大學中文研究所，民國 86 年 3 月）、《台東卑南族口傳文學選》（台北：中國文化大學中文研究所，民國 78 年 8 月）、《魯凱族口傳文學》（台北：中國文化大學中文研究所，民國 84 年 5 月）《泰雅族民間故事》（台北：中華民國民間文學學會，民國 87 年 12 月）、《魯凱族民間故事》（台北：中國口傳文學學會，民國 88 年 12 月）、《台灣花蓮阿美族民間故事》（台北：中國口傳文學學會，民國 90 年 10 月）等，書中每一則故事均附整理者為該故事分析並編碼歸類的情節單元，本文所採用風水故事資料取材自以上各書者，亦沿用其情節單元分析及分類編號。

一、依湯普森（Stith Thompson）情節單元分類系統的分類〔註25〕

（一）湯普森情節單元分類系統的特色以及對風水故事情節單元分析的意義

湯普森的情節單元歸類檢索系統，〔註26〕將情節單元依事物的性質分成二十三大類，每類各有標題提示該類內容，以大寫的A、B、C字母爲該類下的各種情節單元的編號開頭，使每一個情節單元都有專屬的分類編號。經過系統的歸類，一些表面看來似是而非的情節單元，可以從分類編置和編號位置中顯示出其間的相近程度與類別關係。因此除了提供檢索的方便，這種系統化的歸類運作，其過程本身也不失爲一種客觀的分析研究方法。

美中不足的是，湯普遜的《民間文學情節單元索引》雖然在內容上相當程度的包括了亞、歐、美、非及大洋洲等各地各國的民間文學資料，但受到語文的限制，對非西語系的東方，尤其中國資料的掌握其實很有限，許多由中國特殊觀念或信仰而產生的情節單元，如「動物精魅」、「陰曹地府」〔註27〕及「風水」等，在其現有系統中很少有相對應的編號，而可能必須另設新號。〔註28〕

然而這套分類系統畢竟爲情節單元的分析與分類規劃了基本的分析模式並指示了分類方向，而風水故事的內容也並非全然只有風水而無其他情節，循用這套無風水文化背景的情節單元分類系統，爲中國風水故事情節單元分類，正可藉以比較並檢核中國風水故事情節單元與其他國家及故事的朋比殊異之處。文化背景的差異固然使湯普遜分類系統不足以籠罩和反映中國民間

〔註25〕各大類標題及部份小類目標題之中文翻譯引自金師榮華《中國民間故事與故事分類》頁14～22譯介湯普遜《民間文學情節單元索引》的內容，文中未出現之其餘細類標題由筆者參照原書意譯。

〔註26〕本節之（二）「依湯普遜情節單元分類的風水故事編節單元內容」文中所到各類標題，俱引自金師榮華先生《中國民間故事與故事分類》第二章對湯普遜的《民間文學情節單元索引》的介紹。湯氏索引目前並無中譯本，該索引目錄的中譯首見於金書。

〔註27〕參閱本章註10，金榮華類型分類說。

〔註28〕可參考註1之（1）書，金榮華《中國民間故事與故事分類》第二章「三、情節單元待補類別舉隅」（頁30～35），文中舉作者所著《六朝志怪小説情節單元分類索引（乙編）》（台北：中國口傳文學學會，2008年3月初版）爲例，該書分類依湯普森分類編號排列，但若與湯普遜《民間文學情節單元索引》核視，則「六朝志怪中析出之情節單元，逾70%未見於該書（湯普遜書），必須另設新號。」這裡所舉「動物精魅」及「陰曹地府」者，即文中詳述之例。

故事的全面特徵；但脫離文化背景中的某些特定元素（如風水信仰與觀念），適足以篩揀出風水故事獨立於中國文化背景外的情節特徵。

因此《中國風文故事類編》之第三編〈依湯普遜情節單元分類系統的風水故事情節單元分類目錄〉，仍然借用了湯普遜情節單元索引的分類架構與分類方法，將已經逐則詳列於該書第一篇之〈中國風水故事全文類編〉中每則故事文本後的情節單元，依湯氏的分類架構與類別特徵，將風水故事的情節單元做全盤的分類。

至於在湯氏分類系統中無適當分類位置的風水故事情節，則另置獨立分類系統，沿上節依故事主題分類的分類模式，以內容性質相同相近者聚集爲類並另設標題，輯爲〈風水情節單元分類目錄〉於《中國風水故事類編》第三編，使每一個從中國風水故事中分析出來的情節單元，都能在分類中得到初步的歸納和整理。

（二）依湯普遜情節單元分類的風水故事情節單元內容

這裡的分類，是就目前湯普遜情節單元分類的現行架構，將已分析出的風水故事情節單元，盡可能的納入其中適當的類區與編號位置。有一些情節單元雖然是在風水信仰的基礎上形成而可能是風水故事特有，但未必不能納入無其信仰背景的湯普遜分類系統中，所以在各情節單元的類別代號（即大寫英文字母）、編碼之後及文字敘述之前，有「。」符號者是筆者認爲即使置諸風水信仰之外，仍可爲一般認知所接受的「情節單元」，或者也是一般故事可見的情節單元；以「。。」符號標示者，則是筆者認爲可能僅見或常見於風水信仰及其故事中的情節單元。〔註29〕

風水故事所有的情節單元在湯普遜的分類系統中，除了「R」類「捕捉、拯救、逃亡」從缺外，其餘各類均有分佈，可見風水故事的情節樣貌多元，但可能不具「捕捉、拯救、逃亡」類所包含的“冒險犯難”的情節內容。出現數量和種類最多的類別，分別是在「F」類的「奇人、奇事、奇地、奇物」，「M」之「預言、宿命」、「Q」類「獎勵、懲罰」以及「Z、其他」類之「把事物象徵化或人格化的情節單元」。從情節單元向這些類別集中的狀況，可以看出風水故事主要的情節內容大約是：「神奇」（F）、「宿命」（M）、「報應」（Q）與「象徵」（Z）。

〔註29〕見《中國風水故事類編》第二編〈依湯普遜情節單元分類系統的風水故事情節單元分類目錄〉之「分類說明」，頁239。

1、主要類別及其內容

甲、「F　奇人、奇事、奇地、奇物」

出現在「F」類「奇人、奇事、奇地、奇物」的風水故事情節單元，最多的是各種「風水異徵」，以及“神仙”和“卜者”爲人指示風水吉地的情節。

（1）風水異徵

風水本身並不是一項具體的事物，信仰者舉證風水存在的方式，一方面是從抽象的認識論進行概念說明，一方面是從具體事物的象徵比附上進行舉證，“風水異徵”就是風水故事中，舉具體事物以證“風水”存在的靜態情節。例如：

F700.- 不尋常的地方：「石頭像元寶」或「鑿地通水，川流如血」
F790.- 不尋常的天氣現象：（風水被雷擊破，）大雨落地盡成赤色
F810.- 木樁埋地，隔夜長大
……

各種異常現象或特種事物，不論其現實的成因如何，在風水故事出現的意義，就是風水所在的證明。例如「F790.- 大雨落地成赤色」（〈皇帝敗陳元光的地理〉福建【貳二丁 2】）本身就是件不尋常的現象，去除其前「風水被雷擊破」的敘述，似乎也不減損其“不尋常”的條件而不失爲一個完整的情節單元。但這個情節單元出現的故事裡，「大雨落地成赤色」並不是單獨存在的異常現象，它是因爲「風水被擊破」而與之共生共成爲一個「情節單元」的「風水異徵」，「大雨落地成赤色（如血）」同時意味著該風水的死亡，是一種以自然現象（落雨）和生命現象（流血）類比並證明該風水存在的形式。因此「風水異徵」的“不尋常”處，除了物件本身的不尋常之“異”外，還意味著該“異徵”所在的“風水”不尋常。這些“異徵”出現的形式，在「F」類的分類項目裡，有「F700. 不尋常的地方」、「F790. 不尋常的天氣現象」、「F800. 不尋常的岩石」、「F810. 不尋常的植物」、「F840. 其他不尋常的物體和地方」、「F898. 不尋常的墓地」、「F930. 有關海或水的不尋常事件」、「F980. 有關動物的離奇現象」、「F1010. 其他奇異的事件」等多項，可見風水與各種事物的聯想範圍與類比形式之多樣。

（2）神　仙

“神仙”基本上是一種“不尋常”的人，但神仙出現在風水故事的情節中，主要類別不在「奇人」，而在於「奇事」類，例如：

F230　神仙（精靈）現身

- 祖靈現身與人言（【壹一甲 1】《幽明錄》）
- 土地公現身阻止人佔有屬於他人的風水地（【參一甲 7】台灣）

F260　神仙（精靈）的舉止、反應或態度

- 神仙（張古老）趕石頭屯地以改善風水（【貳三丁 2】（翁源）《太陽和月亮》）
- 神仙（呂洞賓）化人（漁夫）教示葬法（【參六丁 3】（無錫）上海……

有這些情節出現的故事，大多是這樣的故事模式：故事主角（人）遇到神仙，神告訴人說某地可葬親人，主角葬親人後得到良好的人生發展。例如：

〈陶侃尋牛得地〉初，陶侃微時，丁艱將葬，家中忽失牛而不知所在。遇一老父謂曰：「前崗見一牛眠山污中，其地若葬，位極人臣矣。」又指一山云：「此亦其次，當世出二千石。」言訖不見。侃尋牛得之，因葬其處，以所指別山與訪。訪父死葬焉，果爲刺史。）《晉書・周訪附周光傳》卷五十八（本文附錄一【壹一甲 3】））〔註 30〕

〈袁安葬父〉初，安父沒，母使安訪求葬地，道逢三書生，問安何之，安爲言其故。生乃指一處，云：「葬此地，當世爲上公。」須臾不見，安異之。於是遂葬其所占之地，故累世隆盛焉。（《後漢書・袁安傳》卷七十五【參三 1】）

這一類故事的主題類別大多是在第參項「得風水的途徑」類之「三、神示吉地」類，「神仙」在這裡的角色，是爲凡人取得難得的風水的幫助者，也是爲風水作用背書的保證者，在這種角色性質上，神仙的出現，也相當於是另一種動態形式的“風水異徵”。

許多「神仙爲人指示吉地」的情節單元不是出現在「F」類，就是出現在「Q」類的「獎勵、懲罰」。一般來說，故事情節以“神仙”爲主體的，就分在「F」類；以“人”或“報應”爲主體的，就是「Q」類。「F」類的神仙通常是主動的幫助者，或以神仙的身份及神奇的方式直接對人提供幫助，所以被強調的是「神仙的舉止、反應和態度」（F260.）、「感恩的神仙」（F330.）或「神仙的禮物」（F340.）；「Q」類出現的神仙，大多先是在有意或無意間受到人的善意

〔註 30〕【】所示爲該則故事全文收錄於《中國風水故事類編》第一編之類別編號，以下不再夾註。

幫助後，化身爲凡人爲人指示吉地，以作爲對人的獎賞，所以都集中在「Q40. 仁慈獲獎賞」類。以這兩類性質來說，「獎賞」當是對人爲善的一種「報應」，「神奇」則是可遇不可求的意外，兩者的意義自然也各不相同了。

（3）卜　者

“卜者”是風水故事情節中常見的「奇人」，主要出現在「M 預言、宿命」類，以及「F600」類「有不尋常能力的人」。在「F」類尤其集中於 F640「非常的察覺和認識能力」及 F660「非凡的技巧」，內容則是“卜者”（主要是風水師）在堪察風水的行動中，令人驚異的“專業能力”的表現，例如：

F640　非常的察覺或認識能力

。卜者堪土能知地形

某人欲改葬其親，求善圖墓者五六人，所論各異，莫知孰是。於是派人到欲葬之地四周取土，記其高下形勢，各取一斗土，請諸卜者論其形勢。其中一人（舒綽）根據取回之斗土，選定某土堪葬，並言其四方形勢，與取土人所記載地形無尺寸之差。(《太平廣記・冢墓一・舒綽》【伍二乙 1】)

。卜者相墓宅能知未遇之事：

卜者經過某墓，向同行者說：「墳中若爲女子，則其子爲三公。」訪其墳家，墳中所葬，爲節度使（三公職位）之母。(《錄異記・鄭注母墓》卷八【伍二甲 30】)

F642　非凡的視界

。卜者相墓形能知墓中狀況：

卜者相墓，云墳上木根已貫墓中人目。發墓見之，果然。(《事文類聚前集・黃撥沙》卷五八【伍二甲 33】)

F660　非凡的技巧

。卜者測地奇中，點穴無差：

卜者點穴所下記號(竹簪)，正中前位卜者在地下所埋的點穴記號(銅片)：竹簪正插銅眼（(光緒龍泉縣志)《卜人傳》【伍二乙 2】、《高陽縣志》《卜人傳》【伍二甲 27】、高雄鳳山【伍二乙 6】)

。卜者卜地符人所求：

某人希望將來發家能得牛千頭，卜者卜地以葬其人。葬後，其子果累歲得耕牛千頭。(《夷堅志・焦老墓田》卷七【伍二丁 1】)

這些專業表現中，“準確無誤的預言”是最常見的卜者專業之一，這一類情節單元大多歸納到「M」的「預言、宿命」類，這裡只出現少部份，而且都與M301「先知；預言家」的某些情節單元重疊，本文以「F640＋M301」的編號方式註記之，因爲這些情節單元裡的“預言”，都是卜者對現成宅墓的考察判斷，性質較近於“認識和考察風水的技術”，有些“預言”甚至並不是對尚未發生之事的預先之言，而是卜者對本身未見未聞的過去之事能言之無誤，例如：

> F640（非常的察覺或認識能力）　。卜者（張鬼靈）相墓宅知未見之事如眼見：卜者視墓圖云其家某年有人乘馬墜墓潭，墜馬人次年必被薦送登第，自此發祥。語皆符已驗之實（【伍二甲 31】《春渚紀聞》《湖海新聞夷堅續志》《宋稗類鈔》）
>
> F640-＋M301（先知；預言家）　。卜者（張鬼靈）預言應驗：相墓知後來事：預言墓主家中麥甕飛出鵪鶉時將出貴人。不久有野鳥入室，其家兄弟被薦爲魁選（【伍二甲 31】《春渚紀聞》《湖海新聞夷堅續志》《宋稗類鈔》）

以上二條都在「F640-　非常的察覺或認識能力」類，出自同一則故事，細察其內容與情節架構均相似，然第一條僅見於「F640-」，第二條則應分見於「F640-」和「M301-」，因第二條的內容涉及預言了當時尚未發生的後來之事並且應驗，在“技術準確”之外，還有“預言應驗”的內容，故分見兩處，以存其內容特徵。

「M」類「預言、宿命」的標題及其收錄內容，集合著一種“可以預知（預言），但不可避免（宿命）”的情況，暗示出預言必然應驗的趨向。因此其預言的性質近於讖語或神諭，其預言者也近於巫或神職者的角色。如果說卜者的“預言”在「F」類的「奇人、奇事」是一種非常技能的表現，那麼「F」類的卜者意指的就是一種專業技術人；若卜者的“預言”當屬於「M」類，則預言的卜者可能同時具有某種超世俗的角色特徵。從附錄二的湯普遜分類情節單元目錄中，對照「F640-」和「M301-」兩類下的“卜者”身份（見《中國風水故事類編》第二編，各條情節單元中“卜者”二字後的（）內文字），出現在「F」類的卜者幾乎都是有名或具名的人間風水師，如「舒綽」、「管輅」、「張鬼靈」或無名的「書生」等；出現在「M」類的卜者，則多出了「神仙」、「道士」（修行者）、「神秘老人」……等等有超世俗特徵的角色，正可呼應前述兩類中的“預言”特色及其卜者形象和角色性質。而「F640-＋M301-」的情節單元重疊的現象，也說明中國風水故事中的卜者（風水師）形象，一方面是專業技術人員，

一方面是半神化或超世俗的半神之人（或所謂有道之士），有時候則兩者皆是。〔註31〕

乙、「M　預言、宿命」

這一類的情節單元大量的集中在「M300－399　預言」中，其中又有多數在「M301 先知；預言家」類，“先知”的證明來自於「預言應驗」，也是本類情節單元的共同內容。

但是「預言」和「應驗」的情節不盡相同。有些預言內容極簡單，有些預言極細膩，雖然都應驗了，但精略程度不同的“預言”構成的“應驗”情節並不太一樣，內容也可謂種繁而量多，單一編號其實無法呈現出其中的內容差異與情節特徵。所以爲了有效顯示分類的效果以見內容的特徵，附錄二〈依湯普遜情節單元分類系統的風水故事情節單元分類目錄〉中，在「M301 先知；預言家」類下，筆者根據各種情節單元的內容，集合其中有共同特色的部份，分成「預言應驗 1」、「預言應驗 2」、「卜時奇應」和「預言以令人意外的事實應驗」四組，其中「預言應驗 1」和「預言應驗 2」的分別在於：「預言應驗 2」比「預言應驗 1」的內容多細節而複雜，例如：「葬某地，當世爲上公，果然」條，在「預言應驗 1」（目錄中「預言應驗 1」第一條）；「卜者云：出暴貴而不久，又出失行女子。不久其家之女將嫁而逃，子則敗亡」條，在「預言應驗 2」（目錄中「預言應驗 2」第一條）。前者（「預言應驗 1」）的預言內容就是應驗的內容，情節單元的中心在預言內容中已經完成了；後者（「預言應驗 2」）的情節單元，則是由預言內容與後來的應驗過程交相呼應完成的。本來在以“先知、預言家”爲主體的情況下，預言應驗已足證先知的地位，但預言內容愈細膩，表示“先知”的預言愈神奇，則“先知”在故事情節的角色地位應該也不一樣，例如「預言應驗 1」的情節單元大多來自於第壹類以「風水作用」爲敘事主題的故事，“預言”在此只是對風水作用的說明，預言應驗也就是風水作用應驗；「預言應驗 2」的情節單元主要來自第陸類「風水師的故事」，“預言”精確詳盡是風水師專業能力的表現，預言應驗也是風水師能力被肯定的證明。依照湯普遜的分類原則和編號慣例，理應針對這種內容的差異給予進一步的編號和分類標題，以示出其中的差異與特徵。但目前在湯氏索引中暫無現成編號可用，筆者也不擬輕

〔註31〕參見《中國風水故事類編》第二編〈依湯普遜情節單元分類系統的風水故事情節單元分類目錄〉之 F640 類。

率編定，所以暫擬標題以分定排列秩序，使分類整齊而不致雜亂。〔註 32〕

除了「M301　先知；預言家」（Prophets）外，湯式索引中「預言」的其他類別還有以下幾種：

M302　預言的方法（Means of　prophesying）

M303　讀手相預言（Prophecy by reading palm）（本文未出現此類）

M304　預言於謎樣的笑話（Prophecy from enigmatical laugh）

M305　多義的預言（神諭）（Ambiguous oracle）

M306　不可思議的預言（Enigmatical prophecy）

M310　有益的預言（Favorable prophecies）

M340　不利的預言（Unfavorable prophecies）

M390　其他預言（宿命）（Prophecies-miscellaneous motifs）

「M304」、「M305」、「M306」是針對預言的形式特徵分類的，這些類別的標題顯示了大部份的預言都有令人難以捉摸的特徵，暗示出將來也可能以意想不到的方式出現它的結果，這或許就是“預言”與“宿命” 的相聯關係。風水故事情節單元的內容多數都能符合這些標題內容與類別屬性，所以很容易在此分類架構中置入適當的位置。

但是，即使是如此架構分明的分類，有時候似乎還是無法有效聯絡某些情節單元的共同特徵或關係，因爲有一些情節單元的內容看來相似，卻必須在這個架構下分屬於不同編號，例如：

M301　先知；預言家

。卜者預言應驗：卜時奇應：卜者云葬日將有「乘白馬逐鹿者經墳」。葬時果然有人逐鹿乘白馬經過墳前《南史．吳明徹傳》卷六十六【伍二丙 1】

M304　預言來自謎般的笑話

。卜者預言應驗：卜時奇應：卜云葬日有「牛乘人逐牛過者」，即啓

〔註 32〕分類編號是發揮索引功能的重要工作之一，編號須精確才有索引意義，故務求精審。本文借用湯氏情節單元分類索引的分類，旨在以其分類方法分析情節單元的內容，並以其分類架構實驗風水故事情節單元在一般非文化因素下可能被理解的內容性質。至於增訂或修改編號則涉及索引的編修與檢索作用，應視爲專業，筆者自認尚無餘力與餘暇求其編號精確，所以即使可以按湯氏索引的慣例，爲同類下的新生情節單元設立小數點以下的編號，本文仍不擬涉入這未能精審而且可能不被索引使用者承認的編號作業，故暫時僅以標題示出其中可能不同或應新增的類別。

土下葬之吉時。至期，有人負乳犢引牸牛而過，果應其言《遼史．耶律乙不哥傳》卷一百八【伍二丙2】

M306　不可思議（謎様難解）的預言

M306-＋L140-。卜者預言應驗：卜時之應：卜云行葬之日「見人騎人方可下葬」。至期，有人父逝，欲做滿七，至城中購紙人等祭品回，扛紙人於肩上過其墳前，乃葬。不意葬後又有迎親儀隊經過，新娘之弟伴嫁，以年幼，人扛於肩上行走《中國堪輿名人小傳記》【伍二丙12】

三條情節單元的主題都是“卜時奇應：風水師預測到一種不太可能的巧合或偶然狀況，結果這些狀況果然在他預測的時候出現”，根據湯普遜的分類標題，是以“預言”呈現的形式來分，所以分類結果就是：「乘白馬逐鹿者經墳」是一種偶然狀況，但可以理解也可能應驗，純是“先知”的預測，在 M301 類；「牛乘人逐牛過」乍看不合理像開玩笑，是“謎般的笑話”，在 M304 類；「人騎人」除了偶然而且極少的可能外，要如何發生也頗耐人尋味且費思量，有點“難以理解”，在 M306 類。以上三條情節單元在湯氏分類系統及標題的對應上似乎各得其所，應無出例。但上述這些情節單元間彼此雷同或可能有所繼承的關係，似乎就無法在這個分類架構上呈現了。

湯普遜情節單元分類系統在這裡的分類架構和標題所意指的情節中心，是以「預言內容」爲主體的分類。但在分類過程中，筆者發現，很多有關「預言」的情節單元都是指「預言應驗」，（沒有“應驗”的“預言”便不成其爲情節單元），至少和風水故事出現的預言情節是如此。各種「預言」的內容和「應驗」的過程雖不盡相同，但可以歸納爲兩種模式：就是「預言奇中，完全應驗」，和「預言奇中，意外應驗」。〔註33〕不論是前者或後者，眞正使這些「預言」構成爲“不尋常”之情節單元的主體，常常不是或不全然是在預言內容的部份，而是在「應驗」預言的過程及結果出現的時候，尤其是後一種「意外應驗」的情節中，當應驗結果出現與預言期待有所落差，卻仍完全呼應預言內容的狀況時，給人的驚奇和印象也更深。因此，如果能嘗試以「預言應驗的方式（過程、結果）」爲主體進行其情節單元的分類，也許更能凝聚並呈現出風水故事中有關「預言」的情節特徵。本研究將這個實驗置入風水故事情節模式的討論下，編入《中國風水故事類編》第四編〈中國風水故事

〔註33〕參見本書第四章第二節〈中國風水故事類型與情節模式〉。

類型與情節模式譜錄〉中，目錄編號「@605」，標題「預言奇中，意外應驗」，茲舉其模式提要及預言應驗的情節類型數例如下：

預言奇中，意外應驗

預言（有時是夢兆）出現時沒有人眞正理解其中的意思，後來發生的事卻逐一應驗預言，證明預言所言不虛。應驗的情況可分三類如下：1、以意外之事應驗。2、以言外之意應驗。3、事後解意。

主要情節單元及出處：

1、以意外事件應驗：

M301-（先知——預言應驗2）＋F950-（奇蹟似的治癒疾病）。卜者（管輅）預言意外應驗：預言某日東來青衣者能爲某宅主療痛失明，然其人不解療醫，但解做犁，便取宅主宅中臨井之條桑做犁，臨井桑條斫下時，失明宅主立即復明【壹一丙C1】《朝野僉載》

M305-（多義的預言）。卜者（崔巽）預言應驗：墓葬「龍頭、龍耳」，能使「萬乘」至：葬後不久，皇帝打獵經過【伍二甲5】《青瑣高議》《地理人子須知》

2、以言外之意應驗：

M305-（多義的預言）。卜者（蕭吉）預言意外應驗：卜者爲皇后葬地卜國運云「卜年二千，卜世二百」。後其國祚三十年而亡，原來其卜詞眞意是：卜年二千者，是三十字也（合字見義）；卜世二百者，取三十二運也（引申見義）【伍二戊3】《北史》《隋書》《御覽》

M305-（多義的預言）。卜者預言意外應驗：卜兆云「葬後當出八公」。然其葬地名曰「五公」，後其後代共子、孫、曾孫合有三公【伍二戊4】（朝野僉載）《太平廣記》

（無湯氏編號，夢）。所夢徵兆意外應驗：卜地後得夢是地多瓜，以爲瓜瓞之兆，不料是地後爲柯姓所有，其土言「瓜」「柯」同音【參一甲3】《昨非庵日纂》

3、事後解意

M305-（多義的預言）。卜者預言意外應驗：人算不如天算：誤會符讖：望氣者云某地有「鬱葱之符」，有意竊位之權臣請爲宅第而居。後權臣勢衰，宅收入皇室改築新宮，而帝王均生於其宮，果應其讖

【伍二戊 7】《桯史》

M305-（多義的預言）。卜者預言意外應驗：卜者云某地爲「君山龍脈」。後有「三皇廟」起於該地【伍二戊 8】《南村輟耕錄》

M306-（謎樣難解的預言）。卜者預言意外應驗：卜者爲人卜葬地，云「有龍歸後唐之兆」人莫知所以。他日偶至異地，得「後唐龍歸」地名，往訪果得葬地【伍二戊 11】《稗史彙編》

從這個實驗結果可以發現，其一，這裏以「預言應驗的方式」來分析「預言」的情節，結果與湯普遜分類中以「預言的內容」爲主分析所得的結果不太相同，在湯氏系統中同編號的情節單元，在這裡可能是兩種不同類別；或湯普遜分類中屬於不同編號的，在此則劃成了一類。可見在「預言應驗」的情節架構中，「預言」和「應驗」的主從關係有時並不固定，性質也不一定相等。如果「預言內容」恆爲情節之主的關係固定，且與「應驗結果」的內容性質相等，則應該會產生同樣的分類結果，也就是原本屬於同一編號的情節單元，在這裡應該也會屬於同一類，結果卻不然。這有可能是風水故事獨特的預言情節方面的特徵，但也可能是湯普遜分類系統中對「預言」情節單元分類所疏忽的一項盲點。其二，這個分類雖然是以「應驗」爲主體，但也同時分析並且呈現了「預言」的性質及其情節單元的特徵：它們存在於事件本身的偶然之中（以意外事件應驗）、在人的理解與認知的盲點（以言外之意應驗）或範圍之外（事後解意），但很少超出正常的自然邏輯。看似難以捉摸又似有跡可循的“宿命”本質，是“預言”的神秘性與必然性並存的迷人之處，也是其情節單元的重心和焦點所在。而湯氏根據「預言內容」分出的「謎樣、多義」的「預言」類別，雖然指出了“預言”難以捉摸的不確定特質，卻無法在分類架構及標題上同時呈現它必然應驗的“宿命”本質。如果這個以“應驗”爲主爲「預言」情節分類的實驗結果和說明可以確立，也許可以補充湯氏系統的「M」類「預言；宿命」的分類架構吧。

丙、「Q 獎勵、懲罰」

「獎勵、懲罰」原本是「報應」故事的主題，但這一類的情節單元並不集體出自於第肆類主題的「風水與報應的故事」，而有一半以上的數量是分別來自第壹類「風水的作用」到第陸類「風水師的故事」等各類不同主題的故事。數量多而且來源廣，可見這類情節內容也是風水故事普遍存在的內容。

雖然數量多，但這些情節單元的種類其實只有十來種，有許多是同類同性質的情節單元，在不同的故事中以不同的面貌出現。例如「Q40　仁慈獲獎賞」類下共二十三條中，有二十一條爲同一種情節單元，茲舉其中數例如下：

Q40-

一　。受惠者（借宿道人）爲施惠者（供宿陌生人者）指佳地以爲報答《湧幢小品・狸眠》卷二十五【伍二丙4】

一　。受惠者（旦暮索食之媼）爲施惠者（自減口糧以施食者）指吉地以爲報答（【肆一22】《客窗閒話・潘善人》）

一　。受惠者（古墳之亡者）爲施惠者（見自購葬地有棺而不遷其棺）指示吉地以爲報答（【肆一13】《妙香室叢話・見棺不遷》）

一　。受惠者（乞丐）爲施惠者（施丐之主婦）指吉地以爲報答（【壹六乙4】金門）

這幾條情節單元的中心情節都是「受惠者爲施惠者指示吉地（風水佳地）」，其中的角色互動和"仁慈"行徑都互不相同也無襲借的痕跡，顯然故事來源和背景都不同，若以"仁慈"爲分類主體給予編號，依湯普遜的分類及編號原則，應是同一組號碼，號碼下以小數點分出各種"仁慈"的行爲方式。但不論分出多少小數，其情節基本上是同一個，就是「受惠者爲施惠者指示吉地（風水佳地）」。其他如「Q10　受獎勵的行爲」類下之「。德行獲天報」五條、「Q200　受懲罰的行爲」類下之「。。天遣惡行不授吉地」四條、「Q　其他難以分類的懲罰」類下之「。。以風水惑人受報」三條和「。。佔人陰地受報」六條等，都是同類同性質情節單元。可見風水故事之「獎勵、懲罰」類的情節單元很普遍，但形態很單純。

在這些以「獎勵、懲罰」爲中心的情節單元中，「風水」在其中的角色功用，主要是一種物化的酬報品。例如：

Q10-　受獎勵的行為

。每日施食無厭色，神仙爲指吉地【肆一 19】《昨非庵日纂・施食獲報》

。不昧遺金千里還，獲報吉地【肆一14】《咫聞錄・陰騭地》

Q110-　贈送福地報恩人

。。福人報福地：相地者所卜吉地，爲昔日曾救助者之地，地主因付地以報恩【肆一8】《前徽錄・館金濟困報吉地》【肆一14】《咫聞錄・陰騭地》【肆一 2】《昨非庵日纂・贖誣獲報》【肆一 3】《昨非庵日纂・館金濟困夢吉地》【肆一 5】《昨非庵日纂・陰功致吉》【肆一 10】《香飲樓賓談・潘封翁》【肆一 16】《履園叢話・潘世恩祖墓》

Q200　受懲罰的行為

。。天遣惡行不授吉地：奸臣造橋做龍穴地欲葬祖先，圖謀篡奪皇位，神仙（八仙）路過抬走橋，洩漏龍地氣，奸臣難爲皇【肆三 5】上海〈嚴泗橋〉

。。天遣惡行不授吉地：貪官僱請風水名師堪吉地，風水師夢鬼罩其眼，堪地後又夢鬼持去罩，方悟所堪吉地原爲凶壞，果然貪官付葬後不久零落【肆三 1】《昨非庵日纂・鬼罩地師眼》

這些情節中，獎賞者給予的獎勵，都是「福地」、「吉地」，亦即「風水」，是做爲具體的賜福與報答的禮物，近似於“寶物”的性質。做爲懲罰，則是神仙（或“天”）將惡人擁有的「風水」致福的效果取消或破壞，或阻止惡人得到風水寶地以爲懲罰。「風水」在這些故事中不論是有形（寶地）或無形（致福）的存在，其性質都是一種可以取也可以予的物件。

平心而論，“一個受到幫助的人贈送一件禮物給幫助他的人以爲報答”（受惠者回報施惠者）是生活常見也是情理應有之事，從「Q40-　受惠者爲施惠者指吉地」諸條情節單元內容來看，施者之惠小至供膳供宿，大至救人性命，都是人之常情中可見的恩惠，可能難得但也不足爲奇，但當施惠者得到回報的禮物是一個好“風水”時，“得到風水的報答”往往才是故事的高潮與情節的驚奇發生處，當中國許多筆記和民間傳說不約而同的對這樣的情節投予關注和記錄時，可見“風水”做爲一種報答物件之價值非常，以“風水”的剝奪或破壞爲懲罰之代價也非常，也可見“風水”在說故事人心目中地位之非常。

丁、「Z100－Z199 其他—把事物人格化或象徵化的情節單元」

出現在這裡的清一色是標注「。。」符號的風水特有情節單元，也就是以風水信仰爲主體或建立在其信仰基礎上的情節單元。

許多標注「。。」符號的風水特有情節單元都不適合湯普遜分類架構而移出此系統另行分類，唯獨這裡完全收納了「。。」的情節單元，因爲象徵化和擬人化的情節原本就是風水故事的主要內容之一，湯普森這裡的分類標題與類門性質正好可以適應這一類的情節單元。而且這是湯普森分類系統的最後一類——「其他」類，也就是一些較罕見或特殊的稀有類，分類架構較前幾類明顯簡單而彈性空間大，只要符合「象徵化或擬人化」的特質，都可以盡可能的編列納入。因此風水故事的「把事物人格化或象徵化的情節單元」都可集中於此。

「Z100－Z199」類「把事物象徵化或人格化的情節單元」（Symbolism）分類架構如下：

Z100　把事物象徵化或符號化的情節單元（Symbolism）

Z110　把事物人格化或擬人化的情節單元（Personifications）

Z140　多彩多姿的象徵或符號（Color symbolism）（註：本文材料未出現或未分類）

Z150　其他象徵、標誌或符號（Other Symbols）

以上四類中，本文材料未出現於「Z140」，「Z150」則是以上各類不收的「其他」類，所以本文材料在這個架構中的類別只有兩個，就是「把事物象徵化」或「把事物人格化」的情節單元。多數風水故事的情節單元符合這樣的大類特徵。由於風水的“象徵性”情節單元大部份在湯普森索引中未曾出現過，而這一類情節在湯普森索引中也很少見，故「Z」類的情節單元目錄中並沒有詳細的分類規劃，因此在沒有既定架構和舊有規制的束縛下，風水的情節單元幾乎可以在這個自由的架構中自行分類。但如此一來，借用湯氏分類以與世界其他民間文學情節對照風水故事情節性質的動機，似乎也就失去了比較和對照的意義。

所以，本文不擬在此藉湯氏編號爲「象徵」類風水情節進行分類比較，而將此部分移至下一節的風水特殊情節單元目錄中，以風水信仰分析並討論這一類情節單元。在此只是借湯氏索引已存在的類別標題及其性質，試指出風水故事象徵類的情節容納於該系統的可能位置，並藉以突顯風水情節的一項大類特徵。舉例如下：

Z100　把事物象徵化的情節單元

。。　諧音比義應風水

風水地上將出二帝，破風水者建「關帝」和「玄天上帝」廟應之使風水失效【貳二戊1】金門〈雙帝廟〉

地方風水將出十個閣老（朝臣），以石頭壓住風水靈物（長蟲玉帶、蛤蟆烏紗帽），出了石閣老就不出十閣老【貳二戊2】耿村〈南蠻子

破風水〉

。。　改惡地名厭風水

田其間，表惡名（銅釘坵、狗骨洋、掘斷嶺）【貳一乙 12】《桯史・絕地脈》

龍穴地改名鯉魚上岸【參七丙 2】上海〈龍穴地〉

。。　擬象破風水

在「鰱魚上灘穴」風水地上搭橋象魚網以破風水，風水遂破而吉應不再【壹四 4】《咫聞錄・羅誠》

鋪一個形似關刀的石埕，可以破使石獅成精的風水活穴【貳二乙 5】泉州〈石獅王，關刀埕〉

Z110　把事物人格化的情節單元

。。挖掉龍角山的龍心（流出紅色的血）以及虎頭嶺的虎膽（流出黃綠色的膽汁），龍盤虎踞的好風水被破掉了【貳二丙 3】浙江〈龍角山與虎頭嶺〉

。。龍穴地能出天子，在龍頸埋屍以爛龍頸，在龍身種竹劈竹以劈龍鱗，使龍穴地不活【貳二丁 4】上海〈劉伯溫破龍穴地〉

Z150　其他象徵化或擬人化的情節單元

。。　斷絕地脈破風水

某地好風水，掘斷地脈以洩地氣【貳三乙 1】《晉書・羊祜傳》、挖深坑掘斷地脈【壹六甲 6】《太陽和月亮・鵝形地的故事》

。。　破壞地靈象徵物

取出牡牛地中二石卵，去其觝觸之性，使風水不致於凶【伍二乙 4】（洛陽縣志）《中國歷代卜人傳・畢宗義》

挖出風爐穴風水地中的黑色泥土（如炭），使其穴破而葬者家敗（【貳三乙 6】台灣〈風爐穴〉）

。。　厭勝鎮風水

破風水的方法：以大鐵釘長五六尺釘墓四周（【貳一乙 8】《南史・齊高帝紀》）

皇帝（始皇）親游天子地以厭當地天子氣（【貳一乙 1】《史記・高祖本紀》《漢書・高祖紀》《宋書・符瑞志》）

細察這些類別名稱及其內容，不難發現這裡的情節單元主題幾乎都是“破風水”，也就是「破風水」情節的主要方法和性質之一，就是「擬人化」和「象徵化」。

風水故事中，還有一項以象徵爲主的特色，就是風水名稱。嚴格來說，單就「風水名稱」而言，它不算是情節單元，因爲大多是虛擬名詞，用以指稱某些有形的風水地形，或無形的風水效果，而不是像某些「風水異徵」是靜態而具體的事物名詞。但是風水名稱普遍存在於各種風水故事的現象，歸納起來，也有可觀之處。它的由來很可能是風水術語中所謂的「喝形」，意謂某地稱某名，將來風水的作用便將如其名行。〔註 34〕這些名稱中，有一些很形象化，與之對應的情節也很具體，例如：

風水名稱	風水特效或異徵	出　　處	風水的效用	故事結果
毛筆穴	棉衣殮葬補筆毛	【參二 12】澎湖	子孫中狀元	子孫中狀元
螃蟹穴	墓龜巨石如蟹	【壹五乙 4】金門（【壹五乙 5】澎湖）	子孫如蟹卵眾多	石裂（蟹殼破）子孫（蟹卵）外流
牯牛地	墳前有石牛	【壹五乙 2】上海、【壹五乙 3】金門	子孫力氣大稱霸鄉里	去石牛，不能稱霸

這些風水名稱與故事情節看似無直接關係，但卻有暗示情節發展的作用，故事結局間接解釋了該風水名稱的意義，結合爲故事最後的高潮並使人印象深刻。

但有一些風水名稱的意義則抽象而隱晦，與故事情節和結局也沒有任何直接或間接的對應，名稱似乎便只是沒有意義的符號。例如：

風水名稱	風水特效或異徵	出　　處	風水的效用	故事結果
野駝飲水形		【參四 2】《春渚紀聞》		（宰相祖墳）
美女梳妝形蓮花穴	前有銀環金瑣，金簾玉鉤	【肆一 4】《湧幢小品》		廷試第一
二龍搶珠（二龍戲珠）		【肆一 10】《香飲樓賓談》、【貳二乙 1】吉林	必有大魁而位登宰輔、出皇帝	登魁官居宰相 風水被破（不出帝）
貍貓洗臉穴		【壹一甲 27】金門		子孫眾多

〔註 34〕如明・徐善繼兄弟編著的風水書及風水故事集《地理人子須知》，幾乎每一個風水地都有一個特定的名稱，以概括每一個風水地的特徵與作用。

以上某些風水名稱在故事中雖然似乎有意義，但它的意義被發覺時，通常也僅止於其符號在故事結局中獲得部份象徵性的呼應，例如「二龍戲珠」與登魁拜相和出帝王情節的關係，而這種象徵性意義很少能夠獨立於故事之外，故難以成為一個有完整意義的情節單元。另一方面，「風水名稱」雖然是風水故事中普遍存在的符號現象，它們在故事中的"角色"和地位通常並不明顯，有時候甚至在故事中被遺漏了解釋或架空了意義，例如前述「野駝飲水形」(【參四2】《春渚紀聞》) 和「狸貓洗臉穴」(【壹一甲27】金門)，風水名稱在故事中指出一個風水的存在，但其名稱意義與風水作用的關係從未被說明，與故事的情節也沒有具體的對應。像這樣似乎沒有意義的風水名稱在風水故事中並不少見，〔註35〕但仍然很難令人忽視它的存在，因為大量沒有意義或意義不明的風水名稱出現在不同時代的各種風水故事中，令人察覺風水名稱也許不全然只是無意義的存在。

仔細追查這些名稱出處的故事內容，便可以發現一種在個別故事中不易被發覺，但在風水名稱出現的故事中所有的共同現象就是：有「風水名稱」的"風水"，最後必然會產生作用並影響於人，除非它未發生或發生時被恐懼這個風水作用的人蓄意破壞了，例如以下這則〈慈禧挖龍脈〉的故事：

> 慈禧的老家在葉赫。……人們說那兩條龍若能夠到珠山，葉赫就能出皇帝，稱作「二龍戲珠」。慈禧當時正和光緒嘔氣，最忌諱聽到出皇上，一聽馬上大罵來人胡說。李蓮英知道慈禧的心病，因為有一年慈禧聽說醇王府有一棵古柏長得挺拔，傳說有王氣，慈禧就藉口說要蓋宮殿，親自選中這棵樹，砍進宮去放火燒了。李蓮英就對慈禧太后獻策，說只要將土龍攔腰斬斷，挖斷龍脈，它就永世夠不到珠山。慈禧立刻下令來人回去，限期半月挖斷龍脈。當時正是隆冬，地凍三尺，二百名小伙子挖一整天也沒挖進多少，第二天又被雪填滿了。地方官正發愁，一個老人想了個辦法，在嶺東蓋座太陽廟，嶺西蓋座月亮廟，進京稟報說已經挖斷了龍脈，並建了兩座廟壓著土龍，讓它永世夠不到珠山。從那以後，葉赫的百姓脫坯、燒窯、垛牆、蓋房子，都從那土山取土。(《中國民間故事集成吉林卷》頁49～51【貳二乙1】)

〔註35〕本研究從五百則四百多種風水故事所得風水名稱約有六十八種，這其中還不包含名稱一樣或故事重複的數量。

在故事中人及故事敘事者的語氣中，都顯然相信「風水名稱」對一個成形、成熟風水的象徵意義，故事中人因之對它產生無比的信心（或恐懼），而積極的追求（或破壞）其風水；在故事的敘述中，有時候不需要卜者的預言或“風水異徵”的輔證，便直接產生了諸如“葬地佳者福子孫”或“風水符應於人”這樣顯示風水作用的情節。所以「風水名稱」在風水故事中的意義與功用，有時候就只有標榜風水不誣的標示性功用，而沒有“名稱”本身的意義了。

綜上所述，「風水名稱」在風水故事中的意義與功能，可以說是一種符號化的“風水異徵”，符號的意義有時候是風水作用的象徵或比喻，有時候則是象徵性的標示風水的存在。因此單純的「風水名稱」雖然在嚴謹的「情節單元」定義上不成其爲情節單元，但以其符號性的象徵意義，在風水故事中潛藏著近似「風水異徵」的情節單元特質，似不應在風水故事的內容與情節分析中被忽略，故依其性質特徵，姑附會於此。

2、分散於各類的內容

A、「神話、諸物起源」

只有兩種：

A120　神的外表和性質

。神像造型的由來：一人閉目盤坐，即將登仙成神時，母親扯落其盤坐之一腳，其人忽張目圓睜，從此成其造像之型【壹一乙 3】漳州〈廣澤尊王〉【壹一乙 4】金門〈郭聖王〉

A950　宇宙起源：陸地

。皇帝硃筆點地圖，地圖所在地隨即崩落【貳三甲 3】《稗史彙編》【貳三甲 4】《地理人子須知》【貳二丁 1】《太陽和月亮》【貳二丁 2】福建漳州【貳二丁 3】澎湖

其中「A950-　（皇帝）硃筆點地圖，地圖所在地隨即崩破」見於古代筆記及近世口傳記錄者多處，故事說法多種，而情節都僅此唯一，是一個成「類型」的故事，編入附錄四〈中國風水故事類型與傳說模式目錄〉第「＊401」號「硃筆點圖破風水」。它的出處都來自於風水故事主題第貳類「破風水的故事」，這一類故事中，很多「破風水的方法」的情節單元都劃入了「Z」類「把事物象徵化或人格化的情節單元」，只有這一個劃入現在所見的「神話」類，其間的分別是：「Z」類破風水的動作是“象徵化”的，其“破”的結果也是象徵化的，例如：

Z110-　在「烏鴉穴」風水地要害（心）相對應的位置建廟，以禳制其風水。「烏鴉穴」附近的稻麥就不再發生被踐踏的痕跡【壹六甲 4】《太陽和月亮》

而這裡「以硃筆點地圖破該地風水」雖然也是一個象徵性的動作，「地圖所在地隨即崩破」的結果卻是具體性的出現而不是象徵性的發生。這是形像思維擴大於自然現象的解釋，其動作者（皇帝）的角色與行爲也有了半人半神的性質，所以是「神話」的而不只是「象徵」的。〔註 36〕

B、「動物」

主要的情節單元是「風水靈物」，也就是動物類的「風水異徵」，例如：

B170　神奇動物：鳥魚爬蟲

B170-　。。風水靈物：金魚能飛【壹五甲 4】(《婺源縣志》)《中國歷代卜人傳》《古今圖書集成》

B180　神奇動物：四足獸

B180-　。。風水靈物：河裏神牛吃骨灰【參六丙 1】河北保定

B210　會說話的動物

B210-　。怪異：六畜能言，起因於葬地不佳【壹二甲 2】《太平廣記》

按湯普森的分類架構，當「風水異徵」是一種事體現象（如天氣）或以其他物品（如植物、岩石）特徵出現時，應歸類於「F」類「奇人、奇事、奇地、奇物」；以「動物」特徵出現時則應入此（B）類。如果以「風水」爲主體，則所有「B 動物」和「F」類的部份「奇物」都將同屬於「風水異徵」的大類，若依中國傳統類書的分類習慣，將細分作「天異」、「地異」、「物異」……等，則湯氏分類中神奇的動物類和植物類，在中國類書中可能都是「物異」之類。〔註 37〕

〔註 36〕學者對於民間故事之「神話」、「傳說」、「故事」的分類似乎早有共識，但何謂「神話」，或「神話」如何定義似乎總是眾說紛紜，金師榮華先生《中國民間故事與故事分類》中曾爲民間故事三類體裁做過定義準確的概括說明，其中對神話的說明如下：「所謂『神話』，是關於神或半人半神的故事，是遠古時代人們解釋自然現象、解釋人與自然的關係、說明人類和物種起源等具有高度幻想性的故事，而其特色則是來自當時人們的思考方式。……這種思維方式，今人名之爲『形象思維』，或是『原始思維』，也稱之爲『藝術思維』。」（同註 1 書（1），頁 67～68。）

〔註 37〕參見《中國風水故事類編》第三編〈風水情節單元分類目錄〉(一)「風水的

C、「禁忌」

並沒有特別集中於某一個或某一種情節單元的現象，唯其中可能與風水信仰較密切者，是一個「C150- 有關分娩的禁忌」：

。禁止女兒在娘家分娩（謂將奪娘家宅內靈氣）【壹五甲10】金門

這個情節單元並沒有標上「。。」以示爲風水特有的情節單元，因爲以湯普遜索引內容的分類規則看來，「C」類的「禁忌」收錄和記載的是各種事物或儀式上任何不尋常的禁忌事項，就人之常情而言，「不讓女兒在娘家分娩」本身就具足爲一個不合常情（不尋常）的「禁忌」情節，因此不必示爲「。。」符號。但是，從這個情節單元發生的故事及其故事背景看來，只有加上「（謂將奪娘家宅內靈氣）」的下文，才是這個故事要表達的重心，也才是一個完整的「情節單元」。

其他與風水有關的禁忌情節，主要集中在「C830- 其他」類，舉數例如下：

。。風水禁忌：塚上培土墓穴塌【壹二丙12】《原李耳載》【壹二丙14】《歸田鎖記》

。。破壞風水的方法：以婦女專用物（綁腳的木屐）碰觸或打擊地靈象徵（鳳穴墳石即鳳冠），使地靈受傷或離開【貳三甲5】金門

。。風水師的助手（媳婦）誤犯禁忌，（打斷了風水師的替身泥人），風水師巫術失敗身亡【參七丙7】上海

。。助手（母親）誤犯禁忌（提早喚醒），風水師夢中踏山身亡【參七丙6】浙江

。助手（妹妹）誤報時（提早喚醒），眞命天子早發神箭刺皇帝遭殺身禍【參七丙5】台灣

其中「助手誤犯禁忌」主要是與“巫術”結合的禁忌，如果巫術的計劃和被破壞的過程不一，便形成不同條目的情節單元。這類情節的主要出處是浙江及上海的近世口傳資料，主題類別集中於風水主題分類第參類之七「力爭風水」中的「巫術做風水」。〔註38〕這類的故事都有預設的禁忌，而禁忌最後都會被觸犯或破壞，所以風水和巫術也都失效了。這些故事內容主題相似而情

各種特徵」之「甲、風水異徵」類。

〔註38〕參見《中國風水故事類編》第一編〈中國風水故事類編〉，頁138～146。

節不一，但幾乎都含有「借用風水」之故事類型的基本情節，〔註 39〕故事出處也大多與該類型故事流傳的地域重疊（主要是上海、浙江、河北），或許可以由此推測，這類具有巫術背景的故事，普遍的在某些固定區域流傳，可能反映出該區域的某種特殊文化，或是該類故事有其特定的發生和流傳的背景。

D、「D」類「變化、法術、法寶」

有幾個「風水異徵」出現在「D430」的「變形」類中，例如：

D430　物體變成人

。風水異徵：黃金化作金娃娃，面黃肌瘦【參一乙 8】耿村

。風水異徵：白銀娃娃作孝衣女子形【參一乙 8】耿村

。風水異徵：鐵娃娃作熊腰虎背黑大漢形【參一乙 8】耿村

這三個情節單元來自同一個故事，是同性質的情節，很有童話的趣味，與多數屬於「F」類的神奇性的「風水異徵」，意趣相去甚遠。這個故事內容也與其他述及風水特徵的風水故事頗不相同，故事是這樣的：

〈沒福頭攔風水〉有個風水先生很有名氣，叫于仙眼。王家村有個人很窮，外號叫沒福頭，他請于仙眼到他家墳地看風水。于仙眼說他這地是流水地，不存財，如要發財，每天晌午在墳前等著，有人經過就把他打死，風水就跑不了，否則一輩子好不了。沒福頭就拿一根大棍在墳前等，沒多久，一個又黃又瘦的人走來，他舉棍要打，但又不忍心，就扛著棍子回家了。于仙眼埋怨他就是沒福頭，說那飢黃面瘦的人是個金娃娃。第二天，沒福頭又到墳前等，一個穿孝衣的女子走過來，他舉棍要打，又覺得她可憐，又放過去了。回去于仙眼說那是個銀娃娃，沒福頭聽了很後悔。第三天，他在墳頭等了老半天，走過來一個黑大漢，熊腰虎背，沒福頭舉棍照大漢腦袋打去，卻被黑大漢一手按住就打，罵他大白天竟敢截道。沒福頭哀求說不是截道，是截風水，黑大漢聽了哈哈大笑放了他。于仙眼說你不打黃的截白的，非截生鐵的，真是沒福頭。(《耿村民間故事集第一集》【參一乙 8】)

〔註 39〕內容是：「(一) 在一塊風水寶地，遺骨被替換，風水先生原定的遺骨沒被葬在這裡。(二) 被葬者的後代當了皇帝或者大臣。(三) 原來要葬在這裡的人的後代成了大臣或著名的人物。」見《中國風水故事類編》第四編〈中國風水故事類型及情節模式譜錄〉之「＊303　借用風水」，頁 354～355。

故事雖然以風水信仰爲背景，但故事重點及其趣味不在於風水信仰，而是藉以調侃一個風水信仰者的善良無知和無辜，其中充滿童話趣味的誇張想像的變形情節，使得故事不至流於尖酸刻薄的嘲笑，是許多風水故事中少見的非傳說型故事。

風水故事所見的“變形”類情節單元，多半在一般故事可見，例如「人變成鳥」或「撒豆成兵」等，有關風水的變形情節，則集中於「法術」（D1720）及「法寶」（D1170、D1620）類，例如：

D1170 **神奇物件**（法寶）：**神奇的器皿和工具**

。。神奇的寶物：奇鏡（「錠玦」）遇風水吉地，鏡面自動凸起，置風水眞穴則凸起如針，離其地則復平若鏡【伍一 3】（《集微》）《稗史彙編》

D1620 **自動操作的法寶**

。風水羅盤能呼山喝水【伍一 5】《太陽和月亮》

D1720 **法力的獲得**

。風水術得自動物：右眼抹烏龜眼淚，得賦觀地術【伍一 7】澎湖

這些法寶的功用都是幫助人得到風水，在此依其工具性質分類，“法寶”的性質和多樣化可以一目瞭然。若以風水爲主體來看這些情節內容，則這些法寶、法術等，在附錄三〈風水情節單元分類目錄〉中，都將屬於「取得風水的方法」之「風水術的獲得與使用」類，其分類所得，則是風水術之大觀。

E、「E」類「鬼、亡魂」

這類情節大部份是：一些神靈或亡靈透過現形、附身、或託夢的方式，表達對於風水的意見或相關問題要求人間處理。可見風水之牽掛人心，是連死者也在意的，甚至還有早已轉世投胎的死者對自己前世風水仍念茲在茲的，試見：

E600- 。女子轉世爲男子，又託夢請轉世之男子爲己修墓（【壹一丙 C5】《春渚紀聞・坡谷前身》）

E720- 。亡靈藉他人之口與人説話：藉工人之口自述身世並責罵壞其墳墓之主事者（【肆四 5】《子不語・擇風水貫禍》）

……

其他與風水有關的情節單元只有兩類，一是「E- 靈魂寄於動物」之“風水靈

物應後代”共四條，其中一例是：

E730-　。。風水靈物應後代：祖先墓中白鶴殘障，後代子孫殘障部位與之同【壹五甲 5】金門、【壹五甲 6】金門、澎湖、【壹五 7】台灣、【壹五 8】澎湖

在〈風水特殊情節單元分類〉中，這是「風水的作用」。此外還有：

E-　其他。死人埋活地，死人行動如活人【壹五甲 9】潮州〈地靈蔭人——王老虎的故事〉

這種恐怖情節的主角看似爲死人，其實眞正關鍵的角色是有風水作用的“活地”，風水作用之不可小覷，由此可見一斑。

「G」類「妖魔精怪」

只有一個：

G610-　*。精怪大意洩秘方：欲破壞風水者夜宿風水地，偷聽鬼言得知該風水地所畏者（【伍一乙 12】《桯史》）偷聽守護地靈者對話，得知地靈要害（【伍二甲 6】《太陽和月亮》）

這個情節單元同時是一個成「類型」的故事，試見下章〈風水故事的類型〉之討論，此類型在 AT 分類編號和名稱爲「613　精怪大意洩秘方」。〔註 40〕

「H」類「考驗、檢定」

有三個情節單元，

H240　真相的檢驗：其他

。破人風水以查驗風水作用虛實【壹一甲 23】《北東園筆錄》

。將風水地贈人行葬，視其後人發展，以徵驗卜者預言及風水之效【壹一甲 23】《北東園筆錄》

H1500　耐力的考驗

。神的考驗：以不合理的要求考驗行善者的誠意：丐婦請博施濟眾至貧匱者，捨其僅存之宅爲寺【肆一乙 5】《客窗閒話》

這裡有兩種考驗，其中一種是考驗行善者的誠意，這個情節出自風水主題第肆類「風水與報應的故事」。另外一種是對“風水” 虛實的檢驗，將風水破壞或送人行葬，以考察風水作用是否存在，並檢驗風水師的預測是否正確。這是風水故事中少有的“理性”精神的表現，並且頗具幽默之趣。

〔註 40〕參見《中國風水故事類編》第四編〈中國風水故事與傳說譜錄〉「＊402」，頁 359。

「J」類「聰明人、傻瓜」

最多的是「J230　抉擇：眞理與表象」類的「風水師（卜者）的判斷，一見高於一見」，例如：

> 某卜士爲某户人家選定一個上梁吉時，另一卜士云其時辰必須巨室方可用，若貧家用之，則驟富即衰。此上梁之宅正是貧家，後果然驟富即衰（【壹二乙 1】《庚巳編》《古今圖書集成》）
>
> 一卜士云某葬地可使子孫發祥，另一卜士云只可發一代，但富貴壽三全。葬後其子果然富貴且壽，死後子孫不守，財俱散盡（【壹一甲24】（《錫金識小錄》）《中國歷代卜人傳》）
>
> 風水師爲人卜葬某地，他人以爲葬地在龍角，將致滅族；其實葬地是龍耳，能致天子來問。葬後，有天子訪其墓問葬地吉凶（【陸二甲4】《晉書》）

這些內容都是風水師的競技，各人的預測判斷表面相近，其實結果或精確程度大不相同，藉以突顯風水師的專業能力與程度差異。這些情節都來自與其內容性質相合的主題分類第壹類「風水的作用」和第陸類「風水師的故事」中。

相對於風水師的「聰明」，這裡的「傻瓜」，則都是聽信風水之言及狂熱的風水追求者，例如：

J2070-　不合理的期望

> 醫地：用名貴藥材埋地，企圖改善地理風水（【陸一 4】《竹葉亭雜記》《北東園筆錄三編》）

J2400-　愚蠢的模擬

> 摹繪人家墓地形狀，以求相同形勢之風水地（【壹三 7】《中國歷代卜人傳》）

像這樣的“傻”狀，不論其事是否屬實，旁觀者看來可能都是道地的笑話，卻也顯出當局者迷的執著與可憐。

在一般故事中，多數「J」類的情節單元都是屬於笑話性質的故事，但風水故事中出現的一些非關風水的情節單元，並不是笑話，而是生活智慧的表現，例如：

J1270-　。關於親子關係的巧妙應答

> 以瓜在東家而根在西家的「採瓜揪藤」之喻，向親生及養家父母表

明自己兼顧兩家的意願【壹一三8】金門

這個情節單元由來的故事背景頗曲折：爲了使後代出人頭地而選擇“先絕後發”的風水以葬先人的人家，葬後其家人果然死絕殆盡，而後人出頭時，出人頭地的後人卻是在他家門下長大而從他姓，因而有他這個面對生養兩家迫其抉擇的巧喻妙答。又一個是：

J710　在食物預備上的慎見

揚糠止急飲：向氣喘中急忙喝水的人往水裡撒糠，令飲者必須吹氣後再喝，以防飲者內傷【肆二1】耿村【肆二2】河北保定【肆二4】福建【肆二5】金門【肆二6】台灣

這個情節都出自於同一類型的故事：「AT779E　涼水加糠有功德」的宗教神仙故事，〔註41〕這個情節單元是該故事類型的中心情節之一。在本文對風水故事的主題分類中，這個故事屬於第肆類「風水與報應的故事」。但這個中心情節並不屬於與「報應」對應的「Q　獎賞與懲罰」類。因爲，將這個情節視爲獨立單位來看，其中的行爲本質是一種生活經驗的智慧表現（「J」）。但在故事的敘述中，這個情節的重心和所強調的意義，在於這個行爲的善良動機，以及因此誘發的「宗教神仙」給予的「報應」（「Q」）。由此可見，即使是故事的中心情節，情節性質與故事性質也不盡然相等。透過分門別類的分析，也可見情節本質和故事意義不同層面的意趣。再見一例如下：

J1650　各式各樣的聰明行動

風水師父親的遺言：命倆兒子合力抬棺，至繩斷二截時才落葬，便得好日子過。藉以訓練不和睦的兒子學習同心。（〈看風水和改毛病〉【陸三2】耿村）

這同時是AT910E*類型「父親的遺言」的生活故事。「繩斷二截才落葬」在這個故事中，具有兩種意義，應可分析爲兩種性質不同的情節單元：一是在故事的意義和父親角色的立場而言，它是生活經驗上對事物本質的判斷（繩索拉久必然會斷），在此運用爲教育兒子的智慧，當是「J1650-」「各式各樣的聰明行動」類；一是在兒子角色的看法中，純粹是風水師父親對行葬時刻的預言應驗，則依其情節性質應屬於「卜者預言應驗」類，因此也提出爲一個情節單元，列於「M301」類。

〔註41〕此爲金師榮華《中國民間故事類型索引（二）》（台北：中國口傳文學學會，民國91年3月）新增類型及編號，見書頁47。

值得注意的是，單獨的「繩斷兩截」原非“不尋常”事而不足爲情節單元，卻是風水故事中並不少見的「天葬」（應天命而葬）情節單元中常見的“元素”之一，例如「F960-」「天葬：土自壅爲墳：抬棺出葬，中途遇雨，索斷而棺落，土自壅爲墳」。「索斷棺落」有時候又加上「棺木舉之不動」，就是故事提示的“天葬”證明，因此也成爲風水故事特有的情節單元之一——「F960-」「。。天葬：縛棺繩索自斷就地埋葬」。所以「繩斷二截落地葬」在不同的故事背景下構成不同性質的情節單元，因而同時分見於「F」之「奇事」類，「M」之「預言」類，及「J」之「聰明」類。

K、機智、欺騙

這裡有許多以風水爲媒或爲風水鬥智鬥計的狀況，其中有一些模式化的同型情節單元，也有一些已經類型化的故事情節。例如：

K100　迷惑的買賣

。揚糠劃地：一人願意出讓部份土地予某人，其人要求「揚糠劃地」，他答應了。那人就在山坡上順風揚穀糠，得到了大部份土地（【伍二甲 29】福建晉江）

這個故事原型是 AT2400A 的「用和尚袈裟的影子量地」，故事內容是：

一個和尚向施主化緣，要一袈裟之地建廟，施主答應了。和尚在小山丘上舉起他的袈裟，衝著早晨升起的太陽，照出的影子遮住了一大片土地，施主只好將這片土地捐給和尚建廟。〔註 42〕

這個情節單元也是該故事類型的中心情節，卻不似前述 AT779E「涼水加糠有功德」故事類型中的「J710-揚糠止急飲，以防飲者內傷」的情節單元那麼穩定少變，〔註 43〕似乎是「欺騙」比「聰明」的變化多。

雖然有變化，但有些變化是質變而形似（如前述「繩斷就葬」的情節），有些是形異而質同。本類中幾個同模式的情節單元，大柢就是形異質同的同型情節，例如：

〔註 42〕故事內容是：一個和尚向施主化緣，要一袈裟之地建廟，施主答應了。和尚在小山丘上舉起他的袈裟，衝著早晨升起的太陽，照出的影子遮住了一大片土地，施主只好將這片土地捐給和尚建廟。見丁乃通著，鄭建成等譯《中國民間故事類型索引》（北京：中國民間文藝出版社，1986 年 7 月），頁 521。

〔註 43〕該類型及其情節單元變化及討論詳見本書第四章〈風水故事的故事類型與模式〉。

K1110- 。。風水師的詭計，使不知情的人自破風水：假扮風水師的政敵，誘騙思念兒子的對手母親破壞自家風水，使做官的兒子被迫罷官回家（【貳三甲 5】金門）

K1110- 。。風水師的詭計，使不知情者自破風水：風水師知主人將佔自己死後所葬風水地，預埋錦囊書於己墳，詭言主家風水未完之弊，實爲破其風水法。主人果然得其錦囊而如法修正，不久即敗（【貳三乙 4】台灣）

……

同模式的情節單元本文共收九種十一條，這個情節單元以不同的「詭計」內容分別出現於第伍類主題「破風水的故事」和第陸類主題「風水師的故事」中，內容是風水師以他的風水專業，利用人們對風水的迷信與無知，達到了他的報復或懲罰的目的。在「破風水的故事」裡，風水師在這個“詭計”的動機與目的上，形象通常是負面的；在「風水師的故事」裡，風水師的“詭計”則往往情有可原，並且因此更加突顯其專業形象。

另一個類似的情節單元在「K1900-」之「冒牌；詐欺」類，內容是：

。不尋常的特定狀況，原來是卜者的設計，不是異常：卜者埋五色土於地下，再告知雇主某地風水佳，必有異色土，使雇主見土而信其術（【陸一 5】《志異續編》）

。偶發的特定狀況，原來是卜者的設計：卜者向主人預言某時當有「鳳凰過」，至時使預約之人抱雞經過，主人以爲預言信而有徵，而相信卜者的占卜（【陸一 3】《竹葉亭雜記》「頭戴鐵帽，鯉魚上樹」【陸一 1】河北保定）

……

這類情節內容很類似「M301-」之「先知；預言家」類曾大量出現的「卜時奇應」的情節單元，但「M」類的「卜時奇應」在故事中是來自風水師的“預測”，在這裡則根本是風水師“預設”的安排，嘲諷風水師的意味甚濃厚。雇主（相信風水師的人）被設計了，風水師也被笑話了，所以這類情節單元大部份也都來自第陸類主題的「笑話」類。

然而，利用風水以達成誘惑欺騙的手段，並非只有風水師會操弄其事。「K1310-」「以假裝或掉包誘騙」的兩個情節單元，分別利用了他人所相信的風水，製造出符合其期望的假象而達到了自己的目的。試見：

K1310　**以假裝或掉包誘騙**

。井中加糖令水甜，吸引擇地者的注意（【陸三 4】遼寧）

。藉假裝或掉包來引誘：事先買通風水師，藉風水師之口使他人欣然接受自己的意見（【捌 27】《司馬文正集．葬論》）

這個誘騙的原理，與「卜者」設計雇主是一樣的，只是行動的內容及行爲者身份不同罷了。

另一個常見而且模式統一的情節單元，就是「K1810-」之「作假取寶地」，有心人利用了風水師的專業與自信，從風水師手中巧取偷騙得到風水寶地的經過。其內容是：

K1810　**以僞裝**（隱瞞）**詐騙**

。佯聾偷聽風水師論風水秘密，然後先去佔有該地（【參四乙 2】《中國堪輿名人小傳記》）

。。取得風水的方法：作假取寶地：隱瞞風水吉地特徵（百步聞聲如雷，假裝不聞；木樁埋地隔夜長，持錘打樁使不長），令主人誤以爲不是風水地而放棄。（【參四乙 5】耿村）

。取得風水的方法：作假取寶地：隱瞞風水吉地特徵（蹲上蹲下假裝跳動，其實不動，使風水地井水會因跳動而起泡的特徵不見），令主人誤以爲不是風水地而放棄（【參五甲 1】上海）

K1840　**以替代詐騙**

。。取得風水的方法：計取風水：隱藏風水吉地特徵（拔除生葉枯枝，以無葉枯枝取代，使風水地能使枯枝生葉的特徵不見），令主人誤以爲效用不驗而放棄（K1840 藉代替詐騙）（【肆一甲 15】《北東園筆錄三編》【參四乙 2】《中國堪輿名人小傳記》）令主人誤以爲風水地成熟時候未到而放棄（【參五甲 2】吉林）

。。取得風水的方法：作假取寶地：製造風水吉地特徵（吉地夜不著露，作假者灑水於不著露的眞風水地上，覆席於他地使不沾露，令主人誤認假風水地而棄眞風水地。（【參四乙 3】金門）

這一類的情節頗多，而且共同表現出某種統一的情節結構，故本文將之集合設定爲一個故事類型，名稱即「作假取寶地」。〔註 44〕

〔註 44〕編號爲＊301，見《中國風水故事類編》第四編〈中國風水故事類型與傳說模

L、天命無常、事有意外

這裡的部份內容可以與「M301-」「先知；預言家」之「以令人意外的事實應驗」相參看，有一些冥冥中似乎內定的天命（宿命）在其中，造成了令人錯愕的意外與巧合。例如：

L140　**超乎預期**（沒意料到的大於所預期的）

。人算不如天算，機關算盡有意外：富貴人卜葬，希望後世子孫富貴如其況，卜者指某地云子孫將發達於六七世後，不料開穴造墓，卻見有古墓，墓主即卜葬者七世祖。(【壹二丙13】《子不語・介溪墳》)

。人算不如天算：治死龍穴地，使不出天子以爭天下，不料天子竟死於該龍穴地(【貳二丁4】上海〈劉伯溫治龍穴地〉)

與「M　預言」類不同的是，「M」的意外是預言引發的預期落差造成的，這裡的意外，是事情結果與人謀算計的反差造成的。人的行爲在「M」的預言中不影響也無助於預言的應驗，在「L」類卻有重要的參與並直接導致意外的結果。例如：

L210　**謙讓反而選到最好的**

。。誤打誤撞得風水：一個懂風水的人須靠某人幫忙才能得到天子地，天子地旁是王侯地，懂風水者謊稱該王侯地即天子地，意使某人取得王侯地，自己可得天子地。不料某人想當王侯不當天子，而取其所假稱爲王侯之天子地。後來某人成爲皇帝，懂風水者後代爲其朝中王侯(【參六丙1】浙江、江蘇、河北保定)

在這些情節單元中，表面上的結果好像都是由於人的意念與行爲使然，但結果總是正巧與人的意念和行爲動機相反，反映出令人知其然不知其所以然的“天命”。這看似由人一手操縱而不受人駕馭的“意外”，在宿命意識之外，還有意味深長的哲學意義，就是「L」類情節單元的特色吧。

N、好運、壞運

這裡也有很多“意外”的情節，但這些意外與人的行爲動機或預期無關，而純粹是出於偶然。例如：

N130　**幸或不幸的轉變**

。謀意不中反遂願：某子常違父意，父將亡，故以反語告之，意其

式譜錄〉，頁353。

子將反之而暗合己意也，不料某子悔前過而竟如父語，其父願終不得遂（【參一乙 1】（《酉陽雜俎》）《廣記》《古今圖書集成》【參一乙 2】《昨非庵日纂》）

。。誤打誤撞得風水：窮人無棺而代以米籃殮屍，所葬之地正好是無棺乃發的風水地（（米籃穴）【參二 10】金門，以棉衣殮屍（毛筆穴），草蓆殮屍無棺而葬（毛蟹穴）【參二 11】、【參二 12】澎湖，草蓆殮屍【參二 9】《朱元章故事》，【參二 10】漳州）

風水故事中有很多因“意外”而得到（或失去）風水的情節，這些情節若以“風水”爲主題來分類，大多數會以「誤打誤撞得風水」（或失風水）的主題總結爲一類，也就是在附錄三〈風水情節單元分類目錄〉中，第三類「取得風水的方法」之「計取」、「偷騙」外的「其他」類，在這混合同類的情況下，那麼依據「L」類和「N」類的類屬性質分析出來的情節單元特色，以及可能潛藏其中的意義便不容易被發現或突顯了。

大部份「N」類的情節單元都出自風水故事主題第貳類的「風水命定」，“命”對應於“偶然”，好像就沒有道理也無從預測。但有些在情節單元內容上只是出於偶然的意外，在該情節所在的故事中，另有對“意外”由來的背景與成因的交代，例如：

N630　意外獲得寶藏或錢財

N630-　。。誤打誤撞得風水：兒子戲言將母倒葬以懲其不孝婆婆，母恐倒葬而暗囑人將之倒置入棺，兒卻未如戲言行葬，而所葬母地正好是倒葬得吉之「畚箕穴」（【參二 13】金門）

N130　幸或不幸的轉變

N130-　*。謀意不中反違願：某子以倒葬嚇不孝翁姑之母，母暗使人事先倒置其首以入棺，意其子將反之而暗合己意也，不料其子終竟未倒葬其棺，其母願終不得遂（【參二 13】金門）

這兩個情節單元出自同一個故事，甚至其實是同一件事，但前者之「得風水」，是就受惠於風水的兒子而言；後者之「違願」，是就葬者處境而言。這個的情節單元也見於其他故事，不是特例（如前舉例出自《酉陽雜俎·渾子》的 N130「某子常違父意」條）。在這個故事中，兒子得風水之惠是因爲勸阻母親勿虐翁姑的戲言意外導致，加以孝順的本性沒有眞要將母親倒葬，各種偶然的巧合使他不意間得到風水而受惠。所以雖然情節性質屬偶然性的意外，但故事整體的內容和意義並不是詠嘆命運與偶然，而是暗示兒子先後維護祖父母並孝順父母的行爲得到了命運的獎賞。像這樣的例子還有：

N630　**意外獲得寶藏或錢財**

N630-　。。誤打誤撞得風水：弄拙成巧：陰陽先生置小鬼鎮宅，要使小鬼搬光宅主家財。不料宅主名字叫閻王，閻王管小鬼，因此小鬼搬財只進不出（【肆二 1】耿村〈陰陽先生搗鬼〉）

N200　**命運的佳禮**

N200-　。。福人得福地：善心人葬惡地，不料自然現象改變環境特徵，風水凶地變寶地（【肆二 8】遼寧〈踩地理〉）

前一個情節是結合有「J710-揚糠止急飲，以防飲者內傷」情節單元的AT779E 型「涼水加糠有功德」的故事，這個情節是名叫閻王的善心人爲風水先生供茶加糠的舉動被誤爲捉弄後，風水先生進行報復使閻王意外受惠的結果。所以這個情節單元的意外巧合，在故事的意義，也是來自於前一情節中的善舉之報答。後一個「N200-　福人得福地」的情節中，「善心獲報」的意味也很濃厚，但這幾種情節單元都不歸於「Q」類「獎賞、懲罰」的原因，一方面是故事或情節中沒有具體或明顯的施報者，一方面情節單元本身的發生過程的確有濃厚的“意外”性質（如自然現象改變地形），所以仍歸此爲恰當。

P、社　會

這裡最引人注目的情節應該是出現在「P110　社會階層：大臣」類中的特殊行爲：

。。破風水的原因：有人說某官祖墓有帝王氣，某官聞之，自行鑿破祖墓風水（【貳三乙 1】《晉書》、《御覽》、（幽明錄、世說）《廣記》、《錦繡萬花谷》、《稗史彙編》、《古今圖書集成》，祖墓側澗水當出天子，某聞之自塞其水【貳三甲 2】《夷堅丙志》，王府之樹有王氣，王爺自伐其樹【貳一乙 13】《中國歷代卜人傳》）

。。舍棄吉地的原因：公侯卜地，恐遭天子忌，故放棄卜地（【壹一甲 6】（《戎幕閒談》）《太平廣記・韋安石》）

破風水洩王氣的故事由來已久，「Z」類許多「改地名」、「厭風水」、「絕地脈」等「破王氣」的情節單元，出自秦始皇以下歷代君王的傳說，包括《史記》

等正史和筆記小說及近世民間口傳記錄中均傳其說，〔註 45〕內容都是做皇帝的恐懼新天子將取而代之而大破天下出帝風水的舉動。這裡的出帝風水和破風水者一變爲近王之重臣，君臣之間微妙的對立與緊張關係由此可見。可觀的是，這樣的情節不只一條，故事也不是同出於一時一事，也是數代的正史與野史筆記均傳其事。在各種汲汲營營於追求風水佳地以祈求子孫富貴的風水故事中，這樣逆情以順勢的故事也反映出對封建君主的權威與白色恐怖的深重畏懼。

S、乖戾、殘忍

這裡共有有四類八條情節單元，

S10　殘忍的父母

。。取得風水的方法：活埋親骨取風水：生取親生兒女之骨肉埋於他人之墓以分其風水【壹六甲 1】《歸田瑣記・李文貞公逸事》

S20　殘忍的子孫

。。取得風水的方法：骨灰放不進風水地，活埋母親取風水【參七甲 2】吉林〈韓信的傳說〉【參七甲 1】上海〈韓信活埋親娘〉

。兒子以佔風水爲由，逼母親自殺埋入風水地，以掩藏不可告人的身世【參七甲 3】耿村〈韓信逼母〉

S200　殘忍的犧牲行為

。殘忍的犧牲行爲：自殺方式：風水地在肉店砧板下，求取風水者當斬肉人舉刀斬肉時，忽然將頭伸過去讓斬肉人劈死，以便兒子巷肉店逼佔風水地【參七乙 2】上海〈葛龍鎮〉

。。取得風水的方法：活埋親骨取風水：自求活埋以得到風水師宣稱的風水最大效果（子孫位及三公）【陸二 1】《清稗類鈔・陳虞耽堪輿術》

〔註 45〕如「Z150-　皇帝（始皇）親游天子地以厭其（天子）氣」一條，就有【貳一乙 1】《史記》《漢書》《宋書》【貳一乙 5】《晉書》【貳一乙 7】《北史》等記錄；又如「Z150-　。。破風水的方法：掘斷地脈以洩其氣」一條，數見於【貳三乙 1】《晉書》、《御覽》、（幽明錄、世説）《廣記》、《錦繡萬花谷》、《稗史彙編》、《古今圖書集成》、【貳一乙 11】《桯史》、鑿山以絕其勢【貳一乙 4】《宋書》【貳一乙 5】《晉書》、斷墓隴，田其間【貳一乙 12】《桯史》、鑿地破風水【壹三甲 2】《茶香室叢鈔》、挖深坑掘斷地脈【壹六甲 6】《太陽和月亮》等，其中《太陽和月亮》是二十世紀初期採自中國南方（主要是廣東）的民間故事集。

。。取得風水的方法：活埋親骨取風水：母親自葬（活埋）風水地，以求蔭後代得高官【參七甲2】吉林〈韓信的傳說〉

令人吃驚的是，這些情節單元的共同主題竟是：父母或子女犧牲對方，或是為彼此犧牲以爭取風水，而犧牲的方法主要是自殺與活埋！還有一類，可與「Z」類「象徵」之「厭勝」類的情節單元相參看，但性質與以上情節較相近，是：

S330　謀殺或遺棄小孩的情況

。。破風水的方法：殺童男女爲「童丁」瘞於風水地下爲厭勝【貳一乙12】《桯史・絕地脈》

若說風水"迷信"，這類非理性而失常的行爲差不多是極點了吧。

T、婚姻、生育

有兩種兩個：

T570　懷孕期

。人懷胎三月生子（【參七丙10】上海）

T670　收養

。。取得風水的方法：不尋常的交易：骨灰所葬地被人偷換，原葬地所有者要求交換後代以還其風水（【參六丙6】上海）

這兩個情節都與「風水的作用」有關，他們在故事中都有一個風水信仰的前提，同時是風水特有的情節單元，就是「風水特徵符應於人」，〔註46〕意思是：前人葬地（或人所居地）的風水特徵，會反應在葬者後代人（或居住人）的身上。所以「人懷胎三月生子」其實是故事表達風水正在發作效應而產生的情節。至於「T670-」之「交換後代還風水」的緣由，是因為一個風水師葬先人骨灰的地方被別人偷換葬到了別處，風水師看到自家新生兒的長相，就知道風水被偷換了，於是他找到偷換風水的人，要求換孩子以討回風水，理虧的人答應了，就換孩子討回了風水。風水之利，凌駕於骨肉之親，這與「S」類諸條情節單元所表現的犧牲親人以換取風水之利的行為認知及價值觀念是相應和的。

U、生活的本質

主要是一些風水師後見之明及迷信風水者違反生活原理的盲目舉止引起

〔註46〕見《中國風水故事類編》第三編〈風水情節單元分類目錄〉（一）「風水的各種特徵」類，頁293～303。

的笑話，例如：

U110　**騙行敗露**

。術士的謊言：術士告訴來求卜者更改竈之方向，家人即可病癒，但更改數次，病仍不癒，術士之言也前後矛盾（【陸二 2】《清稗類鈔》）

U120　**本質自然呈現**

。風水師的後見之明：某人葬祖父，風水師云葬地凶；然葬後子孫發達，風水師又稱其祖墳善（【捌 28】《松窗夢語》）

有些盲目的舉動，甚至可能近於「J」類的「傻瓜」，例如

U170　**盲目的舉止**

。盲目的舉止：大族之家，因擇日各與族人犯沖，致久不落葬（【捌 30】《古今圖書集成》），爲了等待理想風水而停棺數十年不葬（【陸二 3】耿村）

。。取得風水的方法：墳前等風水，看見打死，以防風水跑了（【參一乙 8】耿村）

像這樣的情節單元，也許也適合分類於「J2300　易受騙的傻子」類下。

V、宗　教

主要是一些出自意識形態的信仰而爲之的行爲，有時候是基於對某種信仰或道德的虔誠。有許多積極行善的行爲屬於這一類，因此這裡的情節單元大半來自於風水故事主題第肆類「風水與報應」的故事，並與「Q」類「獎賞」有關的情節單元有所對應，例如：

V400-　。盡付財金濟窮人：去質庫、賣田宅以博施濟眾，自減口糧以施食（【肆一 22】《客窗閒話》）

Q40-　。神仙（觀自在菩薩）化人爲人指示吉地以酬好善樂施不惜家業散盡者（【肆一 22】《客窗閒話》）

V400-　*。盡付財金濟人困：（濟助歲暮貧困將賣妻者）（【肆一 5】《昨非庵日纂》【肆一 10】《香飲樓賓談》、塾師一年所得，盡濟歲暮貧困將賣妻者（750B.2 窮秀才年關濟窮人）【肆一 4】《湧幢小品》【肆一 8】《前徽錄》【肆一 3】《昨非庵日纂》濟歲暮貧困將典賣先人墳地者【肆一 9】台灣）

Q110-　。。福人報福地：相地者所卜吉地，爲昔日曾救助者之地，地主因付地以報恩（【肆一 5】《昨非庵日纂》【肆一 10】《香飲樓賓談》【肆一 8】《前徽錄》【肆一 14】《咫聞錄》【肆一 2】《昨非庵日纂》【肆一 3】《昨非庵日纂》【肆一 16】《履園叢話》）

W、個性的特點

主要是指性格或爲人的特色，這一類的情節單元基本上都很生活化，風水故事在這裡出現的情節單元也無太多驚奇，主要是以風水爲施惠的慷慨之禮，例如：

W0-　。吉宅風水能出魁，宅主捐作學堂以惠眾（【壹一甲 11】《春渚紀聞》、【壹一甲 15】《昨非庵日纂》）

W10-　。善心人尋葬地，凡妨礙他人風水之吉地皆不用（【肆二 7】耿村、【肆二 8】遼寧）

這些情節單元都不是孤例的存在於某些特定故事，因此其中反映的風水可以分享惠眾的觀念，可以相信爲風水故事存在的一種被普遍認知的價值。

X、詼諧、笑話

只有一個情節單元：

X0-　狼狽困窘的笑話：偶發的特定狀況，原來是卜者的設計，不是偶發：卜云葬時必「有人自南方將鐵器來」，至時果然，來人卻問卜者「雇我將鐵器來給誰？」（【陸三 1】《笑海叢珠》）

它與「K1900-」之「。不尋常的特定狀況，原來是卜者的設計，不是異常」系列的同類情節單元幾乎一樣，試見：

K1900　冒牌；詐欺

K1900-　。不尋常的特定狀況，原來是卜者的設計，不是異常：卜者埋五色土於地下，再告知雇主某地風水佳，必有異色土，使雇主見土而信其術【陸一 5】《志異續編》

K1900-　。偶發的特定狀況，原來是卜者的設計：卜者向主人預言某時當有「鳳凰過」，至時使預約之人抱雞經過，主人以爲預言信而有徵，而相信卜者的占卜【陸一 3】《竹葉亭雜記》「頭戴鐵帽，鯉魚上樹」【陸一 1】河北保定但在「K」類中，做假的卜者在故事中並沒有當眾被拆穿，甚至始終沒有被拆穿，在這裡的的卜者是被自己不周延的安排當眾拆穿了自己，因此產生更直接的趣味效果，比「K」的情節單元確具更深的幽默與詼諧的意涵，故從其性質而分置於此。

二、風水信仰所意識的風水故事情節單元分類

（一）風水故事情節單元的特殊性與湯普遜情節單元分類架構的有限性

經過湯普遜系統的分類後，有五百零八種從風水故事析出的情節單元在湯普遜系統的歸類原則下納入了適當的類別，但還有四百二十五種情節單元不在其中的任一類或是不適合納入。例如：

> 〈孫堅祖墓〉孫鍾，吳郡富春人，堅之父也。少時家貧，與母居，至孝篤信，種瓜爲業。瓜熟，有三少年容服妍麗，詣鍾乞瓜。鍾引入庵中，設瓜及飯，禮敬殷勤，三人臨去，謂鍾曰：「蒙君厚惠，今示子葬地，欲得世世封侯乎。欲爲數代天子乎？」鍾跪曰：「數代天子，故當所樂。」便爲定墓。又曰：「我司命也，君下山，百步勿反顧。」鍾下山六十步，回看，並爲白鶴飛去。鍾遂於此葬母，冢上有氣觸天。鍾後生堅，堅生權，權生亮，亮生休，休生和，和生皓，爲晉所伐，降爲歸命侯。（《幽明錄》【參三 2（1）】）

這則故事的主題和主要情節是「葬地佳者福子孫」，意思是「先人葬在好風水地，可使後代子孫得福」。但是這樣的情節，在湯普遜的分類系統中，沒有任何類別可以歸納。再看這則故事：

> 〈李一清〉清　李一清，字聖池，諸生，宜黃人。少習形家、青囊諸書，爲人卜葬地，無不吉者。遊新城，中溪陳元請爲謀父葬地，獲吉壤於南城九柏山，謂元曰：「葬此，後必昌，然不利於君身，且不利於我，必瞽目。雖然，我當成君孝。願附婚姻，以子孫爲託。」元唯之。既葬，果如其言。元卒，年僅三十耳。一清瞽後，以女妻元弟允恭，遂家於中溪，與陳氏世爲婚好。陳氏科甲蔚興自此始。同治新城縣志方（技《中國歷代卜人傳》卷十四・江西省一【壹四 5】）

這個故事中，除了有一個「葬地佳者福子孫：子孫登科甲」的情節單元外，還有一個「穴妨術師」的情節，內容是：「吉穴妨術師，葬者得吉，卜者

遭凶：卜者爲人卜葬吉地，使葬者子孫登第，卜者則眼盲。」但這樣的情節，在湯氏分類系統中，也是無類可分，甚至情節中「葬者得吉，卜者遭凶」的因果也很難在無風水意識的情況下被承認是有關係的一個事件。如果除去這兩個情節，以上這則故事就沒有“故事”了，而這卻是中國風水故事中很常見也很普遍的故事。試見：

〈看風水先生〉有個看風水先生挺靈，他乾哥哥的要求他幫忙看正一個發大財的風水，風水先生説風水一旦看正了，兒孫會受窮，自己兩眼也會瞎。乾哥哥保證會好好款待他，風水先生想自己光棍一個，瞎眼享福也成，就答應了。風水先生給乾哥哥定了墳地不久，乾哥哥買賣就做大了，哥嫂都對風水先生好的很。但哥嫂過逝後，侄兒都不拿他當人，他徒弟們聽説了，裝成要飯的來救老師。風水先生叫徒弟半夜拿了刀，到乾哥哥家墳上去，看見一個白胡子老人就給殺了。徒弟到墳上就見一個青堂瓦舍，大院一個白胡子老人在吸煙喝茶，就走過去將他殺了。走出墳回頭一看，瓦舍塌了。不久，乾哥家的買賣著火遭賊又賠本，不半年就窮了。風水先生的身體卻慢慢壯實，眼也好了，和徒弟走了。(《耿村民間文化大觀》【壹四 7】)

類似的故事，本文材料中至少收錄了十則，並在故事主題分類第壹大類「風水的作用」中形成一類，即第四項「穴妨術師」。

像這樣有情節而無法藉湯普森情節單元分類系統歸納的故事內容，在風水故事中，有的出現頻次很高，例如「葬地佳者福子孫」，在四百多則風水故事中，出現頻次達一百三十八次；有的是內容不同但性質一致的風水故事之典型情節，例如

。。**風水特性影響子孫**

祖先墓葬於「公牛穴」，後代子孫力大如牛【壹五乙 3】金門、「牯牛地」【壹五乙 2】上海

豎葬「剪刀穴」之楯眼（單釘），代代出單丁【壹五乙 6】金門

祖先葬豆腐店門下，後代子孫白且胖【參五丙 6】上海

。。**葬地不吉禍子孫**

卜者云葬地不利長子。葬後數月，葬者之子亡，妻亦繼死【伍二丙 7】（光緒廣安州志）《中國歷代卜人傳》

祖先墳地犯臨墳煞，子孫相繼故亡，後嗣遂絕【壹六甲 2】《清稗類鈔》

。。**人地無福不相稱**

福德不足者葬有福之地，遭雷擊發出其棺【肆一 21】《庸盦筆記》、【肆六 2】《原李耳載》

無福者葬風水吉地，風水自行丕變爲凶地【參一乙 11】澎湖、無福之人葬龍穴，山靈移走【參七丙 5】台灣

無福之地難載眞命天子：眞命天子投生無福之地而夭亡【參七丙 6】浙江、【參七丙 8】浙江

這都是風水故事中基本而常見的情節，但都無法在湯氏系統中找到適當的歸類項目。以「葬地佳者福子孫」爲例：如果置入「F」之「奇地」類，該類並沒有「福子孫」的抽象類徵可以收納，「地」如何「福」子孫，好像也很難以故事中認做證明的「子孫成就」做爲直接證據使風水信仰以外的人理解並接受，而這卻是風水故事中普遍存在並且幾乎被一致認同的「情節」，這種觀念性的情節在無其觀念的湯普森情節系統中，當然無從得到適當的對應位置。

另一種情況是，有些風水情節單元雖然可以在湯氏的現成架構中納入適當的類屬，但某些在風水故事中性質與之相同而細節不同的情節單元，卻與該內容的具體特徵並不相洽而不宜納入。例如許多「風水異徵」都編入了湯普森分類 F700－F899「不尋常的地方和東西」及 F900－1099「不尋常的事件」類中，但還有更多風水故事的「風水異徵」情節不在其類，原因是：F 類的不尋常，是指相對於自然現象與正常邏輯的不尋常，而這些「風水異徵」之「異」，大多不是具體的異象或相對於正常情況的異常。如「狂風捲土埋沒棺材」或「天不雨」，都是現實邏輯與自然現象中可有的正常情況，沒有足夠的“不尋常”條件可以列入湯普森的情節單元分類系統中，但在風水信仰和故事中，則有一套認知和組合其爲「異徵」並具足爲「情節單元」（不尋常）的模式，例如以下這則故事：

〈孫權祖塋〉孫權祖塋在天子岡，迎七星灘之水。人傳未葬正穴，是以偏安。凡有盜葬者，則天不雨，土人覓而掘毀之。凡存心欲謀此地者，至則雲霧障隔，此所謂禁穴是也。人可妄圖招禍哉。（《堪輿雜著・覆驗》【參一乙 6】）

故事中的「天不雨」被視爲有人「盜葬天子地」使風水（或天）向人提出警示的結果，因而構成爲「風水異徵」而有情節單元的性質，它的內容是「天

子地禁穴，有盜葬者，則天不雨」，但這也不在湯氏的分類中。再看這則故事

〈天埋地葬〉朱元璋幼時家窮，父親死了沒錢買棺槨殮衣，就拿葦席捲起，繩子捆著，和哥哥抬往田野找地埋。路上忽然狂風大作，沙土飛揚，吹得人眼睛張不開，他們只得把棺材暫擱路旁，自己去一邊避風。等到風止，棺材已被捲土埋沒，他們只好就這樣埋葬了父親。後來朱元璋做了皇帝……。(《東方故事 1——朱元璋故事》【參二 9】)

在這故事中，「狂風湧沙埋棺」雖然有巧合的成份，在自然界的現象中，未必就是奇特不可解之事，但在風水故事的敘述中，這個被故事中稱爲「天葬」的巧合，卻正是呼應故事結局主角得到意外福運（例如當皇帝），同時也證明風水作用的「情節」。而這也不在湯氏分類中。

還有一種情況是：有些「風水異徵」雖然順利置入了湯氏的分類，但其類別性質並不能反映該情節在風水故事中的全部及其情節本質。例如「大雨落地盡成赤色」是一種具象而且體的異常現象，編入了「F790. 不尋常的天氣現象」類，然而這個情節單元在風水故事中的意義，其實是與「風水被擊破」合爲一體而成爲一個獨立事件之「單元」的，故事如下：

〈皇帝敗陳元光的地理〉漳州州署要從漳浦遷到龍溪縣時，大臣朝議把開漳聖王陳元光將軍的骨殖也遷到龍溪縣來，皇帝唐德宗准奏，派欽天監南下勘探地理。松州石鼓山有一個青龍進湖的龍穴，過去曾有人想要得這塊地，可是地理先生上山時不是肚子痛就是拐了腳，大家都知道這是要有大福的人才能消受這塊地，如今正是葬陳將軍骨殖的好地方。經過探勘，決定將骨殖葬在龍脊，將廟建在龍腦。欽天監仔細地畫了圖，帶回京給皇帝審閱。皇帝一看，這是一個眞龍正穴，如果批准，出了眞龍天子，李家皇位就不穩；如果不准，又恐怕遭到大臣排議。皇帝決定敗穴，拿起硃砂筆在龍脊上畫了一橫，破了龍穴。這時松州一帶忽然天黑地暗，雷雨交加，雷公奉命劈斷龍脊。雷公在天上飛來飛去，想到陳將軍無私獻身，死後要一塊好地葬身也不准，雷公於心不忍。忽然看到龍脊和龍巷連在一起，雷公靈機一動，以龍巷代替龍身，傷了龍身留龍命。主意一定，一聲霹靂，龍巷斷成四節，大雨落到地上，雨水盡成赤色，流入九龍江。(《中國民間故事集成福建漳州市薌城區分卷》【貳二丁 2】)

在湯普森分類系統的情節單元描述中，「大雨落地盡成赤色」已具足「F790.

不尋常的天氣現象」的獨立事件特徵，如果加上「風水被擊破」的敘述，則是不必要而且難以理解的。

追究原因，風水故事的許多情節是在風水信仰的背景下發生和被理解的，但湯普森的情節單元分類系統並不具有風水信仰的背景，許多在信仰基礎上活躍於各風水故事間的主要和基本的情節單元，在脫離信仰背景後，可能便不具有被普遍理解的「不尋常」特質而無法納入湯普遜的情節類別中。所以湯普森情節單元分類系統或許可以反映風水故事情節在一般情況下可能被接受與理解的普遍性的一面，但無法概括風水故事情節中可能倚賴信仰支持，而有封閉性但也有特殊性的一面。如果要從情節單元的分析和分類上瞭解風水故事的內容特色，僅憑湯普森的情節單元分類系統顯然有所侷限而不足。

因此本文在以湯普森分類架構呈現風水故事情節的內容之外，再度集合風水故事所有常見和特有的情節單元，包含未能納入湯普森情節單元系統的所有情節，以及在前面的分類中已確認該系統可收納的代表風水故事特有的「。。」符號情節，根據各條情節單元所表現的主題特徵重新整理出〈風水情節單元分類目錄〉於附錄三，以歸納並呈現風水故事內建於信仰層面的情節特色與內容。爲了避免重複的分類帶來認識的混淆，凡已見於上列湯普森系統中的風水故事特有之情節單元，一概保留其於湯普森系統的暫時編號，以便於辨識兩項分類的重出之處，同時可藉以凸顯風水情節在湯普森分類系統的情節性質，以及在風水文化背景下的獨立特徵。以下就針對風水故事中的風水意識所見的情節單元，依其內容主題分類介紹。

（二）風水意識的情節單元內容

湯普森的情節單元分類是以每一個“不尋常的獨立事件”爲情節單元成立的原則，這裡的分類，是以風水故事的敘事中，以風水意識結合爲因果的事件或認爲不尋常的事物，設立爲風水的情節單元，並依其情節主題及內容特徵歸納分類，共分爲五大類，計有二十七種主題。茲分述其類別與內容如下：

1、風水的各種特徵

甲、風水異徵

在風水故事中，當風水具有某種效力或有所作用時，往往會出現一些徵兆，顯示出該風水作用或風水所在地的不同尋常。例如以下的這則故事：

〈泉有翰墨香〉樂平洪士良，同師吳景鸞至官坑嶺下，士良偶渴，探泉飲之，走謂師曰：「此泉甚異，當有至貴之地。」國師亦往索泉，嘗之，曰：「是泉有翰墨香，豈但貴也，當產大賢。」因至山巔觀之，果見其穴，呀曰：「秀鍾於此，以報朱氏（朱熹先祖）。然其地……穴高水遠，不利初代。窀穸畢，用巨石壓而封之。後果以不利，欲遷焉，竟得石壓而止。又云初獻地者，謂有天子氣象，未決，往邀其師，係一僧，來觀曰：「當出夫子。」（明・徐善繼、徐善述《地理人子須知》卷二下【壹一甲 14】）

這是風水師爲朱熹先祖找尋風水的故事，當風水師發現某地「泉有翰墨香」時，即據此預測並判斷葬在此地的先人後代「當產大賢」，有人還說「有天子氣象」，有人則斷定「當出夫子」，各種推論的由來，都是根據「泉有翰墨香」的異常特徵。而朱熹果然生爲其人後代，並成了一代大賢夫子，應驗了風水師的預言，也印證了「泉有翰墨香」果然是風水寶地的特徵。

像這樣被視爲風水所在的象徵或風水作用之指標的風水異徵，大約可依其事物種類的不同，分爲「天象之異」、「地異」、「物異」、「現象之異」、「事異」、「靈異」六類。

（1）天象之異

這一類「異徵」共有八種十二個，其中數例如下：

。。風水異徵：天子地禁穴，有盜葬者，則天不雨【貳二乙 6】《堪輿雜著》

。。天葬：風水地肖浮牌，須水溢即應。葬後未幾，官浚濠堰，會雨暴漲，水環墓，風水吉勢遂成。是歲子登第【肆一甲 7】《湧幢小品》

。。天葬：天雨湧沙埋棺，遂就葬其地。葬後，子孫意外得官或得財【肆一乙 3】《昨非庵日纂》、【貳二甲 10】金門、山崩埋棺【貳二甲 10】漳州、狂風捲土埋沒棺【貳二甲 9】《朱元章故事》、水溝淤泥堆積埋棺成邱【參五丙 9】耿村

這些「天象之異」有些是自然的災變，有些是偶然的意外，但在風水故事中，則非自然亦非偶然，而是風水不尋常的顯應特徵。因此這些特徵一定有後來的不平常事（例如當地出了一個皇帝，或子孫登第或得官發財等事）與之應合，而證明這些出於自然但不常見或偶然的現象有非常的意義，同時證明風水的存在，而事件的原因和由來也得到圓滿解釋。

（2）地　異

有十八個，性質各不相同，有時候像「天象之異」的狀況一樣，是常態現象或少數的自然情況經過附會描述的結果，例如：

。。「烏鴉穴」山形像烏鴉，墳背四周不生茅草，是因爲烏鴉白頸的緣故，墳場對面石崗，遠望像是烏鴉子【伍三甲 4】《太陽和月亮》

。。獅頭風水被塔釘死，紅土水流出三日夜【伍二乙 4】金門

。。寶地盛夏無蚊【陸一 4】（同治《桂東縣志》）《卜人傳》、【壹一甲 27】金門

。。「鯉魚穴」池中有鯉魚，池水終年不乾【伍四丙 2】澎湖

這些「地異」的現象雖然少見，但未必是他地不可能有的“異常”，如果沒有「烏鴉穴」、「獅頭風水」、「鯉魚穴」或「寶地」的加註，這些「地異」內容的敘述，幾乎不會引起一般人的注意，除非這些少見現象也是令人關心的。值得注意的是，上述的「地異」類情節單元，幾乎都出自地方傳說，可見某些少見現象，在有限範圍內，的確足以形成眾所關心的焦點，並設法爲之提出解釋，而形成以上的情節單元。另有一些「地異」，則是抽象的形容或假想，例如：

。。美女梳妝形，前有銀環金鎖，珠簾玉鉤【肆一甲 4】《湧幢小品》

。。龍穴三千年吐一次水【貳二乙 10】潮州

。。山後唸咒，山前開門【參五甲 2】吉林

第一個情節內容，是對風水地形的抽象描述，好像有意義，但沒有具體對應的內容，似乎就不足以爲情節。但如前文在湯普森「Z」類情節特徵所論的「風水名稱」現象，風水名稱的出現，許多時候並非全無意義，它往往暗示了故事將有結果。這個對風水描述雖然抽象，但是“指出”了風水的特徵，在風水故事中，就有其描述的意義（指出成形的風水），所以應該成立，雖然這樣的情節可能不會被風水敘述者及當事人以外的人理解。第二個和第三個，既不是描述或形容，而顯然是出自一種假想的情況，這種假想在故事中可以存在，在現實中則不能追究。從這樣脫離現實的假想性敘述，也約略可見敘事者對風水的無限想像，有時候甚至是無限擴大了事物經驗，而有「山後唸咒，山前開門」這樣近乎神話情節。

（3）物　異

這一類“物”包括植物、動物和物品，異徵的表現，主要是物性的異常

或反常現象，例如：

F810-不尋常的植物　。。風水異徵：木椿埋地，隔夜長大【參四乙5】耿村

F810-　。。風水異徵：伐樹以洩地氣，其樹流血【伍一乙13】《中國歷代卜人傳》

B170-神奇動物　。。風水靈物：墓出金魚能飛【壹三甲 4】《古今圖書集成》

像這樣顯然反常的物異，大多在一般的理解範圍內，所以也見於湯普森分類中。還有一些物異，就不一定或很難確定是物反常或異常，但置諸風水因果，則有意義，例如：

。。墓中漆燈不滅，人云其後人必興。（後代出李自成）【伍一甲6】《簷曝雜記》

。。方葬，而甘泉出，芝草生（後代爲進士）【壹一甲18】《湧幢小品》《卜人傳》

（4）氣　異

。。風水異徵：墓上五色雲氣連天，延伸數里【參一2（3）】《宋書》《廣記》、有龍出其中【伍一乙8】《南齊書》《南史》

。。風水異徵：冢上有氣觸天（出帝王之象）【參一2（1）】《幽明錄》《御覽》、（凶兆：兵禍滅門之象）【壹二丙1】《北史》《焦氏類林》

「氣」是判斷風水存在的指標之一，但它無形無體，在故事中只有善於望氣的某些高級知識份子或修行者能夠看到，並且對「氣」的吉凶做出判斷且得到後來情節的印證。所以這一類的「情節單元」多半出現在古代的筆記小說中。

湯普森分類中沒有這一類情節單元。

（5）事　異

這一類「異徵」不在湯普森分類之列的例子是：

。。有大福的人才能消受這塊地，否則地理先生上山時不是肚子痛就是拐了腳，【伍二丁2】福建漳州

。。凶宅：居其宅者皆以凶殺終【壹二甲1】（《宋書》、《南史》）《稗史彙編》《御覽》《宋書》

。。無福人不得有福地：福地損人：福人葬之後人居官；無福德而

葬者，子孫病目或盲障【貳二乙3】《夷堅志》《稗史彙編》

在湯普森分類之列的例子如下：

F　**。地裡飛出龍【參五乙1】遼寧、【參五乙2】上海**

F990-　。。(人以厭勝法欲破某墓所樹華表)，柱忽龍鳴，震響山谷【伍一乙8】《南齊書》《南史》

(6) 靈　異

這一類「異徵」不在湯普森分類之列的例子是：

。。靈異：死者自尋葬地，使隨棺燈籠飛落其地示家人【壹三乙4】金門

。。風水靈物（鯉魚）符應於人：葬者墳中有三鯉，後代三子夭其二，三鯉亦夭二存一【參五丙10】上海

在湯普森分類之列的例子如下：

E（鬼、再生）　。。風水的作用：死人埋在活地，死後仍能行爲如活人【壹三甲9】潮州

Q550（不可思議的懲罰）　。。風水靈異：風水有靈，壞其形者得病痛，止之即瘳【伍四丁3】《客坐贅語》

乙、風水的特性

在風水故事中，風水除了在各種事物和現象上表現它的特徵外，也會在事與事，或事與物的關聯上，展現出風水本身的特性。表現其特性的情況不一，大約可分爲五類：

(1) 客土難填地脈之缺

情節是「。。客土無氣，與地脈不連，不能補宅之缺。」故事內容如下：

〈客土無氣〉浮圖泓師與張說市宅，戒無穿東北隅。他日，怪宅氣索然，視東北隅已穿二坎，驚曰：「公富貴一世而已，諸子將不終。」說欲平之，泓師曰：「客土無氣，與地脈不連，譬身瘡痏補他肉，無益也。」(後諸子果不得終)（明．焦竑輯《焦氏類林》卷六上【壹二甲9】）

(2) 人地無福不相稱

共有七個故事出處有這一類的情節，例如：

〈福地福人居〉一個有錢的員外，看中一個「雙龍搶珠」的吉利風

水，將祖先屍骨下葬後，家人卻連遭厄運，風水師說員外福氣不夠，「雙龍搶珠」吉地變為「二犬拖屍」的凶地，員外只好將祖先遷葬他處。(《澎湖縣民間故事》【參二 11】)

依照這則故事的內容，這個情節單元應該敘述為：

。。無福者葬風水吉地，風水自行丕變為凶地

(3)風水有靈能移轉

也有七個故事出現了這一類的情節，其中一則是：

〈魟魚拍沙〉蔡厝七鶴戲水的風水穴挖開後，七隻白鶴四處散去，蔡家自己掐住一隻，出了蔡復[illegible]，其他六隻中，一隻飛去圍頭，出了皇后，一隻飛去金門青嶼，出了權君七日的張太監。……(《金門民間傳說》【貳一丙 1】)

這個情節單元敘述為：

。。風水有靈能移轉：吉地風水被破壞，風水之靈轉移他處出貴人(皇后)

(4)風水特徵符應於人

共有十七則故事出現了十六種這一類的情節單元，其中一種情節是：

。。風水的作用：風水特性影響後代：祖先葬高崖，後代得風水之蔭者，非鬢髮上指，則目睛仰生(【參六丁 1】)

這個情節來自於下面這則故事：

〈張眞人塚〉張眞人之始祖善相地，負其親灰骨，行求十餘年，到龍虎山。睹其崖吉，而峻險不能梯，乃粉其骨為彈丸，以弓發之至若干丸而墮後，復再中至若干丸而止，故其封爵中絕，尋亦復，此其驗也。又其家口號云：傳睛不傳髮，傳髮不傳睛。今子孫襲封者，非鬢髮上指，則目睛仰生云。(明・《稗史彙編》卷十三【參六丁 1】)

這個故事認為：某個家族的人們在官場上的遭遇和長相特徵的由來，與該家族先祖葬某風水時的方法和葬時所說的話有密切的關係，一切的現象都反映了這個風水由來的性質與特徵。類似說法的情節還有以下數例：

。。風水負作用：風水形象符應於人：祖先墓樹偏側不正，後代子孫頭側偏【參四 4】《夷堅志・周十翁墓》

。。風水的作用：風水特徵符應於人：祖先葬龍虎山，後代子孫黑

且壯【參六丙6】上海〈看風水先生〉

。。風水的作用：風水特徵符應於人：「母雞穴」屋牆過高，象徵母雞高立，則雛雞不聚窩，因此後代子孫多離祖外遷【壹一甲29】金門

此類情節大多若此。

（5）其　他

有一個情節單元不適合以上諸類，故另置於此。內容是：

兩處塋墓坐向相同，其葬者子孫遇禍得福之遭遇亦完全相同【壹三2】《揮麈三錄》

丙、奇怪的風水地

這個類別是根據風水故事所敘述的“與一般風水地不同”或“不太像風水地”的奇怪的風水地而歸納的，對風水故事而言，算是一種靜物情節，內容如下：

。。很難使用的風水地：穴沉水底【參六丁 2】《堪輿雜著》、在高崖峻險處，人不能到【參六丁1】《稗史彙編》

。。令人爲難的葬地風水所在：在他人墳前之明堂【肆五1】《子不語》、在寺廟大殿中【伍二甲28】（長樂縣志）《卜人傳》、在人家門口下【參七乙1】遼寧、在豆腐店的房門口下【參六丙6】上海、在某肉店砧墩下【參七乙2】上海

。。風水吉地惡形狀：水洞竟是龍穴【參一乙10】潮州

。。風水吉地惡形狀：怪石嶙峋【參一乙10】潮州

。。風水吉地惡形狀：螞蟻洞【參一乙11】高雄鳳山

丁、各種禁忌

這一類中，眞正與風水有關的只有兩個情節：

C830-（其他）　。。風水禁忌：塚上培土墓穴塌【壹二丙12】《原李耳載》【壹二丙14】《歸田鎖記》

C830-　。。風水禁忌：風水地上石筍會長高，有人以馬桶刷量石筍高度，石筍不再生長風水破【參七丙3】浙江

多數禁忌都可置入湯氏分類的「C　禁忌」類。以風水意識來看這些禁忌情節，這些禁忌中有一種隱而不顯的特徵是：“女性”的禁忌。例如：

C150-（有關分娩的禁忌）　。忌女兒在母家生產，將奪母宅靈氣【壹五甲10】金門

。。風水禁忌：即將出現天子的風水地無人能破，只有正懷著眞命天子的孕婦例外，她破了能出眞命天子的風水地，她的孩子沒當成天子【參七丙4】（新場鄉）上海

C830-（尚未分類的禁忌）　。。破壞風水的方法：以婦女專用物（綁腳的木屐）碰觸或打擊地靈象徵（鳳穴墳石即鳳冠），使地靈受傷或離開【貳三甲5】金門

C830-　。。風水師的助手（媳婦）誤犯禁忌，（打斷了風水師的替身泥人），風水師巫術失敗身亡【參七丙7】上海

。。助手（母親）誤犯禁忌（提早喚醒），風水師夢中踏山身亡【參七丙6】浙江

。。助手（妹妹）誤報時（提早喚醒），眞命天子早發神箭刺皇帝招殺身禍【參七丙5】台灣

。。助手（媳婦）誤殺畸形兒，眞命天子落地夭【參七丙8】浙江、【參七丙10】上海、【參七丙9】耿村

這些情節中的女性，角色性質都是出於某種無知的破壞者。

2、風水的效果和作用

所謂「效果」和「作用」的分別是：「效果」是風水故事中被預期應該發生而未在故事中出現結果的情況；「作用」是指在故事中被認爲是因風水影響而發生的事物或情況。不論發生與否，這些內容都部份反映出故事的敘述中對風水效用的期待，以及對風水事物的聯想內容。

甲、正面效果和作用

（1）出皇帝皇后

這一類風水作用的結果主要是由於「葬地佳者福子孫」，子孫得“福”的類別之一，就是當皇帝，有一兩個情節是出了皇后。共三十三則故事有這一個情節。

（2）登科致仕或升官

有一百六十則故事出現這樣的內容，絕大部份也是由於「葬地佳者福子孫」，有一百四十個。其他情節的內容，可舉其中數條代表性的例子如下：

。。造宅上樑遇貴人口出吉言，宅主得吉如其言：出狀元【陸二丁 14】上海松江

。。改建學堂門向，學子皆登科甲【壹一丁 B4】《客坐贅語》，【壹一丁 B7】《清稗類鈔》《庸閒齋筆記》，改學堂植樹方位，學子科第遂盛【壹一丁 B2】《庚巳編》

。。立燈竿於先人墳塋之某字向方位，子弟中該方位字向年生者皆登科甲【壹一丁 B5】《簷曝雜記》《清稗類鈔》

。。改復官署舊井，官署有司皆升官【壹一丁 B3】《湧幢小品》

（3）添丁發財或長壽

這一類下有三十七個故事出處，「葬地佳者福子孫」仍佔其半，另一些出自於「改風水」，例如：

。。改風水出丁：庭前種樹，逾年出丁【陸二丙 3】《在野邇言》

。。改風水出丁：墓臺爲圓皆生女，改圓爲方則得子【陸二丙 3】《在野邇言》

。。姓名閻王者住小鬼鎮宅屋，越住越發財，因閻王管小鬼，故小鬼搬財只進不出【肆一丙 1】耿村

。。葬地風水須經打，越打其家越發【陸二甲 6】《堪輿雜著》

（4）神靈香火盛

這一類情節出自七則故事，內容都很統一，只有兩種情節：

。。寺廟風水佳，神靈香火盛【壹一乙 1】【壹一乙 2】《太陽和月亮》【伍三乙 3】【壹一乙 3】金門【伍四丙 2】澎湖

。。得風水成仙：牧童在風水地上坐化成仙，在該地顯靈，成了香火鼎盛的寺廟【陸二丁 9】台灣桃竹苗【壹一乙 3】金門

這類情節說明，風水好地，不僅人居之、葬之能受惠，連神明居處好風水地時，也能受惠於風水，使得神明更靈驗，並且香火盛。

（5）治 病

這一類情節的前提，是「風水的各種特徵」之一：「風水特徵符應於人」，在這個風水特性的基礎上，當風水本身有所障礙時，反映在人的身上也會有所障礙，例如生病；當風水障礙被去除時，人身的障礙也就自然去除，病就

不藥而癒了。這就是這類情節的主要內容，其例如下：

。。宅中曲桑蓋井，宅主失明；去除覆井桑條，眼睛復明【壹一丁C4】《朝野僉載》

此情節出處故事是：

〈王子貞之卜〉貞觀年中，定州鼓城縣人，魏金家富。母忽然失明，問卜者王子貞。子貞爲卜之曰：「明年有人從東來青衣者，三月一日來，療必愈。」至時，候見一人，……見桑曲枝，臨井上，遂斫下。其母兩眼煥然見物。此曲桑蓋井之所致也。（唐・張鷟《朝野僉載》卷一【壹一丁C4】）

這個情節的性質，與「風水特徵符應於人」的性質是一樣的，宅貌的特徵符應在人，在此情節中有了具體的對照。再例如：

。。改葬父骸，去除父骸脊骨之蟲，子脊痛宿疾頓愈【壹一丁C6】《睽車志》

也是在「風水特徵符應於人」的「風水特性」前提下，才能有這樣的「風水作用」，所以治風水也能夠治病。這裡顯示"風水"的內容不只是地，還包括所葬骨骸。有一個教特殊的例子是：

。。去除前身墓中之腋下蟻窩，其前身轉世者多年腋氣不藥而除【壹一丁C5】《春渚紀聞》

這個情節出處的故事是這樣的：

〈坡谷前身〉世傳山谷道人前身爲女子，所說不一。……山谷初與東坡先生同見清老者，清語坡前身爲五祖戒和尚，而謂山谷云：「學士前身一女子，我不能詳語，後日學士至涪陵，當自有告者。」……未幾，夢一女子語之云：「某生誦法華經，而志願復身爲男子，得大智慧，爲一時名人。今學士，某前身也。學士近年來所患腋氣者，緣某所葬棺朽，爲蟻穴居於兩腋之下，故有此苦。今此居後山有某墓，學士能啓之，除去蟻聚，則腋氣可除也。」既覺，果訪得之，已無主矣。因如其言，且爲再易棺，修掩既畢，而腋氣不藥而除。（宋・何薳《春渚紀聞》卷一【壹一丁C5】）

可見風水的作用，不只是在居宅與親人葬處中，即前世之身是否安葬得宜，也會影響今世之身。

（6）其　他

以上各類是依風水作用的結果分類，各類不能包括的暫置入此，但其實情節性質與以上大略相同，例如：

。。葬地佳者福子孫：先人葬地風水佳，後代出文章之士——蘇氏父子【參一4（1）】《湖海新聞夷堅續志》《稗史彙編》

。。葬地佳者福子孫：先人葬地風水佳，後代出能人：道教祖師張天師【參四丙4】浙江蕭山

。。墓葬「龍耳」地，能致天子來問：葬後不久，皇帝（天子）聞人葬龍地，特親親訪其墓問葬法【陸二甲4】《晉書》

有趣的是，風水的作用不只是有助於人以名利得“福”，也能用來開皇帝一個小小的玩笑。故事是這樣的：

〈致天子問〉璞嘗爲人葬，帝微服往觀之，因問主人：「何以葬龍角？此法當滅族！」主人曰：「郭璞云：『此葬龍耳，不出三年，當致天子也。』」帝曰：「出天子邪？」答曰：「能致天子問耳。」帝甚異之。（《晉書．郭璞傳》卷七十二【陸二甲4】）

乙、負面的效果和作用

如果說「風水的正面效果和作用」表示人們對風水所寄的期望，則「風水的負面效果和作用」，表現的應該就是相對於最高期望的最大恐懼吧。此就風水故事述及的各種負面作用和情節內容分類，並按各類數量由多而少依次舉例說明如下：

（1）生病或死亡

這類內容在風水的負作用中最多，有三十二個，其典型之例如下：

。。啓墓合葬父母時，見舊棺爲樹根縈繞，家人斷其樹根以葬新棺。葬後家衰，死亡俱盡【壹二戊3】（《紀聞》）《廣記》《稗史彙編》

。。非公侯之命而葬公侯之地，子孫遭禍（財散人亡）【貳二乙7】（《茅亭客話》）《中國歷代卜人傳》

（2）國衰或家敗

這類情節，也是根據「風水特徵符應於人」的特性發展出來的，其例如下：

。。京城（國都）有橋，其橋式如弓，架於河上，如弓之有靶；橋樑改建平式後，形如弓已去靶，威武不揚。橋改平式後，有外武入侵國都【壹二丁5】《清稗類鈔》

。。家族祖墓在深山環林中，築路盤山以便掃墓，不料卻破壞墓地風水，使路如長蛇注入如巢形之墓穴，形成衰相。不久後家產入官【壹二丁 6】《履園叢話》《清稗類鈔》

這裡顯示風水符應的範圍和對象，就國體和家族而言，也有整體性的影響力和作用力。

（3）失官或損財

這一類的內容有七個，數例如下：

。。風水異徵（發光石尖）被破壞，宅居其地者旋即失官【壹二戊 1】《湧幢小品》

。。葬地風水破壞，後代爲官者失官，從此不出貴人【伍四甲 5】金門

。。商人祖墳風水被破壞，所做生意皆敗，損丁破財【陸四 3】台灣

（4）禍及棺墓

只有兩個，但足以顯示出：風水影響的棺墓安危，與子孫在風水中得福或遇禍的作用是同等的。其內容是：

。。葬地不佳，棺木遭凶：葬處不得眞穴，致後來被人發墳之厄【肆一甲 13】《妙香室叢話》

。。葬壓龍角（風水穴位不正），其棺必斷。葬後其孫不道，被下令斲祖墳焚屍【壹二丙 5】（《朝野僉載》）《廣記》《錦繡萬花谷》《稗史彙編》

（5）其他負面作用

與以上數類主題稍異而性質同者，如「葬法不佳禍子孫：葬地不得法而葬，後代出草寇強梁，皆不善終」等類如上述之例，此不復舉。茲舉其情節主題與內容性質均與上述不相類者如下：

。。葬時觸犯風水禁忌而留下遺患：葬時傷猴，因此後代「見猴必敗」

這個情節出自於這樣的故事：

〈獅形地〉獅子嶺有一個獅形地，是翁城吳太僕家的祖墳。當時吳家尋得獅形地，要下葬時，風水師吩咐遇有什麼東西，都不要傷害

它，否則必爲所敗。後來有頭猴子在墳頭長鳴，主人以爲不吉，用槍擊牠，牠哀鳴而去。風水先生聽說，便嘆道：「見猴必敗。」……幾年後，侯縣官學會堪輿術，改名換姓來吳太僕家看風水……便叫人取狗，刺血滴路，石頭就不會再動了。然後又再四個獅爪上釘上銅丁，獅形地就再也不會動作了。侯知縣完成法術揚長而去，吳家則漸漸衰敗了。（清水 編《太陽和月亮》【伍二甲6】）

另一種不算是凶但亦不佳的作用是：

。。風水的效果：火燒麒麟穴怪石嶙峋，煞及四房，四房須他鄉創業，始可平安

故事是這樣的：

〈火燒麒麟穴〉廣東中山縣何遠基，世稱鯉魚翁。……信風水之說……，覓得「火燒麒麟穴」。何野雲主葬，但定穴、立分金，葬時不臨視，耑視東主之福分何如。囑：見人騎人方可下葬。至午時末，土工見鄉人李老三扛紙人於肩上（李父逝，欲做滿七，至城中購紙人、紙馬等祭品回）。乃葬。至未時初有迎親之儀隊經過。新娘之弟伴嫁，以年幼，人扛於肩上行走。何云：火燒麒麟穴怪石嶙峋，煞及四房。擇未時下葬，欲以喜沖煞也。今誤於午時下葬，子孫不貴。欲救四房，惟於其房位下埋十二水缸，以水制火。且四房須他鄉創業，始可平安。（《中國堪輿名人小傳記》【陸二丁12】）

丙、美中不足的風水效用

這一類情節，依其內容性質可分三類，茲述其類並各舉例說明之：

（1）吉凶並濟的風水

。。先禍後福的風水地：先人葬後，家中先損人丁家產，然後再有從武功中得功名者【壹一丙5】《人子須知》

。。福禍並致的風水地：先人葬地風水佳，可使後人富貴，然不能得壽【壹一丙3】《夷堅志》

（2）損用互見，彼長此消的風水效力

。。穴妨術師：葬得風水者得吉，爲其卜風水者遭凶：卜者爲人卜葬吉地，使葬者子孫登第，卜者則得疾（病風攣）【陸三 2】《夷堅志》，葬後三月術師死【陸三1】《夷堅乙志》，方葬而卜者爲雷擊斃

【陸三 3】《人子須知》，葬者落葬完成燃鞭炮時，卜者一聽炮聲就倒地而死【陸二丁 8】《太陽和月亮》

。。風水剋應：「牛形地」風水攝食農作物，使「牛頭」面對的鄰地農作物歉收【伍三甲 5】《太陽和月亮》

。。風水剋應：兩家墳地相鄰，一家葬後發達另一家絕後【肆五 3】《北東園筆錄三編》

（3）兩美不可雙全的風水

。。先人葬得風水地，能使後代致富貴，但其中得貴者不富，得富者不貴【壹一甲 13】《人子須知》

。。一穴兩局：一處風水有兩種效用，但只能取用一種：上穴能使葬者後代即登富貴，但壽命不長；下穴則葬後三十年可出執政【壹一丙 3】《夷堅志》

。。一穴兩局：葬死人，後代能致富貴；葬活人，後代可封侯拜相【參五甲 1】上海

丁、受損而有缺憾的風水

。。平民祖先葬得天子地，後代子孫登帝位（孫權），但其祖葬時未得正穴，故稱帝者偏安【貳二乙 6】《堪輿雜著》

。。先人葬地風水能使子孫出藩牧郡守，但葬時掘地過深致風水靈物（白鶴）逸出，後代不出藩牧郡守，只出縣令【伍四丁 1】（稽神錄）《廣記》

3、取得風水的方法

「風水特徵」和「風水作用」類的情節單元，大多數是在風水信仰的基礎上成立其為情節的條件，例如前述「葬地佳者福子孫」等指稱風水作用的情節，難得見於無風水信仰背景的湯氏分類系統中，故大部份只見於附錄三〈風水情節單元目錄〉中獨立分類。

而這裡的情節，內容主要是“取得”風水的過程和動作，情節內容大多是具體的特殊行動或事件，即使不具風水信仰的背景，其“取得”行動本身也足以成立情節條件，所以大多已經在湯氏系統中得到分類位置。為保持以風水為主體的情節單元目錄的完整性，在沒有分類矛盾的前提下，仍將已出現於湯氏分類系統的情節納入。由本目錄所見各類中出現湯氏系統編號愈

多，也可見風水故事情節中最不受信仰背景影響而具普遍性質的情節種類之特徵，例如這一類以行爲方式爲主的「取得風水的方法」。

這一類情節根據風水取得來源分爲六項，包括一項「錯失（不得）風水的原因」。以下略舉數例說明其內容：

甲、風水術的使用與獲得

這一項有九個情節，全都屬於湯氏「D」類之「法寶」與「法力」類，例如：

D1170- 。。神奇的寶物：奇鏡（「錠珙」）遇風水吉地，鏡面自動凸起，置風水眞穴則凸起如針，離其地則復平若鏡【陸一3】（《集微》）《稗史彙編》

D1720- 。。風水術得自夢中人授印，夢後忽解青烏家言（風水術），爲人作佳城圖（墓地圖），即使地在數千里外，按圖求之輒得其地【陸一2】《粵劍編》

乙、殊地奇葬

這一類情節則不見於湯氏分類中，因爲這裡的“殊地”和“奇葬”，都是就風水信仰所認定的“殊”、“奇”而言的。內容是一些在風水形勢上極其特殊而難以發其風水之用的風水地，用對應其特殊形勢的特殊方法落葬後，可成功葬得其地並得其風水之利。此類情節在風水故事中特不少見，共有十一個故事來源，茲舉其內容數例如下：

。。風水地犯三煞，人皆云不可葬，卜者擇三煞出遊日葬之以避其凶【陸二丙3】《在野邇言》

。。葬「剪刀穴」將導致後代斷絕，以豎葬法葬「剪刀穴」楯眼，可使後代單丁（單釘）傳代免絕後【壹三乙6】金門

。。風水地明「毛筆穴」，但周遭草木不生，“毛筆”無毛則無效。有人以棉衣爲殮而葬其地，恰可補其筆毛而成局。葬後子孫中狀元【貳二甲12】澎湖

丙、吉地取於物擇

這一類情節性質單純，可以視爲同一種情節單元，內容是：

。。吉地取於物擇：牛眠之地地氣旺，取爲葬地，後代登官【壹一甲3】（《志怪集》）《御覽》，【壹一甲3】《晉書》《錦繡萬花谷》，白

貍眠處【陸二丁 4】《湧幢小品》《人子須知》【陸二丁 3】《稗史彙編》，取龜葬之處葬親【叁三 1】（《補筆談》）《宋稗類鈔》

丁、計取風水

這一項目中的情節都已分在湯氏系統的「K」類「機智、欺騙」中。例見前述湯氏分類內容。要說明的是，這裡的“計取”，不唯“取得”風水之意，還有“取消”風水作用的內容，例如：

K1110-　。。風水師向雇主詭言修改風水可改善風水和官運，藉機破其風水以懲僱主背信（未付酬或怠慢）【陸四 2】台灣

K1110-　。。假扮風水師的政敵，誘騙愚惫兒子的對于母親破壞自家風水，使做官的兒子被迫罷官回家　【伍四甲 5】金門

戊、偷風水

。。取得風水的方法：偷換骨灰佔風水【叁四丙 5】（昆山）《董仙賣雷》，【叁四丙 3】耿村

。。取得風水的方法：偷葬他人墓地以分享風水【肆一甲 17】《北東園筆錄四編》《履園叢話》

。。取得風水的方法：取走風水靈物以偷去風水【陸五 4】耿村

己、其他取得風水的方法

在湯式分類中分見於「H240　眞相的檢驗」、「S10　殘忍的父母」、「T670　收養」、「U170　盲目的舉止」、「L210　謙讓反而選到最好的」、「N610　意外發現罪行」及「Q110　獎賞的性質：物質獎賞」等類，例見前文所述。

不在湯氏分類而爲風水信仰所見者，有以下數例：

。。取得（選擇）風水的方法：繩索自斷就地埋：舁棺出葬，繩索忽斷，就地埋葬得好風水【貳二甲 8】《明史紀事本末》，【貳二甲 7】《粵西叢載》，【叁四乙 2】《中國堪輿名人小傳記》，【叁五丙 1】（通州）《董仙賣雷》（可與 J1650-　。(910E*）互見：風水師父親的遺言：繩子兩截才落葬，日子便好過【柒四 1】耿村）

。。取得（選擇）風水（定穴）的方法：以弓矢發箭，視箭所到處，即葬其地【壹二甲 5】《粵西叢談》

。。風水巫術：建物以應風水形象：作塔於駞形之山峰，以應「駞負重則行」，使風水生效【壹三甲 2】《茶香室叢鈔》

庚、錯失（不得）**風水的原因**

在湯式分類中分見於「K1600　行騙者落入自己的圈套」、「P110　社會階層：大臣」、「Q200　受懲罰的行爲」。

不在湯氏分類而爲風水信仰所見者，有以下數例：

。。無福人不得風水地：欲葬親人遺骨者不識風水，地在螞蟻洞，因不忍親骨遭蟻啃蝕而失得地機會【貳二乙11】高雄鳳山

。。無福人不得風水蔭：河發洪水沖某人祖墳以改善其家風水，某人卻指河而罵，河遂改道，風水無復修善【貳二乙9】耿村

4、破壞風水的原因

甲、報復或陷害（K2200　惡棍和背叛者）

。。風水師報復貪吝主：主家怠慢爲其堪葬而失明之卜者，卜者遂破其風水使眼睛復明【陸三4】《咫聞錄》（豬血洗眼）【陸三6】上海【陸三8】上海嘉定（地血擦眼）【陸三9】上海崇明【陸三10】上海崇明【陸三7】耿村【壹三甲8】澎湖

乙、破敵風水以敗敵

。。某家族受祖先風水之蔭，力氣強大而欺人。受其強勢欺壓者壞其風水，使其失勢不得欺人【壹三乙2】上海，【壹三乙3】金門

。。盜寇爲亂，官兵破壞寇帥之祖墳風水。不久寇帥受傷潰敗（黃巢）【伍一甲1】《揮塵後錄》，黃巢、徐壽輝、張士誠、李自成）【伍一甲4】《堅瓠廣集》，（黃巢、李自成）【伍一甲3】《堅瓠九集》【伍一甲6】《簷曝雜記》，（李自成）【伍一甲5】《柳崖外編》

丙、防止出帝

。。有感於徵候而行事：皇帝（始皇）聞某地有天子氣，乃親游其地以厭之【伍一乙1】《史記》《漢書》《宋書》，令人掘汚其地，表以惡名【伍一乙3】《後漢書》，（十鑿山以絕其勢）【伍一乙4】《宋書》；皇帝（宋明帝）聞某墓有龍形五色雲氣，於是遣人以大鐵釘長五六尺釘其墓四維，以爲厭勝【伍一乙8】《南齊書》

。。破風水的原因：民間風水有眞龍，皇帝命大臣破風水【參五丙1】（通州）《董仙賣雷》，皇帝（朱元璋）命大臣（劉伯溫）破風水【參五丙2】（五庫村）上海，國師（劉伯溫）保主（朱元璋）世代

爲帝，到處破龍地以防出天子奪江山【伍二丙 1】【伍二丁 4】上海，

丁、其他破風水的原因

。。先人葬地風水佳，使家族子孫均在朝爲官。家族婦女獨守在家生怨，破風水使丈夫失官回家【伍四甲 6】金門

H240-　。破人風水以查驗風水作用虛實【壹一甲 23】《北東園筆錄》

5、破壞風水的方法

甲、諧音比義應風水

Z100-　。。出帝風水應出二帝，破風水者建「關帝」和「玄天上帝」廟應之使風水失效【伍二戊 1】金門

乙、擬象破風水

Z100-　。。在「鰱魚上灘穴」風水地上搭橋象魚網以破風水，該葬地後人隨即家衰人敗【陸三 4】《咫聞錄》

丙、改名破（厭）風水

Z100-　。。醉李城改爲由拳縣，掘污其地【伍一乙 3】《後漢書》、改金陵曰秣陵；掘污其地，表以惡名（囚卷縣）【伍一乙 4】《宋書》、【伍一乙 5】《晉書》田其間，表惡名（銅釘坵、狗骨洋、掘斷嶺）【伍一乙 12】《桯史》、改吉祥地名爲樸拙土名【柒四 2】河北保定、龍穴地改名鯉魚上岸【參五丙 2】（五庫村）上海

丁、直取要害破風水

Z110-（把事物擬人化的情節單元）　。。挖掉龍角山和虎頭嶺的龍心虎膽，破壞龍盤虎踞的風水【伍二丙 3】浙江

Z110-　。。在「烏鴉穴」風水地要害（心）相對應的位置建廟，以禳制其風水，不使「烏鴉」踐踏附近稻麥【伍三甲 4】《太陽和月亮》

戊、斷絕地脈破風水

。。地有王氣，皇帝命累石爲封，斬地所在之鳳皇山以毀其形【伍一乙 7】《北史》

。。挖井之地自動復原，不能成井，將鐵器置所挖井中，遂不再復原【參五丙 2】（五庫村）上海【伍二丙 1】上海、寄住土中之風水

靈物（黃鱔）流血死，土地遂不再復原【伍二丙 2】上海

己、建物鎮風水

。。解除風水效力：在受「牛形地」風水之害而減產的地方建廟，以禳制其風水【伍三甲 5】《太陽和月亮》

。。解除風水效力：建廟正向「虎形地」，以免該地居民飼豬被虎形地攝去遭受損失【伍三甲 3】廣東曲江

庚、破壞地靈象徵物

。。拆除建於「魴魚穴」上壓迫魴魚鼻孔的宗祠屋瓦，使魴魚不再因喘息而吹飛沙石【伍一丙 1】金門

。。破風水的方法：挖出風爐穴風水地中的黑色泥土，使其穴破而葬者家敗【陸四 3】台灣

辛、厭勝鎮風水

S330-（謀殺或遺棄小孩的情況）　。。殺童男女爲「童丁」瘞於風水地下爲厭勝【伍一乙 12】《程史》

。。破風水的方法：埋物厭宅以敗主人：造宅主人苛匠人，匠人暗埋咒語（三十年必折）及不祥物（破筆）於其門首，其後該宅之人屢遭不祥致家敗而拆賣其宅，前後正好三十年【伍二甲 2】《此中人語》

。。破風水的方法：厭勝以解除風水效應：地不利長子，埋物（蠟鵝）於先人墓側之長子位以厭伏其凶【伍二甲 1】《南史》《御覽》《古今圖書集成》

以上列舉風水故事中，以風水信仰或風水意識所見之因果事件與特殊事物，爲風水情節單元之類別與內容。因數量及種類繁多，各類又有與湯氏分類重疊之部，特製表如下，以一覽各類簡目，並於各類名稱下（）內標示該類曾見於湯氏分類的數量於後，以見其重疊與獨立之關係。

（一） 風水的各種特徵	（二） 風水的效果和作用	（三） 取得風水的方法	（四） 破壞風水的原因	（五） 破壞風水的方法
甲、風水異徵	甲、正面效果和作用	甲、風水術的使用與獲得：九（D9/9）	甲、報復或陷害——風水師報復貪吝主（K2200 背叛者）：一八	甲、諧音比義應風水：二（Z2/2）

甲 1、天異：一五（F3/15）	甲 1、出帝后：三三	乙、殊地奇葬：十一	乙、破敵風水以敗敵：十	乙、擬象破風水：一二（Z12/12）
甲 2、地異：六八（F47/68）	甲 2、登科致仕升官：一六〇	丙、吉地取於物擇：五	丙、防止出帝：一九	丙、改名破（厭）風水：四（Z4/4）
甲 3、物異：五七（B13/57）（D3/57）（F16/57）	甲 3、添丁發財長壽：三七	丁、計取風水：二四（K22/24）	丁、其他破風水的原因：四	丁、直取要害破風水：四（Z3/4）
甲 4、象異：七	甲 4、神靈香火盛：七	戊、偷風水：十		戊、斷絕地脈破風水：一二
甲 5、事異：一二（F4/12）	甲 5、治病：九			己、建物鎮風水：七
甲 6、靈異：一一（E6/11）（Q1/11）	甲 6．其他．十			庚、破壞地靈象徵物：七
乙、風水的特性	乙、負面效果和作用			辛、厭勝鎮風水：一七（S1/17）
乙 1、客土難填地脈之缺：一	乙 1、國衰或家敗：九			
乙 2、人地無福不相稱：七	乙 2、生病或死亡：三二			
乙 3、風水有靈能移轉：六	乙 3、失官或損財：七			
乙 4、風水特徵符應人：二一	乙 4、禍及棺墓：二	己、其他取得風水的方法：四六 S6/46 T1/46 U3/46 L1/46 N17/46 Q9/46		
乙 5、其他：一	乙 5、其他：一一			
丙、風水奇地：十	丙、美中不足的風水效用			
丁、與風水有關的各種禁忌：十四（C9/14）	丙 1、吉凶並濟的風水：一二			
	丙 2、損用互見，此消彼長的風水效力：三八			
	丙 3、兩美不可雙全的風水：一五	庚、錯失（不得）風水的原因：一七 K1/17 L2/17 P4/17 Q5/17		
	丁、受損而有缺憾的風水：一三			

從此表可見，（三）「取得風水的方法」和（五）「破壞風水的方法」因為都涉及到具體的“方法”過程與內容，所以大部份都有具體的情節要素足以納入湯普遜的情節單元分類系統，因此這部份與湯普遜系統產生重複分類的情形也最多。（二）「風水的效果和作用」及（四）「破壞風水的原因」與湯普遜系統則幾乎沒有重疊，（一）「風水的各種特徵」則有一半左右的重疊，一半是獨立存在於特殊分類的狀況。

不與湯普遜系統重疊的原因，如前已述，涉及到風水信仰的故事背景和流傳環境，這同時也是風水故事情節單元分類必須另構系統獨立運作，才能全面容納所有風水故事情節的原因。重疊的部份，代表風水故事情節中可以離開風水背景仍成其為故事，並不失為完整的情節單元的開放性質之可能。不重疊的部份，也可能就是風水故事最中心也最具獨特性的情節了。

第四章　中國風水故事的敘事形態

第一節　中國風水故事的傳說型敘事

一、「傳說」（Legend）的性質與定義

「神話」、「傳說」和「故事」（狹義的民間故事）〔註1〕是學者使用於民間文學以分別民間敘事體裁的共同術語，個別術語的定義中，當然也有以區分並互見其性質特徵的意義。美國學者威廉·巴斯科姆曾爲文介紹了包含美、俄及歐洲各國的人類學者、民俗學者、民間文學者等，對世界各地民間敘事文學的觀察所提出的分類看法，得到的結論是：

> 雖然這些名稱（神話、傳說、故事）的用法不一，但大致上同意神話是記述神和宇宙的；傳說描寫歷史人物；兩者都被信奉。民間故事是虛構的，這一點使它區別於神話與傳說。〔註2〕

〔註1〕指的是神話、傳說之外的民間故事。由於「民間故事」常用來泛指有情節的民間敘事，而爲「神話、傳說、故事」的總稱，但在需要區隔神話、傳說和這兩者之外的「故事」的時候，又作爲所謂狹義範圍的「故事」之專稱。爲了更精確的指稱這些內容，在以下引述的同一篇文章中（見註2），作者提出以「散文敘事」一詞爲專用術語統稱「神話、傳說、故事」。然而，某些廣義上的民間故事，在某些時候和某些地方並不一定以「散文」形式敘事，也有兼用非散文的「史詩」形式表達同樣故事內容的，因此本文在以下的敘述中，援用時下學者逐漸普遍採用的「民間敘事」爲集合三種體裁的總稱，而以「故事」爲神話、傳說之外的敘事作品的專稱。

〔註2〕〈民間文學的體裁：散文敘事〉，楊蓉譯，載《民間文學論壇》第49期（1991年第二期，北京：1991年3月15日），頁75～85。譯者未對作者原名及背景附註簡介，此亦暫時從缺。頁85

該文主要是從講述者的信仰和敘事態度上說明並區分神話、傳說和故事的特徵，而所謂“兩者都被信奉”的意思，是指神話、傳說在講述過程中，總是被當做眞實事件，並且被人信以爲眞的，狹義性的故事則不被認以爲眞。這樣的分辨方式，與湯普森（Stith Thompson）〔註 3〕集合各種語言概念所得的對於「傳說」（Legend）的解釋，可以相互呼應並補充：

> （德語的 Sagen）在英語和法語中試圖表達同一概念的是“地方傳說”、“地方傳奇”、“遷徙傳奇”及“民間傳說”。這種故事形式意味著一種非常事件的敘述，而這一非常事件被相信是實際上發生過的。〔註 4〕

曾編著《中國民間故事類型索引》的丁乃通先生對於「傳說」與「故事」的相對特質，也曾提出分辨性的看法：

> 民間故事的人物應該是不固定的，地點也是模糊的；可是，在傳說裏地名和人名都是固定的。〔註 5〕

也就是說，相對於「故事」之「人物地名通常都不具體而模糊」的情況，「傳說」的特徵就是有固定或具體的人名、地名。此外，丁對「傳說」的敘事方式也有與前述學者類似的看法：

> 大多數中國口述故事不僅能從它們的情趣與語氣，而且也可以從它們在社會和文化的功用上，與傳説區分開來。……集中於一兩個眞的或假的歷史人物，或有些人認以爲眞的事件的故事，顯然是傳說。〔註 6〕

可知丁氏對「傳說」的認知與界定，也在敘事的內容之外，延伸到對敘事方式（「它們的情趣與語氣」）及講述情境（「信以爲眞的」態度）的考察中得到結論。

綜合中外學者對民間故事敘事特徵的描述及其結論的共識，〔註 7〕可以整

〔註 3〕 即編著《民間文學情節單元分類索引》及民間故事ＡＴ分類體系的創建者之一的美國學者 Stith Thompson。

〔註 4〕 見斯蒂・湯普森（Stith Thompson）著，鄭海等譯《世界民間故事分類學》（書名原文爲 The Folktale），上海文藝出版社，1991 年 2 月 1 版，頁 9

〔註 5〕 丁乃通〈中國民間故事的分類〉，載中華民國 77 年（1988 年）11 月 17 日《中央日報・長河》第十七版。( ) 文字爲筆者加註。

〔註 6〕 丁乃通著，鄭建成等譯《中國民間故事類型索引・導言》（北京：中國民間文藝出版社，1986 年 7 月一版），頁 7～8。

〔註 7〕 祁連休、肖莉主編，中國社會科學院文學研究所《中國傳説故事大辭典》編

理出「傳說」在敘事活動中體現的內外特徵爲：

（一）在傳說的內容（敘事表層）方面，「傳說」內容的人名地名是特定的或固定的，常與客觀世界實有或曾經出現的人、事、地、物相關聯。

（二）在傳說的性質（敘事內層）方面，「傳說」的內容常常是被傳說者信以爲眞的，在講述的過程、態度和語氣上，都透露出傳說者對該敘事內容的眞實性有確信不疑的信仰。

以此定義，下文得以分析並說明風水故事的敘事性質與傳說特色。

二、中國風水故事的傳說特質

根據上述「傳說」的性質，本文所收風水故事的資料中，大約九成五以上的風水故事都具有敘事表層或敘事內層或表裏兼具的「傳說」特徵：例如故事中大都有具體的特定人物和實地背景；以及故事的記錄或講述者，總是以信以爲眞的口吻和紀實的態度傳述故事內容等，因而具備了傳說的內容條件和性質特色。

（一）以具體人事物為情節輔證

事實上，故事傳說化的現象，在中國並不是風水故事獨有的情況，而是中國民間故事敘事形態的普遍現象，如丁乃通《中國民間故事類型索引・導言》云：〔註 8〕

> 中國傳說的數量遠遠超過故事的數量，許多中國民間故事源於傳說，特別是源於地方傳說。古代文學作品中的故事，特別是那些說

委會編的《中國傳說故事大辭典》（北京：中國文聯出版公司，1992 年 2 月一版），頁 3「民間傳說」條：「民間文學的一種重要體裁，指與一定的歷史事件、歷史人物、地方風物等有關聯的散文體口頭敘事文學。它們反映出人民群眾的思想感情和對歷史的認識，具有歷史性、民族性、地方性、解釋性、傳奇性等基本特徵。」與上述丁氏與威廉二者言論相較，該條文解釋內容雖極理論化而殊欠具體說明，但在「傳說與一定的歷史人、事、物有關」的內容特徵上，也體現出與前者一致的共識。

〔註 8〕作者丁乃通（Nai-Tung Ting, 1915～1989）爲美籍華人，哈佛英文博士，曾先後任教於上海、香港等地，1957 年以後赴美，長期任教於西伊利諾大學英文系。該書是全面大量收集各種中國民間故事資料，包含古代文獻與近世傳說故事記錄等材料，逐一閱讀整理後以ＡＴ分類的方式編著完成的故事類型索引，爲目前故事收集量最大，參考資料最多的分類著作。書前導言是作者完書後對中國民間故事的整體情況及其分類的說明，其說雖不必視之爲權威，但也有其來自大量材料的依據，故援引爲參考。

> 書人愛講的故事，常常附會到具體的人名和地名，以此來引起人們的興趣。有時眞正口頭流傳的故事，也會地方化了（雖然很少帶有地方色彩），並且用了人名（即使所用的名字是像吳忠張三一類廣泛普通的名字）。〔註9〕

「附會」的確是引人好奇並提高故事趣味的傳說手法，許多故事因爲附會了眾所周知的具體人物或地名而有了徵實的趣味和效果，形成故事傳說化的現象。例如中國著名的「包公案」系列傳說就是典型的實例，〔註 10〕大量的判官審案的故事附會在以清廉精明的形象著名的包公身上，包公的形象也因大量同質或類似故事的附會而更加深入人心，中國大陸民間文學界稱這類常被故事附會爲傳說主角的人物爲「箭垛式人物」，《中國民間文學大辭典》〔註11〕及《中國傳說故事大辭典》〔註 12〕均收錄該詞條並給予定義性的說明，指爲一個學術名詞與專用術語。一種情況必須被術語化的概括以便於通行性的描述，也可見故事附會於特定人物而戴上傳說面具的情形，在中國民間故事的流傳形式上的確是一種普遍的現象。

然而風水故事中具體人名的出現，一方面並無大量集中於某箭跺式人物的現象，〔註 13〕一方面也有實體人物（而非張三李四的虛擬人物）在故事中

〔註 9〕見丁乃通（Nai-Tung Ting）《中國民間故事類型索引・導言》頁 7（同註 6）。原書（A Type Index of Chinese Folktales　FFC NO.223，Helsinki 1978）爲英文著作，1978 年在芬蘭赫爾辛基出版，中譯本除鄭建成等所譯之外（見註 6），有孟慧英等抽譯本（瀋陽：春風文藝出版社，1983 年 11 月），孟譯本此段引文見該書〈前言〉頁 15。由於二書翻譯語句繁簡不同，某些文意甚至互有出入，以上引文爲回溯原文（p.10）後參酌二書譯句合成。

〔註 10〕金師榮華先生對此類傳說與故事的組合關係與分析方式說明如下：「在有些傳說中，尤其是在人物傳說中，也會見到已成類型的故事，例如出現在包公傳說中的某些審案故事，常有已成類型的情形，那麼它便是也會見於別人傳說的情節，或見於一般無特定判官的故事，而不是包公傳說所專有的。」見金榮華《中國民間故事與故事分類》（台北：中國口傳文學學會，民國 92 年 3 月），頁 68～69。

〔註 11〕姜彬主編《中國民間文學大辭典》「箭垛式人物」條：「傳說術語，根據傳說人物的特徵對它所作的稱呼。……」（上海文藝出版社，1992 年 6 月一刷），頁 28。

〔註 12〕祁連休、肖莉主編《中國傳說故事大辭典》「箭垛式人物」條：「民間文藝學術語。爲民間傳說、民間故事的一種人物類型。……」（北京：中國文聯出版公司，1992 年 2 月一刷），頁 18。

〔註 13〕只有某些著名的風水人物如郭璞，比其他人物多了一些故事，但也沒有大量集中。在本文搜集的材料中，一人出現於數種故事的情形，只有郭璞五則，

的意義，不是單純的附會。因爲多數風水故事中的主要情節，都是在風水信仰的基礎上，由信仰意識認定其間的因果關係，其因果的聯繫既非實相也不具體，具體人名地名的出現，常常有以其人其地的現實際遇或實體事物，輔證其情節眞實性的作用，使情節中的因果關係“不證自明”而成立。例如：

〈羊祜祖墓〉

有善相墓者，言祜祖墓所有帝王氣，若鑿之則無後。祜遂鑿之。相者見曰：「猶出折臂三公。」而祜竟墮馬折臂，位至公而無子。(《晉書·羊祜傳》卷三十四（本文附錄一【貳三乙 1】)）〔註 14〕

此事出於《晉書·羊祜傳》，〔註 15〕《太平御覽》、《太平廣記》所載則出於《幽明錄》、《世說》等與《晉書》同時代之小說，並有不同說法，如《太平廣記》記《幽明錄》曰：「『羊祜工騎乘，有一兒，五六歲，端明可善。掘墓之後，兒即亡，羊時爲襄陽都督，因乘馬落地，遂折臂。于時士林感歎其忠誠。』此出世說新語。」（卷三百八十九）可見事在當時流傳已廣。這件事的主要情節就是「鑿斷祖墳而無後」。「鑿之則無後」原本只是相墓者的推測，「祜墮馬折臂，位至公而無子」的事實應驗了這個推測，使「鑿墳」和「無後」兩件無現實交集的事產生因果的聯想和印證的效果，「鑿之則無後」的信仰性推測於是成爲「因鑿斷祖墳而無後」的情節，風水「故事」於焉成立。再例如：

〈七鶴戲水〉

民間傳說蔡家治祖塋，聘請名勘輿家，師謂穴得眞脈，彼將盲，約蔡家應終養之。後禮遇衰，輿師詐稱墳中有惡物，濺濺戲水聲約略可聞，命發掘之，忽有七隻白鶴沖天而飛，蓋穴爲七鶴戲水之脈也。時輿師心有所不忍，乃命急捕置壙中，匆促間，僅得其一，且眇一目跛一腳，乃產復一，故復一眇且瘸。……(《金門先賢錄·第一輯》【壹五甲 5】)

見於《晉書》【伍二甲 3】、【伍二甲 4】、明·《昨非庵日纂》【參一乙 2】、【參三 5】、近世·《民間月刊》【參六丙 4】；浮圖泓三則，見唐·《宣室志》(【壹二甲 9】)、明·《焦氏類林》【壹二丙 1】、明《稗史彙編》【參二 2】；劉伯溫四則，見明·《庚巳編》【壹一乙 1】、清·《堅瓠六集》【伍二戊 9】、上海·【貳二丙 1】、【貳二丁 4】等。

〔註 14〕「【貳三乙 1】」意指該敘事全文收錄於《中國風水故事類編》第一編〈中國風水全文類編〉第“貳”類第“三”項之“乙”第“1”則。以下例同，不再註。

〔註 15〕羊祜，晉南成人，字叔子。武帝時累官尚書左僕射，爲當時中央最高政務官。

事見《金門先賢錄》，書中並附蔡復一穿著明朝官服的畫像，畫像中人閉著一隻眼睛。〔註 16〕這個故事的主要情節是「風水靈物符應於人」，蔡復一的現實形象（結果）呼應了故事預設的因，也坐實了眇目跛腳的受傷之鶴（風水靈物）符應於人的風水「作用」的情節，因此成就了「故事」。這個故事也多次見於台灣、澎湖近年的口頭流傳記錄，故事的主角有時候是蔡進士，有時候是某狀元或某進士，主角的名稱及具體形象也許模糊了，但“狀元”、“進士”或“秀才”等特定身份及“跛腳”形象從未被任何不同說法遺漏，像這樣依附於特定事物的情節，即使不再是人物傳說的形式，也還是事物傳說的本質，所以這些故事或稱〈跛腳秀才〉或〈烏鴉穴〉(台灣)，或是〈白鶴穴〉……等，具體或特定的人、事、物，在故事中似乎始終有不可偏廢的意義。

再從個別的情節單元看，例如「葬地佳者福子孫」，是最常見於風水故事的情節單元大類之一，〔註 17〕這個情節的架構是：「子孫得福」者，如升官發財或得子等具體事實，就是「葬地風水佳」的證明。這也是以果推因的認證，其因果關係完全在於信仰的假設，而無過程與其他因素的參與，於是整個情節的關鍵就在於“驗證”（子孫有福）的事項愈具體，其信仰的假設（葬地佳）的可信度愈高，則該故事情節引人好奇的興趣愈大；相對的，愈具體而有可信度的“驗證”事項本身，也愈近於傳說的性質。試舉例如下：

> 盧陵人彭氏，葬其父，有術士爲卜地曰：「葬此，當世爲藩牧郡守。」彭從之。……今彭氏子孫，有爲縣令者（《太平廣記・盧陵彭氏》卷三百九十【貳三丁 1】）
>
> 陶侃微時，丁艱將葬，家中忽失牛而不知所在。遇一老父謂曰：「前崗見一牛眠山汚中，其地若葬，位極人臣矣。」又指一山云：「此亦其次，當世出二千石。」言訖不見。侃尋牛得之，因葬其處，以所指別山與訪。訪父死葬焉，果爲刺史（《晉書・周訪附周光傳》卷五十八【壹一甲 3】）
>
> 吳塘山濱臨太湖，兩峰夾峙，爲吾錫形勝之地，謂之吳塘門。鈐記

〔註 16〕《金門先賢錄》（金門縣文獻委員會，民國 59 年 5 月）第一輯頁六七。蔡復一，明萬曆廿三年進士，歷任刑部主事、按察使、副御史，殉職於勦苗道中，贈兵部尚書。《明史》卷二四九有傳。

〔註 17〕根據目前不甚精確的統計，「葬地佳者福子孫」大約在四百五十則風水故事中出現了一二八次。

有云「吳塘東，吳塘西，玉兔對金雞，代代出紫衣」。鄉先輩尤文簡公袤之封翁，實葬得其穴。……尤氏子孫，自元迄明入國朝，掇科第入官途者，蟬聯不絕。……（《庸盦筆記·鬼神默護吉壤》卷三【肆一21】）

莆田林氏，先世有老母好善，……因謂之曰：「府後有一地，葬之，子孫官爵至一升麻子之數。」其子依所點葬之。初世即生子九人登第。今傳福建無林不開榜是也（《昨非庵日纂·施食獲報》卷十八【肆一19】）

……風水先生找到金山的一塊龍地，說葬在那裏，雷家要出三斗三升芝麻官，會萬代做官。雷望天高興地葬了父親。幾十年過去，雷家沒出半個芝麻官，倒是雷天餘留下的萬貫家財，已讓游手好閑、吃喝嫖賭的雷望天揮霍盡了（〈選風水〉上海金山【陸二4】）

在這些“驗證”事項中，「藩牧郡守」或「出二千石」都是具體的描述，並可從現實面的制度及主角遭遇等獲得明確的“驗證”結果，因此主角必定是曾爲「藩牧郡守」或有「二千石」俸祿的特定人物，否則情節就不成立。所以特定的人名在這樣的故事中也是一種必要條件，就成了「傳說」。「代代出紫衣」有些籠統，但有「三朝以來仕宦不絕」的特定事實呼應，情節與傳說的條件同時得以滿足。「子孫官爵至一升麻子之數」的含意很抽象，因此與之對應的「無林不開榜」（意即榜單中必有葬者林氏之子孫）的驗證也是籠統的，但仍有可驗的特定基礎（必有林氏上榜），以此特定主體爲情節的故事，仍可視爲傳說。至於「出三斗三升芝麻官，會萬代做官」則看似具體其實誇張，因爲「三斗三升」和「萬代」都是具體的量詞，「芝麻官」也比「官爵」意義明確，「三斗三升芝麻官」因此比「代代出官爵」需要更多更具體的現實證據才能吻合其條件，然而這些條件的現實基礎是薄弱至近乎不可能的。而故事中也果然沒有出現與之對應的結果。這個情節兩見於兩個不同的故事中，另一個故事是這樣的：

〈時家墳〉……風水先生爲時家選中一塊龍穴地，時家子子孫孫可做三斗三升芝麻官，但風水先生將兩眼失明，時老爺答應一生一世養他。時老爺向貧苦人家買了童男童女各一個，墳穴放了三缸油三缸棗，封穴時一起做爲殉葬品。封穴後，風水先生雙眼果然瞎了。……風水先生覺得時家作孽重，將沒有好報。……將完工時，河道深處突然飛起一對鴛鴦；同時，在時府的風水先生也雙眼復明，……人們說那一對鴛鴦是墳內的童男童女變的，飛出來時，是破了風水。當時是明朝末年，清兵入關後，時家便丟官家破，時家墳成荒冢草沒了。(《中國民間文學集成上海卷嘉定縣故事分卷》【壹四 8】)

第一則故事〈選風水〉後來的重心轉移至「U170- 盲目行徑：坐靠風水毀前程：以爲得到好風水而游手好閒，潦倒以終」的情節，至於「出三斗三升芝麻官，會萬代做官」的「葬地佳者福子孫」“情節”，既缺乏任何具體現實的對應，而始終只是被故事中人相信的一種“信仰”，而非因果獨立的“情節”，但它對其下盲目行徑的情節而言有推進的作用，所以雖然不完整，仍有其因誇張產生的效果與意義，故兩見於不同的故事中並發揮了同樣的推進情節的功用。而因爲明顯誇大故無從核實的該“情節”內容，也可以套用在任何不必核實的非特定對象或故事中，所以就不是一個「傳說」型的情節。類以這種以風水信仰爲表，重心卻不在風水的情節和故事，在目前所見的風水故事材料中，的確是屬於極少數。多數以風水信仰爲基礎所構造的情節如「葬地佳者福子孫」、「風水靈物符應於人」等，都必須在前述〈羊祜祖墓〉、〈七鶴戲水〉及情節出處〈陶侃尋牛得地〉的人物背景的輔證下，才得以滿足其故事及情節條件。

假設以被國際間廣泛採用的湯普遜情節單元分類系統爲歸納並判斷情節單元可否在一般情況下（不需要倚靠風水信仰）成立的標準，在本文根據目前所見四百多則風水故事資料分析所得的一三七七條情節單元中，有八六四條見於「風水故事特有情節單元分類目錄」中，其中只有二〇四條可以納入湯普遜情節單元分類系統，〔註 18〕亦即約半數的風水故事情節單元可能難以在沒有風水信仰的背景下成立，卻是這些風水故事被一再傳述的主要「情節」及故事基礎。可見風水故事情節主要是徵實於信仰的認知，而未必有具體或實象的情節條件，但一些具體人物或實體事物的角色加入，往往能補充這些不具體情節的現實條件，風水故事因而能在其輔證所支持的信仰情況下，一再被敘述與流傳。所以「以信仰意識補充的情節」固然是風水故事的情節特色與傳說本質所在，具體人物或特定的實體事物的角色參與，也是突顯風水故事「傳說」特色的要素之一。

〔註 18〕見本書參章二節之三「風水故事特有情節單元類目及各類數量表」。

（二）信以為真的敘事情態

由信仰意識認定的因果情節構成的故事主體，在敘事者而言，當然也是接納了其信仰內容，才能接納並傳述其故事，因此敘事語氣和敘事態度上，也往往會表現出信以爲眞的，如述史般的敘事情態。如前述「以具體人事物爲情節輔證」所舉的故事諸例。如果以書寫和口傳的兩種傳述方式來比較，在本文所見的風水故事資料中，對風水故事的內容及其敘事表現最認眞而投入者，莫過於筆記小說的寫作者及記錄者。

如同本文第貳章對風水故事定義及取材來源的說明，除了近現代口傳文學的搜集記錄，中國古代民間文學的記錄主要存在以「筆記」爲主的小說、類書裡，因此絕大多數的古代資料均採自古代筆記小說，兼及史傳、方志和少數風水書籍所載的風水故事等。在這些古典文學資料中，「敘史」的寫實姿態固然是史傳和方志爲史見證的方式，來自「道聽途說」而「搦筆爲記」的筆記小說，也每有稗官的野史自覺與「惟採集而非創作」的筆記傳統，〔註19〕論其性質則可以說是以文字爲之的說書人或故事講述者。在崇尚文字並以文字爲知識象徵的傳統讀書人的觀念中，文字的敘述往往較諸言語的敘述有“執據”的作用和要求，因此當故事敘述中有具體人名地名的出現，不僅有引人興趣的作用，同時也是具實的證據。所以在中國古代敘事文學作品中出現「具體的人名地物」，有時候未必是刻意附會的結果，而是對文字作品質典問實的慣例使然，中國古代文獻記錄的故事因而處處充滿傳說色彩。

另一方面，即使不經作者說明，史傳與筆記小說作者「據聞直錄」及不同程度的質典問實的寫作方式，其實也間接透露出作者對其筆下記述之事存在著「信爲眞」或至少「可能爲眞」、「情理有之」的信仰意識，〔註20〕因而

〔註19〕如《搜神記．序》云材料來自「考先志於典籍」、「收遺逸於當時」及「採訪近世之事」等種種途徑，均採集之記錄而非關創作，「志怪」之「志」和「筆記」之爲「記」的傳統及其典型均有見於是，詳參本文第二章第二節註25。又，魯迅《中國小說史略》：「志怪之作，莊子謂有齊諧，列子稱夷堅，……《漢志》乃云出於稗官，然稗官者，職惟採集而非創作，“街談巷語”自生於民間，固非一誰某之所獨造也，探其本根，則亦猶他民族然，在於神話傳說。」（頁19）

〔註20〕小說之「淺薄悠謬」通常只是批評家以史爲經的比較說法，如魯訊綜合班固《漢書藝文志》對小說家諸書所注的看法云「（據班固注）則諸書大抵或託古人，或記古事，託人者似子而淺薄，記事者近史而悠謬也。」（魯迅，頁8）在小說作者的立場上，對自己所書之言所記之事，則恆有某種客觀信實的自信，如《搜神記．序》：「……亦足以發明神道之不誣也。」（同前註）又如紀

也接近或完全具備了「傳說」的本質特徵。雖然這種證據有時候很抽象而薄弱，如所謂「其事爲理所宜有，固不必以子虛烏有視之」一類的語氣。〔註21〕

但有時候也的確可以從敘事語氣得到驗證，尤其是故事情節與信仰有關的「明顯的傳說」。如以下這則故事：

〈蚌珠崖〉

我家蚌珠崖老墳，形勢得之天然，宛若老蚌吐珠，不獨歷來堪輿家都指爲牛眠善地，即行人道出其間，莫不極口稱讚。猶記弟辛巳乞假祭掃，有富室同堪輿家，在我家墓上相地繪圖，弟思並無族人盜賣，彼何不憚煩若是。訝而問之，富室曰：「貴室風水之佳，莫與倫比。余欲得一相同之地，遍尋不得。今特倩堪輿家繪圖作樣，赴各省尋覓，庶或有得也。」其愚誠不可及矣！余家四世皆爲士大夫，皆此墓之力也。所惜左向已有陸氏古墓，據堪輿家言：不利長房。而今先兄果與世長辭，弟之長子汝佶，亦已夭逝。不利長房之言，何應驗乃爾！……（《中國歷代卜人傳》河南省三・卷二十九附錄【壹三7】）

文爲清代學者紀昀爲家族祖墳風水一事寄予家人的家書，敘事中述及莫不極口稱讚其風水形勢的行人和遠道來摹墳的相地者以及作者本身，既是故事角色，也都是投入於風水的信仰者，個中的情節是「四世大夫，然不利長子」的風水預言與現實情況的呼應而得到的風水“驗證”，顯然其世代官顯和家族長子之夭，不曾被視爲單純的個人成就和偶然的意外，而始終被信爲風水導致的必然結果。又例如這個故事：

〈岳侯與王樞密葬地一同〉

紹興庚申歲，明清侍親居山陰，方總角，有學者張堯叟、唐老自九江來從先人，適聞岳侯父子伏誅，堯叟云：「僕去歲在羌廬，正覩岳侯葬母，儀衛甚盛，觀者塡塞山間如市。解後一僧爲僕言：『岳葬地雖佳，但與王樞密之先塋坐向既同龍虎，無異掩壙。之後子孫須有非命者，然經數十年，再當昌盛，子其識之。』今迺果然，未知它日如何耳！」王樞密乃襄敏本江州人，葬其母于鄉里，有十子。輔

昀《閱微草堂筆記》：「余謂幽期密約，必無人在旁，是誰見之？兩生斷無自言理，又何以聞之？然其事爲理所宜有，固不必以子虛烏有視之。」（卷五）

〔註21〕清・紀昀《閱微草堂筆記・卷五》，同前註。

道既罹橫逆，而有名宇者爲開封幕，過橋墮馬死；名端者，待漏禁門，簷瓴冰柱折墜穿頂而沒。後數十年，輔道之子炎弼、彥融以勳德之裔，朝廷錄用，以官把麾持節升，直內閣。炎弼二子萬全、萬樞，令皆正郎，而諸位登進士第者接踵。岳非辜之後，凡三十年滿，喜冤誣，諸子若孫，驟從縲紲進躐清華。昔日之言猶在耳也。（宋·王明清《揮麈錄·三錄》卷三【壹三2】）

作者記數十年前耳聞長輩對某人葬地的評斷，與數十年後眼見某人後來遭遇，果然與當年長輩所言若合符節，作者以「昔日之言猶在耳也」結束，既暗示「昔日之言」不虛，也透露作者不妄其言的立場和態度。即使作者本身並不涉入故事現場，多數筆記作者對故事中具體的人名地名的出現也鮮少認爲是傳聞的隨意附會，有時候還有「徵實」的考據，例如清·俞樾《茶香室叢鈔·卷十六》引宋·陸游《老學庵筆記》述蔡京父葬臨平山得駝形風水事：

《老學庵筆記》云：蔡太師父準，葬臨平山，山爲駞形，術家爲駞負重則行，故作塔於駞峰。其墓以錢塘江爲水，越之秦望山爲案，可謂雄矣。然富貴既極，一旦喪敗，至今不能振，俗師之不可信如此。余少時僑寓臨平，問之土人，莫知蔡京父葬之所在，且山亦無塔，姑記此俟更訪之。按東坡集〈次韻杭人裴惟甫詩〉有云「一別臨平山上塔，五年雲夢澤南州」，則臨平山上有塔，由來久矣，非始於蔡京也，或蔡又增修之耳。　《癸辛雜識》云：宣和中，蔡京嘗葬其父於臨平，及京敗，或謂此爲駱駝飲海勢，遂行下本路遣匠者鑿破之，有金雞自石中飛出，竟渡浙江。其地至今有開鑿之徑，知地理者謂猶出帶血天子，而後濟王實生其地。（清·俞樾《茶香室叢鈔》卷十六【壹五甲2】）

作者雖云「然富貴至極，一旦喪敗，至今不能振，俗師之不可信如此」，看似對風水或風水師頗不以爲然，然其下又自述云：「余少時僑寓臨平，問之土人，莫知蔡京父葬之所在，……姑記此俟更訪之。」此一「姑記此俟更訪之」，配其下文引東坡師考其風水塔的存在時代，並引宋人筆記《癸辛雜識》以對照歷史和傳說以「考據」該駝形風水遺址的努力，在在透露出作者對此駝形風水信以爲眞甚至是深爲著迷的程度，這是筆記最接近而符合傳說本質的一面了。

至於風水書所載風水故事，主要是爲風水宣傳，「信以爲眞」不僅是敘事者內在的態度，更是極力宣示的主張，具名具事的徵實條件既是宣傳工具，也滿足了「傳說」的形式條件，其爲傳說之屬幾乎從無例外。試任舉其中故事數則如下：

〈越打越發〉

董德彰下新安王氏一地，酉山卯向，葬後令鋤去右砂一臂，留記云「越打越發，不打不發」，欲放水到堂耳。其家遵之，每打即發。是年打至巳上，長生水到，因犯都天，宗人因官事發配，止而不打，其家不發。又打至辰，遇赦文水，其人赦回。（李思總《堪輿雜著・覆驗》【伍二甲 6】）

〈將軍大座形〉

廖金精爲劉氏卜將軍大座形，頭案庚脈扦卯向。頭山不正，劉氏愛其端正，遂扦辰向，庚乙不用。金精言並其深淺分控葬法胥失。金精嘆曰：我做出將軍，他做出賊頭。後果如其言。（明・徐善繼、徐善述《地理人子須知》卷三下【伍三 2】）

〈張坊〉

張坊，字組佩。新陽人，庠生。善堪輿，居嘉定。一日，謂錢竹汀之尊人曰：「汝家房門不利，是以年逾三十，尚未得子。當閉之而別啓户焉。」如其言。期年而竹汀居士生。錢辛楣年譜（《中國歷代卜人傳》卷四・江蘇省四【壹一丙 A3】）

筆記文獻的記錄如此，那麼口頭流傳的故事又如何呢？也許是口述的敘事和書寫的敘事之思考與表達的習慣不同，口述記錄的風水故事中，並不似文人筆記那樣充滿對故事眞實性的計較，也較少企圖說服讀者（聽者）聽其說信其事的徵信語氣，因此是否對所述故事信以爲眞，有時候不太容易從其敘事語氣上判斷，如：

〈劉伯溫看風水〉

我小時候聽外公講，劉伯溫是朱太祖的保國軍師，他要使朱家世世代代做皇帝，所以到處想要破壞活龍地。一天劉伯溫來到鬧花山腳下，看這是好地，找上主人，說要買地，想在這裏開井建廟，主人便把地送給他。於是劉伯溫請了匠人在此挖井，但一連幾天，匠人挖開的井，到隔天就都沒了，劉伯溫教匠人每晚收工時，把鐵器鐵塊放在井眼裏，井就這樣挖成了。井兩邊的水漕是二條龍眼，四口井穿在二條龍眼裏，淌的血水流成了漕。後來劉伯溫到別的地方，發現這條龍已鱗角長全，下海去了。他臨死時說閘花山還有一塊五子墿，誰葬了代代出帝王。(《中國民間文學集成上海卷長寧區分卷》【貳二丙 1】)

〈耿村西門洞的來歷〉

定縣有個伺候過皇上的老公（太監），有一天來到耿村，在村裡逛過一圈，說耿村的風水好，全村像個大犍牛向東臥著，可是牛身子當中有道豁，顯然是有人把風水斬斷了，風水靈氣都跑走了，本來會出幾個在朝的大官也出不了了。耿村這地方有頭有尾缺中間，氣脈接不上，成了條死牛，村裡近年也必然死了不少年輕人。大伙聽老公說得不錯，問有沒有辦法解災。老公說壞風水的人從西山給村裡撒了隻飛虎，虎見牛就吃，只要在村西口修一座門洞、建一道影壁，再挖一道水壕，猛虎飛來，就撞在牆上碰死，或落在水裡淹死了。就這樣，村西修了個門洞，那水濠長年有水，水翠透明，浮著綠豆大的小圓葉，那水草只有那水濠裡有。雖然修了門洞，人們日子也沒顯得好過；後來拆了它，也沒難過。(《耿村民間文化大觀》【壹六乙 2】)

這兩則故事中，故事的情節主體及其重心都是在講風水如何破的過程，但破了之後的結果，講述人並沒有繼續描述和強調，似乎只是在風水信仰的邏輯裡，找到一個詮釋地方風物由來的說法，風水的因果與內容卻不在其故事的主旨或欲加追究的意識之中。在這樣的敘述中，若說敘事語氣中透露出講述者「信以爲眞」的成份，則其成份主要在於相信“耿村西門洞”是因爲擋風水而建的，相信“四眼井”是爲破風水而挖的，而風水從何而來如何作用，在其淡然處之的語氣態度中，或許只是身處風水文化的環境中對風水內容的常識上的理解，而鮮少是存於意識的認眞。當然，這並不是全面，仍有許多口述記錄的風水故事，可以從敘事語氣、情節的構造（如前段所述〈七鶴戲水〉故事諸例），以及故事欲突顯的主題或主體事物，判斷出講述者對風水情節及其信仰信以爲眞的敘事態度，其情況則與筆記同（畢竟筆記的材料來源主要也來自道聽途說的口傳）。在此僅舉出相對於筆記小說而言較少見的情況，以增註風水故事傳說的特徵之一。

第二節　中國風水故事的類型化現象

一、「類型」（Type）的定義與類型化的意義

民間文學由於是口頭性的集體創作和集體流傳，一方面在口頭的傳述中不斷產生變異，一方面在繼承性的流傳和不約而同的創作中，存在許多彼此相似之處，尤其民間故事在世界各地的民族中，有許多驚人的雷同，包括思想、情趣、內容……等等，許多人注意到這樣的現象，並從各種不同的觀點提出理論與方法以解釋並研究這樣的現象。〔註22〕「故事類型」的歸納就是比較和研究這些現象的方法之一。其中芬蘭學者阿爾奈（Antti Aarne，1867～1925）在一九一〇年發表的《民間故事類型索引》是較受重視的代表著作之一，他從敘事結構分析出故事的「類型」（TyPE），並編撰索引以分類收集並整理民間故事的資料。美國學者湯普森（Stith Thompson，1885～19？）繼承並補充了阿爾奈的類型觀念與索引工作，擴充收納了世界各地的民間故事材料以修訂增補阿爾奈故事類型索引的分類架構，在一九六一年重新出版為《民間故事類型》一書，該書分類架構後來為各國民間文學研究者所採用，成為國際通用的民間故事分類法，世人因此以阿爾奈和湯普森二人姓氏為名，稱其民間故事類型分類體系為「AT」分類法。〔註23〕

〔註22〕學界對民間故事間的雷同現象有各種層面的關注，理論也是眾說紛紜，例如有所謂神話學派的「民族文化同源」說；人類學派的「人類經歷歷史相似」說；心理學派的「人類心理共同性」說；功能學派的「文化事象功能共同」說；流傳學派的「文化影響與借鑑、因襲」說；以及地理學派（或稱芬蘭學派）的故事原型論等。AT「類型」分類法的由來主要與流傳學派及地理學派的學說有關，認為相同或近似的民間故事之間，除了不約而同的相似思維外，應有某種程度以上的流傳和彼此影響的關係。故事類型分類就是為集合民間故事中情節組合相似的資料，以探討其間反映的流傳歷史與文化背景的互動和影響關係。有關各種學說起源及其理論的相關介紹，可參考（1）美·斯蒂湯普森（Stith Tompson）著，鄭海、鄭凡等譯《世界民間故事分類學》（上海文藝出版社，1991年2月一版）之第四部份第一章〈有關民間故事的種種理論〉，頁438～469。（2）劉魁立《劉魁立民俗學論集》（上海文藝出版社，1998年10月一版），書中數篇文章如〈歐洲民間文學研究中的神話學派〉、〈歐洲民間文學研究中的流傳學派〉、〈歷史比較研究法和歷史類型學研究〉等，對各學派的民間文學研究理論有詳細的介紹。

〔註23〕參閱金師榮華《中國民間故事與故事分類》第一章〈概說〉之三「故事類型和類型分類」，書同註10。

所謂「類型」，湯普森的解釋是：

「一個完整的故事（類型）由一系列順序和組合相對固定了的母題（韻案：即情節單元，MoTiF，以下「母題」均改譯爲「情節單元」）〔註24〕構成。」「一種類型是一個獨立存在的傳統故事，……其意義不依賴於其他任何故事。……組成它的可以僅僅只是一個情節單元，也可以是多個情節單元。」〔註25〕

金師榮華先生曾根據AT分類原則及其架構編著《中國民間故事集成類型索引》，〔註26〕並就其「類型」概念與定類方式，提出定義性的原則說明：

「所謂類型，就是一個故事的基本核心模式。……設定類型就是在一個故事的不同說法中，就其基本結構撰寫概要，顯示此型故事的基本模式，然後就其特徵擬設類型的名稱，並登錄屬於此一類型之各個故事的出處。」「就整個故事的內容和結構作分析，把基本內容和主要結構相同而細節卻或有異的故事歸集在一起，取同捨異，就成爲一個故事類型。」〔註27〕

綜合兩者所說，一個故事「類型」的成立，就是一組故事情節一方面既有多種不同說法，一方面在不同說法中仍維持其情節組合的共同結構或核心模式。以此而論，則故事的「類型」化有兩種意義：一、一個成類型的故事結構或模式應有相對的完整性與穩定性，才能容納不同說法的變異，並在變異中維持其基本的架構不變。二、一個故事的多種說法，可能出自不約而同的共同創造，也可能是一種結構模式的創造獲得了多管道的流傳；而一個結構完整而穩定的「類型」，也意味著故事的創造與發展達到了某種成熟的程度。

二、中國風水故事的類型化與模式化

（一）「類型化」的敘事

根據上述的「類型」定義，類型的設定主要來自兩方面：一是據「故事

〔註24〕「母題」與「情節單元」均「motif」的中文譯詞，本文採用完全意譯的「情節單元」詞，其由來詳見本文第三章第一節。

〔註25〕同註22書（1），頁498，499。

〔註26〕目前共出版二冊：《中國民間故事集成類型索引（一）》（四川卷、浙江卷、陝西卷）及《中國民間故事集成類型索引（二）》（北京卷、吉林卷、遼寧卷、福建卷），台北：中國口傳文學學會出版，民國89年，民國91年。

〔註27〕金榮華《中國民間故事與故事分類》頁69及9，書同註10。

的內容性質」分「類」，一是據「故事情節的組合結構」定「型」。以此概念來看中國的風水故事，可以發現爲數不少的故事，有明顯的類型化特徵，例如：

〈天葬地〉

吏部公文淵父以疫卒，洪武丙寅抬柩至此，遇雨，遂葬，今鄉稱天葬地。公時方半歲（乙丑生，後登永樂戊寅進士），累官至吏部尚書……諸公連登科甲，富貴方隆。（明・徐善繼、徐善述《地理人子須知》卷五上【參二 5】）

〈明太祖葬父〉

甲申，泗大疫，（太祖）父母兄及幼弟俱死，貧不能殮，槁葬之。仲與太祖昇至山麓，綆絕，仲還取綆，留太祖守之。忽雷雨大作，太祖避村寺中。比曉往視，土墳起高隴。地故屬鄉人劉繼祖，繼祖異之，歸焉。（清・谷應泰《明史紀事本末》卷一【參二 8】）

〈米籃穴〉

有一個孝子，沒錢埋葬母親，去求他母舅，母舅給他兩三塊白銀買棺材。回家路上，孝子想藉賭錢贏一點買石灰的錢，卻把錢輸光了。孝子不敢告訴母舅，只好用米籃裝殮母親，擔出門去埋葬。擔到一座山裏，忽然風雨大作，風沙一下子淹蓋了裝他母親的米籃。次日舅舅來問葬何處，孝子帶舅舅到那裡一看，舅舅驚呼這是米籃穴，若用米籃殮葬必發財。後來這家人就出了一個百萬富翁。（《金門民間傳說》、《福建漳州傳說》【參二 10】）

這幾則故事的內容性質及情節的組合方式都有顯著的相同點，它們有相似的情節，並以一個共同的組合模式構成故事，因此可以設定其故事類型爲：

「天葬地」〔註 28〕

（一）某人抬著親人屍體（棺材）正在尋覓葬地，卻在中途遇到突如其來的大風雨，棺材陷落土中，只好就地安葬。

（二）這個人後來得到意想不到的財富、地位或成就。有人說是因爲那個葬地風水好的結果。

〔註 28〕參見《中國風水故事資料類編》第四編〈中國風水故事類型及傳說模式譜錄〉編號＊201，頁 349～350。

第三則〈米籃穴〉的故事較前兩則多出了另一段「窮人無棺而葬反而意外得到風水」的情節，這個情節也常常被獨立敘述爲一個故事，並且有不同說法，例如：

〈毛筆穴傳奇〉

有一年冬天，一對父子行船到澎湖龍門港，船被浪打壞，父親凍死了，兒子就將他葬在港口那裡。葬時沒有其他東西，只在他身上加了一件棉衣，方向朝著筆架狀的山峰。後來兒子回去大陸，他的子孫個個中狀元。風水師在他們祖先的墓上找不出中狀元的原因，有人想到爺爺葬在澎湖的龍門港，就帶風水師來看。風水師一看，說這是個毛筆穴，但整塊地都是石頭，草木不生，是有筆管沒筆毛的毛筆穴，沒筆毛怎能寫文章中狀元呢？原來當時下葬時所穿的棉衣裡的棉絮，替代草木成了毛筆的筆頭，正好符合了這個毛筆穴的葬法。(《澎湖縣民間故事》【參二 12】)

這個故事常與「天葬地」的故事同時出現，但也可以獨立敘述而不影響故事的完整性，並且也有不同說法，因此可以再設定一個類型爲：

「無棺之葬得風水」〔註 29〕

（一）窮人無錢購棺，只能以日用衣物或家用器具爲親人殮葬。

（二）該親人所葬之地，正好是不宜棺殮的好風水地。窮人後來得到良好的發展。

因此從「類型」的角度來看〈米籃穴〉的故事，就是「天葬地」加「無棺之葬得風水」的複合類型故事。

像這樣可以從故事的內容性質及情節的組合方式找到共同點而成立的具體類型，在本文所收四百五十則（不包含重出的故事記錄）風水故事材料中，大約可歸納出四十個獨立類型，出自三百一十四則故事。〔註 30〕其中「葬地佳者福子孫」〔註 31〕類型有一百三十四則故事，這些故事是只有或是包含了「。。風水吉作用：葬地佳者福子孫」〔註 32〕之情節單元的故事。例如：

〔註 29〕同註 28，編號＊202。

〔註 30〕同註 28，故事出處均註於各類型提要後。此數量不包含該譜錄中標示為「@」的傳說模式，詳見下文說明。

〔註 31〕同註 28，編號＊101，頁 342～346。

〔註 32〕在風水故事情節單元的目錄中，分別「葬地佳者福子孫」有否在故事中應驗的標示方式是：以「風水吉作用」表示故事中有具體應驗的內容印證了風水

〈許遜祖墓〉

許遜少孤，不識祖墓，傾心所感，忽見祖語曰：「我死三十餘年，於今得正葬，是汝孝悌之至。」因舉標牓曰：「可以此下求我。」於是迎喪，葬者曰：「此墓中當出一侯及小縣長。」御覽五百十九（《幽明錄》【壹一甲 1】）

〈葬地〉

李太尉在中書，舒元輿自侍御史辭歸東都遷奉，太尉言：「近有僧自東來，云有一地，葬之必至極位，何妨取此？」元輿辭以家貧不辦，遂歸，別覓葬地。他日，僧又經過，復謁太尉曰：「前時域以有用之者，詢之乃元輿也。」元輿自户部侍郎平章事。感定錄（《事文類聚・前集》卷五八・喪事部【參二 1】）

「葬地佳能福子孫」是風水故事中普遍存在的信仰與情節內容，故事中應驗此一信仰的內容不一，但其情節因果之間都有一固定的發展模式，因此認為該情節也具足「類型」的條件而設為一個類型，茲具其類型提要為：

（一）一人獲得某種指示，得到祖先的葬地。（因）

（二）有人說那個葬地可使受葬者的後代或親人得到某種庇蔭（升官、發財或得子、得壽），後來果然都應驗了。（果）

但在某些故事中，「葬地能福子孫」只被提及而未在故事中發生應驗的情節，則該類型的主體結構未完成（福子孫的結果未出現），便不算是該型故事了。例如：

〈宋氏葬地〉

宋文安公，開封人，葬於鄭州再世矣。方士過其處，指墓側澗水曰：「此在五行書極佳，它日當出天子。」宋氏聞之，懼，命役徒悉力閉塞之，遂為平陸。自是宦緒不進，亦不復有人登科。崇寧初，大水汎溢，衝舊澗成小渠，僅闊尺許。明年，曾孫渙擢第，距文安之沒，正百年。又六年，兄棐繼之。然渙仕財至郡守，棐得博士以沒，其後終不顯。棐與予婦翁同門婿也。（宋・洪邁《夷堅丙志》・卷十九【貳三甲 2】）

的“作用”，本文共見一三四條；以「風水的效果」標示“葬地佳者福子孫”只有被提及但未在故事中實現，本文共見七十二條。詳見《中國風水故事類編》第三編之二「風水的效果和作用」。

這個故事中有人預言某葬地佳將出天子，但終究沒有出現原本預期的結果（出天子），便不在此類型故事之列了。

（二）「模式化」的敘事

有些故事雖然看起來非常相像，但卻很難斷定它們究竟只是內容上的同類關係，還是具有情節組合的同型關係，例如：

〈陳思膺〉

陳思膺，本名聿修，福州龍平人也。少居鄉里，以博學爲志。開元中，有客求宿，聿修奇其客，厚待之。……客曰：「若葬此，可世世爲郡守。」又指一處曰：「若用此，可一世爲都督。」聿修謝之。居數載，喪親，遂以所指都督地葬焉。……除桂洲都督。今壁記具列其名，亦有子孫仕本郡者。出桂林風土記（宋‧《太平廣記》卷三百八十九　塚墓一【壹一甲 7】）

〈孫堅祖墓〉

孫鍾，吳郡富春人，堅之父也。少時家貧，與母居，至孝篤信，種瓜爲業。瓜熟，有三少年容服妍麗，詣鍾乞瓜。……三人臨去，謂鍾曰：「蒙君厚惠，今示子葬地，欲得世世封侯乎。欲爲數代天子乎？」鍾跪曰：「數代天子，故當所樂。」便爲定墓。……鍾遂於此葬母，冢上有氣觸天。鍾後生堅，堅生權，權生亮，亮生休，休生和，和生皓，爲晉所伐，降爲歸命侯。（《幽明錄》【參三 2】）

〈黃目蔭看風水〉

請黃目蔭看風水的人很多，他都看得很好。他的子孫請他爲自己的祖先看一個好風水，他要子孫帶著祖先的骨灰出海，去一處像鼎一樣的海穴，如果骨灰灑在鼎中央，就會代代出狀元，如果灑到鼎邊，就會代代出賊王。……（《澎湖縣民間故事》【伍一 7】）

這些故事有一個共同的情節單元，就是「。。不尋常的風水地：一穴兩局（一個風水地有兩種不同的風水效果）」，其共同內容可以提要爲：

「**一穴兩局**」〔註 33〕

一塊難得的風水寶地，同時有兩種風水效果，但使用者只能選擇其中一種，風水地的風水作用才能生效。

〔註 33〕同註 28，編號@104，頁 346～347。

既然故事說法不同而內容性質相同，似乎也有設爲同一類型的條件。但是與「葬地佳者福子孫」以一個情節單元成爲一個類型的情況不同的是：「葬地佳者福子孫」的情節本身有明確的因果模式形成其固定的組合結構（如前述），而「一穴兩局」系列的“模式”，只有情節的性質相同，但沒有一定的因果組合結構，其情節內容也每每因人而異事，很少有共同內容。對於這種結構不明確但有內在於情節核心的“模式”型的「類型化」現象，既不宜冒然以不完全條件設定爲類型而破壞「類型」的定義與原則，但也無法忽視其既已存在的同類及同模式現象，爲保存其資料並與「類型」有所區隔起見，本文姑保留其現象稱之爲「模式」，並模仿「類型」的定類原則，將這些性質相同情節相彷彿的故事設定爲故事模式，並編入附錄四的〈中國風水故事類型及傳說模式譜錄〉中。又由於這種每每因人而異事的「故事模式」似乎存在比「故事類型」更多更純粹的「傳說」型敘事，所以大膽假設而謂之「傳說模式」，以與「故事類型」明白區別並便於比較及說明。本文材料歸納得出的傳說模式共有六個，出自六十五則故事和傳說。

以計量方式來看，在本文所收的風水故事材料中，至少有四分之三以上的故事有「類型化」的特徵。即使去除集中於一個情節單元的「葬地佳者福子孫」類型中的一百多則，仍有三十九個類型及六個模式出自二百三十八則故事，亦即有二分之一以上的風水故事，具有類型化或模式化的特徵。這個現象說明：風水故事雖然多數以風水信仰及信仰的內容爲基礎而具「傳說」本質，但其流傳體系並不孤立也不封閉，所以才有「類型」化的條件。其中的背景及原因，當然是因爲風水信仰普遍存在於中國各地，因此多數人都能接納並傳說以其信仰爲基礎的故事。所以風水故事（及傳說）的類型化，在某種意義上，也是風水信仰的普遍化與大眾化的表徵。

第三節 〈中國風水故事類型與傳說模式譜錄〉反映的風水故事特色與內容

一、「故事譜」的意義與功能

（一）分類索引的功用與故事譜的特色

類型分類的開始及編撰索引的目的，是「爲了提供一種基礎來概述一個地區共同的大量故事儲存」，〔註 34〕因此故事分類索引的目的在於「將故事依一定的原則分類後便於檢索」。〔註 35〕金師榮華先生曾詳指出 AT 原書與丁乃通書中歸類不妥處，論其原因則是受到了「故事群」或「故事譜」的影響而誤置。金之說明如下：

> 故事類型的排列，原則上是將內容或主題相近者排在一起，有些結構近似的類型，則常是在一個主號之下，以 A、B、C、D 等字母分別排列，如 926、926A、926B 等。這樣就形成了一個故事群。如果這個故事群中的某一型故事的結構有了變異而形成了另一個類型（或稱之爲次類型），甚至是形成了幾個其他類型，那麼這個故事群也就像一個故事譜，故事與故事間的關係，也可借此有所呈現。……如果一個衍生出來的類型（次類別）在變異的部份牽動了故事的本質，在故事分類的立場，便應將它移離這個故事群，改放在其他適當的類別。否則不僅讓使用者產生困惑，也讓使用者難以循線檢索。〔註 36〕

這原是針對「分類索引」與「故事譜」之作用與特色的說明，卻也啓發了筆者捨索引式的目錄而以譜錄方式呈現風水故事敘事特徵的動機。一方面是若沿用 AT 分類架構爲風水故事分類建立索引，未必能反映風水故事的全貌；以風水故事爲主另建索引，就目前有限的風水故事資料，以及尚未對風水故事與其他題材故事的類型有全面瞭解與釐清前，遽然架設一個籠統的片面分類，也無實質意義和索引功能，而分類也並不是本文的研究目的。若以「故事譜」的方式整理目前所得風水故事類型，據故事主題及類型特色排列目錄，有原則的呈現出故事特色與類型間的關係，便能有效認識目前所見風水故事敘事特徵與流傳形態。

（二）艾伯華（Wolfram Eberhard）《中國民間故事類型》的價值與啟示

1、中國民間故事類型索引專著的分類原則與分類對象

中國學者鍾敬文曾在一九二八年譯介《印歐民間故事型式表》，〔註 37〕並

〔註 34〕見註 22 書（1）湯普森《民間故事分類學》頁 499。

〔註 35〕書同註 10，頁 110。

〔註 36〕同註 10。

〔註 37〕英・約瑟雅科布斯（Joseph Jacobs）著，鍾敬文、楊成志合譯，1928 年發表，收錄在中山大學民俗叢書第十二種《民間故事叢話・印歐民間故事型式表》（台

在一九三一年發表了〈中國民間故事型式〉〔註 38〕一文，運用「類型」的觀念來分析並歸納當時中國民間流傳的故事，列出四十五個故事「型」及其情節提要。一九三七年，美籍德裔學者艾伯華（Wolfram Eberhard，1901～1989）用德文寫成《中國民間故事類型》〔註 39〕一書，成爲第一本中國民間故事類型分類的專書。此書遲至一九九九年，才有首次中譯本出版，因此中國學界對「類型」觀念的熟悉及進一步運用，在鍾敬文之後，較廣泛而深刻的影響力，應是來自於美籍華裔學者丁乃通的《中國民間故事類型索引》。該書發表於一九七八年，〔註 40〕原書用 AT 分類法以英文編著，最初是希望以此書向世人介紹並修正西方學者對中國民間故事的刻版印象；〔註 41〕一九八三年和一九八六年分別有中文抽譯本和經作者校訂的中文全譯本出版，〔註 42〕以書前的長篇導言和書中實例，更細膩而全面地向國人譯介 AT 的「類型」概念及其分類方法的運用。金榮華先生在丁書的基礎上，以近年陸續出版的《中國民間故事集成》爲材料，針對 AT 分類架構明顯的疏失與丁書的不足，進行修訂與整理，已發表《中國民間故事集成類型索引（一）》〔註 43〕及《中國民間故事集成類型索引（二）》，〔註 44〕並有說明其分類方法與修訂原則的專著《中國民間故事與故事分類》問世。〔註 45〕「類型」一詞及其概念，經由以上學

北：東方文化供應社，民國 59 年影印出版）。

〔註 38〕文收於《鍾敬文民間文學論集》下冊（上海文藝出版社，1985 年），頁 342～356。或見北京大學及中國民俗學會叢書第十七種《民俗學集鐫 1》（台北：東方文化供應社，民國 58 年影印出版），頁 353～374。

〔註 39〕Typen Chinesischer Volksmarchen， Helsinki Academia Scientiarum，1937。未見原書，本條註文參照金師榮華先生《中國民間故事與故事分類》三章之三〈艾伯華《中國民間故事類型》的分類〉註 7 全文引用。

〔註 40〕Nai-Yung Ting, A Types Index of Chinese Folktales, Helsinki Academia Scientiarum, 1978。

〔註 41〕丁乃通《中國民間故事類型索引・中譯本序》（書同註 6）：「（作者）……因爲研究比較英國浪漫派詩人濟慈的名詩《蛇女》和中國的白蛇傳，發現了民間故事的重要，……對於美國民俗學家們曲解並蔑視中國民間故事，更感到痛心。因此決心要寫一本像樣的類型索引以正視聽。」（頁 2）。

〔註 42〕孟慧英等譯，1983 年，瀋陽：春風文藝出版社；鄭建成等譯，1986 年，北京：中國民間文藝出版社。

〔註 43〕金榮華《中國民間故事集成類型索引（一）》（四川卷、浙江卷、陝西卷），台北：中國口傳文學學會，民國 89 年（2000）元月。

〔註 44〕金榮華《中國民間故事集成類型索引（二）》（北京卷、吉林卷、遼寧卷、福建卷），台北：中國口傳文學學會，民國 91 年（2002）3 月。

〔註 45〕金榮華《中國民間故事類型與故事分類》，台北：中國口傳文學學會，民國 92

者的實驗與推介，遂漸爲國人所熟悉並運用，成爲中國民間文學界對應「TYPE」的譯詞與專稱。〔註 46〕

以上所述這些曾爲中國民間故事進行類型分類的一篇文章與三種專著中，鍾敬文〈中國民間故事型式〉一文並未針對分類對象進行說明，其餘專著的作者均曾對「類型」概念有所定義並說明其分類材料的由來，或是選擇分類對象的原則。以下分別條列其說，然後對照查考各書中有關風水故事或其類型資料的結果，簡述風水故事可能在其中受到注意或忽略的原因。

（1）艾伯華《中國民間故事類型・前言》：

> 本書除收有"民間故事"外，同時還包含傳說、寓言、笑話，甚至偶爾也含有軼事和史事傳說。……民間故事裡經常出現的母題有時也會突然出現在傳記、笑話裡。……（這些母題）又能形成新的民間故事、軼事或其他的體裁樣式……舍棄這一切，并把自己限制在狹義的民間故事裡，就意味著截斷民間故事的四肢，只留下它的軀幹。〔註 47〕

作者在此說明採用材料的範圍及對民間故事的認知和編選理念：因爲認爲民間故事「母題」（即「情節單元」，見註 26）可能存在於各種體裁，所以收納的材料採取了最廣義的民間故事範圍，亦即在一般的民間故事外，還包括了傳說、寓言和軼事等。書共收二百四十六種類型，依類型主題或故事的主要角色分十五類，〔註 48〕以自然數依序編號。

（2）丁乃通《中國民間故事類型索引》

在金榮華先生之前，丁乃通先生是首位以 AT 分類方式編撰《中國民間故

年 3 月。

〔註 46〕以上「類型」觀念及其源流之詳情可參考金師榮華先生《中國民間故事與故事分類》一書，書中對「類型」及「情節單元」等索引的編製及其分析方法、架構，均有詳介與說明；其次，對於歷來中國民間故事的分類工作和分類方式，以及ＡＴ分類體系在中國的運用及其可能侷限和修訂方式等，均有實例參證的說明和論述。

〔註 47〕艾伯華（Wolfram Eberhard，1901～1989）著，王燕生、周祖生譯《中國民間故事類型・前言》（北京：商務印書館，1999 年），頁 2。

〔註 48〕十五類分別是：一、動物。二、動物與人。三、動物或精靈幫助好人，懲罰壞人。四、動物或精靈跟男人或女人結婚。五、創世、混沌初開、最初的人。六、物種和人類的起源。七、河神與人。八、妖精和死鬼與人。九、諸神與人。十、陰間和轉世。十一、神和神仙。十二、巫師、神秘的寶藏和奇蹟。十三、人。十四、主人公和英雄。十五、滑稽故事。

事類型索引》向國際介紹中國民間故事的美籍華裔學者，他對中國傳說「類型」的看法和定義是這樣的：

> 中國有許多（傳說故事）無疑是國際性的（民間故事）類型，但都是有人名的，所以我便把各類型中至少有兩個不同主角的說法才算作民間故事，不然算爲傳說……。〔註49〕
>
> 顧名思義，「類型」是一定要有至少兩個或兩個以上不同的說法，這樣才能顯示出特徵以及和其他類型的關係。……在傳說裏人名和地名都是固定的，中國有許多（傳說）無疑是國際性的類型（故事），但都是有人名的，所以我便把各類型中至少有兩個不同主角的說法才算作民間故事，不然算爲傳說，便不列入。〔註50〕……最初由迷信而生的故事……被人信以爲眞的，例如狐仙……風水、占卜等等，顯然都是傳說。……集中於一兩個眞的或假的歷史人物，或有些人認以爲眞的事件的故事，顯然是傳說，也沒有列入。〔註51〕

在此說明中，風水故事是在「傳說」之列而排除於故事類型的分類材料之外的。

（3）金榮華《中國民間故事集成類型索引》

> 歸納類型，一般只取故事，不取神話傳說。……因爲「神話」的情節基本上比較簡短，大致只有一個情節單元，也少有異說。「傳說」則是主角和情節的關聯大多已經穩定，也就是，某一種情節已經固定屬於某一特定的主體。但在有些傳說中，尤其是在人物傳說中，也會見到已成類型的故事，例如出現在包公傳說中的某些審案故事，常有已成類型的情形，那麼它便是也會見於別人傳說的情節，或見於一般無特定判官的故事，而不是包公傳說所專有的。〔註52〕

此段說明的是AT分類法的分類方式與架構，同時也是作者對故事類型分類方法與取材原則的說明，其中也是排除了道地的傳說，只採取少數具有故事性質（情節不屬於固定主體）的傳說情節納入分類材料中。

〔註49〕丁乃通〈中國民間故事的分類〉，載中華民國77年11月17日《中央日報・長河》第十七版。( )中文字爲筆者加註。

〔註50〕同前註（註49）。

〔註51〕丁乃通《中國民間故事類型索引・導言》（同註6），頁8。

〔註52〕金榮華《中國民間故事與故事分類》第四章〈ＡＴ分類法的分類方式與架構〉，書同註10，頁68～69。

2、艾伯華《中國民間故事類型》出現的風水故事類型及其意義

從以上列舉的各書選材原則的說明可知，在丁書與金書中，對材料的選擇都是採取較嚴格的狹義故事的認定，風水故事除非也具備或符合狹義故事的條件，否則不論是否發展出「有兩種以上不同說法」的「類型」定義的形態，應該也很少或不會出現於兩書的類型索引中。

然而以風水故事在中國傳說之多，連西方民俗學者都誤以爲風水故事就是中國民間故事的主要內容之一，〔註 53〕它畢竟也在傳說形態中發展出了可觀而獨特的「類型」性說法，如上節前文所述。在這幾部最具代表性的中國民間故事類型索引中，卻只有不以 AT 架構分類而兼納了神話及傳說材料的艾伯華《中國民間故事類型》中，可以找到三個以「風水」爲標題和一個內容與風水有直接關係的故事類型「工匠的絕招」。這四個類型的故事架構及內容，完全是以風水爲題材並且在風水信仰的基礎上產生的情節爲骨幹，發展出不同的說法，並且分別出於不同的地區，顯然已有跨地域的廣泛流傳。在本文所得的風水故事資料中，也有吻合其類型內容的故事。茲據四個類型的標題、內容、出處及本研究所見同型故事舉例如下：

172　**風水先生讓兒孫做皇帝**〔註 54〕

（一）一個風水先生對自己的墳地以及後事做了指示。

（二）兒子們照辦，直至最後階段才中斷，因爲產生了奇特的徵兆，或者他們受到了警告。

（三）一切都是徒勞，這家人死了或被根除了。〔註 55〕

艾伯華的故事出處包括了河北、浙江、江蘇、河南等地區。本文材料中有四則故事屬此類型，材料出處主要集中在浙江，分別是：〈風水先生〉（《董仙賣雷》通州〔註 56〕【參七丙 1】）、龍穴地（上海，【參七丙 2】）、〈未出世的

〔註 53〕丁乃通《中國民間故事類型索引・導言》：「許多西方人對中國民間故事至今沒有多大興趣，主要原因他們認爲中國的故事大體來說屬於不同的傳統……當西方民俗學者研究所謂的中國童話時，讀到的許多故事是講惡鬼、誘人的狐仙……風水先生無誤的預言，以及類似的故事，他們怎麼會不如此想呢。」同註 41，頁 2～3。

〔註 54〕本研究將此型編號及標題作＊608「巫術風水做皇帝」（頁 373）。參見本書頁 152 註 28。

〔註 55〕書同註 47，艾伯華：頁 258～259。

〔註 56〕據《中國歷史地名大辭典》（魏嵩山主編，廣東教育出版社，1995 年，頁 978）「通州」條，今江蘇南通及北京市通縣均有「通州」古名，此通州不知指何

皇帝〉（上海，【參七丙 4】）、〈皇王的傳說〉（浙江，【參七丙 3】）。茲舉二則故事爲例，詳述故事內容如下：

〈風水先生〉

通州有一個姓曹的風水先生，看風水的本領極高明。他生病將死時，兩個兒子請他爲自己找個好風水，好讓兒子能享福。風水先生要他們用草繩抬他的屍體向東走，到草繩自斷的地方，就照屍體落下的方向就地埋葬，在家設的靈台上長明燈用馬桶蓋，屋上蓋一個斗，七七四十九天以後除去，兩個兒子就能做皇帝。兩人果然依言照做。幾天後，全家人都生起病來，筋肉酸痛如火燒。同時間，通州一帶生出許多小孩都有異相，曹家竹園裏生出許多奇異的新竹。四十五、六天以後，曹家舅父來了，一見靈台上的馬桶，怪道難怪全家生病，趕緊把馬桶除去，只見馬桶內一道紅光沖上天去，這風水就破了，曹氏兄弟的病立刻好了。同時間，那些新生異相的小孩無故都死了，曹家後宅的新竹也枯死了，劈開枯竹，每個竹節中都有瞎眼的小孩。這時通州最有學問的陳思孝等也都忽然雙目失明。北京欽天監這時看出通州一條眞龍就快長成了，趕來通州要把曹氏墳中的龍弄死，初用鐵鎗與銅條，總刺不到龍身上，有個秀才獻計說：「這龍祇有兩目未長成，最好用毛竹削尖刺入，必能弄死。」果然泥中透出許多血水。曹氏兄弟不久生病而死。（林蘭《東方故事 3——董仙賣雷》【參七丙 1】）

〈未出世的皇帝〉

很早以前，新場鎭叫石笋鎭，當時皇帝昏庸無能，玉帝遣下一條眞龍，潛伏在石笋鎭一條河中，準備等嬰兒出世時附體。嬰兒的母親叫珠英，她丈夫在河上建橋，當時河上最後一根橋樁總是打不下去，卻讓懷孕的珠英一打就下去了。珠英肚子一陣騷動，河中冒出一股殷紅的鮮血，一道金光閃過河面，金光驚動了皇帝，便循著金光要來追殺眞龍天子。玉帝化作一個老人，送給珠英三棵瓜種，種在屋後。瓜種數日間蓋滿了屋子，珠英丈夫嫌暗悶，將瓜藤都拔光了。老人又送來一隻黑狗，黑狗整日趴在屋頂上，珠英丈夫以爲不祥，

處。此則故事出自林蘭編《董仙賣雷》，書中所收大部份是中國南方的故事，疑是江蘇南通。

一棒將狗打死了。原來那瓜藤是用來護住金光，黑狗是守護的天狗。老人來告訴珠英夫婦，即將大禍臨頭，要他們當夜炒好一袋黃豆和赤豆，次日有人上門時，就將豆一把一把撒出去。次日一早，一群官兵上門，珠英夫婦慌忙中將豆全倒在地上，而沒有照老人吩咐的一把把撒出去，豆都變成了兵將，可是都已斷腿折臂，失去了抵抗能力。珠英夫婦被殺，未出世的皇帝也死了。玉皇大帝大發雷霆，從此沒讓一個皇帝降臨江南土地。(《中國民間文學集成上海市南匯縣分卷》【參七丙4】)

由於同型的各故事中出現的角色不一定是「風水先生要讓兒孫做皇帝」，有時候是道士（【參七丙2】龍穴地）、玉帝（【參七丙4】未出世的皇帝）或太白金星（道教神仙，出【參七丙 3】皇王的傳說）要幫助某人藉風水的力量當皇帝，且故事主要情節和運作“風水”的方法，都是某種法力或巫術，所以本研究在《中國風水故事類編》第四編〈中國風水故事類型及傳說譜錄〉中，修訂其標題爲「巫術風水做皇帝」，並修改提要以概括此型故事的各種內容：

（一）因爲風水先生或上天（神仙、道士）的指示，某一戶人家即將藉由巫術的幫助，產生一位皇帝。

（二）屋子四周及家人產生了奇特的徵兆。

（三）事主在恐懼或不知情下，破壞了徵兆。

（四）一切都是徒勞，徵兆被當朝皇帝根除，一家人都死了。

173　**借用風水**〔註57〕

（一）在一塊風水寶地，遺骨被替換，風水先生原定的遺骨沒被葬在這裡。

（二）被葬者的後代當了皇帝或者大臣。

（三）原來要葬在這裡的人的後代成了大臣或著名的人物。〔註58〕

艾伯華的故事出處在江蘇、湖南、廣東等地。本文材料中有八則故事屬此類型，材料出處分別是：〈趙匡胤龍口葬父〉(《朱元章故事》,【參六甲3】)、〈郭璞的故事〉(《民間月刊》浙江蕭山【參六丙4】)、〈趙家天子楊家將〉(浙江、江蘇、河北保定【參六丙1】)、〈乾隆的傳說〉(杭州、上海【參六丙2】)、〈石家遷墳〉(耿村【參六丙3】)｛無（三)｝、〈毛狀元的故事〉(《董仙賣雷》

〔註57〕本研究將此型編號＊303「借用風水」(頁354～355)，參見本書頁152註28。
〔註58〕書同註47，艾伯華：頁259。

昆山【參六丙5】）{無（三）}、〈看風水先生〉（上海【參六丙6】）、〈九疊祠〉（福建福清【參六甲2】）{無（三）}。試舉〈乾隆的傳說〉及〈郭璞的故事〉爲例，詳述故事內容如下：

〈乾隆的傳說〉

一户人家請風水先生看了一塊地，這塊地的風水在海裏面，天亮海水退時會露出一只牛頭，只要把祖先屍骨葬在牛嘴裏，下代就會出皇帝。這家主人就請一個水性好的放牛娃，要他將包好的屍骨在明天潮退時放進牛嘴。放牛娃的母親聽說，就將自己祖宗的骨灰做在饅頭裏，讓放牛娃將饅頭放進牛嘴，將東家的屍骨掛在牛角上。後來放牛娃的下一代就是海寧的陳閣老，他爲了奪權，將自己的兒子與皇后娘娘同一天生的女兒調包，陳閣老的兒子後來就成了乾隆皇帝，東家的下一代則出了一個大臣。(《中國民間文學集成上海卷盧灣區故事分卷（上）》【參六丙2】）

〈郭璞的故事〉

堪輿家郭璞用黃綾包了父親的骨粉，走遍天涯尋找好風水，希望將來子孫飛黃騰達。走到江西，發現一個龜穴出源在河裡，並尋跡找到正穴的龜嘴在一個張姓富家的花園假山陰溝裏。郭璞便毛遂自薦，到這户人家當教書先生，相機將父骨葬在龜嘴裏，並留在張家，暗中保護父骨。一個中秋夜裏，郭璞走到一座山邊，發現這座山是眞獅穴，而且地靈即將在當晚啓動，他趕緊奔回張家，從龜嘴挖出骨包就走，但等他舉起骨包要投入獅口時，才發現自己的黃綾骨包變成了紅綾包袱，他心知這是張家骨包，但已來不及回頭掉換，因爲獅口千年才一開，他仍然保紅綾骨包投入獅口。回到了張家，郭璞向張家坦白了來意，並說明了誤將張家骨包葬入獅口的事，張家很同情他，便將花園送給他，永不動搖郭家的葬地。後來，張家就出了張天師，郭家出了郭子儀。流傳在浙江蕭山（《民間月刊》第三期【參六丙4】）

174　風水遭破壞〔註59〕

（一）一具屍體埋在一塊風水寶地上。

（二）產生了奇特的徵兆（事主來日將可發跡）。

〔註59〕本研究將此編號及標題作＊607「三個怪孩子，結伴爲眞命天子」（頁372）。參見本書頁152註28。

（三）由於事主恐懼，風水遭到破壞；已經開始的徵兆停止了。〔註 60〕

艾伯華的故事出處主要在浙江，其次是江蘇和廣東。本研究材料中有四則故事屬此類型，材料出處分別是：〈徐姓生天子〉（浙江【參七丙 8】）、〈爲自家看風水〉（耿村【參七丙 9】）、〈鯉魚穴〉（上海【參七丙 10】）、〈白鶴穴連生三胞胎〉（台灣【參七丙 11】）。試以浙江和台灣故事爲例，詳述故事內容：

〈**徐姓生天子**〉

楊村附近的嵩溪是個大村，村中有個徐家，徐太公剛給兒子完婚，兒子就死了，媳婦正身懷六甲。徐太公把兒子葬在天子地上，希望媳婦生遺腹子能做眞命天子。一天，徐太公有事外出，媳婦正巧分娩，第一個出生的是紅面的，一落地就會跑，產婦驚奇，命侍婢用石磨壓死。第二個是黑面的，一出娘胎就爬上床架，也叫侍婢斃了命。第三個生出是白面，一產出就會說話，問：「大、二兩哥哥呢？」侍女答：「壓死了。」又問：「楊軍師在哪裡？」答：「二年前病死了。」嬰孩一聽，一口氣撞死。徐太公知道了，嘆說：「陽基太少，載不住。如果楊公踏平了高山就好了。」流傳於浙江浦江（《民間月刊》第三期【參七丙 8】）

〈**白鶴穴連生雙胞胎**〉

花蓮舞鶴車站附近，有一白鶴形的富貴龍穴，一個山胞因見那裡從地中長出一根石柱，並逐年升高，便以那石柱爲中柱，搭建起一間茅屋，正中了眞穴，胎胎生雙胞胎，都是將相公侯的貴子。山胞的太太住進房子後不久就懷了孕，四百天後生下一對雙胞胎，其中有一個是黑臉的。彌月不久又懷孕，又懷了四百多天產下一對雙胞胎，其中一個是紅臉。不多久又懷孕，也是四百多天生一對雙胞胎，有一個是白臉的。山胞連生雙胞胎，覺得難以扶養，懷疑是那天生的石柱作怪，決心換支木柱。挖掘石柱至地下三尺有地穴，白煙噴出，有白鶴二十四隻，其中六隻已長翅，山胞急抓住三隻打死，其餘十八隻尚未開眼，片刻氣絕。數月後，黑紅白臉小兒相繼夭亡，山胞驚駭，即遷去，並舉火焚寮。石柱從此不再上長，至今仍兀立其地。（《台灣地區風水奇談》【參七丙 11】）

〔註 60〕書同註 47，艾伯華：頁 260～261。

艾伯華在這個類型提要及出處記錄下，還記載了各故事中與提要內容的「對應母題」，其中與提要「(2) 產生了奇特的徵兆（事主來日將可發跡）」對應的是：

> 妻子生了幾個性格非常奇怪的孩子，把他們殺死了。她因而摧毀了最後一個將要當皇帝的孩子的風水。（浙江 B）

韻案：據艾所註出處，浙江 b 出自《民間月刊》第二卷第 3 號，頁 69～70。材料出處與本文四則材料之一出處相同。

這裡引自本文材料的第一則故事，資料出處與艾伯華引用資料出處相同，〔註 61〕固然是同型故事無疑，其他三則故事則都出現了「三個怪孩子」的情節，並以此情節爲敘事重心，因此本研究據以修訂此類型標題及提要以概括故事內容如下：

＊607　三個怪孩子，結伴為真命天子（艾 174“風水遭破壞”）

（一）一戶人家得到一個風水寶地，他們將親人埋葬或自己居住在那裡。

（二）家中陸續生出了三個或數個奇怪的孩子。（A）

（三）奇怪的孩子先後被受到驚嚇的家人弄死了，事後才知道他們是應風水庇蔭而生來要結伴打天下的眞命天子。

100　工匠的絕招（＊404　造宅者的咒語）

（一）泥瓦匠或者木匠認爲，他們受到了業主的虧待。

（二）他們在建築中加添一種有魔力的東西。

（三）這個東西起作用了，業主受了損失。

（四）這個東西被清除了，工匠受了損失。

凡居宅之事，均在風水信仰所關注內容，故此型故事也可視爲風水故事類型之一。這個類型似乎在中國流傳極廣，艾伯華所註的故事出處多達一百 0 九個故事。本研究所見的同型故事有三個，其中一則出自林蘭編《董仙賣雷》的〈清白傳家〉故事，和艾伯華故事出處第「DB」和「DC」（即第 106 和第 107 個）是同一個文本，另兩則出自清人筆記《此中人語》，茲具詳兩處故事各一則於下：

〈清白傳家〉

> 江浙地方，蓋造新房，給匠人的酒食犒賞照例豐厚，因爲世俗相傳，倘對匠人袋遇差而使他們懷恨在心，必會以「壓勝術」報復。比方

〔註 61〕參見艾伯華書（同註 47）頁 260 及其書後參考文獻目錄。

他們把一枝筆一枝尺砌在牆壁裡，是「必拆」的諧聲，日後房子將遭拆毀。若把三粒骰子擺成么三的樣子埋在屋角裡，這家人將來一定出好賭的子孫，至傾家蕩產而後已。假如捏一個披枷戴鎖的泥人埋在地下，這家日後必遭訟獄。可是匠人做這些把戲時，若遭人識破，將來反而要應驗在他身上。上海某鄉有一個仁厚的富翁，有一次建築新屋，工程必求結實，不免有所挑剔。匠人中有兩人因此恨他，用泥做成一隻壁虎，爲「必火」的諧音，預備擺在屋脊上。工作中忽然吹來一陣大風，匠人跌落，富翁趕來救護，卻發現兩人一手拿著壁虎，一手拿著火石，悟出其中的意思而勃然大怒，一個匠人說：「壁虎是『必富』的先兆呢。」富翁說：「那火石是做什麼的呢？」匠人才無話可說了。壓勝術也有好的。前清上海西鎮王家改造正門時，發現椽子底下有一罈清水，房屋經三百年之久，水仍沒乾涸，罈口上一把匠人用的鉗子，據說這是「清白傳家」的意思。（《東方故事 3——董仙賣雷》【貳二甲 4】）

〈匠人（二）〉

……大團盛氏，爲南邑首富，相傳其祖上造屋時，一日見水木匠耳語，留心察之。見泥水匠做一小泥孩，木作頭做一木迦，將枷套泥孩頂上。遂詰之，兩人齊對曰：「此枷乃四方第一家也。」因不復問。厥後大團鎮上，總推盛氏爲首屈一指。蓋匠人雖欲使技倆，而口彩頗好，遂反凶爲吉云。（清・程趾祥《此中人語》卷三【貳二甲 3】）

除了以“風水”爲標題的風水故事類型，艾伯華廣納中國民間神話與傳說、故事的《中國民間故事類型》還有一些傳說類型，在風水故事材料中也可找到同型的例證，舉二例如下：

例一：169　回回採寶

（一）一個回回看見一個不起眼的東西，認出這是寶貝，想出高價買下。

（二）這個東西的所有者尋問其意義。

（三）回回講了，但是沒講全。

（四）所有者設法用寶，用的時候把它丟了，或者破壞了寶貝的效力。〔註 62〕

〔註 62〕書同註 47，艾伯華：頁 251

這是中國流傳甚廣的一個傳說類型，艾伯華自註的故事出處就有三十八個，地區遍佈浙江、江蘇、江西、河南、河北、廣東、山東……等中國各地，中國學者程蔷也曾以此爲主題著《中國識寶傳說研究》，「回回識寶」就是該書中主要章節之一。〔註63〕「回回識寶」的“寶物”形態有很多種，屬於這個類型的風水故事，自然是以風水爲寶物。例如：

〈狀元與臭頭〉

澎湖馬公港外有一座小島叫雞籠嶼，風水很好，有一位大陸的風水師將祖先的骨灰葬在這裡，後代子孫代代出狀元。這家子孫每年都要從大陸坐船來掃墓，覺得很不方便，後來就將祖先遷葬回大陸。有一個捕魚的人聽說了這件事，就連夜將祖先的骨灰葬在他們留下的墓穴中，可是後來他的子孫並沒有代代出狀元，卻是代代出臭頭。原來這個穴雖是好穴，但葬時還要配合方位、時辰，才能發揮作用。這個漁夫因爲是晚上偷葬，忽略了這些條件，所以只能代代出臭頭。

（《澎湖民間傳說・澎湖雞籠嶼的風水傳說》【壹二乙3】）

同型的風水故事，還有〈將軍大座形〉（明・《人子須知》【伍三2】）、〈鄧氏墓〉（清・《粵西叢談》【壹二甲5】）、〈心急當皇上〉（河北耿村【陸五3】）等幾個出處。由於風水這樣無形的寶物被不識寶者誤用或丢失的過程，與其他具體事物不太相同，故本研究修正其提要如下：

#306・1　採寶Ⅰ－採寶失寶（艾169　回回採寶）

（一）一個風水師認出一塊風水寶地，做了記號。

（二）有人看見風水師的記號；或有人聽見風水師向人說明該風水的使用法

（三）風水師沒有說明或沒有講全使用法。

（四）有人偷偷啓用風水地，但不得其法，吉地風水失效或轉凶。

例二：184　奇蹟

（一）一位會法術的人想整平一座山。

（二）因爲母親打擾了他神秘的睡眠，他死了；山只整平了一半。〔註64〕

〔註63〕見程蔷《中國識寶傳說研究》之「三　回回識寶、江西人覓寶及南蠻子憋寶傳說」（上海文藝出版社，1986年5月第一版），頁132～174。

〔註64〕書同註47，艾伯華：頁270。

艾伯華所註故事出處只有一個，故事是：

〈楊六狗踏山〉

一天，楊六狗對他母親說：「附近村莊將要出一個眞命天子，不過我們這裡四面環山，地盤太小，恐怕載不住，所以我想把山崗踏平，地基就廣大了。」母親覺得奇怪，但也允許他踏山。當夜六狗在屋中架起一塊木板，板邊釘著半開毛竹，出口接著豆腐桶。安排好後，六狗對母親說：「我臥在這板上施法，請你到我的汗流到七豆腐桶時喚醒，未滿之前切勿叫喚。」說完就躺在板上，雙眼緊閉，兩腳不斷伸曲，瞬間六狗的汗如潮般流進桶裡，注滿了兩三個桶子。楊母見了非常心疼，禁不住叫喚著六狗，把他推醒。六狗一醒，汗沒有了，大叫「地盤小，載不住」，就死了。因爲他汗沒有出完，閉汗身亡。至今旌户至嵩溪仍隔著高山峻嶺，山頂有一部份平的，據說是六狗踏過的。流傳於浙江浦江（《民間月刊》第三期【參七丙6】）

在本文所見風水故事資料中，有兩則故事與此故事似乎有所交集：

〈活土地堂〉

有一個看風水維生的人，凡請他看風水的，後來都發了財。有一天他對兒子說，我在對河水潭看好一塊龍穴地，把你娘遷葬到那裡吧。風水先生和兒子葬好妻子後，就天天在宅邊竹園做爛泥老爺，天晴在外面晒，下雨就搬進屋。媳婦怪他們把家裏搞髒了，他們仍繼續做。一天，風水先生的親戚死了，報喪人來時，兒子正好不在家，風水先生只好自己去親戚家吊孝，臨走吩咐媳婦，下雨前一定要將泥老爺搬進屋。風水先生走到半路，就下起雷雨來，他趕緊掉頭回家，只見媳婦正用掃帚把泥老爺掃進屋裏，泥老爺都缺手斷腳了。風水先生急倒在地上。原來這些是他和兒子當太上皇和皇上的替身，等它們一乾，就可以藉對河龍穴的風水顯靈。現在泥人被掃帚掃壞，他和兒子的性命就要斷送了。果然風水先生和兒子不久就死了。當地人知道他是半仙，蓋了一座廟供奉他，稱爲活土地堂。（《中國民間文學集成上海卷嘉定縣故事分卷》【參七丙7】）

〈林道乾與十八擕籃〉

林道乾不滿滿人的欺壓，就豎旗謀反。曾經有一個神仙變裝爲一個地理師，為林道乾指了一個眞龍正穴埋葬父親，說埋葬之後，子孫可以做皇帝。不久，林道乾在山中遇到神仙，贈他三枝神箭，教他在某天早晨錦雞初啼時，向西北射去，就可射死皇帝，取而代之。林道乾高興地回家告訴妹妹，妹妹也非常興奮，恐怕錦雞誤時，連去探望錦雞，錦雞受驚而提早啼叫，林道乾因此早發神箭，箭上刻了林道乾的名字，因而遭朝廷緝捕，林道乾只好逃亡。逃亡途中，一個風水師告訴林，由於林祖上缺德，林無福份，不配龍袍加身，所以林父所葬山靈移動，眞穴已經走脫，地下人的龍袍只穿一半。林道乾開墓一看，果然如風水師所說，就將骨骸包起來帶走了。(《臺灣民間文學集》【參七丙5】)

第三則故事如果去除有關風水的情節敘述，就是一則典型的AT592*「魔箭」〔註65〕的故事，但加入了前後的風水情節，便讓人聯想起艾伯華184「奇跡Ⅰ」的內容。

艾氏對此類型的設定只根據一則故事，顯然是意識到這則故事不是偶然的孤例，應該有其他的說法或故事內容在中國傳說的環境中與它同在。從這個提示，似乎可以找到它與上述第二則和第三則故事的關係，但以艾氏的提要來看，這些彷彿相關的故事卻找不到交集。若重新以類型的觀念和設定方式來看，從故事主題（提早喚醒而失敗的法術）和情節結構（不知情的助手破壞了原本完整的計畫）交叉比對，則這些故事的關係便由隱而顯的一一浮現。試假設其“類型”存在並提要如下：

#609　冒失助手壞計畫（AT592*魔箭＋艾184　奇蹟Ⅰ）〔註66〕

（一）一個人想要藉由某種魔力（A）讓自己或某人當皇帝（B）。

（二）他需要助手（通常是母親、姊姊或媳婦）的提醒或保護，以便準時及安全的完成魔術。

（三）緊張或不知情的助手過早喚醒他或破壞了魔術的操作，魔術失效計畫失敗，主角死了。

雖然沒有更多的材料可以印證這個「類型」的設定是否正確，以及是否存在著如艾伯華「奇蹟」般的類型想像，至少對於風水故事中這些類似「魔

〔註65〕見丁乃通（1986，北京：頁205～206）「險避魔箭」，其提要梗概如下：I【密謀殺害皇帝】II【魔弓和魔箭】III【射出過早】IV【陰謀失敗】V【懲罰】。

〔註66〕參見本書頁152註28，〈中國風水故事類型及傳說模式譜錄〉，頁373～374。

箭」又似「奇蹟」的同類而型似的故事，提供了一個聯結與觀察的依據。

以上從艾伯華不拘材料性質而廣納中國神話傳說和故事編著的《中國民間故事類型》中，找到了在其他分類索引中所難得發現的風水故事特種類型，以及其他傳說形態的類型，並從其傳說類型的歸納中，發現風水故事與其他題材故事（含傳說）間的關係。相對於以「故事」爲主的分類索引已整理出的成果與材料，這些傳說類型補充了故事索引的成果以外未見或不足的材料，在未知風水故事及其傳說形態與內容的找尋資料之初，艾書中的風水故事類型及許多似曾相識的傳說資料，是一項令人驚喜的發現，並對中國民間故事存在大量傳說類型的現象有初步的具體認識，同時開拓了尋找風水故事與傳說資料的視野和整理方向。

但是丁乃通對艾伯華的《中國民間故事類型》卻有一番頗爲嚴厲的批評，他提到：

> 在他那本索引裡，他把民間故事、神話和傳說、軼事等等都混爲一談，沒有用 AT 類型，胡亂分類了一番。……〔註 67〕

相對於 AT 系統的整齊分明和檢索功能的完備，艾伯華《中國民間故事類型》的確顯得紊亂而缺乏系統的規律，要查找其中的故事類型，只能從頭到尾逐一檢閱，這是該書最不便利而可詬病之處。但關於「他把神話、傳說、軼事等與民間故事混爲一談」，是否果然爲其可病之處，筆者卻認爲對此應可容忍，甚至值得讚賞其兼容並包的嘗試。除了艾氏書前言中已提到，有些故事情節會在不同的體裁形式間互替出現，使得某些傳說、軼事和故事也可能結合爲一個類型之外，在分類整理中國風水故事的親身經驗中，筆者也隱約體認到要借西方民間故事分類系統呈現中國民間故事的本體形態，在很多方面的確不相合宜或有所不足，而容易產生掛一漏萬的現象。例如單純以湯普森情節單元分類系統爲風水故事情節分類，並無法完全容納和呈現風水故事的全國內容，某些風水故事特有的情節特徵也無從體現。以此之故，與國際民間故事分類系統同步固然有利於讓世人了解中國民間故事，並便於檢索和比較中外民間故事的材料與特色；但當欲呈現或強調中國民間故事的本體特徵，卻又未掌握足夠充分的材料以確立其本體形態與規則時，一個系統的架構只能在理想與現實之間由材料的漸漸充實逐步修建。艾伯華兼包神話、傳說、軼事與故事混爲一談的取材方式也許有出於對「中國民間故事特有風格」

〔註 67〕丁乃通《中國民間故事類型索引・中譯本序》頁 2，同註 6。

〔註 68〕的意識，而企圖在兼包並容的類型分類中展現其風格的雄心；也許在對材料未有充分把握的收集與認識下，不敢輕易投以框架，而留下草創之初無章法的筆記形式的記錄。不論艾氏的原始考慮是否如此及其得失如何，由本文所收風水故事資料歸納所得的〈中國風水故事類型與傳說模式分類譜錄〉，至少是在以上的理想考慮與現實困難之折衝中，暫時起草的風水故事資料分類及整理方式。

（三）《中國風水故事類型與傳說模式譜錄》的編輯體例與特色

本研究搜集的風水故事材料中，共歸納得出四十種故事類型和六種傳說模式，其中八個類型已知有風水故事以外其他題材的故事同屬其類型；其他三十二個故事類型，目前判斷可能爲風水故事特有的故事類型。爲便於分辨及敘述，在各類型標題前以"@"示該標題所屬內容爲風水傳說模式；以"✳"示該標題所屬內容可能爲風水故事特有類型；以"#"示一般故事或風水故事以外的其他故事常見類型。

編輯體例同時參考上述三種中國民間故事類型索引專著，但以艾伯華《中國民間故事類型》爲主。

1、在分類架構方面

目前已經成形的各種分類體系都是就民間故事的全面分類而設計的，即使所有風水故事都可以因應不同主題的設計納入各分類體系中，風水故事的專題特色也將埋沒於故事大海中無法呈現。所以這裡仍沿用第參章已歸納出的風水故事主題分類，以主題類別爲基本架構，先將主題性質相近者合爲大類，分別是：一、風水的作用。二、風水命定。三、取風水的故事。四、破風水的故事。五、風水與報應。六、風水師的故事。七、因風水產生笑話。

2、編號及排序規則

（1）以主題類別爲單位獨立編號，各主題編號不相連續，原則上共三碼，例如：第一類「風水的作用」，類型編號由 101 開始至無限；第二類「風水命定」，編號 202 開始至無限，以此類推。

（2）排序原則以故事的構成元素最基本而單純者次序愈前，例如「✳101 葬地佳者福子孫」的主旨較單純於「✳102　牧童在風水地上坐化成仙」，因爲"風水地使人成仙"是從"葬地（風水地）福人"的主題及其觀念基礎來

〔註68〕書同註 47，艾伯華《中國民間故事類型・前言》頁 2。

的，所以在前。其次再依故事結構由簡單而複雜序其先後。但有時候爲突顯類型間的關係而有例外，例如主題並情節組合相關之次類型。可能是某類型之次類型者，則仿 AT 體系的編號方式，以同編號下的小數點表明其主次關係。如此則可備將來補充同主題的其他新生類型之編號空間。

（3）爲使譜錄架構及體例統一，即使已先見於其他類型目錄或索引而有編號的故事類型，在本編中仍以本編原則編號，但附註其他索引目錄的同型編號於標題後。

3、提要的撰寫形式方面

丁乃通書和艾伯華書撰寫提要的形式都採取分段的方式，類型的情節組合結構可以藉分段以呈現；金榮華書所撰類型提要，以綜合性的敘述爲主，閱讀起來極流暢，讀者可以儘快掌握該故事類型的內容。以索引供用於檢索的目的言，金書的敘述法似較佳於分段法；以研究的目的論，分段法在多數時候較便於分析討論，故以研究故事關係爲主的譜錄，採取分段式提要可能較爲便利。故本編以分段式提要爲主，當類型結構單純時，也不必爲求形式統一而刻意分段。各段落有時附加（A）（B）（C）等註解符號，待於各故事出處後註出與此段落對應之情節內容。

4、出處及情節註記

本編編輯前，先編有〈中國風水故事全文類編〉，將目前所得風水故事材料全面依故事主題分類，故每一則獨立故事都有該類編中的專屬編號，如【壹一甲 1】或【陸五 1】等，均記錄於各故事篇名之後及其來源書籍之前，以便讀者直接由附錄一中檢索得知各篇故事的詳細內容。在故事篇名、編號及來源書名（或地點）〔註 69〕之後，將提要所示的主要情節依（A）（B）（C）符號填入對應的內容。

5、參考資料

有一些故事或情節雖不屬於某類型，但與某特定類型的部份內容、性質或出處似乎相關或相近，等等可能表示故事間彼此淵源和關係的資料，一概附註於此，以保留故事間彼此交集或平行的線索，爲將來研究者提供盡可能充分的參考資料。

〔註 69〕凡來自近年各地普查搜集採錄所整理的資料，如大陸《中國民間故事集成》系列資料，及台灣各地文化中心出版之鄉鎮民間故事集，以及學者如金榮華等人調查整理之故事集等，均註以故事出處地名而不註書名。

以上除了特殊符號以及編號和排序規則的設定，這個譜錄的編輯體例其實是以艾伯華書的編撰方式爲基礎，參考丁書及金書的優點後加以修訂的結果。艾伯華在每一個類型提要後，往往附註了大量的相關資料，包括各故事出處及其文本中從闕或增添的故事情節、情節的對應或擴展、該類型的歷史淵源、流傳地區，有時候有比較的參考資料，以及內容不一但含有研究性質的附注和綜論等。以各個「類型」爲單位來看，這種盡可能集中所有相關資料的編輯法，爲該類型的研究及研究者提供了最好的服務和準備基礎；但以一個目錄或索引的角度看，這些冗長而體例不一的附注資料，不免令人眼花瞭亂，使用者除非已經對某個類型有所關注，否則很難欣賞這樣的用心良苦。艾書中有許多飽受批評的缺點，例如其類型的編排只用幾個標題分出了大類而無詳細的分類說明；各類型的號碼，只是數字的自然排序而無分類的編輯意義等。儘管如此，但艾書收集並旁顧各類型本身及其內外相關資料的努力，對研究者而言，仍是深具啓發性的。例如對於以探索故事群的特色及流傳關係爲目的的「故事譜」而言，找出同類故事及故事變異的出處，以及觀察故事的其他內容關係和發展淵源，也是一項重要而不可或缺的工作。因此本編參照了艾伯華書的編撰方式，並參考丁乃通書和金榮華師書所使用的 AT 架構及其分類內容，以 AT 的系統化及規則化的分類原則，整齊體例如上所述。即使故事群的關係與特色不能完全由此呈現，冀盼起碼不失一個風水故事類型的專題目錄應有的功能與意義。

二、中國風水故事類型與傳說模式的關係與特徵

（一）傳說模式的形成及與故事類型的關係

1、傳說模式的形成

傳說模式的故事情節內容很少重複，但構造情節的模式相仿甚至一模一樣。如果說故事類型的形成，是一個故事經過多方流傳的不同說法，傳說模式是否也是多方流傳彼此仿造的結果呢？還是只是不約而同的平行特徵？

從模式的個別內容看來，這個答案很難有具體的結論。但是比較來看，有些模式核心很單純，代入其模式的情節內容多同質性，例如：

@104　一穴兩局

一塊難得的風水寶地，同時有兩種風水效果，但使用者只能選擇其

中一種，風水地的風水作用才能生效。

與此模式對應的情節有十一個，若干之例如下：

……三人臨去，謂鍾曰：「蒙君厚惠，今示子葬地，欲得世世封侯乎。欲爲數代天子乎？」鍾跪曰：「數代天子，故當所樂。」便爲定墓。（後生子孫堅爲吳帝）（《幽明錄‧孫堅祖墓》【參一2（1）】）

……明日將去，乃曰：「吾識地理，思有以報。……」聿修（陳思膺）欣然，同詣其處視之，客曰：「若葬此，可世世爲郡守。」又指一處曰：「若用此，可一世爲都督。」……葬後……除桂洲都督。今壁記具列其名，亦有子孫仕本郡者。（《太平廣記‧陳思膺》卷三百八十九【壹一甲7】）

……他的子孫請他爲自己的祖先看一個好風水，他要子孫帶著祖先的骨灰出海，去一處像鼎一樣的海穴，如果骨灰灑在鼎中央，就會代代出狀元，如果灑到鼎邊，就會代代出賊王。結果兒子將骨灰灑到鼎邊。黃目蔭知道子孫會做賊王了。（〈黃目蔭看風水〉澎湖【陸一7】）

又例如：

@105　福禍相倚的風水地

某個風水地可讓葬者的後代或親人得到令人羨慕的發展和成就，但同時間或在此之前也讓某些親人受到巨大的傷害或導致死亡。

與此模式對應的情節有九個，任舉二例如下：

唐溫大雅改葬祖父，卜人占其地曰「害兄而福弟」，大雅曰：「若家弟永康，我將含笑入地。」歲餘果卒。（《事文類聚‧前集》卷五八【壹一丙1】）

葬後初時，葬者獨子先亡，遺腹子傳繼後代，始致子孫繁盛：獨子新婚，夜半出門救火爲虎傷而卒，新婦半夜媾合即懷孕，遺腹子生九子一十六孫，人丁大旺（《地理人子須知‧半夜夫妻八百丁》【陸二甲19】）

這兩個模式的核心都很簡單，「一穴兩局」只要以「1＋1＝2」的公式，類舉兩種風水利基（如富與貴，一世帝王或幾代諸侯……等），就可以完成此模式的情節；「福禍相倚的風水地」，是以「1－1＝1」的公式，舉出福禍對比的內容，便完成了這個情節模式。而不論是類舉或對比，都不外乎“福”或是“禍”的內容，所以儘管內容不重複，但性質都很統一。

但有些模式的性質或主題基礎較複雜，代入其模式的情節內容便有較多變化而少有高度雷同的內容。例如：

@203　人算不如天算

抵制預言的結果應驗了預言；相信預言的結果使原本的希望落空。

這個模式只有三例，盡舉如下：

1、。卜者預言意外應驗：卜云某官居宅有獄氣，須發積錢乃可厭勝，某官於是聚斂更甚，因而犯罪下獄（【肆五 1】《舊唐書》〈斂錢厭勝〉）

2、。人算不如天算，機關算盡有意外：富貴人卜葬，希望後世子孫富貴如其況，卜者指某地云子孫將發達於六七世後，不料開穴造墓，卻見有古墓，墓主即卜葬者七世祖。（【壹二戊 7】《子不語》〈介溪墳〉）

3、。人算不如天算：皇帝命大臣治死龍穴地，使當地不能出天子，不料當朝天子竟死於該龍穴地（【伍二丁 4】上海〈劉伯溫破龍穴地〉）

這個模式提要很簡單，但其實性質頗不單純。必須有“預言”、“抵制預言的動作”，以及“預言應驗”三個構件，才能滿足這個模式的條件。上述三個情節，各以不同性質的構件形成這個模式，既非類比，也非對舉，所以差異也多，雖然情節的核心模式相同，但目前還看不出彼此之間有否因襲借代的關係。同樣的情況，也出現在另一個情節模式：

@605　預言奇中，意外應驗

預言（有時是夢兆）出現時沒有人真正理解其中的意思，後來發生的事卻逐一應驗預言，證明預言所言不虛。應驗的情況可分三類如下：1、以意外之事應驗。2、以言外之意應驗。3、事後解意。

這個模式的構件也有三個：一是“預言之奇難理解”，一是“應驗預言的意外事件或情況”，一是“預言之奇與應驗意外的應合”。看起來很難，本文材料中卻見有十八個情節同此模式，分別以三種性質不同的意外情況應驗預言，茲各舉其例若干如下：

1、以意外之事應驗（有三個）

。卜者預言某日東來青衣者能為某宅主療瘉失明，果有人來，然不解療醫，但解做犁，便取宅主宅中臨井之條桑做犁，臨井桑條斫下

時，失明宅主立即復明（【壹一丁 C4】《朝野僉載》）

。卜者預言墓葬「龍頭、龍耳」，能使「萬乘」至：葬後不久，皇帝打獵經過該墓（【陸二甲 5】《青瑣高議》《地理人子須知》）

2、**以言外之意應驗**（有四個）

。卜者爲皇后葬地卜國運云「卜年二千，卜世二百」。後其國祚三十年而亡，原來其卜詞眞意是：卜年二千者，是三十字也（合字見義）；卜世二百者，取三十二運也（引申見義）（【陸二己 3】《北史》《隋書》《御覽》）

。所夢徵兆意外應驗：卜地後得夢是地多瓜，以爲瓜瓞之兆，不料是地後爲柯姓所有，其土言「瓜」「柯」同音（【肆二 1】《昨非庵日纂》）

3、**事後解意**（有十一個）

。人算不如天算：望氣者云某地有「鬱葱之符」，有意竊位之權臣請爲宅第而居。後權臣勢衰，宅收入皇室改築新宮，而帝王均生於其宮，果應其讖（【陸二己 7】《桯史》）

。卜兆云「葬後當出八公」。然其葬地名曰「五公」，後其後代共子、孫、曾孫合有三公（【陸二己 4】（朝野僉載）《太平廣記》）

。卜者云某地爲「君山龍脈」。後有「三皇廟」起於該地（【陸二己 8】《南村輟耕錄》）

。卜者爲人卜葬地，云「有龍歸後唐之兆」人莫知所以。他日偶至異地，得「後唐龍歸」地名，往訪果得葬地（【陸二己 11】《稗史彙編》）

這些情節大部份是特定事件之傳說，情節性質各自獨立，模式似乎是不約而同。只有一兩個情節性質相似，如「君山龍脈出三皇廟」和「五公地出三公稱八公」，以名詞的多義造成誤會性的意外而構成情節，但也不算雷同。細察這些情節內容，不難發現這些情節構件的創造主要都來自中國文字的「一詞多義」（例如八公）、「音同字異」（例如“柯”“瓜”）或「拆字見義」……等各種詞音義上的特性，與人的主觀認識不符卻與客觀現實無差的結果造成的驚奇而形成情節。所以這些情節本身，雖然未必深奧，但大部份具有熟練的文字技巧。而其出處，主要來自古代筆記和史傳之書。因此，對於甚熟練於文字技巧的並且習慣於模式化的運用（如詩與駢文）的古代文人來說，不約而同的模式化，在對事件的發生、觀察與記錄上，都是極可能而且自然的。

所以比較來看，簡單模式的情節不必模仿也能創造，複雜模式的情節也未必來自抄襲，雖然不能因此認定其間必然存在或不存在模仿或影響，但可以肯定其情節模式所反映的的思維模式或創作意識是彼此互通的。而「一穴兩局」（有所棄方有所得）、「禍福相倚」、「人算不如天算」的主題觀念和思維模式，也就是中國風水故事所集中關注的內容和表現方式之一。

2、傳說模式與故事類型的關係

如前文所述，〈中國風水故事類型與傳說模式譜錄〉的編輯體例，是先依主題，再按結構由簡單而繁複的原則編列次序的，所以模式及類型編號，除了排序外，同時有與其他模式和類型內容參照的意義。

從六個傳說模式的編號看，模式在這個譜錄的位置，都在其所在主題類別的後段排序，可以看出傳說模式雖然在結構形態上比類型簡單，但主題內容多比類型豐富。例如「@103　一穴兩局」，主題是「一個風水穴有兩種作用，但只有其中一種能取用」，其由來基礎是「＊101　葬地佳者福子孫」，主題是「好風水地能作用於子孫使其獲福」。也就是說，　「一穴兩局」的模式主題包含了「葬地佳者福子孫」的前提，並且在這個前提的內容基礎上有所發展。而這兩者之間的「＊102　牧童在風水地上坐化成仙」和「＊103　螃蟹穴」的主題內容，就介於這兩者之間。如「牧童在風水地上坐化成仙」說明「好風水地可使人成仙」，這個主題的性質與「葬地佳者福子孫」相同，所以排序緊接其後；「螃蟹穴」說明「風水的好壞影響子孫」，比前二者單純的“風水好作用”增添了“壞了也有影響”的內容。至「一穴兩局」，風水作用增加到可以讓人選擇；至「@105　福禍相倚的風水地」，風水作用增加為“有福必有禍”兩種作用；最後「＊106　此消彼長的風水地」主題中不但包含了有福必有禍，還增加了“福一方必禍另一方”的內容。

在這個層層相遞的關係中，風水傳說模式以「模式」的性質而處於後段編號，就有兩種意義。一是它可能是從前段的類型故事中延伸或發展出來的，一是它可能包含前段類型和模式的內容。但是前文說過，「模式」的設立，是從很多孤立的情節表現出某種共同的情節核心歸納來的，如果是前段類型的延伸和發展，那在情節組合或說法上應該也有所繼承而為「次類型」，不會只是核心相同而情節內容與組合全然不同的「模式」。例如「＊403・1」和「＊403・2」的「破敵風水以敗敵」：

＊403・1　破敵風水以敗敵（一）

（一）某地或某戶人家得到良好的風水地，子孫代代都比一般人厲害。

（二）這些厲害的子孫讓某些人感受到威脅，受威脅的人們決定反抗威脅。

（三）人們請來高人找到這個風水的要害進行破壞。

（四）這個風水地的子孫不再有高人一等的本事並且逐漸沒落了。

＊403・2　破敵風水以敗敵（二）

（一）兩兵交戰，可能居於弱勢的一方想要破壞對方將領的祖墳風水，以削弱對方氣勢致潰敗；或是鬥爭中的對手設法破壞對方的風水，使其受風水庇蔭的氣勢衰弛而落敗。

（二）被破壞的風水地中某些異物正在發生的變化中斷了，被破壞風水的一方出了意外並很快落敗。

它們的共同模式是：一強一弱的兩個對方，弱的一方藉由破對方風水使對方自己衰弱。在這模式下，其破敵原因、方法和結果各有一套固定組合和獨立說法，所以是兩個類型，而其間又有顯然的繼承關係，所以是次類型。

但模式是來自於許多內容孤例的情節。它在情節與結構上無所謂繼承，而是歸納。所以模式處在這譜錄中的各主題類別之後端地位的意義應該只是：它可能包含前段類型的主題內容（內容性質如果是平行的就不一定互相包含），〔註70〕所以有可能在現在的同核心模式的情節裡，整合或發展出含前面主題內容的類型。也就是說，一個模式裡的情節如果以其核心模式發展出不同說法，它可能在這個模式以外也構成類型。例如：

。卜者預言墓葬「龍耳」，能使「萬乘」至：葬後不久，皇帝打獵經過該墓【陸二甲5】《青瑣高議》《地理人子須知》

這個情節是本文新增類型之一「＊601　龍耳地致天子」的設定類型根據之一。共有兩則故事用了同一個情節，並且產生不同的說法，故事如下：

〈致天子問〉

璞嘗爲人葬，帝微服往觀之，因問主人：「何以葬龍角？此法當滅族！」主人曰：「郭璞云：『此葬龍耳，不出三年，當致天子也。』」

〔註70〕如前述＊102「牧童在風水地上坐化成仙」和＊101「葬地佳者福子孫」就是平行關係，不互相包含。

帝曰：「出天子邪？」答曰：「能致天子問耳。」帝甚異之。(《晉書・郭璞傳》卷七十二【陸二甲4】)

〈崔先生〉

玄宗獵於野，緩轡過小山，見一新墳在其上，隨行者張約顧視久之。帝曰：「如何？」先生曰：「葬失其地。」曰：「何以言之？」先生曰：「安龍頭，枕龍角，不三年，自消鑠。」俄有樵者至，帝因問曰：「何人葬此？」樵曰：「山下崔巽葬地。」乃令引至巽家。巽子尚衣斬衰，不知帝也，乃延入座。帝曰：「山上新墳何人也？」尚曰：「父亡，遺言葬此。」帝曰：「汝父誤葬，此非吉地，汝父遺言何說？」尚曰：「父存日有言曰：『安龍頭，枕龍耳，不三年，萬乘至。』」帝驚顧嗟嘆稱美。先生曰：「吾學未精，且還舊山。」帝復召崔巽子，免終身差役。(宋・劉斧《青瑣高議・後集》卷二【陸二甲 5】；明・徐善繼、徐善述《地理人子須知》卷六上，以及卷五下)

兩則故事的情節模式一樣，故事中引發情節的因果架構一樣，角色、內容說法也都有變化，所以據以認定爲類型，見於本文〈中國風水故事類型與傳說模式譜錄〉的編號及提要如下：

＊601　龍耳地致天子

（一）一個著名的風水師爲某人選了一個據說能招來天子的「龍地」風水以葬親人。

（二）天子經過該墓地，並察訪這個「龍地」葬者的後人。

（三）天子（或懂風水者）告訴葬者的後人，說墓葬地在「龍頭」（或說“龍角”）會導致後人滅族；葬者的後人回答說：選擇這塊地的人曾說該地是「龍耳」，能招天子來問（或到墓前）！

雖然只有兩種說法的變化，但這個變化的出現，一種「型」的說法有了從變化中比較其“不變”，也就是固定特質的對照基礎，一個故事結構的輪廓就很容易描繪出來了。因此可以想像，有更多類型可能早已存在於中國風水故事中，只是在目前掌握資料有限的情況下，尚無法指稱其類型的存在，但發現了某些有特質的共同現象而合之爲模式。所以傳說模式在類型譜錄的意義，除了提示一種情節發展的趨向，同時隱含了故事的再創造與發展的可能，這也表示中國風水傳說和故事，還有新的發展正在蘊釀和形成中。

（二）風水故事類型的特徵

1、故事類型最多的主題類別

以“類型”是一個故事的多種說法的定義來說，風水故事類型愈多，表示風水的流傳愈廣與變化愈多；以“模式”隱含的新類型元素來說，則風水傳說模式愈豐富，風水故事發展的空間愈擴大。所以各主題類別中，故事類型愈多，則該類題材可能最為風水故事常見。在此，出現最多類型數量的是第六類「風水師的故事」，有十三個類型和一個模式。其次是第三類「取風水的故事」，有六個類型和一個模式。再其次是第四類「風水與報應」，有六個類型。其中「風水與報應」的六個類型中，有四個類型見有其他中國民間故事類型索引以 AT 系統的分類方式編號，可見該類別的故事與其他一般故事交集最多。〔註 71〕

（1）風水師的故事

這裡的十三個類型和一個模式，集合起來，有三項主要內容：預言、巫術和風水師。其中 601 至 606 號的五個類型一個模式，內容都是“預言應驗”的故事，例如「⁎602 奇怪的預言時刻應驗」、「⁎603 奇怪的預言時刻兩度應驗」、「⁎604 風水預言應驗，有名無實」、「@605 預言奇中，意外應驗」等。這些為數比例不算少的類型，具體證實了某些學者以“風水先生無誤的預言”概括對風水故事的印象，〔註 72〕其說法也許很片面，但也非主觀的臆測。

其次是「⁎607 夭折的真命天子」、「⁎608 巫術風水做皇帝」、「⁎609 冒失助手壞計畫」三個有關“巫術”內容的類型，故事內容都有些詭誕，例舉其部份內容如下：

⁎607 夭折的真命天子

> 應風水作用而先後出生的三個長相（青面）或行為奇怪的嬰兒，如果順利長大將能共同打天下變成「真命天子」，卻被驚恐的家人以為不祥而弄死了。家人事後才知道他們是應風水庇蔭而生的「真命天子」，但已經來不及挽救了。

⁎608 巫術風水做皇帝

> 風水先生或上天（神仙、道士）指示，某一户人家即將藉由巫術（燈盞馬桶屋蓋斗）的幫助，產生一位皇帝。

〔註 71〕詳見下文「（三）ＡＴ分類與風水主題分類對照下的風水故事性質」論述。
〔註 72〕丁乃通《中國民間故事類型索引・導言》頁 3。

＊609　冒失助手壞計畫

緊張或不知情的助手過早喚醒他或破壞了魔術的操作，魔術失效計畫失敗，主角死了。

像這樣的故事，卻都不是孤例，也不少見，每個類型都有三到四則同型故事，但出處竟都集中在浙江、上海，台灣所見有＊607、＊609 各一則，河北耿村見＊607 一則，其餘故事都出自上海和浙江。三個類型均見載於艾伯華《中國民間故事類型》，所載出處，也是浙江。這當然啓人聯想，是否這類故事類型，都源生於浙江或浙江特盛產此類風水故事。這種地區特色當然值得注意，但不可忽略的是：本文和艾伯華在原始材料的取擇來源上，也大量的偏向來自這個地區的資料。〔註 73〕因此此一出處集中特徵是地區特徵或材料特徵，目前恐怕難以定論。

然後是以“風水師”爲主的故事。這裡有四個類型和一個模式，各類型間頗有多處重疊的現象，但又各具獨立特徵，故以下將具列其內容提要以資比較和說明。其中二個是同類的次類型，屬於「＊610 穴妨術師」類下，其內容與類型關係容於下文「2、產生次類型的類型」討論，在此僅指出其內容之主題特徵。茲述其各型故事概要如下：

＊610　穴妨術師

（一）一位風水師受聘雇主，爲雇主找到一個良好的風水地。

（二）但風水師將因指出這塊地而雙眼失明。雇主承諾提供風水師往後的生活照顧或其他財物幫助，於是風水師指出風水地點讓雇主順利葬下祖先，風水師的眼睛果然從此失明。

（三）風水師對雇主的期望落空，決定懲罰背信的雇主。

（四）風水師詭言風水有問題，請雇主整修風水。

（五）風水整修後，風水師眼睛復明了，雇主家敗落了。

這個類型的出處有六個，含次類型則有十一個。

〔註 73〕本研究材料部份，詳見第二章第二節所述，因爲客觀環境的因素，上海市鎮鄉的民間文學故事集成爲本文在當代風水故事的口頭資料中比重最多的資料來源之一。艾伯華則是 1934 年在浙江採錄了民間故事，後來在曹松葉先生協助下寫成《中國民間故事類型》一書。見金榮華《中國民間故事與故事類型》頁 45，及爲艾伯華著，王燕生、周祖生譯，鍾敬文序之《中國民間故事類型・中譯本序》（北京：商務印書館，1999 年），頁 6。

＊611　風水先生與糞坑肉

（一）一位風水師受聘雇主，爲雇主找到一個良好的風水地。

（二）雇主將掉落糞坑的雞或羊烹煮後請風水師吃，風水師認爲受到侮辱，決意報復雇主。

（三）風水師破壞了剛剛找到的風水地，或將風水地送給別人後離開雇主。

這裡的故事出處有五個，其中三個與＊610 的「穴妨術師」複合爲一個故事。

@612　風水師的陷阱

風水師因爲某些原因（A），用各種謊言與技術（B），使不知自家風水眞相的人破壞了自家的風水。

這裡有九個故事出處，茲舉其二例以示其內容：

〈地理師死後破主人風水〉【陸四 1】台灣（A）預知主人將佔自己死後所葬風水地（B）預埋錦囊書於己墳，詭言主家風水大凶及修正之法，主人果然如法修正，不久即敗

〈紫金觀的傳說〉【伍四丙 1】無錫（A）嫉妒同行高明（B）騙道觀徒弟放低觀前橋，可出更多有術道人，結果地靈破土而出，觀中眞人變瘋癲｛＋＊破敵風水以敗敵｝

＊613　意外的鐘聲（艾 188 鐘的奇蹟Ⅱ）〔註 74〕

（一）一個風水師爲雇主選了好風水地，但當這塊地被啓用時，風水師將因此生病或喪命。

（二）風水師請雇主在他離開當地後再啓用這塊風水地，並互相約定以鐘聲（或鞭炮聲）爲啓用的訊號。

（三）鐘（鞭炮）響得太早，或附近的鐘提早響了，尚未離得夠遠的風水師在雇主啓用風水地的時刻倒在途中。

這裡的出處故事有兩個。

上述四個類型，從內容主題到類型結構，都表現出明顯而密切的關係。

〔註 74〕艾伯華提要原文如下：（1）一個神秘的和尚立了一口鐘。（2）應該等他離開以後幾天再敲這口鐘。（3）鐘敲得太早了。它的聲音達不到預期的那麼遠。（艾伯華，1999，北京：頁 278）流傳地區在雲南昆明和河南開封。

在內容主題方面，四個類型都涉及了風水師與雇主的關係，第一個＊610與第四個＊613，主要是利害關係的對立，所謂「穴妨術師」，就是當雇主受風水之福時，風水師須受風水之禍。＊610、＊611、＊612的共同主題則是風水師的報復，更無疑是個人立場與利害關係的全面對立。

在類型結構方面，＊610「穴妨術師」的結構似乎有點複雜，它幾乎包括了以下三個類型的內容，例如＊611「風水先生與糞坑肉」的內容常常對應它第（三）「風水師對雇主的期望落空，決定懲罰背信的雇主」的情節，對應於第（四）「風水師詭言風水有問題，請雇主整修風水」的情節，同時也是@612「風水師的陷阱」的內容。但無法認定它是一個複複合類型，因爲它雖然包括其他類型的某一部份情節或情節性質相同，但不一定包括每一個完整類型的內容。有六個故事出處顯示這是一個獨立而完整的類型。反而是其他類型的變化呼應這個類型各部份內容，才使人注意到，也許是這裡的各部份情節發展出去成了其他類型也未可知。

和＊610「穴妨術師」比較起來，＊611「風水先生與糞坑肉」的架構簡單許多，但它似乎不應該出現於＊610「穴妨術師」之前，有一些跡象顯示，它可能是從＊610「穴妨術師」的情節中發展後獨立出來的故事類型。跡象之一是：這個類型的多數出處都與＊610的兩個次類型之一個有關，而大部份＊610「穴妨術師」的故事，也一直都含有＊611「糞坑肉」類型的全部或部份內容。這顯示兩者有密切共生和共存關係。跡象二是：＊611「糞坑肉」的內容常常是＊610「穴妨術師」類型的故事中引發風水先生與雇主決裂的導火線，而沒有這段情節的＊610型故事，也必然會在故事中代換其他同性質的情節以交付其決裂的原因，例如“把風水先生當僕人”（羅誠【陸三4】《咫聞錄》），或是“雇主失德用人陪葬”（時家墳【陸三 8】上海），“沒有得到雇主承諾給付的金銀”（蔡進士的傳說【壹三甲6】金門）……等。代換的情節很多種，而＊611的主體情節「風水先生吃到糞坑肉」是＊610同型故事中最統一而常見的一種。所以這很可能是從＊610「穴妨術師」類型的一段情節中，在該情節的多種說法中，逐漸整合後獨立爲一個故事的結果。如果這個推論成立，那麼也可見故事類型，或說風水故事類型的演變，不獨有單純向複雜的變化，也有複雜向簡化的可能。

（2）取風水的故事

在“風水師的預言”之外，取風水和破風水故事是中國風水故事裡另外兩類數量最多的主題類別，但是破風水的方法大多是象徵性情節模式，例如：

。。建塔象馬栓以鎖「五馬拖車穴」之馬（【伍二戊 1】金門、【伍二乙 4】金門）

。。建雙塔於「老婆現解」風水地的雙腳上以鎮壓風水作用（【伍二乙 2】福建廈門）

。。築塔蓋於地肖女陰之井口，女多淫亂之地頓少淫案（【伍一丙 2】漳州）

這樣情節大多單一獨特而很少在別的故事中重複被提及，其情節模式已經是最簡化的狀態，如果要以更大的標題概括其類，只能從其性質稱「以形制形」，但這樣的名稱，似乎已抽象化得失去指稱其內容的意義了。因此，破風水的故事雖多，但在本文的歸納整理中，很少得到具體的故事類型，只有在破風水的動機上得出兩個「破敵風水以製敵」的相從類型，成果極其有限。

相對於「破風水故事」類型難得一見，「取風水的故事」類型顯得豐富而有特色。原因之一，是取風水的故事都配合著如何取得的具體動作和情節，因此情節的特色很容易被突顯而變成類型。例如「*301 實驗作假得寶地」，茲列其類型提要並舉其對應情節數例如下：

＊301　做假取寶地

（一）一個風水師正在檢查一個風水地，他需要做一個實驗，以便確認這個風水地是否可用。

（二）附近有個人經過，風水師請他幫忙檢查實驗結果。

（三）風水師開始了他的實驗（A）。

（四）路過的人製造了與實驗結果相反的現象（B），風水師以爲實驗失敗失望而去。

（五）這個路過的人佔用了這個風水寶地。

對應（A）和（B）情節的常常是：

（A）插竹其地，隔宿萌芽（B）隔宿以枯竹換下萌芽的竹枝（【肆一甲 15】桐城張氏陰德《北東園筆錄三編》）

（A）眞風水地七尺之間夜不著露（B）灑水於不著露的眞風水地上，覆七尺之席於周邊他地使不沾露，令主人認取假風水地而棄眞風水地（【參四乙 3】七尺無露水金門）

（A）山前唸咒語，山後會開門（B）山門開了說沒開；假裝唸咒，其實沒唸，山門因此不開（【參五甲 2】韓信的傳說吉林）

其他的取風水故事類型還有「*302　活埋親骨取風水」，主要故事情節是：

骨灰下葬讓風吹回，兒子推下活著的母親，或母親（父親）自己跳下葬坑活埋

「*303　借用風水」，主要故事情節是：

風水先生埋葬的遺骨被替換了，被葬者的後代當了皇帝或者大臣

「*304　討風水」：

風水師送給偷葬風水的那户人家一個媳婦，等媳婦懷孕後把她帶走，擁有了那個風水的後代

「*305　自殺搶風水」

在風水地上自殺逼地主讓步允許就地落葬取得風水

這些類型和主要情節所描述的取風水方法，有很精彩的巧取方式，也有很駭人聽聞的活埋親骨與自殺等不折手段，令人印象深刻而易於複述，所以類型化的特徵很明顯。

2、產生次類型的類型

一個故事結構有了變異而成爲另一個類型時，就稱之次類型。〔註 75〕本文材料中，有二個故事類型產生了次類型，茲分二組說明。

（1）306　「採寶失寶」和「見寶失寶」

這個類型的原型是艾伯華設定的，本文據此類型的風水故事內容修訂了部份提要的敘述，以反映風水故事資料的實際內容，並便於比較與次類型的同類與繼承關係。

#306・1　採寶失寶（艾 169 回回採寶）〔註 76〕

（一）一個風水師認出一塊風水寶地，做了記號。

（二）有人看見風水師的記號；或有人聽見風水師向人說明該風水的使

〔註 75〕金榮華《中國民間故事與故事分類》頁 110。

〔註 76〕原提要內文如下：（1）一個回回看見一個不起眼的東，認出這是寶貝，想出高價買下。（2）這個東西的所有者尋問其意義。（3）回回講了，但是沒講全。（4）所有者設法用寶，用的時候把它丟了，或者破壞了寶貝的效力。（艾伯華，1999 年，北京：頁 251）

用法

（三）風水師沒有說明或沒有講全使用法。

（四）有人偷偷啓用風水地，但不得其法，吉地風水失效或轉凶。

次類型的名稱與內容是：

#306・2　見寶失寶

（一）一個人向一個會法術或有奇異能力的人要求得到一個寶物（或風水）。

（二）有法力的人給了他一些指示，請他自己去找到寶物（或風水）。

（三）這個人果然找到寶物或風水所在地，但不認識寶物或風水特性而認爲所看到的不是寶物或好風水。

（四）這個人沒有即時取得寶物（或風水），他永遠的失去了得到的機會。

從類型結構來看，兩個類型間似乎並無太大差異，但是內容有了變化，主要是在第三段情節的變化，而這裡正是這個類型表現故事主題的情節重心。第一個「採寶失寶」者因爲無知而失寶，第二個「見寶失寶」者因爲主觀的固執失了寶。從角色性質到故事意義，這個類型都起了某種質變，但基本架構沒有太多變化，所以是次類型。

這個次類型是據本文所見風水故事資料設定的。如本章第三節一（二）之「2、艾伯華《中國民間故事類型》出現的風水故事類型及其意義」已述，鑑於前一個「採寶失寶」類型在中國的普遍流傳，以及「寶物」與「風水」在故事中的高度等同性，即使將寶物（非特定）完全替代爲風水，也不影響故事的基本結構與內容，因此認爲此一類型應不會是風水故事所特見，而冠以「#」（一般故事類型）符號。

（2）＊610「**穴妨術師**」（風水先生爲別人找好風水而受害於風水）

＊610・1　穴妨術師1——瞎先生復明

（一）一位風水師受聘雇主，爲雇主找到一個良好的風水地。

（二）但風水師將因指出這塊地而雙眼失明。雇主承諾提供風水師往後的生活照顧或其他財物幫助，於是風水師指出風水地點讓雇主順利葬下祖先，風水師的眼睛果然從此失明。

（三）風水師對雇主的期望落空（A），決定懲罰背信的雇主（B1）。

（四）風水師詭言風水有問題，請雇主整修風水。（B2）

（五）風水整修後，風水師眼睛復明了，雇主家敗落了。（C）

這是主類型的結構內容。次類型的變化如下：

＊610・2　穴妨術師 2——七鶴戲水

{（一）～（四）同＊穴妨術師 1－瞎先生復明}

（五）整修的墓中飛出數隻飛禽（B），人們捉回了其中一隻，不小心擊傷了它的身體而導致殘缺（C）。

（六）之後雇主家中誕生了一個先天殘缺的嬰兒，嬰兒殘缺的部位與捉回墓中的動物相同。

（七）這個嬰兒長大成了有地位的名人（D）。

唯一的變化是在故事的後半段故事的增加與發展。這個次類型的故事出處主要來自近現代的口頭傳述，雖然常常與主類型的故事一起被傳述，但有時候只有次類型專有的內容出現，而捨棄了與主類型重疊的部份，事例見〈跛腳秀才〉台灣【壹三甲 7】、〈白鶴穴連生雙胞胎〉台灣【參五丙 11】、〈鯉魚穴〉上海【參五丙 10】等三個文本。可見此類型故事，似乎有愈來愈獨立發展的趨勢。但從目前的結構看來，仍具有與主類型相承呼應的次類型特徵。

從以上分析所見，中國風水故事的數量雖多，但並不一定繁亂不堪梳理，至少在某些主題內容上，正在演變或已經存在著某些類型化和模式化的特徵。

（三）AT 分類與風水主題分類對照下的風水故事性質

1、本文材料中所見丁書及金書以 AT 分類編號的故事類型

如前所述，丁乃通書及金榮華書是據 AT 分類架構，以狹義故事（無特定主角，非固定背景）爲主要的分類對象而編著的分類索引。而 AT 分類索引一直存有向國際通行以共享各國民間故事資料的努力標的。所以已見 AT 分類索引及編號的故事類型，一方面表示該類型故事有不受特定條件拘束的「故事」元素（不論其故事原來是否爲傳說），一方面說明故事應有普行於世的流傳條件。

本文根據丁書及金書，找到風水故事材料中符合其分類的故事類型共有六個，出自二十三則故事。其編號、標題及內容如下：

745A　風水（財）各有主命中定（＃205）〔註 77〕

〔註 77〕此據金榮華先生分類型號，該類型標題爲「財各有主命中定（命中注定的財

（一）財寶（黃金）未遇所有人時，已經刻有將來會擁有它的人的名字；或

（二）某人將葬親人，夢見神示意葬非其地，並告以將來地主姓名，後來地主果然正是其人；或者是

（三）平民出身的皇帝在母胎時，母親所在地曾有人聞空中人語云爲天子，後來該母所生兒果然爲天子（皇帝）。（朱元璋傳說）

本研究之材料中，屬於這個類型或故事中含有這個類型的內容的故事共有五則，分見於【貳一2】應夢石人（宋・《夷堅丙志》）、【貳一4】柯狀元祖墓（明・《稗史彙編》）、【貳一5】壙屬朱姓（清・《墨餘錄》）、【貳一7】九世窮（《台灣客家俗文學》）、【肆一甲 9】天下良心（《台灣客家俗文學》）｛複合類型，＋750B.2　窮秀才年關救窮人（＃504）｝、【貳一8】朱元璋的傳說（河北保定）。茲舉〈柯狀元祖墓〉爲例：

> 柯四者，莆田之小民也。有一山人善相地，爲富家葬，夜臥於穴，土神呼之曰：「此柯狀元祖穴，奈何犯之？速遷可免禍。」明旦以語主人：「此非而家所應得，神告我矣。」其家遂別葬。然郡中大族，無柯氏者。他日，山人假坐米肆，肆主姓柯。山人問家有葬者否，曰：「父枯骨在淺土，然吾無貲又無室，安得葬？」山人默然。他日，柯行經尼院，覆盥水濡其裳，柯怒：「吾貧者，天寒如此，乃濕吾衣，汝必爲我熯燥。」尼不得已，然火烘，兩情倏起，入室而狎。自是寅出戌往，情好日篤。久之，尼嫁柯爲夫婦。山人又遇之，曰：「子今有貲可以買地矣。」爲言於主人，立券易地，掘父枯骨瘞其中。俄而尼生子，曰潛，以景泰辛未年及第，仕至翰林侍讀。（明・王圻　纂《稗史彙編》卷十三・地理門・陵墓類【參一甲 4】）

再例如〈九世窮〉：

> 一個大陸的風水師受到一位臺灣富有員外之聘來臺找風水，找到

寶）」（金榮華，民國 91 年，台北：頁 39～40）。原提要爲：「一人在深山發現了一處藏銀，但他要拿時卻被神先阻止。神先告訴他，那些銀子屬於某人的。後來他妻子生下一兒，別人爲這孩子取名，竟然就是神仙所說的人，於是它抱了兒子去取銀，神仙就沒有再出來阻止。或是……（韻案：以下爲此類型的另一種說法提要，暫略）。」在此因應本文材料內容而將提要略作改異以反映實際內容。（ ）內編號爲《中國風水故事類編》第四編之編號。以下同。

一處生龍穴的好風水，但是土地公執杖出來阻止說：「這門風水是九世窮的，誰也不許佔有。」風水師便辭別員外，尋找到九世窮，要求爲他做風水。九世窮祖上九代都行乞，無錢做風水，風水師與之約定將來九世窮富有之後，再分一半財產給風水師。風水師做完風水後，就回大陸去。此後，九世窮先是在員外家牆外撿到原本要與情郎私奔的員外女兒的包袱，跳出牆後急行不察的員外女兒與他共渡一夜後，只好跟他結婚。九世窮的叔叔新落成的房子傳說鬧鬼，叔叔請他進住，他住了以後竟安然無恙。不久又在房子中挖到無數金磚，金上都刻著九世窮之金的字樣，成了天下巨富。這時已窮愁潦倒的風水師來臺找到致富的九世窮，但九世窮除了豐盛款待外，並無其他表示。風水師很生氣九世窮未實踐諾言，心裡決意要破除九世窮的風水，憤恨回鄉。但風水師回家一看，先前已變賣的家產僕人均已贖回並恢復原狀，原來是他出門期間，九世窮已遣人帶來酬謝黃金並贖回，實現了當初的諾言。（湖口盧慶興先生講述）（周青樺《臺灣客家俗文學》【參一甲 7】）

第一則故事的情節內容完全是這個類型中的典型敘事，敘事的性質則是「傳說」。第二則故事摻雜了這個類型以外的其他故事情節，但基本的敘事架構是在這個類型的基礎上並包含了整個類型的完整內容，所以仍可算做這個類型中的一種說法。

以敘事架構來看，這些故事都符合該類型提要的情節組合模式，應是同一類型無疑。但從標題來看故事內容，除非對「財寶」的認知包含了認同「風水」爲財寶，否則便須另設標題爲「風水有主命中定」，才能包含這些以「風水」爲題材的同類型故事和傳說，則「風水有主命中定」和「財寶有主命中定」就分成了兩個類型。而其實從目前資料看來，其類型模式根本還是同一個。然而如同本文第參章中分析風水故事情節單元所得的結論，風水故事中有關「風水」的運用和認知，很多情況下是視「風水」的功用和意義等同於自然物質的「寶物」（如作爲在湯普遜情節單元「Q」類「獎賞」情節中的獎賞“物品”），是可以圖利的“寶”，也是可以「取」而「得」之的“物”。所以在能認同「風水」爲「寶物」的敘事環境中，只要敘事的結構不變，「財寶有主命中定」的標題應該可以完全容納這些風水題材的同類故事和傳說。

613　**精怪大意洩秘方**〔註 78〕（＃402）

（一）某人要破一個風水地，但苦尋不著風水的要害。

（二）某日他聽到風水地上精靈（A）的對話，得知風水要害或破風水的方法，（B）果然依法破了風水。

本文材料中，屬於這個類型或故事中含有這個類型的內容的故事共有四則，分見於【伍一乙 12】絕地脈（宋．《桯史》）、【伍二甲 6】獅形地（廣東地區故事集《太陽和月亮》）、【伍二丙 3】龍角山與虎頭嶺（浙江）、【伍二甲 5】銅針和黑狗血（台灣）。僅取其中二例詳述如下：

〈**絕地脈**〉

……田中有大畦焉，砥平而高，可播種石餘，曰銅釘坵。傳者謂其地有休符，太史嘗占之，以聞於朝。有詔夷鏟洋，故有神工，每欲成，則役萬鬼而塡之，役夫不得休。有宿其旁者，聞鬼言以爲所畏者犬厭耳，遂烹羣犬而寘骨焉。釘以銅，爲書符篆以絕地脈。……（韻案：此爲該文所述數則絕地脈故事之一，此取其中屬本類型之例）（宋．岳珂《桯史》卷二【伍一乙 12】）

〈**銅針和黑狗血**〉

嘉慶君帶軍師遊臺灣，到了大甲，軍師說大甲溪和大安溪一帶的前湖後湖有龍脈，以後會出反王，要開一條溝把湖水引入海，才能破了這裡的風水。朝廷便派官員來開溝，但白天挖開的溝，晚上又會自動塡起來。軍師便在晚上去偷聽這地方的山神與地神說話，山神說：「這地脈這麼好，如果破了不趕快補回來，以後我們大甲就不會出反王了。」地神說：「是啊！除非釘銅針和潑狗血，他們嚇不倒也騙不了我們的。」第二天，軍師要大家釘銅針、潑狗血，就順利地開出了一條溝，破了這個地脈，因此大甲才沒有出眞主。（《台中縣大甲鎭閩南語故事集（一）》【伍二甲 5】）

〔註 78〕此標題名稱係金師榮華先生擬定，原提要爲：「二人一起外出經商，行經深山時，其中一人挖掉了另一人的雙眼，取走了他的財物。這人夜裡無意中聽到精怪的談話，知道了一些秘方，能讓自己的雙眼復明，能醫治某人怪病，能使枯井生水等。於是他醫治了自己的雙眼，也幫助了別人，因此取得了富家小姐，或是有了許多錢。殘害他的同伴知道了這件事，便也去偷聽精怪的談話，但是被精怪撕成了碎片。」見金著《中國民間故事集成類型索引（一）》頁 46；丁乃通先生《中國民間故事類型索引》同型故事標題作「二人行」（書同註 6，頁 212～216）。

除了一文言一白話，兩則故事幾乎一模一樣，但細節之處又表現出不同的故事背景，有理由認定爲同一類型的不同說法而不是翻譯因襲之作。

這個類型在 AT 分類架構中屬「神奇的藥方」類下，標題名稱爲金榮華《中國民間故事集成類型索引》所訂定，丁乃通《中國民間故事類型索引》標題爲「二人行」，以金書之名較應合「神奇藥方」之大類屬性，故取之。再者，若以「二人行」爲題，則該類型的情節重心似以"二人行"爲主，而上述風水故事中，幾乎無一事有"二人行"；以「精怪大意洩秘方」，則重心在秘方得自精怪大意的情節，則上述故事完全以此爲重心，屬其類下便無疑義。

779E　**涼水加糠有功德**〔註 79〕（#501・1）

一個風水先生在大熱天趕路，口渴難耐，便向路旁的一家農婦討口涼水喝。這婦女把水遞給他時，順手在水上放了一小撮糠皮。風水先生很生氣，認爲是在作弄他，但也無奈，衹好輕輕吹開浮在水面上的糠皮後，慢慢地把水喝了。走時他要報復這個戲弄他的婦女，便說明他會看風水，願意替她選一塊吉地安葬她祖先的骨骸。其實他選的是一塊絕地，葬了祖先的骨骸，幾年內就家敗人亡。過了幾年，風水先生又路經該地，見到那個農家非但沒有絕掉，反而是很興旺、很富裕。他十分不解，向農婦問爲什麼給人喝水時放米糠。農婦說：在大熱天趕路的人氣急血旺，這時候大口急飲涼水會內傷；放一點米糠在水面，喝的人要吹開了才能慢慢喝，這樣氣就漸漸順了，不會傷身。風水先生聽了，才明白這農婦是好心有好報，爲善積德，壞風水對她沒影響。〔註 80〕

這個提要所根據的材料就是本文定義的風水故事，故事出處也是本文【肆一丙 4】的文本出處之一，〔註 81〕但有一些新發現的材料，出現了不包括在這個提要內的情節變動，例如〈陰陽先生搗鬼〉（河北耿村）：

有個陰陽先生出門算命，三伏天下，口渴得很，看見路邊一個老人在揚麥子，就走去向老人要水喝。老人把水罐遞給他，他抱起罐子

〔註 79〕此類型及標題爲金師榮華設定，書見註 42，頁 47。

〔註 80〕同註 67。

〔註 81〕該書註記出處爲吉林省卷之〈討水〉和福建省卷之〈雙龍搶珠〉，後者與本文【肆一丙 4】即同一個文本。

要喝時，老人呼地往水罐揚起一把麥糠，他心頭便不高興，但渴得很，就一邊吹麥糠一邊喝。喝了水，陰陽先生對老人說要幫他看宅，老人正好要修宅，就領了陰陽先生到宅上，讓他幫著把宅子蓋上了。陰陽先生為喝水時老人給他揚上一把麥糠，心裡也要讓老人好不了，暗中捏了一個泥小鬼，擱到老人的房子底下，讓小鬼把財給搬走，要敗老人的家。過了幾年，陰陽先生轉回這個地方來，打聽起老人家裡的生活，日子竟是過得好。風水先生覺得奇怪，到老人家裡探看，聽到鄰人叫老人名字是閻王，他大吃一驚，便對老人說了因為氣他喝水揚糠而捏小鬼要敗他家的實話，沒想到老人名叫閻王，正是閻王管小鬼，所以小鬼搬財只進不出。老人對陰陽先生說，喝水揚糠是因為天熱人渴，怕他立時喝了傷肺，一邊吹著麥糠就會一口口慢慢喝了。（1991 靳清華（男 19 歲）講述《耿村民間文化大觀》【肆一丙 1】）

在這個故事中，「涼水加糠」的積德回報，不是因為壞風水沒影響，而是意外的巧合回報了他意外的結果。這些異動並未改變故事的架構與意義，而仍應屬於同類型的故事，但上述的類型提要似乎不能包括這些異動的內容。所以為了適應更多同類型而不同細節的故事，今據新材料的發現，略變細節而更述其提要如下：

（一）一個風水師誤會了一位好心人出於善意的舉動，但不形於色，想要暗中報復他。

（二）風水師為好心人指了一塊風水惡劣的凶地，卻對那人宣稱那塊地將為他帶來好運。好心人聽信並葬下那塊地。

（三）風水師再度造訪時，卻發現凶地並沒有為那人帶來他所想像的惡劣後果，反而出乎意料的好。

（四）原來是那人正巧適合那個風水，或是風水變了，或是風水根本沒有影響。

（五）風水師最終明白了好心人當初的舉動原來是善意的。

屬於這個類型的故事，從本文材料中共找到【肆一丙 2】風水先生服輸（河北保定）、【肆一丙 4】雙龍搶珠（福建）、【肆一丙 5】風水的改變（金門）、【肆一丙 6】好心有好報（台灣）等五則故事。

750B.2 **窮秀才年關救窮人**〔註 82〕（＃504）

窮秀才出外教書，年底領了一年的薪資回家過年，半路上遇見窮人被債所逼（或錢財被騙），帶了妻兒跳河自殺。他及時阻止了他們，問知所欠錢數，恰是他一年所得，於是將錢全部給了他們，自己兩手空空回家。和妻子過了一個很艱苦的年。神明因此在他所歇的房屋倒塌之前把他驚醒，讓他逃過了劫難；或是本來短命的徵兆消失而得享長壽；或是也得到別人的幫助，上京應試，中了進士或狀元。〔註 83〕

本研究之材料中有四則故事符合這個類型：【肆一甲 3】館金濟困夢吉地（明、《昨非庵日纂》）、【肆一甲 4】蝦子（明·《湧幢小品》）、【肆一甲 8】館金濟困報吉地（清·《前徽錄》）{無（二)}、【肆一甲 9】天下良心（《台灣客家俗文學》）{無（二)}。茲舉其中二則為例詳述故事內容如下：

〈館金濟困夢吉地〉

浙有士人館富家，歲暮得東金八兩。至渡口，見貧民夫婦赴水，士止之。民言：「歲暮債迫，欲賣婦，婦不肯行，故相率併命。」士惻然，盡捐金與之。民泣謝，代負擔送士歸家。妻問所得，士言遇貧民赴水事，妻曰：「胡不周之？」士曰：「已與之矣。」妻欣然。除夜與妻治蝦酒，和以糟，戲口占云：「紅蝦糟汁煮，清酒水來篘。」夜夢至瓊樓玉宇，有聯云：「門關金鎖鎖，簾捲玉鉤鉤。」士覺而記於柱，宗人哂曰：「薄命漢，得銀輕以與人，復為夢語欺人乎！」明春赴館，主人延地師葬母，士以二親未葬，常嗟嘆焉。主人囑師為卜穴，至一處，見鹿臥其地，人至奔去。師曰：「此金鎖玉鉤形，吉地也。」士憶與夢合，但未知為誰地。適前與金民至，見士曰：「先生得非某乎？自得金完債，夫婦稍溫飽，未能報德。今為何來此？」士言求葬地，曰：「北山一帶皆我有，如可用，當奉獻。」士指鹿眠處。民曰：「正吾業也。」即邀至家厚款，書契以獻。士葬之。後登第，官至憲副。（明·鄭瑄輯《昨非庵日纂》卷十八【肆一甲 3】）

〈天下良心〉

有一位教書先生叫陳有諒，年底得到三十兩銀的報酬，要回家過年。途中向山路上的一戶人家求宿，門內老婦告云即將搬家，不便留客

〔註 82〕同註 67，頁 43。
〔註 83〕同註 67，頁 43。

而拒絕。陳有諒在屋簷下一覺醒來，發現所宿之處竟是老墳。有一人荷鋤走來移墳，教書先生問知是窮户無錢過年而將墳地典賣，心裡爲老婦人將無葬生知地而生同情，便將自己一年所得贈之。教書先生回家後，寫了「天下良心」四字向當鋪換錢過年，當鋪老闆同情其處境，請他在過年期間代看當鋪以換取酬勞，並交代年初一來典當者，一定有急用，須給人方便。年初一果然有人抬了棺材樣的東西來當，又不肯說明其內容，教書先生遵從老闆交代，但又惟恐老闆因此蒙受損失，遂將老闆預付給自己的酬勞支付了典當金，並將棺材樣的木箱抬回家裡。待老闆回來，一開箱，裡面原來是黃金塑的金人，背後刻著「陳有諒所得，他人不得紛爭」。其實這是教書先生挽救那門老婦人的風水所得的報應。(湖口盧慶興先生講述)(周青樺《臺灣客家俗文學》【肆一甲9】)

在這兩個故事及本研究新發現的同類型故事中，同樣在故事結構不變的情況下，有一些情節內容有變，爲了概括反映這些多變豐富的故事情節，本研究試據原提要及新材料內容修訂提要如下：

（一）窮秀才出外教書，年底領了一年的薪資回家過年，半路上遇見窮人被債所逼（或錢財被騙），帶了妻兒跳河自殺。他及時阻止了他們，問知所欠錢數，恰是他一年所得，於是將錢全部給了他們，自己兩手空空回家。和妻子過了一個很艱苦的年。〔註84〕

（二）多年以後他爲親人尋找葬地時，得了一個夢，夢中暗示出他將得到一個好風水地。

（三）他得到一個好風水（與夢中所示同。）這塊風水地的所有人正是當年受他救助者，他順利得到那塊風水地。或是他獲得意外的財寶。

這是以本研究的風水故事材料爲主的提要內容，在此，以"風水"爲報答的情節完全替代了原提要所根據的故事中"逃過一劫"或"增加壽命"、"得功名"的種種報答情節和情節地位，但故事的結構（窮秀才年關濟窮人獲得善報）與意義（爲善積德）並沒有改變。

750B.1　用有神力的地報答好施者〔註85〕（＃505・1）

〔註84〕同註67，頁43。

〔註85〕此標題據丁乃通《中國民間故事類型索引》（書同註6，頁236）「用有神力的

> 善心人長期施捨食物給窮人（神仙化成），神仙回贈一塊特殊的土地和一些奇異的種子，那塊地上長出特殊的植物讓他致富。

此標題據丁乃通《中國民間故事類型索引》〔註 86〕「用有神力的布報答好施者」，改其中之「布」爲「地」以反映本研究資料內容，提要亦據本研究資料內容重修。丁書提要爲：

> 通常給乞丐的禮物是一塊布或者其他物品。那位神仙還給他的是用之不竭的布或其他物品，使得那位贈送物品的人富裕起來。

而本研究材料中的同型故事是：

> 〈潘善人〉潘翁，粵東香山人。談者忘其名字，生在前明中葉。家貲千萬，席豐履厚，有善必爲，……乃日食千百人，不使邑有乞丐。有媼旦暮必至，索食飯之，索飲茗之，無倦色。如是者久，……翁雖富，力漸不支，然不肯中止，猶去質庫，賣田宅爲之。……前媼尚日詣之，翁猶自減口糧以爲之食，始終不怠。媼不自安，謂翁曰：「我孤獨無歸之嫠也。今汝業已敗，我何忍累汝。曷以住宅施我作大士閣，我願爲優婆夷，自主香火，藉以常得溫飽，無求於汝矣。」人皆怒叱之，翁曰：「諾。」……媼曰：「此地吾前見之，有大風水在。汝因歷年爲善，未及葬汝父母，今既已遷此，我當爲卜宅。其山之陽，枯木之下，天生石穴一區，眞佳城也。窀穸於此，不但舊業可復，將億萬斯年，喫著不盡。」……媼執引送之。指牛眠穴，……且使廬墓而居，乃出異果數斗，給之……歷三年，葉形成扇。翁乃剃其粗者，賤售之，人皆爭市，一夏得數萬錢。……以是復業。傳至子孫，至今三百餘年，家益富。……親友乞其種，亦未嘗吝，但樹他處，變爲美人焦，葉小而脆，不堪作扇。然後知媼即觀自在菩薩，傳翁絕業，爲天下後世爲善者示勸。（清・吳薌厂《客窗閒話》續集・卷三【肆一乙 5】）

以風水地爲報答贈禮的故事中，風水地的好處大多是可使人做官、致富等作用於無形的力量，這裡的風水地好處，卻是能使植物持續不斷地異常生

布報答好施者」，改其中之「布」爲「地」以反映本文資料內容，提要亦據本文資料內容重修。丁書提要爲：「通常給乞丐的禮物是一塊布或者其他物品。那爲神仙還給他的是用之不竭的布或其他物品，使得那爲贈送物品的人富裕起來。」

〔註 86〕書同註 6，頁 236。

長，有具體神奇作用的"寶地"。這跟其他風水故事中的風水地性質不太一樣，卻正符合這個類型的情節性質及特色：「用有神力（用之不竭）的物品報答好施者」。

958A1*　**寬大使賊改邪歸正**〔註87〕（＃503）

一個男子發現一個賊進屋偷竊，就給他一些錢，要他自新。後來賊果然改邪歸正，經商致富，拜訪他的恩人表示謝意。〔註88〕或是賊改邪歸正，殷實成家，後來以自己的耕地或風水地致贈他的恩人做爲葬地表示謝意。

本研究材料中，有兩則故事同屬此型，茲述其故事如下：

〈**桐城張氏陰德**〉

桐城張息耕與家大人壬戌同年，……息耕曰：「余家有竹立城……余家先代某翁，文端公之祖也。嘗於雪夜，見盜隱屋脊間，憫其凍，以梯掖之下，視之，則鄰也。攜入書齋，挈壺飧以食之，並贈數金遣之去。初不令家人知也。鄰感翁某，常思所以報。後夫婦以力耕置田五、六畝。一日往田間，見富家子與葬師詣一所相度，良久曰：『佳哉！此卿相城也。』問有何相驗，葬師曰：『試插竹其間，竹越宿則萌矣。』鄰聞之，歸述於妻，妻曰：『向者急於圖報於張翁，今其可矣。』鄰問其故，妻曰：『如是如是，不亦可乎？』鄰諾之。旦赴其地，竹果萌，乃去之，易以枯枝。頃葬師復來，訝其言之不應也。爽然去。鄰以計買之，而歸之翁，翁曰：『不可貪，天必厚禍。』鄰曰：『非公盛德不足當此。』敦請不已，乃受之，而償其直。後人遂呼此穴爲竹立城云。（清・福州梁恭辰《北東園筆錄・三編》卷一【肆一甲15】）

〈**潘世恩祖墓**〉

吳縣潘大冢宰世恩，……上祖某居鄉有盛德。嘗以除夜人定後，秉炬至廳事，見一人蒲伏黑暗中，迫視之，鄰子也。呼而詢之，良久始言曰：「某不肖，好摴蒱，家盡落，且負人纍纍。今除夜，索逋者

〔註87〕此型號及標題名稱依丁乃通《中國民間故事類型索引》所定（同註6，頁312），提要內容據該書提要略作修訂，以反映本研究資料中與風水相關的內容。

〔註88〕以上爲丁書原提要內容，參見註75。

甚亟，不得已，欲爲胠篋之行。素習公家，門户甚熟，故乘夜至此。今猝遇公，有死而已。」翁曰：「汝得若干可了諸負？」曰：「須十金。」翁曰：「十金事不難，何不早告？」命之坐，出二十金予之，曰：「十金償負者，十金權子母作小經紀，勿再蹈故智，我亦誓不以向者之事告人也。」其人感泣叩頭去。隔十餘年，翁入山卜地，得一吉壤，而未知主其地者爲誰。因就一村店飲，有男女兩少年，見翁至，羅拜於前，諦視之，即除夜贈金之鄰子也。蓋其人得金後，爲旗亭業，居數年，頗獲利，娶婦且生子矣。……翁詢以向所卜地，其人曰：「此我所買欲以葬先人者，今大恩人以此爲佳兆，請獻之。」翁不可，其人再三懇，始立券，仍厚給其直。遠近地師相度之，皆以爲此鼎元地也。數世後，遷吳冢宰。伯父農部奕雋、比部奕藻先後成進士。冢宰暨其從兄編修世璜，俱得鼎甲。古語云：「吉地非遙，根於心地」，良不誣也。（清・錢泳《履園叢話》卷十七【肆一甲 16】）

第二則故事包含另一個風水故事特有的「實驗作假得寶地」類型的故事情節（詳見下節「本文新增風水故事類型與傳說模式」之＊301），在此類型基礎上的情節架構也很完整，所以是一個複合類型的故事。

2、AT 分類與風水主題分類對照下的風水故事性質

從 AT 的分類編號看，風水故事出現於其中最多的類別是「宗教神仙故事」（750～849）之「神的賞罰（因果報應）」（750～779）類，共三個類型；其次是「神奇的寶物」（560～649）之「神奇的藥方」（610～619）類一個；「其他神奇故事」（700～749）一個，以及「生活故事」（850～999）之「盜賊和謀殺的故事」（950～969）一個。從風水主題的分類看，最多的是「風水與報應」類（＃501 等）四個，其次是「風水命定」（＃205）以及「破風水的方法」（＃402）各一個。這些類別的對應關係是：

745A　風水（財）各有主命中定（其他神奇故事）＝＃205（風水命定）

613　精怪大意洩秘方（神奇的藥方）＝＃402（破風水的方法）

779E　涼水加糠有功德（神的賞罰（因果報應））＝＃501・1　貴人不在乎賤地 I（風水與報應）

750B.1　用有神力的地報答好施者（神的賞罰（因果報應））＝＃504（風水與報應）

750B.2　窮秀才年關救窮人（神的賞罰（因果報應））＝＃505（風水與報應）

958A1*　寬大使賊改邪歸正（生活故事）＝＃503（風水與報應）

從這個主題關係的對照，可以看見兩種分類的彼此詮釋和呼應：「風水與報應」主題的故事最易與 AT 分類產生呼應，主要是「神的賞罰」和「生活故事」類，這兩大主題，同時也是風水故事的「報應」內容的主題，如未入 AT 分類編號的＊506「得了風水師，不得風水地」的故事，主要內容也是「神（鬼）的賞罰」。以“風水”爲主分析出來的「風水命定」主題，在以“事”爲主的 AT 分類視作「神奇故事」；與「破風水的方法」對應的，則是「神奇的藥方」，不失爲有趣而且傳神的內容詮釋，也顯現出風水故事跳脫風水文化的意識形態之外的故事本質。

第五章　中國風水故事反映的文化內容

第一節　風水故事主題表現的風水觀念

一、“風水”的超自然作用與物性本質

從「風水的作用」所集合的「致吉」、「兆禍」、「符應」等類目看來，風水顯然有致人禍福生死的作用，這種超自然的作用力，使風水近似以意志宰人福禍的“天”或“神仙”的神性角色。但敘述風水作用的故事和情節，很少出現指揮風水作用的意志主體，而通常將風水表現爲一種具客觀性與可塑性的物理能量。例如「風水致吉」的故事（《中國風水故事資料類編》之第【壹一】類，共有〈許遜祖墓〉（祖葬佳地孫得官）及〈如珠巖〉（廟建佳地香火旺）等五十則故事）指得貫地者便逢富貴，逢凶地或用地不得法者則遭災禍（《中國風水故事資料類編》〈中國風水故事主題類編〉之第【壹二】類「風水兆禍」，共三十則故事），若遇禍福並具之地（〈中國風水故事主題類編〉之第【壹三】類「福禍並致的風水地」，共八則故事），其人的遭遇就始終禍福相濟，風水的角色性質是只有客觀作用而不具主觀意志的存在體，憑人遭遇而得其作用，鮮少因人而異，〔註1〕故具客觀性。再看「改風水添丁」（《中國風水故事資料類編》第【壹

〔註1〕有例外，例如〈公侯之地常人不可居〉【參一乙7】，常人得其地者，則常人不吉反凶，或吉地自變爲凶地。但與多數風水故事比較起來，目前所見這類故事及情節屬相對的極少數，而且這類故事中風水作用的影響者和抉擇者，有時候並不來自風水本身，而是命運或性格所致，例如第三「得風水的途徑」之「一、風水命定」「乙、無福人不得有福地」類下之〈渾子〉【參一乙1】、〈石閣老訓河神〉【參一乙9】等故事。

一丙A】)、「宅墓改建不吉人遭凶」(〈中國風水全文類編〉之第【壹二丙】),以及「破風水的故事」(〈中國風水全文類編〉之第【貳】類,共五十七則故事)等,來自於人或其他自然力的介入,就能改變風水的性質和作用,可見風水具有被其他意志和力量改變的「可塑性」。風水在這些情況下,不像是有主體意識的「神」,而更接近於無意識的「物」。

正因爲這樣客觀存在兼能受外力改變而可塑的物性,使人們一方面覬覦並設法取得和利用風水擔載福禍利害的超自然力量,於是在「改風水」、「破風水」之外,還有「智取風水」(〈中國風水故事主題類編〉之第【參六】類,共十八則故事)和「力爭風水」(《中國風水故事資料類編》第一編之第【參七】類,共十七則故事)等用各種手段取得風水之利的故事;一方面卻也對風水可能被利用或破壞帶來不可預期的不利影響,常懷謹愼戒懼,「風水破損導致的結果」(〈中國風水故事主題類編〉之第【貳三】類,共十九則故事),以一系列令人遺憾的故事,一再向人們提醒對風水這種無從戒備的作用應有的深層畏懼。這些主題集合的觀念意識,反映了風水信仰及信仰者對風水本質的普遍認識。對於這種物性的神力之期待與戒懼交錯的信仰心理和取捨矛盾,或許也是風水故事情節產生和流傳的主要背景。

二、風水與命運的關係

(一)命運決定風水的得與失

在「得風水的途徑」之「風水命定」類(〈中國風水故事主題類編〉第【參一】類,共十九則故事)故事中,其共同一致的內容是:風水的獲得者不論是否曾有意識的追求或放棄風水,其最終得失的結果,始終是無意識的受到命運的操作所致,個人意志與行爲於其結果並無影響。這類故事所銓釋的風水與命運的關係,「風水」只是客體,「命運」才是主體,可以影響風水的作用,也可以決定人在風水上的得失。典型如「甲、命中注定的風水地」類的故事(〈中國風水故事主題類編〉之第【參一甲】類,共八則故事),風水地主不論是歷經輾轉波折或意外的輕鬆得到理想風水,看似偶然的際遇,其實都有先兆(夢或隱語)伏筆,直到寓義通常模糊不明的先兆與結局密切呼應而使人恍然大悟時,同時證明了無可置疑的「命中注定」,風水究其質只是受命運操作分配的工具或命運的附庸。其故事之例如〈柯地〉(《椑史彙編》卷十三,【參一甲3】),事云最初得到該風水地的主人夢見滿地生瓜,以爲是瓜瓞之兆,而在是地建宅的屋基上畫滿了瓜瓞以求符應，未料最後得地者是柯姓之人，原來當地（福建莆田）方言土音中，「柯」即音「瓜」。再例如〈壙屬朱姓〉（清・《墨餘錄》卷二，【參一甲 5】），最先得到一個人人稱羨的好風水墳地的人，某日夢見一個老人對他說該墳將爲一朱姓人所有，隔天他隨口對人說了這個夢，一個姓朱的人聽說這件事，暗中竊喜，不久後這個墳地果然轉手賣給了這個姓朱的人，然而最後得到這個墳地並安然落葬的，卻是後來又出現的另一個也姓朱的人！在這類故事中，風水和風水的作用只是命運的支配物，命運的作用領導著人與風水的關係，才是這類故事情節鋪張的主軸。

在「風水與報應」（〈中國風水故事主題類編〉之第【肆】類，共四十九則故事）的故事方面，報應的本義雖有實質的"酬報"與信仰性的"業報"兩種意思，但在風水故事中所謂的「報應」觀念，普遍受到民間信仰觀念的引導，多將報應做"業報"的理解。在這樣的報應觀念中，有些強調「報應」的故事，其印證「報應」的因果事件，常常不免借用或套用信仰上的自由心證以認定「因果」，而殊少實質的「報應」證據。例如「貴人不在乎賤地」類的故事（〈中國風水全文類編〉之第【肆二】類，共八則故事），就有許多所謂「好心有好報」的故事，故事中有善心之舉的善人（貴人），即使經人設計陷害，最後都能得到良好收場，是所謂「好心好報」。舉例說明，如：葬入或宅於風水惡地的善人，後來卻因地勢的改變或其他原因，惡地成了吉地，故事如下：

〈風水墩〉

一個風水先生看到江邊一個土墩是塊敗家絕子的絕地，及時阻止了原本打算葬於該地的人家。爲免再有人選做墳地而遭遇不幸，風水先生決定做爲自家墳地，以一家斷根換來千家香火。有一天，潮水大漲，風水先生猛然從土墩跳入江心。後來堤岸崩落，河水分流，土墩成爲江心島，跟著河水隨漲隨落。人們說風水先生心地好，這絕地變成風水寶地，稱爲雙龍搶珠，他的後代子孫滿堂。（《中國民間文學集成上海卷金山縣故事分卷》【肆二 3】）

或是雖葬入或住進惡地，結果也沒受到惡地的壞影響，例如：

〈好心有好報〉

從前，在一個山坡上有一塊茶田，茶婦每天煮一些茶放在路邊給路人喝，有人要喝時，她會把一些米糠放進茶杯裡，喝的人都不知道是什麼意思。一個風水師經過那裡，覺得茶婦是壞心腸在作弄人，就問她要不要風水地，茶婦答要，風水師就替她找了個絕地，讓她家三年後絕掉。三年後，風水師又經過那裡，發現茶婦家不但沒有絕，且變得非常有錢，茶婦直向風水師道謝。風水師問茶婦，為什麼給人喝茶放米糠，茶婦說是因為路人走上坡來，氣息急急，馬上大口喝水會內傷，米糠浮在上面，會吹開米糠再喝，氣也順了，就不會內傷。風水師才明白茶婦是好心有好報，壞風水對她沒影響。

（《台灣桃竹苗地區民間故事》【肆二6】）

這些「報應」故事中，雖然有為善的前事，也有良善結果，但故事中所謂「好心有好報」的「報應」，實際上只是偶然的巧合（堤岸崩落）或自然的本質（風水沒影響），與故事的「前因」之間其實並不存在實質的相生關係或必然聯繫。視偶然的巧合為善人的必然報應，只是出於主觀意識上（信仰）的自由心證，其事件的因果關係是概念的認定而非實質的聯繫。但故事中的巧合並不被這類故事當事者及敘述者認為只是單純的意外而與故事的前因無關，巧合事件在故事中雖是主要情節，卻不是主要題旨。在這樣的故事敘述中，儼然存在著（或意識到）某個見證並製造巧合以報應善人的行為者，即使從未具體出現在故事中，但是絕對存在的一種無形而獨立的意志，只有正視這個無形意志的存在，這類「報應」的因果關係才能由這個無形的角色串連而成立，成其為「好心有好報」的說法。所以在概念因果（而非實質因果）中成就的「報應」，應是依賴於對某種無形意志或力量之信仰的存在而成其「報應」邏輯的，對這種無形意志之存在的意識或信仰，才是這類報應觀念與故事內容的內在支柱。這樣的信仰，與「萬般皆注定，半點不由人」的「命定」信仰中，對無形意志的認定和信賴是一致的，「命運」或即這類操縱人生際遇之無形力量的統稱。歸其究竟，這類「報應」故事中，所「報」的行為者仍然是命運的管理者。風水參與其中的角色，主要是做為報應者的賞罰工具，而不是施行報應的執行者。

「風水有主命中定」以「命中注定」現示了命運先發於風水的領導地位，「好心有好報」系列的故事，則以「有福、無福」詮釋了命運的另一面，說明不論人有意或無意於對風水的算計與追逐，其實都不敵命運的內設與安排，凸顯出命運獨立而貫徹的主體性。在這類故事中，命運的力量總是先行於風水作用之上之前。

（二）風水影響命運

但是在「風水命定」的故事之外，更多講風水的作用和改風水、破風水的故事類群裡，風水的作用卻又似乎總是能排除或置命運的影響力於度外，甚至能凌駕命運。例如故事主題分類第壹類「風水致吉」的故事類，有人將親人葬於可以“一世爲都督”的好風水地，其人後來竟然冒同族宗人之名得官，並一路升官致都督（〈太平廣記・陳思膺〉卷三八九，【壹一甲 7】）。顯然意味著即使命裡無功名之份，藉由風水的幫助，也能從無致有。再看「改風水添丁」類的故事：當“皇嗣未廣”時，道士建議改變京城地形，其後果然“後宮占熊不絕”（宋《揮塵後錄・劉混康》卷二，【壹一丙 A1】）；有人長年無子，風水師改其祖塋風水，果然“三年舉二子”（《中國歷代卜人傳・范從烈》卷二，【壹一丙 A2】）。或是「禍福並致的風水地」（〈中國風水全文類編〉之第【壹三】類，共八則故事）：有一個可以“先絕後發”或“先發後絕”的風水地供行葬者抉擇，他選擇了“先絕後發”，葬後不久果然家人死亡俱盡，只有一個孤子隨母改嫁，長成後考取狀元，果然應了“先絕後發”的風水作用（《金門先賢錄・採瓜揪藤》，【壹三丙 8】）。在這類故事中，風水處處引導著人的際遇禍福，當人抉擇風水，等於決定了命運的趨向。則“風水”在此，又似乎比所謂“注定”命運的“天”，具有更直接而強大的牽制人與命運的力量。

當風水是如此可以求而得之的客觀物，人同時可以選擇風水作用的內容和方式，似乎也就是找到了可以與“天”或“命運”抗衡的工具。在這種觀念意識及其心理背景下，則尋求理想風水或選擇風水作用的過程，在某種層面上，就有實現人生價值與掌握命運的意義了。至少在相信風水影響命運（乃至人生成就）的風水信仰者，是如此認知風水價值的吧。

三、以經驗推理（而非邏輯推理）證風水之眞

風水所以不被現代科學承認而稱爲前科學、僞科學或信仰（訴諸意識形態的相信而非理性辨證的相信），是因爲大部份的風水理論及其指稱的致富貴召禍福的風水作用，往往無法在理性邏輯所能實驗和取證的法度之內獲得證實。然而風水故事中最普遍而常見的，卻正是“證明”（說服人們相信）風水不誣的故事。「風水的作用」（〈中國風水故事主題類編〉之第【壹】類，共一百一十六則故事）和「風水師與風水術的故事」（〈中國風水故事主題類編〉之第【伍】類，共八十七則故事）二大項主題，集合的就是這樣的故事。

強調「風水作用」的故事，主要是以後經驗事物認爲風水作用的產物，藉以推證風水不誣，其中尤以「風水特徵符應於人」之類的故事（附錄一之

第【壹五】類，分「甲、風水靈物與人同命」及「乙、風水形象同化主人」兩項共十六則故事)，最能說明這種後驗模式。以下面這則故事爲例說明：

> 〈跛腳秀才〉某户人家的祖先葬在一個烏鴉穴，後代爲修墳而挖開墓時，有數隻烏鴉從墓中飛出，驚慌中有人抓住了其中一隻，但不小心折了牠的腿，之後這户人家就出了一個跛腳狀元或進士。(《台灣桃竹苗地區民間故事・烏鴉穴》,《高雄縣鳳山市閩南語故事集(一)・跛腳秀才》【壹五甲7】)

祖墳的烏鴉折腿後家裡生出了跛腳狀元，在理性邏輯中也許會認同這是個稀少而有趣的巧合，但很難舉證兩者間有劃爲等號的依據；但在這則故事的敘事邏輯中，跛腳狀元顯然是與折腳烏鴉互證的因果，證明「烏鴉穴」風水確實作用並發生影響，因此跛腳別有一種不平常的意義，狀元身份則說明了這個風水的價值。

「風水師與風水術的故事」，則主要是從「先驗」的角度，以風水師和風水術之奇驗，證風水之必眞。例如：

> 〈舒綽〉
>
> 舒綽，東陽人，……善相冢。吏部侍郎楊恭仁，欲改葬其親，求善圖墓者五六人，並稱海内名手，停於宅，共論執，互相是非。恭仁莫知孰是，乃遣微解者，馳往京師，於欲葬之原，取所擬之地四處，各作曆，記其方面，高下形勢，各取一斗土，并曆封之。恭仁隱曆出土，令諸生相之，取殊不同，言其形勢，與曆又相乖背。綽乃定一土堪葬，操筆作曆，言其四方形勢，與恭仁曆無尺寸之差，諸生雅相推服。……。綽曰：「此所擬處，深五尺之外，有五穀，若得一穀，即是福地，公侯世世不絕。」恭仁即將綽向京，令人掘深七尺，得一穴，如五石甕大，有粟七八斗。此地經爲粟田，蟻運粟下此穴。當時朝野之士，以綽爲聖。出朝野僉載(宋・《太平廣記》卷三百八十九・冢墓一【伍二乙1】

上文並沒有提到吏部侍郎改葬其親後是否果如風水術士舒綽之言「公侯世世不絕」，但似乎無損這則敘事的完整性，固然一方面是舒綽判土之神準是這則敘事已完成的敘事軸心，在故事中未述及的「公侯世世不絕」是否應驗的部份，他既以兩次的判斷奇驗讓「諸生雅相推服」及「朝野之士以綽爲聖」，則第三次所斷的「葬福地公侯世世不絕」之必驗似乎也就“不言而喻”，“可想而知”了。這是利用直覺作用的推理盲點，以近似「同理可證」（其實無理或不同理）的模式，用已知（判土奇準）間接證明未知（福地必驗），接受者通常是經由直覺而非經由思考接受了這樣的證明條件，而下意識的認同了舒的「葬福地公侯世世不絕」的斷語，不論後來是否果眞「公侯世世不絕」，或「公侯世世不絕」是否果眞出於「親葬福地」的原因和福地的作用，「福地」（風水）必有而且不誣的印象與觀念已經深植人心了。

這則故事數見於歷代筆記和類書的堪輿紀事，〔註2〕即使故事的原創之始不具爲風水宣傳的目的，但在後世一再轉述和收錄這則故事的堪輿敘事者而言，這則故事在證明堪輿不虛（風水不妄）的敘事目的上，顯然是成功的典範之一。

四、風水的價值

由於相信好的風水地能爲人帶來良好的運氣，甚至影響終生成就，如故事主題分類第（壹）項「風水的作用」，所歸納的風水吉作用，不外功名富貴財子壽等社會與人生的理想願望；而風水負作用，最主要的也是相對於富貴壽的失官、失財及家破人亡或絕後等人生中最大的不安與恐懼。因此有人一生致力追求好風水，如同追求人生價值與終生成就。一個好風水幾乎就是信仰者的人生目標。

在故事主題的第參類「取風水的途徑」中，「神示」、「夢遇」、「物擇」等任憑機遇的玄奇途徑，透露出故事敘述者對風水可遇不可求的信仰認識和樂觀任達的面對態度；而「偷葬」、「計騙」、「巧取」等「智取風水」的方式，和「活埋雙親」、「留屍佔地」、「巫術求風水」等「力爭風水」的追求手段，則體現了風水追求者對風水作用的絕對肯定和志在必得的決心與執著。或任達或執著，對風水所寄望的期許和羨幕，也代表風水在它的追求者與羨慕者（故事講述者）心目中的價值與肯定。

從敘事心理及其影響層面而言，風水故事多面結合了報應、福德等強調「善念」的思想情趣，一方面厚植了風水的信仰基礎，也在精神意義上成爲一種信念的創造與加持的力量，從信仰的意識和行爲動機上深層推動並鼓勵

〔註2〕見於明・王圻　纂《稗史彙編・伎術門・堪輿類》卷五十四，清・俞樾《茶香室四鈔》卷二十一，以及《古今圖書集成・藝術典・堪輿部名流列傳》第六百七十九卷等。參看《中國風水故事類編》第一編〈中國風水故事主題類編〉第19頁第【伍二乙1】則故事。

人們向善以避禍求福的信心及決心，無形中也產生了正面的社會意義。

五、對風水迷思的反省與批判

大量的風水故事以及它們的敘述者傾向於相信風水無形的存在，但並非所有以風水爲題材的故事和故事講述者都相信風水或全盤接受風水帶來的一切影響。「風水的騙局和笑話」（〈中國風水全文類編〉之第【陸】類，共十四則故事）故事，反映了中國民間在風水信仰包圍的環境中，也有對風水文化和信仰迷思持以超然立場與警覺態度的一面。

這一主題中有三個分類項目，分別是「風水騙局」、「耽風水之愚行」及「有關風水的其他故事和笑話」，三類故事都有些或愚蠢或詼諧的可笑成份，視之爲廣泛意義的笑話亦無不可。但即使是嚴謹定義上的笑話，〔註 3〕也鮮少止是單純的揶揄和嘲諷，許多以笑話形式表現的故事，往往出自於洞察事物本質的眼光，而反映出深刻的反省或尖銳的批判。例如〈堪輿家顛倒竈之方向〉：

> 鄞有堪輿家設肆於市，一日，有男子在肆中大罵，將用武。眾人環集問故，其人曰：「夏間因人口不安，就彼問卜，彼問竈何向，我對曰南向，彼曰宜改西南，我謹如其言。乃至秋而仍多疾病，又來問卜，彼仍問竈何向，我曰西南，彼曰宜改正西，我亦如其言。今已入冬，病者未愈，加以貿易折耗，無聊之至，姑再卜之。彼問如前，及我告之，則曰宜改南向，是仍復其初矣。自夏徂冬，我奉彼爲蓍龜，乃顛倒如此乎？」眾大笑，爲解勸之而去。（《清稗類鈔・方伎類》【陸二 2】）

這樣引人發噱的糾紛，只不過是市集上一場供人談笑的鬧劇，有些風水迷信帶來的鬧劇，開的卻是人生的玩笑。〈某宦〉（【陸一 2】）故事述熟諳風水理論的某宦惑於騙徒高妙的五行發論而落入其以風水爲餌的騙局，〈醫地〉（【陸一 4】）故事述求福地甚渴的縣令竟聽信騙徒的醫地之說，數度花重資購置大量高級藥材埋入土中以“醫地”！知識份子落入一般知識甚至是根本違背情理的知識迷障，是昧非愚的迷信，可笑卻很難令人發笑。而迷信至極的愚昧，甚至可以不惜犧牲自己性命，更令聞者色變：

〔註 3〕 據祁連休、肖莉主編《中國傳說故事大辭典》「民間笑話」條云：「民間故事的一類。只詼諧逗趣、引人發笑的短小民間故事。一般都只有被諷刺、被揶揄的對象登場。」（中國社會科學院文學研究所《中國傳說故事大辭典》編委會編，北京：中國文聯出版公司，1992 年 2 月，頁 24）

〈陳虞耽堪輿術〉

豫有陳虞者，富人也。生平耽堪輿術，凡精斯道者，無遠近，必延之於家，錦衣而肉食之。……一日，有操南音者。踵門求謁，……云：「葬此，子孫必位及三公。惟地脈少寒，瘞枯骨無效，倘得生人埋之，則妙難言喻。」陳韙之。越日，集家人而告以故，並執帶自縊。猛憶自縊與病死，同一不得溫氣，復命工人速穿穴，及成，陳衣冠臥穴內，呼人畚土掩之。其子不忍，工人莫敢先動，陳怒曰：「從父命，孝也；違吾教，即非吾子，何逡巡爲！」其子不得已，號泣從之。須臾墓成，陳死於穴中矣。（《清稗類鈔．方伎類》【陸二】）

以上幾則故事對風水迷信的行爲描述都有高度的寫實性，查其出處多來自文人筆記，很可能是文人對時聞的記錄而非杜撰。但這種對風水信仰的超然立場和寫實情節並非僅見於文人筆記。有幾則比較有趣而且也有寫實性的故事，是敘述一些不受風水迷思的影響，反而利用了別人的風水信仰改變了自己的命運和環境的故事。例如〈兔兒坡和蛤蟆窩〉（【陸三 3】）故事說：皇帝要造陵，派人到處堪地，堪到一處好風水，要問地名吉不吉祥。當地人聽說是皇帝要造陵，唯恐要遷村讓地，當下把原本的好地名改成又土又陋的地名，果然難退堪地的大臣，村人繼續過著安祥平靜的日子。另一〈溝幫子拐灣到奉天〉的故事，背景是近代，情節有高度寫實性，很可能是民間敘事對地方史事的記憶與反映：

清朝光緒二十六年，要建京奉鐵路，必須經過閭陽驛和廣寧。一個閭陽驛的清室後裔土財主聽說鐵路要經過他家祖墳，趕緊請了風水先生看有無妨礙，風水先生說……如果讓火車這種火龍穿過去，龍鳳魚蟲都燒焦了，將要大旱一百天。土財主爲了保護他的良田好地，一方面會同其他貴族財主向皇帝寫奏章要求改道；一方面與修鐵路的官員和外國人應酬商量。由於改道要耗用鋼軌，多出費用，建鐵路的外國人不願同意。翻譯對財主們說外國人喜歡吃甜的，閭陽驛的財主們請外國人吃飯時，故意在井裡放鹽，讓他們以爲這裡的水又鹹又難吃。另外有溝幫子的人，正希望溝幫子能建火車站，就往井裡加白糖，把外國人請去吃飯，跟他們說這裡水甜，可以在這建成車站。外國人便考慮在溝幫子建火車站了，受賄的官員們也寫奏章請聖旨改道，京奉鐵路就拐彎經溝幫子到奉天了。如今，早年是大驛站的閭陽驛已經不如火車通過的溝幫子繁華了。現在閭陽驛的人們提起溝幫子拐彎到奉天這句話，都埋怨當年的土財主把鐵路拐跑了。(《中國民間故事集成遼寧省卷》【陸三4】)

像這一類寫實描述風水迷思及其行爲的故事，不論故事產生之初是出於創作性的杜撰或是對時事紀實性的摘錄，都有放大、反省或批判風水迷信及其負面影響的作用，反映出風水信仰外的另一種看待風水的態度與觀念。

第二節　風水故事的情節特色及其反映的風水文化

一、形象思維的創造與思考模式

（一）以形象特徵的「類比」為風水「符應」的故事情節

除了第參章第二節已論述的「風水名稱」在風水故事中所代表的象徵意義，及以其形象類比暗示的情節意涵，從類似的形象思維所創造出來的風水故事情節，至少有以下數種典型之例：

1、擬象破風水

。。在「鰱魚上灘穴」風水地上搭橋象魚網以破風水，風水遂破，從此家道中落【壹四4】《咫聞錄・羅誠》

。。龍穴地能出天子，在龍頸埋屍以爛龍頸，在龍身種竹劈竹以劈龍鱗，使龍穴地不活（從此不出皇帝）【貳丁4】上海〈劉伯溫破龍穴地〉

2、風水特性影響子孫

就是將風水的形象或性質特徵類比人事現象的特徵，喻爲風水的符應。例如：

。。「螃蟹吐沫形」墓穴前流泉被石堵，泉濁涸而墓主家人損，去石則泉復清流如故【壹五乙1】《地理人子須知・螃蟹吐沫形》

。。前人豎葬「剪刀穴」之楯眼（單釘），後世代代出單丁【壹五乙6】金門〈剪刀穴〉

3、風水靈物應後代

。。某人祖墳風水被破，墓中靈物獨具一眼，其人於墓破同時失事

並盲一眼【貳一甲 4】《柳崖外編・闖王祖墓》

。。祖先墓中靈物（白鶴）腳殘，後代子孫亦腳殘【壹五甲 6】金門、澎湖〈蔡進士的傳說〉

這一類以形象思維認取風水“實證”的故事，在風水故事直可謂唾手可得，例如再見以下這則〈張眞人塚〉的故事：

> 張眞人之始祖善相地，負其親灰骨，行求十餘年，到龍虎山。睹其崖吉，而峻險不能梯，乃粉其骨爲彈丸，以弓發之至若干丸而墮後，復再中至若干丸而止，故其封爵中絕，尋亦復，此其驗也。又其家口號云：傳睛不傳髮，傳髮不傳睛。今子孫襲封者，非鬢髮上指，則目睛仰生云。（明・王圻 纂《稗史彙編》卷十三・地理門・陵墓類【參六丁 1】）

這是一則想像力豐富而且精彩的故事。首先，以彈弓將骨灰彈上絕巘之巔取得常人不可能得到的“風水”，就是一個兼具創造力與想像力的情節；然後是人仰睛怒髮的畸異形象和封爵中絕再復的異常事，與第一個情節緊緊扣合彼此呼應，似乎很難用純粹的“巧合”解開其綿密的連結。不是巧合則該當何解？當理性思維遭遇其邏輯運算盲點之際，形象思維當然更容易有它展翅遨翔馳騁人心的空間。不論這些敘事背後是否眞有其事，其生動活潑的形象發想，已具足風水意義以外的文學趣味與價值了。

（二）由抽象而具象的類推模式

《晉書・中宗元帝紀》卷六有這樣一則敘事：

> 咸寧初，風吹太社樹折，社中有青氣，占者以爲東莞有帝者之祥。由是徙封東莞王於琅邪，即武王也。及吳之亡，王濬實先至建鄴，而之降款，遠歸璽於琅邪。天意人事，又符中興之兆。太安之際，童謠云：「五馬浮渡江，一馬化爲龍。」……是歲，王室淪覆，帝與西陽、汝南、南頓、彭城五王獲濟，而帝竟登大位焉。（《晉書・中宗元帝紀第六》卷六【陸戊己 2】）

其中「五馬浮渡江，一馬化爲龍」的謠諺，是講晉元帝從五個帝子中脫出登帝位的事。

在金門民間傳說中，有這樣一個「五馬拖車一馬回」的風水故事：

> 明末皇帝發現南方天象要出天子了，派江夏侯南下破風水，以免讓

新天子出來搶江山。江夏侯經過金門外海，看到島上五山連岱，說這是個「五馬拖車穴」，要出皇帝，趕快上岸來造個塔鎮住五馬，破了風水。但江夏侯出海後回頭一看，說「嚇！五馬拖車一馬回」，造了塔的山頭反而更高，馬更能跑了！」趕緊回來再造個塔，釘住五匹馬，再挖了拖車的金交椅穴，才破了這個風水，以後金門就不出皇帝了。(《金門民間傳說·五馬拖車穴》頁95)

風水故事雖然常據風水地方形勢給予模擬或形象的名稱，在這則傳說中，「五馬拖車穴」如果能與當地的“五山連岱”對應，也不失爲一個形象模擬與創造，但「五馬拖車一馬回」說法與「五馬浮渡江，一馬化爲龍」的內容與意思相去有一段距離，但其中雷同之處，不像是形象思維巧合，而更像口傳的誤訛與意思的移轉，從金門島民始遷居於晉室南渡之際，這個晉時盛傳的童謠在島上流傳並移轉變化也有來源根據。明顯變化是，「五馬渡江一馬化爲龍」的晉元帝故事，在金門已經變爲帝王風水的形勢描述與名稱了。

風水名稱的由來應是出自於風水術家所謂的「喝形」，風水師根據對某地形勢的觀察及其可能產生的作用，給予該地一個專屬命名，以概括其地特色或其特性的影響和預測。〔註4〕例如前述故事所謂的「五馬拖車穴」，既是對風水形勢的描述，也是對風水可能的影響和作用（產生可乘五馬之車的貴人）的預測。但在一些近代口頭採錄的風水故事中，風水名稱竟不再止是風水特徵的象徵概括或形象描述，而是風水“活體”的名稱了。試見這則海裡出現牛頭的「牛穴」的故事：

〈乾隆的傳說〉

一户人家請風水先生看了一塊地，這塊地的風水在海裏面，天亮海水退時會露出一只牛頭，只要把祖先屍骨葬在牛嘴裏，下代就會出皇帝。……放牛娃的母親聽説，就將自己祖宗的骨灰做在饅頭裏，讓放牛娃將饅頭放進牛嘴，將東家的屍骨掛在牛角上。後來放牛娃的下一代就是海寧的陳閣老，他將自己的兒子與皇后娘娘同一天生的女兒調包，陳閣老的兒子後來就成了乾隆皇帝，東家的下一代則出了一個大臣。(《中國民間文學集成上海卷盧灣區故事分卷（上）》【參六丙2】)

又例如，「龍地」之「龍」，風水本義指地脈，因此也成爲風水佳地的代

〔註4〕見本書第三章之五一至五三頁對「風水名稱」及其相關情節的討論。

稱。從“風水致福”的情節類群來看，風水之佳莫過於出帝王，再加上龍與王的聯想，龍地成爲帝王風水的代稱，原不令人意外。但是在「人葬龍地化爲龍身」的情節中，「龍」已經不只是眞命天子的化身，而儼然是眞命天子的原形了！試見這則故事：

〈葛隆鎮的傳說〉

有一個風水先生路過一間肉店，看出砧墩下面是塊龍穴地，就回家對兒子說，只要死後將他肉身葬在那砧墩下面，就能投胎龍身。……兒子一見，知道父親的意思，就動手剝去父親的衣裳，只剩一條貼肉褲子，因不忍心讓死者光身裸體，於是就這麼下葬了。……京城有個法師，向皇帝報告東南星相出現反王，……官兵追來，搬開肉店的砧墩往下挖，穴中出現一條五爪金龍，身上包著一條褲子不能騰飛，被法師一劍殺了。從此，這地方就叫割龍，後來成了現在的葛隆。(《中國民間文學集成上海卷嘉定縣故事分卷》【參七乙2】)

風水故事發展至此，風水術家聞之可能也啞然失笑，卻是這種將形象思維發展到極端的故事情節，解放了風水故事總是臨摹現實以徵信於人的傳說束縛，創造了風水故事在傳說形態以外，接近童話本質的故事趣味。

二、風水特殊情節反映的社會形態與思想觀念

（一）“風水致福”的內容反映的人生價值與社會變遷

若說風水“迷信”，是因爲風水之說總是將人的際遇禍福及人生得失，不假思索的附會於風水好壞的理論中，似乎忽略了成就禍福的努力與現實成因。如果不堅持從現實成因和科學原理去追究並質疑這類附會緣詞，從風水故事所描述的各種風水作用及其情節內容來看，這些情節的確是相當程度的反映出中國傳統社會所普遍認同的人生價值與社會現實。例如在「風水的正面效果和作用」類的風水情節單元中，“風水致福”或“致吉”的情節出現二百多次，“福”的內容集中於「出皇帝、封侯拜相、登科致仕、財壽丁旺」，尤以「登科致仕」的內容最多，佔了總數的二分之一強，〔註5〕許多風水作用的敘述所指的“富貴”，在故事或情節中所應合的結果，就是登科出仕。可見登科致仕的

〔註5〕《中國風水故事資料類編》第三編〈風水情節單元〉的（二）「風水的效果和作用」類，「甲、正面的效果和作用」之「甲2、登科致仕或升官」，粗略統計約有一百個故事曾出現此內容。

富貴，也就是風水故事反映的社會中最普遍終極願望與成功人生。

表現「風水致福」主題最典型的情節就是「葬地佳者福子孫」，以故事類型的眼光來看，這類情節相似的敘事與情節結構也是一種類型化的故事。因此在〈中國風水故事類型與傳說模式譜錄中〉，它是最基本也最多故事集結的類型。有趣的是，將這類型集結的故事按時代次序排列，可以發現：子孫致“福”的內容，愈近現代，“大發財利”、“人丁大旺”等愈來愈多的取代前朝以來的“登科致仕”及“封侯拜相”的內容，〔註 6〕顯然從科舉中取富貴，隨著科舉的式微與社會形態的改變，人生理想與最高價值的取向也有所轉變。

然而當封建的君主專權體制崩潰之後，“風水出皇帝”的情節內容，反而在近代的口傳故事中，有愈多的趨勢和愈活潑的發展。古代筆記中“風水出皇帝”情節，除了〈孫堅祖墓〉（《幽明錄》【參一 2】）成功的製造出三國吳帝孫權外，其他會出帝的“天子地”大多出於秦漢間的望氣說，當某地有天子氣，天子便親游其地以厭之。具體指稱出某地或某墓當出天子的兩個故事，其結果都是「某人聞之自鑿破」，見於〈羊怙祖墓〉（【貳三乙 1】）〔註7〕和〈宋氏葬地〉（【貳三甲 2】）〔註8〕的故事。然而民間出帝的故事，不僅從未有人自鑿破，而且各地都有，人人積極製造和爭取當皇帝的機會，甚至有「巫術風水做皇帝」的故事類型出現。在目前所見近代採錄的口傳故事中，幾乎各地都有出帝風水的地方傳說，傳說中的出帝風水每每被古代皇帝或不願出帝的有心人破壞，使地方暫時無法出帝，然而一旦破風水的鎮物毀滅，似乎出帝風水又將有復活可能了。台灣總統陳水扁夫婦的故鄉麻豆與官田間的龍穴傳奇，就是這類傳說的典型之例：

> 清朝年間，有唐山地理師奉清帝之命，在麻豆水掘頭假建橋之名，破壞當地有帝王徵象的地靈氣，將石轆與巨石扼於龍喉要害，使當

〔註 6〕參見《中國風水故事資料類編》第四編〈中風水故事類型與傳說模式譜錄〉，頁 342～346 之「＊101　葬地佳者福子孫」出處之（二）所註故事出處及時代排列。

〔註 7〕事云：「有善相墓者，言祜祖墓所有帝王氣，若鑿之則無後。祜遂鑿之。相者見曰：「猶出折臂三公。」而祜竟墮馬折臂，位至公而無子。」出《晉書・羊祜傳》卷三十四。

〔註 8〕故事是：「宋文安公，開封人，葬於鄭州再世矣。方士過其處，指墓側澗水曰：『此在五行書極佳，它日當出天子。』宋氏聞之，懼，命役徒悉力閉塞之，遂爲平陸。自是宦緒不進，亦不復有人登科。……」事出宋・洪邁《夷堅丙志》卷十九。

地泉水變紅，從此災變頻傳。民國四十五年，當地信徒根據王爺顯靈指示，挖出了三十六粒石轆和七十二個巨石。所以這次總統大選，地方就盛傳地方有好地理，會出總統的眞命天子。〔註 9〕

雖然一主專政的封建早已遠離，在這些出帝傳說中，民間似乎仍時時在觀望並期盼，有一個社會最高地位的掌權者，出現在自己的身邊或家鄉。因此"皇帝"在這些故事中，不但仍然是最高地位的象徵，也有終極價值上的實質意義。

（二）特殊"禁忌"反映的意識形態

風水所牽涉的禁忌，與擇時擇地有關的禁忌，都直接反映於故事的結果和情節中，例如「葬時不佳遭凶」或「葬地不佳禍子孫」等，都是具體指出可能導致風水負作用的風水禁忌，使人容易警惕並遵守禁忌所限制的內容。

但是有另外一些風水故事中的禁忌，並不是針對風水的作用而言，而是針對風水活動或風水失敗的結果所追溯的禁忌，試見以下情節：

1。。生產禁忌：忌女兒在母家生產，將奪母宅靈氣【壹三甲 10】金門

2。。風水禁忌：即將出現天子的風水地無人能破，只有正懷著眞命天子的孕婦例外——她破了能出眞命天子的風水地，於是她所懷的有天子眞命的孩子夭折了【參五丙 4】（新場鄉）上海

3。。破壞風水的方法：以婦女專用物（綁腳的木屐）碰觸或打擊地靈象徵（鳳穴墳石即鳳冠），使地靈受傷或離開【伍四甲 5】金門

4。。風水禁忌：風水地上石筍會長高，有人以馬桶刷量石筍高度，石筍不再生長風水破【參五丙 3】浙江

5。。風水師的助手（媳婦）誤犯禁忌，（打斷了風水師做出皇帝風水的替身泥人），風水師巫術失敗身亡【參五丙 7】上海

6。。助手（母親）提早喚醒做法中的風水師，在夢中踏山以造天子地的風水師身亡【參五丙 6】浙江

7。。助手（妹妹）誤報時（提早喚醒），眞命天子的哥哥早發神箭刺皇帝，卻招殺身禍【參五丙 5】台灣

〔註 9〕民國 89 年（2000 年）3 月總統大選後，出身台南的陳水扁當選總統，故事據當年四月四日聯合報鄉情版摘錄。

8。。助手（媳婦）誤殺畸形兒，應風水而生的眞命天子落地夭折【參五丙8】浙江、【參五丙10】上海、【參五丙9】耿村

這些情節單元都以女性角色爲關鍵人物，但這些女性形象不是無知，就是不潔的象徵。例如第3和第4條是同性質情節，破風水工具是馬桶刷或舊時婦女的綁腳物，女性用物幾乎等同於馬桶刷，唯其不潔，適足以破風水。而無意中破了風水致流產而夭折了“眞命天子”的母親，和斷送了家中主要男性（公公、兒子、哥哥、兒子）的天子前程的女性們，壞了風水的動作雖都出於無意，卻正顯示出她們的無知形象。抱憾以終的故事有對這種無知的無奈和無聲譴責，至於“在母家生產會奪母宅靈氣”的風俗中，則有對女兒的排擠與防備，誰能說女性在這種故事流傳的社會中，沒有被輕視和壓抑的傾向呢。

（三）份定與對位的觀念

風水堪輿術所講究的五行生剋等多方面的運用易經原理的觀念，當然也部份爲風水故事所反映和吸收。反映風水“術”的觀念內容，大多集中於「破壞風水的方法」類的風水情節，而反映風水“數”的哲學性的思想觀念，則在不同內容性質的情節類別中，表現出某種共同的觀念趨向。例如《中國風水故事資料類編》第三編「吉凶並濟的風水」、「損用互見、此消彼長的風水效力」、「兩美不可雙全的風水」所見「人地無福不相稱」（第一類「風水的各種特徵」，頁7）等情節類別，內含的共同觀念特色，就是易經哲學模式的陰陽交泰、得失並濟的“份定”與“對位”觀念。以下試舉各類情節內容分析之。

「吉凶並濟」者，例如「風水福地，先損人丁家產，再有從武功得貴者」，類似的情節有十二個。「損用互見，此消彼長」如「穴妨術師」系列的情節，云：風水地之極佳者，一旦發揮其至大作用帶來大吉時（暴富或驟貴），則爲風水主人指出吉地的風水師必受妨害（失明或喪身）。這似乎意味著術師削福以償風水的意思，也意味著天地人福份、命份應有定數，有得則必有失，而得失竟可以不必在同一對象身上取得平衡，但在冥冥的“天道”中相濟平衡。其他幾種情節如「兩墳相鄰，一家得吉則另一家遭凶，反之亦然」（《清稗類鈔・塔武中墓犯臨墳煞》、《北東園筆錄・損人益己》），或「鵝形地稻穀豐收，周鄰之地皆歉收」（《太陽和月亮・鵝形地的故事》【壹六甲 6】）等，都表現出相似的思維模式與份定觀念的延伸。至於「兩美不可雙全的風水地」如「富者少貴，貴者少富」（《地理人子須知》），或「葬前三宰相，葬後萬人丁」（金門）等令人兩難的抉擇，更顯見民間故事對「福無雙至」與份定哲學的具體領會。

「人地無福不相稱」的七個情節是，當人無福德而葬應受福德之地時，不是「遭雷擊發其墓」(《庸盦筆記・鬼神默護吉壤》【肆一21】)，就是葬後不遇福反遭禍(《椑史彙編・泓師》【參二2】)，或是風水乾脆自行丕變爲凶地（澎湖〈福地福人居〉【參二11】)，只因福德無份，不當其位。而且不僅地於人有所選擇，人降生於地也講究對位，當身負天子之命的人誤生於無福之地時，眞命天子只好夭亡（浙江〈楊六狗踏山〉【參七丙 6】)。這類敘述不對位、不當份而蒙受損失的情節，與「風水命定」主題的故事，呼應的表現出風水故事及其信仰世界中，對知命和認份的體會。

有幾個堪輿擇時的故事，也反映了典型的對位觀念。例如以下這兩則故事：

〈造屋拋梁的由來〉

明朝初年，有一户人家造房子請了一個風水先生選日子，風水先生定了一個黑赦日，是一年中最壞的日子。這一天，劉伯溫和朱元璋正好路過這裏，看到這户人家竟選在黑赦日上梁，劉伯溫覺得很奇怪，找來風水先生問原因。風水先生答説，這天原是壞日子，但劉朱二位一到，就是「上梁正逢黃道日，又遇龍星智慧星」。朱元璋就説這家會出狀元了。主人高興之下，叫人拿饅頭、糕餅和銅鈿從梁上拋下來，口裏唸著風水先生説的拋梁歌。以後這家人眞的出了狀元，這造屋拋梁的習俗就傳了下來。(《中國民間文學集成上海卷松江縣故事分卷》【伍二丙 14】)

〈羅猴七煞日〉

李提學要建祠堂了，叫張天師取個吉日。張天師取個羅猴七煞日，李提學知道，大爲躊躇。李提學和蕭家是對手親家，當時蕭家也要建祠，還未擇日。蕭聽説張天師爲李家選了一個羅猴七煞日，李提學似乎不用，蕭家就跟李提學要求轉給他。當蕭家照那日子興工的那一天，李提學心裏不放心，就到蕭家祠堂前去看個吉凶。一看，李提學指著説：「不得了，祠堂的中樑上怎麼躲著許多妖怪？」「沒有呀！在哪裡？」一般人都看不到。李提學幾聲叱吒，妖怪都走了。原來李提學是文曲星，羅猴七煞日遇到文曲星，就會轉凶爲吉。採自潮陽（林培廬編《潮州七賢故事》【伍二丙 15】)

這兩個故事說明：世間原無絕對或固定不移的吉凶，得位、應時及合宜（地宜或時宜或人宜）的應對方式，才是進出吉凶的根本要訣。這種觀念意識反映的既是敘事者的信仰，也是故事的文化意義。

三、風水故事與風水文化的關係

本研究搜集所得的風水故事，大部份是關於陰宅風水的故事，其中反映的思想觀念與價值意識，有些可能不為非風水信仰者及當今時代的價值觀念所理解和接受（例如符應的觀念和多子的祈望）。但祖先骨灰都隨灰非煙滅的現代人，仍癡迷於可能幫助升官發財和桃花運的居家與辦公室風水中，滿排書店的應用風水書可以說明現代人的風水信仰。

但是在風水信仰仍可謂盛行的今日，近代風水書即使偶爾得見一兩則風水師神術的風水故事，除了堪地、預測、應驗的故事公式外，情節往往簡單得乏善可陳。大量的風水故事來自於古老的風水書、筆記和老一輩人的口中，從風水故事龐大的傳說量和趨向跨地域跨題材的類型化趨勢，我們似乎可以預期風水故事的挖掘與發展，應該還有豐富而長遠的發展。但其實，同時之間，有許多可能不符時代觀念或不期望被新時代和社會所接受的民間信仰如風水故事等，在新潮流的信仰及時代觀念中被淹沒而式微，前線的民間故事採錄者最能感受這股排擠的力量和挽留及掌握它們的困難：

> 講述者在和研究者乍一接觸時，一般都心存疑慮，不但進行敘事時放不開，回答研究者提出的問題時也躲躲閃閃。尤其涉及到民間信仰這類敏感話題，多數講述者是心存顧慮的。……筆者在十幾年前對其進行調查之初，問及他是否會講狐故事時，他不但矢口否認……終於，在連續進行了五年的調查……當再次問及此事時，滔滔不絕的講起各種狐故事。〔註 10〕

「民間信仰」在對岸中國大陸的“敏感”性，可能是由於政府對意識形態的控管，但在言論與信仰自由的臺灣地區，採錄這類“迷信”的故事，某些時候也有困難，尤其當採錄者是來自於大學院的師生，而講述者是屬於低教育層的農勞動者的時候。或許因為知識上的自卑感，唯恐自己的“迷信”不被理解，甚至他們可能也並不希望自己的信仰被無情的知識劃破，而寧可選擇沉默以保有自己信仰的完整性。〔註 11〕所以即使沒有任何白色恐怖的管束，

〔註 10〕江帆《民間口承敘事論》（中國：黑龍江人民出版社，2003 年 5 月一版），頁 145。

〔註 11〕筆者撰《金門民間故事研究》之第柒章〈金門民間故事的傳承〉，曾述及「講

表達信仰的事物，最活躍也最自然的流通管道，是在信仰的環境中，其次才是信任的託付。一旦信仰的環境不再，要走入信仰者的世界，除非能讓對方相信，他的信仰不會遭受破壞或質疑。採錄風水故事已經到了必須獲得信任才得以聽聞的時候，風水信仰的環境是否已經改變？

當下流行的及正在形成的新風水文化是什麼，當下之人可能無從看清它的全貌，以及它最後的形式與眞相。只有從歷經時間與記憶淘洗的故事裡面，可以整理出屬於舊時代的風水信仰的整體以及它的想像內容，可以察覺出新時代的風水信仰有傳統信仰的文化積澱，可以比較出在沒有思想束縛沒有信仰禁忌而缺乏新風水故事的時代，當下的我們今人多麼缺乏想像力。一樣有所求於風水，故事中人有對天地與我、祖先與我的關係充滿敬畏與情感的聯想和崇拜；只問如何從風水中求名得利的居家擺設與辦公座位的現代風水，有時候未免太過“科學”而無趣許多。風水故事的豐富與貧乏，也許某些程度上也反映了風水文化內涵的豐富與貧乏吧。

述人與講述活動」的採錄現場狀況，云「許多講述者在講出一個故事前，或講完一個故事後，每每要重複的說『這是眞實的』、『沒有事實的怎麼能亂講』等等強調故事眞實性的話，並且往往會附帶舉述傳說主角的故居或相關事物現況爲證，證明所言不虛。」（台北：中國文化大學中文研究所八十五學年度碩士論文，民國 86 年 6 月，頁 150～151）而講述人最常自動隨時舉證以徵聽眾之信的，就是風水傳說。學姐姜佩君《澎湖民間故事研究》之〈澎湖民間故事的講述與傳播〉一節，也曾述及類似的現象，雖不是只對風水故事才有的反應，但可以爲理解這類講述者心理參考：「……老一輩的民眾（約六十歲以上），對於民間故事的認知，大都認爲民間故事是『說給小孩聽的』、『騙人的』、『荒唐的』、『不可靠』的東西。而這些東西是不適合對我們這些教授、博士、老師們講述的。……」（台北：中國文化大學中文研究所博士論文，民國 90 年 5 月，頁 315）

第六章　結　論

第一節　本書研究成果

一、風水故事情節單元的分析與整理

從第參章風水主題分類的結果來看，以故事爲單位，據故事的內容主旨來歸納風水故事所環繞的重心與主題，相當程度的反映出封建社會下的傳統價値與信仰認知，如登科多子，時辰不吉招禍等等，也歸納出了風水故事的一些題材特徵，例如“破風水”的故事和“取風水”的故事，以及“風水符應於人”等從風水信仰特徵發展出來的故事。這是從各個故事主題的分析與歸納性的分類中，掌握的風水故事群中最多數聚集的內容。

故事主題分類雖然歸納了風水故事最多數的主要內容，但並不足以反映風水故事的全面內容。因爲以一則故事爲一個分類單位，每則故事只能納入一項“主題”類下，但並非每一個故事都只包含單一題類的內容。例如「破風水」的故事中往往同時包含有「風水作用」的內容，然依故事主題分類，當故事的敘述側重的是「破風水」的內容，與其他同樣側重這類內容的故事聚集起來，就屬於「破風水」一類的故事，則故事中在該項“主題”以外的其他細節內容，就很難在這個分類中彰顯了。這是以故事爲分析（分類）單位的局限。

情節單元的分析，正是突破故事單位界限的方法之一。以情節單元爲主體，則一個故事內含的一到數個情節單元就可能分屬一到數個不同的題類，可以分別從故事中分析出來，再與其他故事中相似的情節單位互相比對並聚集歸納，便可補充故事主題分類的盲點與不足，進而反映出風水故事的全面內容。

本書研究初始，是希望藉由風水故事的集合與分析，“還原”存在於民間故事的的風水觀念與信仰形態，進而舉出風水故事的特色。但身爲風水文化養成的局內人，即使有再高的自認自覺的“理性”，也很難突破對風水的既定認知與成見。因此以“內行”的眼光來看風水故事的內容與情節，固然有不隔的方便，不免也有難以自察的盲點。同時局限於身處的文化環境與既定認知，容易有將風水文化與傳統文化混爲一談之虞，而可能使研究主旨無所歸依。如果從觀念與價值的主題來看風水故事的內容，將會發現風水故事與其他傳統命題的故事，其題材內容或許並無太多差異，尤其在信仰觀念與價值意識方面，無非是接受宿命，相信報應，祈望登科發財以及多子多壽等。將這些內容結論置諸算命、神仙、報應、乃至鬼狐精怪，可能都將得出相差無幾而結論相同的結果。

所以在情節單元的分類方法上，本研究採取了主題分類以外的另一種分類方式。一方面仍集中各情節的特徵採取情節主題分類，得出〈風水情節單元分類〉(《中國風水故事資料類編》第三編)，一方面借用以西方民間文學材料建立起分類架構的湯普森情節單元分類方式，將風水故事的情節單元納入無風水文化背景的湯氏分類架構中進行分類實驗，得到〈以湯普遜情節單元分類系統分類的風水故事情節分類〉(《中國風水故事資料類編》第二編)。以此對照不同的文化背景下，對風水故事情節的認知方式和分類結果。從實驗結果可以看出：不在湯氏系統的情節，就是風水故事情節獨見於風水文化的特徵；在湯氏分類中，則可見抽離風水文化的背景和信仰基礎後，風水故事情節在一般認知上的特色。在這個對照實驗中，許多身在風水文化或信仰中習而不查的風水情節可能顯示出其特色的一面，或是還原其現象或事件的本質。以「交換孩子以換回彼此先人骨殖錯葬的風水」〔註 1〕的情節爲例，分明是自己親生的孩子，卻因爲兩家先人骨灰葬錯了地，而寧可交換彼此的非親生子女爲子女，以保有原本應該屬於自己家的“風水”。類似的情節還有：「風水被人偷葬了，送個女子懷上這家的孩子再帶走女子，以“討回”該風水」。〔註2〕像這些情節，以及其他「骨殖調包換風水」〔註 3〕的故事等，在相信先人遺骸能對自家後代產生影響

〔註 1〕 這個情節出現於〈中國風水故事主題類編〉【參四丙 6】〈看風水先生〉的上海故事中。可參考第三章第 12 頁「丙、骨殖調包換風水」的故事舉例。

〔註 2〕 這類情節和故事都在〈中國風水故事主題類編〉之風水故事主題第三類第三項之丙「骨殖掉包換風水」中，共有七個故事。

〔註 3〕 同註 1、註 2。

和作用的風水信仰及其文化環境來說，「換孩子討風水」只不過是「取回風水」的方式之一，所以在〈風水情節單元分類〉中，屬「取得風水的方法」之類。但抽離風水信仰的背景，將這個情節做爲一個獨立事件來看，則其事件的本質是婚姻與育子上的失常或異常現象，所以在湯普森情節分類中，純粹是「婚姻；生育」類的不尋常事件（情節單元）。風水文化的信仰特色與價值觀念，在兩組分類的對照差異中，往往可以自然浮現，這也是材料分類有時候比論理說明要直截而確切的一面。

二、從「類型」角度發現的風水故事形態與特徵

情節單元是對故事內容主題的進一步分析，類型則是對故事結構及其流傳動態的綜合整理。從類型角度觀察風水故事的敘事特徵和流傳形態，也得到了一點新發現。首先是從故事情節的相似組合，發現了被學者普遍以爲只是傳說和只有傳說的風水故事，也有突破傳說形態的故事化和類型化現象。進而在類型的概念下，觀察到傳說情節的模式化情形，並發現到某些情節模式向故事類型發展與流動的痕跡。〈中國風水故事類型與傳說模式譜錄〉（《中國風水故事資料類編》第四編）一方面說明了這些現象，一方面也在呼應並驗證長久以來，學者們呼籲建立一個有文化特色並照顧到故事內容的故事目錄的可能。這個譜錄不是完整的，更不是成功的，是一項學術方法的試驗與考驗。

本書從類型與情節單元的分析研究風水故事的主要心得是：風水和風水故事之爲一種文化現象，最重要而且主要的形成“文化”的過程，不是故事說了哪些內容，而是哪些內容被傳述了，被接受了。很多情節集結的主題，和很多故事集合的類型，都指示出風水故事在風水文化和風水環境中抉擇和提鍊出來的內容，成爲今日所見風水故事中最典型或最常見的特色，例如「葬地佳者福子孫」、「貴人不在乎賤地」等等。

第二節　本書研究侷限與後續發展

一、從材料比較發現資料不足

第肆章第一節曾部份提及，中國古代的民間故事，主要來自於古代筆記小說的記錄。“據聞直錄”固然是筆記的特色之一，筆記也因此可信爲古代

民間文學資料，但由於書寫文化的影響，筆記內容一方面已是集中於文人階層的筆記者選擇性記錄的結果，一方面在文字敘述的習慣與口頭敘事的習慣不同情況下，筆記的風水故事與隨機採錄於口頭傳述的風水故事，整體上有著不同的趣味傾向：筆記的風水故事傾向於求實問眞，故事情節的發生，都有核實的對應，例如「葬地佳者福子孫」，子孫登科中了狀元，筆記中的狀元在籍何處登第於某年某元都有詳盡敘述。口述的風水故事沒有太多麻煩，只說中了狀元或進士便交代完畢，故事的重點和主要內容便只有風水出狀元。而筆記的重點似乎是以狀元之眞指證風水之眞。因此，雖然在敘事體裁上，筆記的某某某狀元與口傳的某狀元都屬於“傳說”，筆記的存眞和求眞顯示其故事更近於紀實和信實的記錄，而不只是“說故事”。這只是文字書寫和口頭敘事習慣和性質不同，還是說故事者及其故事本質性的不同，有待更多的資料比對才能討論。因爲目前所得的風水故事材料，得自於筆記的記錄，比口頭調查所得的記錄要多出許多。在資料來源不平均的情況下，尙無法論定偏重於某一來源的資料現象是否爲其特色。

另一方面，很多成“類型”的故事，幾乎都來自於口頭流傳的故事，這似乎又顯示民間口號故事的流傳，要比古代文獻的記錄豐富（量多）而且多變。可以解釋的理由是：一則古代資料流傳至今者畢竟有限，不似當代流傳的普查所見多；一則古人筆記，除了記耳聞眼見，從閱讀印象得來或直接抄襲原書的情況從不鮮見，廣聞博見原無可厚非，輾轉因襲下屢見重複記錄之故事歷數朝而未變，如「陶侃尋牛得地」、「郭璞葬母於水濱」等故事屢見於歷代類書與筆記，也許並非古人呆板不知變化，而是局限於書寫的傳世意識，以及類書通識化下的固定印象吧。

但風水故事故事多變化於口頭傳述中，口頭傳述傳中也有許多類型故事形成，顯現出風水從刻板不變的單線化傳說向多線發展的故事化和類型化的特徵，仍然令人對風水故事和傳說在民間活躍的程度，及其中許多不同於筆記故事的種種狀況感到好奇。然而如第二章第二節所述，除了台灣地區目前積極活動和出版中的口頭文學調查，已經完成普及性的調查並公開出版的《中國民間文學集成》資料中，對所謂“封建迷信產物”的刻意壓抑，使得大量風水故事，都只潛在於目前未出版，而且暫不公開的各鄉鎭市的原始資料本中。所以雖然在上海市各鄉鎭二十幾本故事集，及河北耿村故事全集，和其他零星得自福建、四川的一、二市選集等得到了許多風水故事資料，從風水故事在各故事集中比例爲數均不少的情況下，初步判斷風水故事在中國流傳區域與數量應均有可觀。但這片面印象目前尚無充分資料足供證實，可以斷定的是，本文在研究中國風水故事的材料和成果上，確有明顯的空洞與不足。

二、補充研究與未來發展方向

在補充研究方面，風水文化是中國文化背景的一部份，在各地區域似乎都有流傳，若要全面研究，風水故事的流傳區域應是不可忽視的一環。目前得到的資料，古代筆記以明清居多，但筆記者背景較難一一查考，再則明清也是風水術家蜂起爭鳴的時代，其時的風水故事，恐怕時代意義更大於區域意義。來自近現代記錄的資料都記錄了流傳地區，目前所得的資料集中於中國南方，如東方文化叢書系列所記錄的多半是廿世紀初中國南方的民間故事，上海和台灣所得的資料較齊全，風水故事也不算少見，但資料來源也是廣義的中國南方。所以目前所看到的特多出自於中國南方的風水故事，是南方文化的區域現象，還是風水故事普遍流行於中國的一隅之照，甚至是中國文化圈的共同內容之一？都有待未來資料的充實與整理後，才能進一步研究。目前所知的是，河北耿村的故事集，風水故事出現的頻率，並不下於目前見於台灣及上海資料中出現的頻率。

在研究準備方面，最大的挑戰不是材料來源的足備與否，而是對風水術數的相關理論與由來背景的基本瞭解與知識的補充。本文研究最感困難方面，是如何分析風水故事材料中的特殊現象，尤其是與風水信仰密切結合相關內容，如「破風水」的故事。這是風水故事中的一大區塊，其中的主要情節都是以風水術如厭勝、符應等爲基礎而成立的，如果對於風水的術數背景與發生由來沒有相當認識，對其中的情節理解與分析當然有限甚且貧乏，暫時只能以象徵之類概括其性質，而無法說明其緣由與背景。

在發展方向上，如前文所說，風水故事與許多傳統文化，尤其與一切“迷信”如看相、論命、卜卦及神仙、報應等有關的故事題材存在許多相似或重疊的情況，如果資料可齊兼力有能及，或許應集合此類性質相近而有特殊文化背景的傳說故事，詳加整理與分析，不論是資料整合或研究成果，想必將有可觀之處。

參考書目

一、古代典籍之部（按時代先後排序）

1. 《史記》，漢・司馬遷（BC145～86前），台北：臺灣中華書局。
2. 《三國志》，晉・陳壽（233～297）。
3. 《後漢書》，南朝宋・范曄（398～445）。
4. 《宋書》，梁・沈約（441～513），台北：臺灣中華書局。
5. 《晉書》，唐・房玄齡（578～648）等，台北：臺灣中華書局。
6. 《南史》，唐・李延壽，台北：臺灣中華書局。
7. 《北史》，唐・台北：鼎文書局。
8. 《舊唐書》，後晉・劉昫（887～946）等。
9. 《新唐書》，宋・歐陽修（1007～1072）、宋祁（998～1061）。
10. 《元史》，晉・干寶汪紹楹校注，台北：木鐸出版社民國74年7月。
11. 《搜神記》，晉・干寶汪紹楹校注，台北：木鐸出版社民國74年7月。
12. 《搜神後記》，陶淵明撰、汪紹楹校注，台北：木鐸出版社民國 74 年 7 月。
13. 《幽明錄》，古小說鉤沉（無版權頁）。
14. 《錄異傳》
15. 《錄異記》，後唐・杜光庭。
16. 《小說》
17. 《異苑》，南朝宋・劉敬叔（？～468），學津討源，台北：新文豐出版公司叢書集成新編冊八二。
18. 《朝野僉載》，唐・張鷟（約660～741間），寶顏堂祕笈，台北：新興書局《五朝小說大觀》。
19. 《大唐新語》十三卷，唐・劉肅（820前後在世），稗海，江蘇廣陵古籍刻印社筆記小說大觀冊一；台北：新文豐出版公司叢書集成新編冊八三。

20. 《宣室志》十卷、補遺一卷，唐‧【聖朋】張讀，江蘇廣陵古籍刻印社筆記小說大觀冊一。
21. 《東觀奏記》三卷，唐‧裴庭裕（約 841～五代），江蘇廣陵古籍刻印社筆記小說大觀冊一，載宣宗朝事。
22. 《玉泉子》一卷，唐‧佚名，江蘇廣陵古籍刻印社筆記小說大觀冊一。
23. 《吳地記》，唐‧陸廣微，學津討源。
24. 《太平廣記》五百卷，宋‧李昉等編纂，汪紹楹校注，太平興國六年（981）雕印，北京：中華書局 1995。8 月六刷（全十冊）。
25. 《太平御覽》一千卷，宋‧李昉等，太平興國六年（983）成書，台北：新興書局民國 48 年影印（全十二冊）。
26. 《廣卓異記》二十卷，宋‧【宜黃】樂史，雍熙三年（986）獻，江蘇廣陵古籍刻印社筆記小說大觀冊一。
27. 《唐語林》，宋‧王讜（1110 前後在世），北京：中華書局叢書集成初編 2759。
28. 《泊宅編》，宋‧方勺（1066～？）許沛藻、楊立揚點校，三卷本與十卷本合訂，北京：中華書局 1997 二刷。
29. 《青瑣高議》，宋‧劉斧（1073 前後在世），民國間董氏誦芬室校士禮居刊本，台北：河洛出版社，民國 66 年。
30. 《春渚紀聞》十卷，宋‧何薳（1094 前後在世），學津討源，台北：新文豐出版叢書集成新編冊八二，（浦城，在今福建）。
31. 《東軒筆錄》，宋‧【臨漢】魏泰（1068～1124 間），李裕民點校，江蘇廣陵古籍刻印社筆記小說大觀冊五，北京：中華書局 1997 二刷。
32. 《夷堅志》五十卷，宋‧【番陽】洪邁（1123～1202），乾道二年（1166）作者序，江蘇廣陵古籍刻印社筆記小說大觀冊一。
33. 《夷堅志》甲乙丙丁集，宋‧洪邁（1123～1202），台北：新文豐出版叢書集成新編冊八二。
34. 《揮麈錄》前錄、後錄、三錄、餘話，宋‧王明清（1127～1214 後），北京：中華書局叢書集成初編 2770。
35. 《堪輿雜著‧覆驗》，宋‧李思聰，《古今圖書集成博物彙編藝術典第六百六十九卷‧堪輿部彙考十九》。
36. 《過庭錄》，宋‧范公偁，以「過庭」名者，紹興丁卯戊辰間（1147～1148），聞之其父也，江蘇廣陵古籍刻印社筆記小說大觀冊三。
37. 《入蜀記》六卷，宋‧【山陰】陸游（1125～1210），乾道六年（1170）入蜀作，江蘇廣陵古籍刻印社筆記小說大觀冊四。
38. 《睽車志》六卷，宋‧【歷陽】郭彖（1165 前後在世），稗海，台北：新文豐出版公司叢書集成新編冊八二。

39. 《桯史》十五卷，宋·【相臺】岳珂（1173～1240後），江蘇廣陵古籍刻印社筆記小說大觀冊四。

40. 《閑窗括異志》，宋·魯應龍（1247前後在世），稗海，台北：新文豐出版公司叢書集成新編冊八二。

41. 《葆光錄》，宋·龍明子，顧氏文房小說，台北：新文豐出版公司叢書集成新編冊八二。

42. 《鶴林玉露》十六卷、補遺一，宋·【廬陵】羅大經（1224前後在世），江蘇廣陵古籍刻印社筆記小說大觀冊三。

43. 《能改齋漫錄》十八卷，宋·【臨川】吳曾，紹興二十七年作者子後序，江蘇廣陵古籍刻印社筆記小說大觀冊四。

44. 《癸辛雜識》，宋·周密（1222～1308）撰，吳企明點校，北京：中華書局1997二刷。

45. 《錦繡萬花谷》一百二十卷，宋·不著撰人，影印明刻本，台北：新興書局民國58年影印（全四冊）。

46. 《湖海新聞夷堅續志》，元·無名氏，適園叢書。

47. 《南村輟耕錄》，元·陶宗儀（1360前後在世），元刻本，北京：中華書局1997三刷。

48. 《笑海叢珠》，明（宋），日內閣文庫與上村幸次藏本合校，北京大學、中國民俗學會叢書6《宋人笑話》（〈笑海叢珠〉、〈笑苑千金〉）。

49. 《庚巳編》，明·陸粲（1494～1551）撰，譚棣華點校，北京：中華書局1997二刷。

50. 《水東日記》四十卷，明·葉盛（1420～1474）撰，魏中平點校，北京：中華書局1997二刷。

51. 《焦氏類林》，明·焦竑（1541～1620）輯，粵雅堂叢書，北京中華書局叢書集成初編0191。

52. 《地理人子須知》，明·徐善繼、徐善述，1564～1583，台北：武陵出版社影印明刊本。

53. 《昨非庵日纂》，明·【古閩】鄭瑄，乙亥（1575）友人何如寵題詞，江蘇廣陵古籍刻印社筆記小說大觀冊七。

54. 《松窗夢語》，明·張瀚（1550前後在世）撰，盛冬鈴點校，北京：中華書局1997二刷。

55. 《粵劍編》，明·王臨亨（1548～1601）撰，凌毅點校，北京：中華書局1997二刷。

56. 《稗史彙編》，明·王圻纂，明萬曆三十八年（1610）刻本，台北：新興書局民國 58 年 2 月影印。

57. 《湧幢小品》三十二卷，明‧【湖上】朱國禎（1558～1632），己未年（1619）作者識，江蘇廣陵古籍刻印社筆記小說大觀冊六。

58. 《客坐贅語》，明‧顧起元輯（1565～1628），金陵叢刻，台北：新文豐出版公司叢書集成新編冊八八。

59. 《原李耳載》，明‧【太原】李中馥（天啓四年 1624 舉人），說庫，台北：新文豐出版公司叢書集成三編冊六五。

60. 《池北偶談》二十六卷，清‧【濟南】王士禎（1634～1711），康熙辛未（1691）作者序，江蘇廣陵古籍刻印社筆記小說大觀冊八。

61. 《廣陽雜記》五卷，清‧劉獻廷（1648～1695），汪北平、夏志和點校，江蘇廣陵古籍刻印社筆記小說大觀冊八，北京：中華書局，1997 年 12 月三刷。

62. 《妙香室叢話》十四卷，清‧【賀縣】張培仁，江蘇廣陵古籍刻印社筆記小說大觀冊九，數則同《餘墨偶談》。

63. 《粵西叢載》三十卷，清‧（桂林府通判）汪森（1653～1726），江蘇廣陵古籍刻印社筆記小說大觀冊九。

64. 《堅瓠首集》四卷，清‧【長州】褚人穫，康熙乙亥 1695 孫致彌總序，江蘇廣陵古籍刻印社筆記小說大觀冊七。

65. 《堅瓠二集》四卷，清‧【長州】褚人穫，康熙辛未（1691）彭榕序，江蘇廣陵古籍刻印社筆記小說大觀冊七。

66. 《堅瓠三集》四卷，清‧【長州】褚人穫，江蘇廣陵古籍刻印社筆記小說大觀冊七。

67. 《堅瓠四集》四卷，清‧【長州】褚人穫，江蘇廣陵古籍刻印社筆記小說大觀冊七。

68. 《堅瓠五集》四卷，清‧【長州】褚人穫，江蘇廣陵古籍刻印社筆記小說大觀冊七。

69. 《堅瓠六集》四卷，清‧【長州】褚人穫，江蘇廣陵古籍刻印社筆記小說大觀冊七。

70. 《堅瓠七集》四卷，清‧【長州】褚人穫，江蘇廣陵古籍刻印社筆記小說大觀冊七。

71. 《堅瓠八集》四卷，清‧【長州】褚人穫，江蘇廣陵古籍刻印社筆記小說大觀冊七。

72. 《堅瓠九集》四卷，清‧【長州】褚人穫，康熙壬申（1692）松吟老人序，江蘇廣陵古籍刻印社筆記小說大觀冊七。

73. 《堅瓠十集》四卷，清‧【長州】褚人穫，康熙乙亥（1695）孫致彌序，江蘇廣陵古籍刻印社筆記小說大觀冊七。

74. 《堅瓠續集》四卷，清·【長州】褚人穫，江蘇廣陵古籍刻印社筆記小說大觀冊七。

75. 《堅瓠廣集》六卷，清·【長州】褚人穫，江蘇廣陵古籍刻印社筆記小說大觀冊七。

76. 《堅瓠補集》六卷，清·【長州】褚人穫，江蘇廣陵古籍刻印社筆記小說大觀冊七。

77. 《堅瓠秘集》六卷，清·【長州】褚人穫，康熙庚辰（1700）尤侗序，江蘇廣陵古籍刻印社筆記小說大觀冊七。

78. 《堅瓠餘集》四卷，清·【長州】褚人穫，康熙癸未（1703）張潮序，江蘇廣陵古籍刻印社筆記小說大觀冊七。

79. 《古今圖書集成》，清·【侯官】陳夢雷，康熙三十九至雍正四年 1726，台北：鼎文書局。

80. 《前徽錄》一卷，清·【適溪】姚世錫，乾隆辛巳（1761）王元禮序，江蘇廣陵古籍刻印社筆記小說大觀冊九，述吳興掌故。

81. 《子不語》二十四卷，清·【錢塘】袁枚（1716～1798），江蘇廣陵古籍刻印社筆記小說大觀冊十，浙江。

82. 《巢林筆談》六卷、續編二卷，清·龔煒（1704～1769 以後）撰，錢炳寰點校，乾隆三十年刊印，北京：中華書局 1997 三刷。

83. 《諧鐸》十二卷，清·【吳門】沈起鳳（1741～？），乾隆辛亥（1791）殷傑緒，江蘇廣陵古籍刻印社筆記小說大觀冊十。

84. 《柳崖外編》，清·徐昆（1715～？），台北：廣文書局。

85. 《聽雨軒筆記》四卷，清·清涼道人（提要記【德清】徐君），乾隆辛亥（1791）自序，江蘇廣陵古籍刻印社筆記小說大觀冊十二。

86. 《簷曝雜記》，清·趙翼（1727～1814）撰，李解民點校，北京：中華書局 1997 二刷。

87. 《明齋小識》十二卷，清·【青浦】諸晦香，嘉慶十六年（1811）陳琮序，江蘇廣陵古籍刻印社筆記小說大觀冊十四，青浦，今。

88. 《熙朝新語》十六卷，清·【吳門】徐錫麟，嘉慶戊寅（1818）翁子敬序，江蘇廣陵古籍刻印社筆記小說大觀冊十四。

89. 《履園叢話》二十四卷，清·【勾吳】錢泳（1759～1844）撰，張偉點校，道光五年（1825）孫原湘序，北京：中華書局 1997 二刷，江蘇廣陵古籍刻印社筆記小說大觀冊十二。

90. 《咫聞錄》十二卷，清·慵訥居士，道光癸卯（1843）自序，江蘇廣陵古籍刻印社筆記小說大觀冊十二。

91. 《歸田瑣記》八卷，清·【福州】梁章鉅（1775～1849），道光二十五年 1845 許惜書序，江蘇廣陵古籍刻印社筆記小說大觀冊九。

92. 《嘯亭雜錄》十卷、續錄三卷，清・（禮親王）昭槤（1776～1829），何英芳點校，江蘇廣陵古籍刻印社筆記小說大觀冊十六；北京：中華書局1997 二刷。
93. 《竹葉亭雜記》，清・姚元之（1776～1852）撰，李解民點校，北京：中華書局 1997 二刷。
94. 《北東園筆錄》初編六卷，清・【福州】梁恭辰，道光癸卯（1843）自序，江蘇廣陵古籍刻印社筆記小說大觀冊十四。
95. 《北東園筆錄》續編六卷，清・【福州】梁恭辰，道光甲辰（1844）敬叔氏序，江蘇廣陵古籍刻印社筆記小說大觀冊十四。
96. 《北東園筆錄》三編六卷，清・【福州】梁恭辰，道光乙巳（1845）敬叔氏序，江蘇廣陵古籍刻印社筆記小說大觀冊十四。
97. 《北東園筆錄》四編六卷，清・【福州】梁恭辰，道光戊申（1848）自序，江蘇廣陵古籍刻印社筆記小說大觀冊十四。
98. 《金壺七墨全集》共十八卷，清・【鉢池】黃鈞宰，（敘咸同間所見所聞），江蘇廣陵古籍刻印社筆記小說大觀冊十三。
99. 《漁舟記談》二卷，清・彭崧毓，同治元年熊家彥敘，台北：文海出版社《清人神怪文錄選輯》1985.4。
100. 《尾蔗叢談》四卷，清・【綿州】李調元，台北：文海出版社《清人神怪文錄選輯》，民國 74 年 6 月。
101. 《墨餘錄》四卷，清・【上海對山】毛祥麟，同治庚午（1870）自序，江蘇廣陵古籍刻印社筆記小說大觀冊十。
102. 《庸閒齋筆記》十二卷，清・【海昌】陳其元，同治十三年（1874）俞樾序，江蘇廣陵古籍刻印社筆記小說大觀冊十。
103. 《香飲樓賓談》二卷，清・【烏程】陸長春，光緒丁丑 1877 縷馨僊史序，江蘇廣陵古籍刻印社筆記小說大觀冊九，烏程，吳興。
104. 《此中人語》六卷，清・【筍溪】程趾祥，光緒八年 1882 吳再福序，江蘇廣陵古籍刻印社筆記小說大觀冊十二。
105. 《茶香室叢鈔》二十三卷、續鈔二十五卷、三鈔二十九卷、四鈔二十九卷，清・【德清】俞樾。
106. 貞凡、顧馨、徐敏霞點校，光緒癸未年（1883）作者序，江蘇廣陵古籍刻印社筆記小說大觀冊十六，北京：中華書局 1995 一版一刷。
107. 《庸盦筆記》，清・【無錫】薛福成，乙丑（1865 同治四年）至辛卯（1891光緒十七年）見聞，江蘇廣陵古籍刻印社筆記小說大觀冊十三。
108. 《客窗閒話》初集四卷。
109. 《客窗閒話》續集四卷，清・吳薌厂，光緒戊申（1908）補留生敘，江蘇廣陵古籍刻印社筆記小說大觀冊十四。

110. 《在野邇言》，清・王嘉楨，光緒，台北：新興書局。
111. 《恩福堂筆記》，清・英和，台北：新興書局筆記小說大觀四十三編冊。
112. 《志異續編》四卷，清・青城子，江蘇廣陵古籍刻印社筆記小說大觀冊十三。
113. 《南皋筆記》四卷，清・【岷江】楊鳳輝，民國 3 年（1914）自序，江蘇廣陵古籍刻印社筆記小說大觀冊十四。
114. 《漁舟記談》下卷，清・彭崧毓。
115. 《粵西叢載》，清・汪森。
116. 《清稗類鈔》，清末・徐珂編撰，北京：中華書局。
117. 《中國歷代卜人傳》，民國・袁樹珊編，台北：新文豐出版公司 1998 年 11 月一版。
118. 《金門先賢錄》第一輯，金門縣文獻委員會編印，民國 59 年 5 月金門文獻委員會。
119. 《金門先賢錄》第二、三輯，金門縣文獻委員會編印，民國 61 年 6 月金門文獻委員會。

二、近現代故事集之部（依書名首字筆劃排序）

1. 《中國民間文學集成上海市長寧區分卷》，長寧區民間文學集成編委會，1989 年 4 月。
2. 《中國民間文學集成上海市南匯縣分卷》，上海市南匯縣民間文學集成辦公室，1988 年 12 月。
3. 《中國民間文學集成上海卷松江縣故事分卷》，松江縣民間文學藝術集成編委會，1989 年 10 月。
4. 《中國民間文學集成上海卷金山縣故事分卷》，金山縣民間文學集成編委會，1989 年 3 月。
5. 《中國民間文學集成上海卷崇明縣故事分卷》，崇明縣民間文學集成編委會，1988 年 12 月。
6. 《中國民間文學集成上海卷嘉定縣故事分卷》，嘉定縣民間文學三套集成編委會，1989 年 8 月。
7. 《中國民間文學集成保定市故事卷》，河北省保定市民間文學三套集成編委會，1987 年 10 月。
8. 《中國民間故事集成上海卷虹口區故事分卷》，虹口區民間文學三套集成編委會，1988 年 10 月。
9. 《中國民間故事集成上海卷盧灣區故事分卷》，盧灣區民間文學集成編委會，1987 年 11 月。

10. 《中國民間故事集成吉林卷》，中國民間文學集成吉林卷編委會，1992.11月。
11. 《中國民間故事集成江蘇卷》，中國民間文學集成江蘇卷編委會，1998.12月。
12. 《中國民間故事集成浙江卷》，中國民間文學集成浙江卷編委會，1997年9月。
13. 《中國民間故事集成福建卷晉江分卷》晉江縣民間文學集成編委會，1991年10月。
14. 《中國民間故事集成福建廈門市分卷》，廈門市民間文學集成編委會，1991年12月。
15. 《中國民間故事集成福建漳州市薌城區分卷》，薌城區民間文學集成編委會，1991年10月。
16. 《中國民間故事集成遼寧卷》，中國民間文學集成遼寧卷編委會，1994年9月。
17. 《太陽和月亮》（中國南方的神話與傳說），清水編，北京大學、中國民俗學會叢書54。
18. 《台中縣大甲鎮閩南語故事集（一）》，台中縣立文化中心，民國84年6月。
19. 《台中縣梧棲鎮閩南語故事集（一）》，台中縣立文化中心，民國85年7月。
20. 《台灣地區風水奇談》，曾子南，台北：文華出版社，民國71年2月初版。
21. 《台灣桃竹苗地區民間故事》，金榮華整理，中國口傳文學學會，2000年11月。
22. 《四川風俗傳說選》，四川民間文學叢書編輯委員會，四川民族出版社，1992年8月。
23. 《民間月刊》第二卷，鍾敬文、婁子匡、陶茂康主編，北京大學、中國民俗學會叢書22，東方文化書局，民國63年冬季出刊。
24. 《民間月刊》第三、四期，鍾敬文、婁子匡、陶茂康主編，北京大學、中國民俗學會叢書19，東方文化書局，民國59年春季複刊。
25. 《東方故事1——朱元璋故事》林蘭編，東方文化書局，民國60年秋。
26. 《東方故事3——董仙賣雷》林蘭編，東方文化書局，民國60年秋。
27. 《東方故事4——沙龍》林蘭編，東方文化書局，民國60年秋。
28. 《東方故事5——古蹟傳說》林蘭編，東方文化書局，民國60年秋。
29. 《金門民間故事集》，金榮華整理，中國文化大學中文研究所，1997年3

月。
30. 《金門民間故事研究》，唐蕙韻，中國文化大學中文所碩士論文，86年6月。
31. 《金門民間傳說》，唐蕙韻，台北：稻田出版社，1996年12月。
32. 《泉州民間傳說》，吳藻汀編集，中山大學民俗叢書第五冊，東方文化書局。
33. 《耿村民間文化大觀》，北京圖書館出版社，袁學駿、李保祥編，1999年8月。
34. 《耿村民間故事集》，河北省石家庄地區民間文學三套集成編委會，1987年9月。
35. 《高雄縣鳳山市閩南語故事集（一）》，高雄縣立文化中心，民國88年5月。
36. 《福建三神考》，魏應騏等，中山大學民俗叢書28。
37. 《福建漳州傳說》，翁國樑撰，北京大學、中國民俗學會叢書115。
38. 《臺灣民間文學集》，李獻璋編著，台北：龍文出版社，民國78年2月（初版於1936年）。
39. 《臺灣客家俗文學》，周青樺搜錄，北京大學、中國民俗學會叢書55，六十秋。
40. 《臺灣故事》（上中下），江肖梅，北京大學、中國民俗學會叢書118～120。
41. 《廣州民間故事》，劉萬章編，中山大學民俗叢書6。
42. 《潮州七賢故事》，林培廬編著，北京大學、中國民俗學會叢書25。
43. 《澎湖民間傳說》，姜佩君，台北：聖環出版社，民國87年。
44. 《澎湖縣民間故事》，金榮華整理，中國口傳文學學會，民國89年10月。

三、專書、論文及外文著作之部（依作者姓氏筆劃排序）

（一）專書之部

1. 丁乃通著，鄭建成等譯《中國民間故事類型索引》，北京：中國民間文藝出版社，1986年7月一版。
2. 中國民間文學集成總編委會辦公室《中國民間文學集成工作手冊》，北京：中國民間文學集成編輯委員會辦公室，1987年。
3. 尹建中編纂《臺灣山胞各族傳統神話故事與傳說文獻編纂研究》，臺北：臺灣大學人類學系印行，民國83年4月30日出版。
4. 方師鐸《傳統文學與類書之關係》，台中：私立東海大學印行，民國60年8月初版。

5. 王文寶《中國民俗學史》，四川：巴蜀書社，1995 年 9 月一版。
6. 王玉德《中華堪輿術》，台北：文津出版社，1995 年 12 月初版。
7. 王重民《敦煌遺書總目索引》，台北：源流文化事業公司出版，民國 71 年 6 月初版。
8. 王國良《魏晉南北朝志怪小說研究》，台北：文史哲出版社，民國 73 年 7 月初版。
9. 王樹民《史部要籍解題》，台北：木鐸出版社，民國 77 年 9 月初版。
10. 朱士嘉《國會圖書館藏中國方志目錄》，台北：新文豐出版社，民國 74 年 2 月初版。
11. 艾伯華（德）（Wolfram，Eberhard，1901～1989）著，王燕生、周祖生譯《中國民間故事類型》，北京：商務印書館，1999 年。
12. 佛斯特（英）（E.，M,，Forster）著，李文彬譯《小說面面——現代小說寫作的藝術》，台北：志文出版社，民國 69 年再版。
13. 何曉昕、羅雋合著《風水史》，上海文藝出版社，1995 年 7 月。
14. 何曉昕《風水探源》，台北：博遠出版社，1995 年 8 月繁體字版。
15. 利瑪竇（Mathew，Ricci）著，金尼閣（Louis，J.，Gallagher）增修，何高濟等譯《利瑪竇中國札記》，北京：中華書局，1983 年 3 月第一版。
16. 李炅《風水大師楊救貧傳奇》，台北：武陵出版社，1997 年。
17. 李建軍《我的台灣路和連戰的總統運》，台北：閱世界出版公司，2000 年二月初版。
18. 周迅《中國的地方志》，北京：商務印書館，1998 年。
19. 林耀華著，庄孔韶、林宗成譯《金翼——中國家族制度的社會學研究》（《金翅》簡體字版），北京：三聯書店，2000 年 4 月一版二刷。
20. 林耀華著，宋和譯《金翅——傳統中國家庭的社會化過程》，台北：桂冠出版社，1998 年 8 月修訂三刷。
21. 金恩輝、胡述兆主編《中國地方志總目提要》，台北：漢美圖書公司印行，1996 年 4 月初版。
22. 金榮華《中國民間故事集成類型索引（一）》，台北：中國口傳文學學會，民國 89 年元月。
23. 金榮華《中國民間故事集成類型索引（二）》，台北：中國口傳文學學會，民國 91 年 3 月。
24. 金榮華《中國民間故事與故事分類》（台北：中國口傳文學學會，民國 92 年 3 月。
25. 金榮華《民間故事論集》，台北：三民書局，民國 86 年 6 月初版。
26. 金榮華整理《台北縣烏來鄉泰雅族民間故事》，台北：中華民國民間文學學會，民國 87 年 12 月初版。

27. 金榮華整理《台東大南村魯凱族口傳文學選》，中國文化大學中國文學研究所發行，民國 84 年 5 月初版。
28. 金榮華整理《台東卑南族口傳文學選》，台北：中國文化大學中國文學研究所發行，民國 78 年 8 月初版。
29. 金榮華整理《台灣高屏地區魯凱族民間故事》，台北：中國口傳文學學會，民國 88 年 12 月初版。
30. 金榮華整理《花蓮阿美族民間故事》，台北：中國口傳文學學會，民國 90 年 10 月初版。
31. 洪長泰（美）《到民間去——1918～1937 年的中國知識份子與民間文學運動》，上海文藝出版社，1993 年 7 月一刷。
32. 浦安迪（美）（Andrew，H.，Plaks）講演《中國敘事學》，北京大學出版社，1996 年 3 月初版，1998 年一月二刷。
33. 袁學駿主編《耿村民間文化大觀》，北京圖書館出版社，1999 年 8 月。
34. 袁樹珊《中國歷代卜人傳》，台北：新文豐出版，1998 年 11 月一版。
35. 張滌華《類書流別》，台北：大立出版社，民國 74 年 4 月。
36. 許鈺《口承故事論》，北京師範大學出版社，1999 年 6 月一版。
37. 鈴木清一郎著、馮作民譯《增訂臺灣舊慣習俗信仰》，台北：眾文圖書公司出版發行，民國 83 年 5 月一版二刷。
38. 漢寶德《風水與環境》，台北：聯經出版社，1998 年 12 月初版。
39. 魯迅《中國小說史略》，台北：谷風出版社（無版權頁）。
40. 蕭玉寒《中共高層風水》，台北：滿庭芳出版社，1994 年 9 月。
41. 謝明瑞著《影響台灣的 100 位名人風水實錄》，台北：成陽出版社，二00 一年三月。
42. 鍾敬文《鍾敬文學術論著自選集》，北京：首都師範大學出版社，1994 年 9 月一刷。

（二）論文之部

1. 史箴〈風水典故考略〉，載天津大學《風水理論研究・二》，台北：地景出版社，1995 年 4 月繁體字版。
2. 林文寶〈臺灣民間故事書目——並序〉，台東師範學院《東師語文學刊》第五期，民國 81 年 6 月，頁 217～307。
3. 金榮華〈「情節單元」釋義——兼論俄國李福清教授之「母題」說〉，台北：《華岡文科學報》第二十四期，民國 90 年 3 月，頁 173～182。
4. 姜佩君《澎湖民間故事研究》，台北：中國文化大學中文研究所博士論文，民國 90 年 5 月。

5. 施翠峰〈臺灣民間故事的發展及其內容〉（台北：《漢學研究》第八卷第一期，民國 79 年 6 月，頁 677～681。
6. 胡萬川〈台灣民間文學的過去與現在〉（《臺灣史料研究》創刊號，民國 82 年 2 月，頁 23～30。
7. 唐蕙韻《金門民間故事研究》，台北：中國文化大學中文研究所碩士論文，民國 86 年 6 月。
8. 婁子匡〈園丁守護著的花朵——中國早期民俗學書跟學人〉，《中山大學民俗叢書．複刊緣起》，民國 58 年複刊。
9. 張玉芳〈婁子匡與中國民俗之整理與研究〉，台北：《文訊月刊》第三七期，民國 77 年 8 月，頁 114～118。
10. 陳益源〈明清時期的台灣民間文學〉（《國立中正大學中文學術年刊》第三期，2000 年 9 月）頁 183～203。
11. 陳益源〈婁子匡民俗學論著舉隅〉，台北：《國文天地》第十六卷六期，民國 89 年 11 月。
12. 陳慶浩〈近十年來的中國大陸民間文學〉，台北：《漢學研究》第八卷第一期，民國 79 年 6 月，頁 425～442。
13. 劉魁立〈世界各國民間故事類型索引述評〉（北京：《民間文學論壇》季刊創刊號，1982 年 5 月，頁 56～69。

（三）外文著作

1. Antti Aarne, Verzeichnis der Marchen-typen（Helsinki, Academia Scientiarum, 1910）（FFC NO3）
2. Antti Aarne and Stith Thompson, The Types of The Folktale（Helsinki, Academia Scientiarum, 1973）（FFC NO184）
3. Dorothy Ann Bray, A List of Motifs in The Lives of The Eary Irish Saints（Helsinki, Academia Scientiarum, 1992）（FFC NO.252）
4. Gerald Bordman, Motif-index of The English Metrical Romance（Helsinki, Academia Scientiarum, 1972）（FFC NO.190）
5. Hiroko Ikida, A Type and Motif Index of Japanese Folk-literature（Helsinki, Academia Scientiarum, 1971）（FFC NO.209）
6. Lena Neuland, Motif-index of Latvian Folktales and Legends（Helsinki, Academia Scientiarum, 1981）（FFC NO.229）
7. Stith Thompson, Motif-Index of Folk-Literature（Indiana University Press, 1955）